Fanny Lewald

Jenny

Fanny Lewald: Jenny

Berliner Ausgabe, 2015, 4. Auflage
Vollständiger, durchgesehener Neusatz mit einer Biographie der
Autorin bearbeitet und eingerichtet von Michael Holzinger

Erstdruck (anonym): Leipzig (F. A. Brockhaus) 1843.

Textgrundlage ist die Ausgabe:
Fanny Lewald: Gesammelte Werke. Neue revidierte Ausgabe, Band
9, Berlin: Verlag von Otto Janke, 1872.

Dieses Buch folgt in Rechtschreibung und Zeichensetzung obiger
Textgrundlage.

Herausgeber der Reihe: Michael Holzinger
Reihengestaltung: Viktor Harvion

Gesetzt aus Minion Pro, 10 pt

ISBN 978-1482645361

Von der Verfasserin von Clementine

Bei Gerhard, dem ersten Restaurant einer großen deutschen Handelsstadt, hatte sich im Spätherbst des Jahres achtzehnhundertzweiunddreißig nach dem Theater eine Gesellschaft von jungen Leuten in einem besondern Zimmer zusammengefunden, die anfänglich während des Abendessens heiter die Begegnisse des Tages besprach, allmälig zu dem Theater und den Schauspielern zurückkehrte und nun in schäumendem Champagner das Wohl einer gefeierten Künstlerin, der Giovanolla, trank, welche an jenem Abende die Bühne betreten hatte.

Sie soll leben und blühen in ewiger Schönheit! sagte entzückt der Maler Erlau, und möge es mir vergönnt sein, die Feueraugen und den Götternacken dieses Mädchens immer vor meinen Augen zu haben, wie sie sich mir bei der gestrigen Sitzung zeigten. Ihr seht sie Alle in der falschen, täuschenden Beleuchtung der Bühne, und könnt nicht ahnen, wie schön ihre Farben, wie regelmäßig und vollendet ihre Züge und wie üppig ihre Formen sind. Ich sage Euch, sie ist der Typus einer italienischen Schönheit.

Wenn sie nur nicht so verdammt jüdisch aussähe, sagte wegwerfend der junge Horn, der Sohn und Erbe eines reichen Kaufmanns. Ich sagte es gleich zu meinem Vetter Hughes, den ich Ihnen, lieber Erlau! als einen Mitenthusiasten empfehlen kann, und der für nichts Augen hatte, als für diese Person, die mir wirklich mit all ihrer gepriesenen italienischen, oder sagten Sie orientalischen Schönheit? im höchsten Grade mißfallen hat. Wir lieben in unserer Familie diese Art von Schönheit nicht, es ist eine uns angeborne Antipathie, und mir wurde erst wieder in England bei den schlanken, blonden Insulanerinnen recht wohl, nachdem ich mich in Havre ein Jahr lang unter jenen kleinen, brunetten Französinnen in der Frankfurter Judengasse geglaubt hatte.

A propos, von Judengasse, lieber Ferdinand! fiel der Vetter, ein geborner Engländer, und erst seit wenig Tagen in dieser Stadt, dem Sprechenden ins Wort, wer war wohl das ganz junge Mädchen in der zweiten Loge rechts von der Bühne? Sie ist offenbar eine Jüdin, aber es ist ein sehr interessantes Gesicht.

Ich kenne die Leute nicht, antwortete der Gefragte.

Schämen Sie sich, rief im komischen Zorn der Maler, und verleugnen Sie nicht, wie unser heiliger Apostel Petrus, seligen Andenkens, Ihren Meister und Herrn. Sie sollten den reichen Banquier Meier nicht kennen, bei dessen Vater Ihr Herr Vater die Handlung erlernte, und von dem er die Mittel zu seinem Etablissement erhielt, als er sich in Ihre Mutter verliebte? Freilich kam Ihr Herr Papa durch diese Heirath in die schönste Mitte der Kaufmannsaristokratie, und mag in der Gesellschaft wohl seine alttestamentarischen Verbindungen vergessen haben.

Horn war halb beleidigt, halb verlegen. Ach so! sagte er, die Meiers hatten die Loge? Es waren die Meiers? Die Tochter soll ein hübsches Mädchen werden, eine sehr reiche Erbin, sie steht noch zu Diensten, lieber Vetter! – Das ist aber auch Alles, was ich von ihnen weiß.

So erlauben Sie mir, nahm der Candidat Reinhard, ein schöner, junger Mann, der bis dahin schweigend der Unterhaltung zugehört hatte, die ihm nicht zu gefallen schien, das Wort, so erlauben Sie mir, Ihnen, falls es Sie interessirt, nähere Auskunft über die Familie zu geben. Das Meiersche Haus ist eines der gastlichsten in unserer Stadt, die Mutter eine freundliche, wohlwollende Frau, der Vater ein sehr gescheidter und braver Mann, der ein offenes Herz für die Menschen und die Menschheit hat, und sich lebhaft für Alles interessirt, was es Großes und Schönes gibt. Die Leute haben nur zwei Kinder: einen Sohn, der mein genauer Freund ist, den Doctor Meier, und eben diese Tochter, Jenny Meier, die ich bis vor Kurzem unterrichtet habe.

Und ist Niemand da, der die Handlung fortsetzt, wenn der alte Meier, dessen Firma ja sehr bekannt ist, einmal stirbt? fragte der Vetter.

Ja wohl, ein Neffe, seines Bruders Sohn, der auch Meier heißt, und schon lange in der Handlung ist. Man sagt, er werde die Tochter heirathen und das Geschäft einst übernehmen, antwortete Reinhard zögernd.

Der Glückliche, ich könnte ihn beneiden, denn das Mädchen ist wahrhaft reizend, rief der Engländer aus.

Das denkt Freund Reinhard auch, lachte Erlau, und gewisse Leute wollen behaupten, daß er die junge Dame, nachdem er ihre geistige Ausbildung meisterhaft geleitet, jetzt praktisch in der Conjugation mancher Zeitwörter unterrichte, als da ist: ich liebe, du liebst u.s.w. u.s.w. Werde nicht roth, lieber Reinhard, es ist eine Bemerkung, wie jede andere, und ich theile Deine Neigung und Anhänglichkeit für das ganze Meiersche Haus. Es sind gute und gebildete Leute, und wenn auch die sogenannte Elite der Gesellschaft dort im Hause nicht zu sehen ist, so findet man den größten Theil unserer Gelehrten und Künstler, eine Menge von Fremden, und vortreffliche Unterhaltung bei Meiers. Ich wüßte kein Haus, das ich lieber besuchte, als das ihre.

Sie schildern die Familie so anziehend, daß Sie mir fast den Wunsch einflößen, mich in dem Hause einführen zu lassen, sagte Hughes.

Nicht doch, William! fiel Horn ein, meine Mutter würde das sehr ungern sehen, wie kommst Du nur darauf? Ich bitte Dich, diese Juden hängen wie die Kletten zusammen, und bist Du erst in einem ihrer Zirkel, so steckst Du auch gleich so fest in der ganzen Clique, daß man sich scheuen muß, mit Dir an öffentlichen Orten zu erscheinen, aus Furcht, von Deiner mosaischen Bekanntschaft überfallen zu werden. Die Visite bei Meiers –

Würde Ihnen beweisen, daß Ihr Herr Vetter mit seinen Gesinnungen in mancher Beziehung noch tief im Mittelalter steckt, unterbrach Reinhard die Rede, und ich bekenne Ihnen, Herr Horn, daß mir Ihre Aeußerungen nicht nur in unserer Zeit höchst befremdlich scheinen, sondern daß ich sie geradezu für unschicklich halte, nachdem ich Ihnen gesagt habe, daß ich der Familie befreundet bin und sie hochachte.

Entschuldigen Sie, ich vergaß, daß Sie Lehrer in dem Hause sind und die Sache also anders ansehen müssen. Ich aber, der ich unabhängig bin, gestehe Ihnen – – – –

Gestehen Sie Nichts mehr, Sie haben ja schon so Vieles heute gestanden, rief Erlau dazwischen, was Sie lieber hätten verschweigen sollen. Sie sind ein reicher, junger Kaufmann, sehr elegant, sehr fashionable, was kümmern Sie Geständnisse und Juden? Mein Gott! Sie haben nun einmal die Antipathie, und Sie brauchen ja auch nicht zu Meiers zu gehen, Es hat Sie Niemand gebeten – selbst nicht, fügte er halblaut, gegen Reinhard gewendet, hinzu, als vor drei Jahren die Sonntag dort war und der junge Herr alle Segel aufsetzte, um eingeladen zu werden. Ich bitte Dich, Reinhard, ärgere Dich über den Laffen nicht und laß ihn laufen.

Die Unterhaltung war zu einem Punkte gekommen, auf dem sie leicht eine verdrießliche Wendung nehmen konnte, da öffnete sich plötzlich die Thüre und ein junger, hübscher Mann, kaum dreißig Jahre alt, trat in das Zimmer. Er war nur mittler Größe, aber kräftig und wohl gebaut, hatte krauses, schwarzes Haar, eine gebogene Nase, ein Paar durchdringend kluge, schwarze Augen, und vor Allem eine hohe, gewölbte Stirn, die beim ersten Anblick den Mann von Geist und Charakter verrieth. Seine Bewegungen waren rasch, wie sein Blick. Er hatte eine gelbliche aber gesunde Farbe, und war modern, doch ganz einfach gekleidet. Kaum war er in das Zimmer getreten, als Erlau und Reinhard ihm mit dem Ausruf: Guten Abend, Meier, gut daß Du kommst! entgegen gingen. Er wandte sich aber, die Begrüßung nur flüchtig erwidernd, an Horn, und sagte: Ich komme eben aus dem Hause Ihrer Eltern. Ihr Fräulein Schwester hat sich den Fuß beschädigt, als sie nach der Rückkehr aus dem Theater aus dem Wagen stieg. Man hat mich holen lassen, es ist jetzt Alles in Ordnung, durchaus nichts zu befürchten, und ich freue mich, daß ich Sie hier treffe, denn ich glaube, man erwartet Sie zu Hause. – Guten Abend, und schön, daß ich Euch noch finde, fuhr er, gegen die Freunde gewendet, fort, und setzte sich zu ihnen nieder.

Horn machte ein paar besorgte Fragen, die von Doctor Meier beruhigend beantwortet wurden, dann brach jener auf, und William wollte ihn begleiten. Erlau indessen, der niemals genug Leute beisammen haben konnte, und dem der Engländer gefiel, redete ihm zu, bei ihnen zu bleiben, um noch ein paar Stunden zu plaudern. Im Hause Ihres Onkels können Sie Nichts nützen und hier, sagte er, haben wir Gelegenheit, Sie unserm Freunde, dem Doctor Meier, von dem wir vorhin sprachen, vorzustellen, also bleiben Sie immer hier.

William war das zufrieden, und Horn empfahl sich dem kleinen Kreise, indem er William versicherte, er beneide ihn um den Genuß, in so vortrefflicher Gesellschaft noch länger zu bleiben, dabei warf er einen spöttischen Blick auf Meier, den dieser nicht sah, da er Horn den Rücken zugewendet hatte, und den Reinhard mit verächtlichem Achselzucken erwiderte.

Ein Kellner räumte die leeren Bouteillen, die gebrauchten Gläser fort, und setzte eine volle Flasche vor die Zurückbleibenden hin.

Erlau, Reinhard und William, die schon seit einer Stunde beim Weine saßen, geriethen allmälig in eine immer munterere Laune, gegen welche Meier's Ruhe eigenthümlich abstach. Vor Allen konnte Erlau's ausgelassene Fröhlichkeit sich nicht genug thun; ein Witz folgte dem andern, ein Toast dem andern. Alt-England soll leben! rief er aus, mit seinen freien Institutionen, mit seinem edlen Lord auf dem Wollsack, seiner *magna Charta* und seinen Constables und Beefsteaks, und Sie sollen leben und leben immer mit uns, wie heute, Mr. Hughes.

Der Toast wurde erwidert. Hughes trank auf die Einheit Deutschlands; Reinhard ließ die deutschen Frauen leben, Erlau vor Allen die Schauspielerin, von der schon früher die Rede gewesen war, und Meier gab sich dem Treiben hin, wie ein Erwachsener, der mit Kindern spielt. Er nahm äußerlich Theil daran, während ihn im Innern offenbar ein anderer Gegenstand beschäftigte, und er in ein Hinträumen versank, aus dem Erlau's Ruf: Meier, die

Deinen sollen leben! ihn aufstörte. Schweigend und nur mit dem Kopfe nickend dankte dieser, und trank sein Glas aus. Damit war aber Erlau noch nicht zufrieden.

Mein Gott! Du unerträglich ernsthafter Doctor und Misanthrop, gibt es denn nichts mehr auf der Welt, was Dich aus Deiner philosophischen Philisterlaune herausreißen kann? – Ich erschöpfe mich in hinreißender Geistreichheit, ich verschwende die beste Laune, den allerbesten Wein an Dir, und Du nimmst meine Liebenswürdigkeit, die doch heute ganz außerordentlich ist, hin, wie ein Bettler das tägliche Brot, ohne Freude und Genuß, und gießt den edlen Wein hinunter, gedankenlos, als gälte es, das harte tägliche Brot mit langweiligem Wasser hinabzuspülen. Ich werde irre an Dir, Doctor! Was fehlt Dir, was denkst Du, was meinst Du? Soll ein Gott vom Himmel steigen, um Dir zu beweisen, daß die Welt die beste ist, in der auf ödem Kalkfelsen dieser Göttertrank zu wachsen vermag? in der auf allen Wegen die schönsten Blumen erblühen, und in manchen alten Häusern die hellsten Mädchenaugen blitzen? Sünder, gehe in Dich, und thue Buße, und rufe mit mir: Die Weiber sollen leben! – und – ha! nun hab' ich's, was ihn wecken wird; steht auf, ihr Weisen, und trinket mit mir! Meier, Deine Schwester soll leben! –

Reinhard und Hughes standen auf, und der Letztere rief lebhaft: Ja! das schöne Mädchen mit dem dunkeln Flammenblick soll leben und immer leben! –

Auch Reinhard, in dem noch mancher Widerhall seiner Studentenjahre nachtönte, erhob sein Glas, und bereitete sich, es gegen die andern Gläser klingen zu lassen, nur Meier blieb ruhig sitzen und sagte: Seit wann ist es Sitte, daß man bei Zechgelagen auf das Wohl unbescholtener Mädchen trinkt? Ich werde es wenigstens nicht leiden, daß der Name meiner Schwester in meiner Gegenwart im Weinhause entweiht werde. Setzen Sie sich, meine Herren! den Toast nehme ich nicht an. –

Dieser ruhige, ernste Ton schien Erlau plötzlich abzukühlen, während er den Engländer in lebhafte Bewegung versetzte. Er ging rasch auf Meier zu, und rief: Verzeihen Sie mir, mein Herr! aber Sie müssen mein Freund werden! Wir Engländer haben sonst nicht das Herz auf der Zunge – aber Ihr Deutschen seid unsere Stammverwandten. Ihr wißt es, was *sweet home* und *a blushing maid* dem Herzen sein können – Sie wissen es vor Vielen gut, darum schlagen Sie ein, Doctor! ich bin dessen nicht unwerth!

Meier that, wie Jener es verlangte, und that es gern, denn es lag so viel Ehrenhaftes in dem Gesicht des Fremden, daß es augenblicklich für ihn einnahm. Auch Reinhard schüttelte ihm die Hand und man trank auf die Dauer und das Gedeihen des neuen Bundes. Dadurch blieb Erlau allein stehen; er goß zwei Gläser voll, nahm in jede Hand eins derselben und sprach in affectirter Traurigkeit: Auf das U folgt gleich das Weh, das ist die Ordnung im A B C – auf jeden Augenblick voll Wonne eine Ewigkeit von langer Weile, denn ich schwöre Euch! die rechte, wahrhafte Ewigkeit wird erst recht langweilig sein. Auf jede liebenswürdige Sünde folgt bei Euch eine unausstehliche Bußfertigkeit. Anathema! über das ausgeartete Geschlecht, das nicht begreift, wie man sündigt aus süßer, inniger Ueberzeugung; dem nur *en passant* ein kleines, bornirtes Sündchen in den Weg kommt, und das nie jenes großartige Gebet des edlen Russen begriff und gläubig zu beten vermochte: Herr! führe mich in Versuchung, damit ich unterliege! – Hier stehe ich allein, ich fühle es, in einer verderbten Zeit, in der mich Niemand versteht, und so muß ich für mich allein den Toast ausbringen: Gott erhalte mich in meiner geliebten Sündhaftigkeit, worauf ich dies Glas ausleere – und hole der Teufel Eure verdammte Tugend, bei der man nicht an ein hübsches Mädchen denken und ihm Glück wünschen darf, ohne eine Ladung Moral und ein Fuder Gefühl in den Kauf zu bekommen. – Dabei leerte er das zweite Glas, und sagte verdrießlich, während die Andern herzlich lachten: und nun könnt Ihr Alle ruhig nach Hause gehen, nachdem Ihr mich mit Eurer abgeschmackten Sentimentalität um meine beste Laune ge- bracht habt. Geht nach Hause und schlaft wie die Ratten und träumt tugendhaft – ich werde noch nach dem Fenster der göttli- chen Giovanolla wandeln, und sehen, ob dieser süße Strahl der Liebe, der, Gott sei Dank! keine Heilige ist, noch über der Erde leuchtet, oder ob er sich schon hinter den Wolken des Schlummers verborgen hat, und mir erst morgen wieder als Stern und Sonne aufgehen will. – Beiläufig könnte ich dann diesen unsern Insulaner in das Haus seines Onkels geleiten, in sein *sweet home*, damit er uns nicht auf den Querstraßen des Lebens verloren gehe, und seine warme Seele nicht erstarre in kalter Winternacht. – Gute Nacht, liebe Söhne! Gute Nacht, Meier – kommen Sie, Herr Hughes! – Mit diesen Worten brach er auf und die Gesellschaft ging aus ein- ander.

Wo warst Du gestern, Eduard? fragte Jenny Meier am nächsten Morgen ihren Bruder, als dieser in das Wohnzimmer seiner Eltern trat, in welchem die Familie frühstückend beisammen saß. Wir hatten Dich zum Thee erwartet, und Du kamst nicht! Auch im Theater bist Du nicht gewesen!

Steinheim war bei mir, und unser Joseph, und wir plauderten eine Weile; dann wollte ich mit ihnen hinauf kommen, und Eure Rückkehr aus dem Theater erwarten, wurde aber plötzlich in das Haus des Commerzienraths Horn gerufen, wo sich die Tochter den Fuß gebrochen hatte, als sie aus dem Theater kam. So gingen meine Gäste fort, und ich sprach nachher, als ich den Verband angelegt hatte und nach Hause gehen wollte, bei Gerhard ein, fand dort Bekannte, und blieb noch eine Stunde sitzen!

Mein Gott! rief die Mutter, hat sich das schöne Mädchen schwer beschädigt?

Du hörst es ja, antwortete der Vater, sie hat den Fuß gebrochen, und ein schwerer Fall, ein ganz verzweifelter muß es wohl sein, wenn der alte Horn sich entschloß, gerade Eduard rufen zu lassen.

Das kannst Du nicht behaupten, lieber Mann! Eduard ist doch, obgleich einer der jüngern Mediciner, in den ersten Häusern der Stadt Hausarzt, sowohl bei Christen, als bei Juden; und Du weißt selbst, wie ungemein zuvorkommend ihm überall begegnet wird, und wie sehr man für ihn eingenommen ist!

Ich weiß es wohl, und es freut mich, daß er sich diese Stellung errungen hat, aber eben so wohl weiß ich, daß es jener ganzen Clique gewiß die höchste Ueberwindung gekostet hat, den jüdischen Arzt in ihre engern Kreise zu ziehen. Sie entschuldigen sich vor sich selbst mit dem Nutzen, den er ihnen gewährt, und doch! wer weiß, ob Eduard überall den gleichen Empfang fände, wenn er sich mit einer Jüdin verheirathete, und für seine Frau dieselben Rücksichten verlangte, als für sich? Den einzelnen jungen Mann nehmen sie allenfalls gern auf. Eine Familie? da würden sie vielleicht Bedenken haben.

Das glaube ich nicht, sagte die Mutter, im Gegentheil, ich bin überzeugt, daß Eduard nur zu werben braucht, um eine Frau, aus welchem christlichen Hause er wollte, zu bekommen, und ich kann es nicht leugnen, daß ich nichts sehnlicher wünsche, als ihn recht bald eine solche Verbindung schließen zu sehen!

Der Vater lächelte, und Eduard erwiderte: Eine Verbindung der Art, liebe Mutter, werde ich nie eingehen, das weißt Du wohl. Ich werde mich niemals taufen lassen, und Deine ehrgeizigen Hoffnungen für mich, mit denen Du in der Zukunft eine große Laufbahn voll Ehrenstellen, Orden und Würden für mich erblickst, werden sich schwerlich jemals verwirklichen. Es sei denn, daß eine neue Zeit für uns heraufkäme.

Die zu schaffen Du Dich berufen fühlst, mit Steinheim, Joseph und Andern, fiel Jenny ein. Ich bitte Dich Eduard, nur beim Frühstück verschone mich mit Politik, nur die eine Tasse Kaffee lasse mich ohne politische Zuthaten genießen. Vater! verbiete ihm überhaupt, schon beim Frühstück vernünftig zu sein. Er hat ja dazu seine große Praxis, und den ganzen, langen Tag, der Morgen muß für uns sein.

Der Vater gab scherzend den gewünschten Befehl und fragte, ob Eduard nicht wisse, wie man bei Horn's darauf gekommen sei, gerade ihn rufen zu lassen.

Ihr Hausarzt, der alte Geheimrath, fand den Fall sehr bedenklich, berichtete der Sohn, that sehr ängstlich, und daher bestand das Fräulein selbst darauf, sich von ihm nicht den Verband anlegen zu lassen, und verlangte, man solle nach mir schicken. Wenigstens erzählte mir der Commerzienrath es so, ich weiß nicht, ob, um mir begreiflich zu machen, daß er selbst es nicht gethan hätte, oder um mir mitzutheilen, welch schmeichelhaftes Vertrauen die Tochter in mich setze.

Ist sie so schön, als sie zu werden versprach? Ich habe sie in der Schule gekannt, sagte Jenny; aber spiele nicht den kalten, gefühllosen Arzt, der nichts sieht, als die Krankheit, fügte sie hinzu.

Sie ist so schön, daß selbst der Kälteste sich an ihrem Anblick freuen muß, antwortete er; dabei war sie so geduldig bei dem großen Schmerz, so liebenswürdig gegen die Umgebung, so dankbar gegen mich, daß ich ganz für sie eingenommen bin. Ich würde es sehr bedauern, wenn sie nicht völlig herzustellen wäre.

Jenny war ganz glücklich, den Bruder so erwärmt zu sehen, und meinte, die Kranke könne sich glücklich schätzen, die werde gewiß sorgsamer und besser als manche Königin behandelt werden, aber Eduard möge sich bei der Kur nicht zu sehr anstrengen, damit er sich nicht etwa selbst eine Herzkrankheit zuziehe, die leicht unheilbar sein könnte.

Nun kam auch Joseph Meier, der Neffe, welcher ebenfalls im Hause wohnte, dazu. Er war fast in gleichem Alter mit Eduard, doch ließ sein düsteres Wesen ihn älter erscheinen als er war. Er hatte ein kluges Aeußere, ohne hübsch zu sein, weil er sehr unregelmäßige Züge hatte, und gewöhnlich etwas mürrisch aussah. Nur selten flog ein Lächeln über das markirte Gesicht und verbreitete ein mildes Licht über die Augen, die eigentlich höchst gutmüthig waren, aber fast immer brütend zur Erde blickten. Joseph und Eduard waren von Kindheit an die besten Freunde gewesen, und hatten, einander gegenseitig ergänzend, sich zu dem gebildet, was sie geworden waren, zu tüchtigen Menschen, Jeder in seiner Art. Nur fehlte Joseph das liebenswürdige Wesen, der schöne ungezwungene Anstand, die Eduards Erscheinung so angenehm machten; und vor Allem hatte dieser eine angeborene Beredsamkeit, während Joseph in den meisten Fällen nur kurz und abgebrochen sprach.

Natürlich wurde bei Josephs Ankunft das eben Mitgetheilte wiederholt und nochmals besprochen. Er ließ sich das Ganze ruhig erzählen, und sagte dann mit seinem gewöhnlichen sonderbaren Lächeln: O ja, so sind sie, wenn sie Dich brauchen, können sie recht liebenswürdig sein. – Aber höre doch einmal, wie sie von Dir reden, wenn sie unter sich sind. – Frage einmal, ob sie Dich für ebenbürtig halten?

Diese Aeußerung, eben jetzt ausgesprochen, wo man in so guter Laune war, verstimmte die Uebrigen sichtlich. Jenny, die das düstere Wesen des Vetters nicht liebte, war die Erste, die ihren Verdruß äußerte, indem sie ihm den Caffee mit den Worten reichte: Da! Du Störenfried! trinke nur, damit Du nicht brummen kannst. – Auch Madame Meier schien unzufrieden. Der Vater fing an, die Zeitungen zu lesen, die Joseph mitgebracht hatte, und nur der Doctor plauderte noch eine Weile mit ihm fort; dann entfernten sich die drei Männer, um an ihre Geschäfte zu gehen, und nur Mutter und Tochter blieben zurück.

Joseph wird doch von Tag zu Tag unerträglicher, sagte die Letztere, er wird immer finsterer, immer abstoßender, und ich freue mich auf kein Fest, auf nichts mehr, sobald er dabei ist, weil ich weiß, daß er mir jede Freude stört.

Und doch glaube ich, wandte die Mutter ein, daß es kaum ein reicheres, edleres Herz gibt, als das seine. Ich wüßte Niemand, der so freudig Alles für seine Geliebten zu opfern bereit wäre, Niemand, der es mit mehr Anspruchslosigkeit thäte als er. Auch achten wir Alle ihn von Herzen, haben ihn sehr lieb, und es thut mir leid, daß Du Dich nicht in seine Eigenheiten schicken kannst.

Können? mein Gott! können würde ich es schon, aber ich will es gar nicht.

Das ist es eben, was mich betrübt, mein Kind! – Dies ewige ich will und ich will nicht, dies unfügsame in Deinem Wesen, das ist es, was mich über Dich besorgt macht. Als Du geboren wurdest, und ich Dich auf meinem Schooße heranwachsen sah, habe ich oft zu Gott gebetet, er möge alles Unheil von Dir abwenden. Bisher ist mein Gebet auf fast wunderbare Weise erhört worden, und doch sehe ich es mit Schmerz, daß wir Menschen Gott eigentlich um nichts bitten dürfen, weil wir nicht wissen, was uns frommt.

So hättest Du mir also lieber Unglück wünschen sollen? fragte die Tochter lächelnd.

Zu Deinem wahren Heile wäre es vielleicht besser gewesen. Ich schloß von meinem Herzen auf das Deine, und darin irrte ich. In Dir ist der Charakter Deines Vaters, der feste, starke Sinn, und Eduards Einfluß hat diese Charakter-Richtung in Dir noch mehr ausgebildet. Vom Glück verzogen, von uns Allen mit der nachgiebigsten Liebe behandelt, hast Du es nie gelernt, Dich in den Willen eines Andern zu fügen; was man an Dir als Eigensinn hätte tadeln sollen, das haben Vater und Bruder als Charakterfestigkeit gelobt, und ich begreife, daß Dir Joseph zuwider ist, weil er allein Dir entschieden und mit Nachdruck entgegentritt. Trotzdem weiß ich, daß er Dich mehr liebt, als Viele, die Dir schmeicheln. Bei den Worten reichte die milde Frau der Tochter die Hand. Diese nahm sie, drückte einen Kuß darauf, und saß eine Weile schweigend bei ihrer Arbeit.

Man sah es ihrem lieblichen Gesichte an, daß irgend ein Entschluß, ein Gedanke sie beschäftigte; auch legte sie plötzlich die Arbeit bei Seite, sah ganz ruhig die Mutter an und sagte mit einer Stimme, der man nicht das Geringste von der Bewegung anmerkte, die ihre Züge verriethen: Mutter! den Joseph heirathe ich niemals. Niemals, Mutter! – Sage ihm das, und auch dem Vater. Ich weiß, daß Ihr es wünschet, daß Joseph es erwartet und mich nur erzieht, um eine gute Frau an mir zu haben; die Mühe aber kann er sparen. Sieh, fuhr sie fort, und ihre Fassung verlor sich mehr und mehr, so daß sie zuletzt bitterlich weinte, sieh, gute Mutter! was Dein Beispiel, Deine Geduld, und Vater und Eduard, die ich so lieb habe, nicht über mich vermochten, das kann Joseph, den ich gar nicht liebe, gewiß nicht von mir erlangen. Ihr sagt oft, ich sei noch ein Kind, ich werde erst in einigen Wochen siebzehn Jahre, aber solch ein Kind bin ich nicht mehr, daß des Cousins rauhe, befehlende Art mich nicht verletzte. Andere haben mich auch getadelt, aber sie verlangen nicht das Unmögliche von mir. Dort die große, hohe Pappel im Garten biegt der Wind hin und her, und meinen kleinen, stacheligen Cactus hat er gestern mitten durchgebrochen, weil er sich nicht beugen konnte. So ist mein Herz! Es mag Euch starr, rauh und häßlich erscheinen, aber es kann, so hoffe ich, Blüthen tragen, die Euch freuen. Man kann mein Herz brechen, aber es niemals zu schwächlichem Nachgeben, zu schwankender Gesinnung überreden – und das schwöre ich Dir, lieber will ich sterben, als Joseph's Frau werden.

Laut schluchzend warf sie sich vor die Mutter nieder und barg das Gesicht in ihren Schooß. Erschreckt über so viel unerwartete Leidenschaftlichkeit schlang die besorgte Mutter die Arme um das geliebte Kind und versuchte auf alle Weise es zu beruhigen. Sie versicherte Jenny, daß sie allerdings glaube, der Vater würde ihre Verbindung mit Joseph gern sehen, doch sei es ihm nie in den Sinn gekommen, jemals ihrer Neigung Zwang anzuthun. Sie solle selbst über ihre Zukunft entscheiden; sie wisse ja, daß die Eltern keinen andern Wunsch hätten, als das Glück ihrer Kinder – aber Alles war vergeblich. Jenny konnte nicht zur Ruhe kommen, und die Mutter sah an der Leidenschaftlichkeit, die so plötzlich, so anscheinend grundlos hervorgebrochen war, daß wohl schon lange ein andres stilles Feuer in Jenny's Seele geglüht haben mochte. Wer dieses Feuer aber angefacht, das wußte sie nicht zu errathen. Sie konnte sich nicht erinnern, daß irgend einer der jungen Männer, die in ihr Haus eingeführt waren und Jenny auf jede Weise huldigten, einen besonderen Eindruck auf diese gemacht hätte. Sie sann und sann, während die Tochter noch ganz erhitzt und aufgeregt wieder an den Nähtisch zurückgekehrt war, und sich emsiger als sonst mit einer Arbeit beschäftigte, die gar nicht so großer Eile bedurfte. Sie wurde aber allmälig ruhiger dadurch, und hatte sich äußerlich bereits gesammelt, als man den Doctor Steinheim meldete.

Einen Augenblick schwankte die Mutter, der in dieser Stimmung jeder Besuch unwillkommen war, ob sie ihn annehmen solle, oder nicht, dann entschied sie sich dafür, weil sie hoffte, Steinheim's Lebhaftigkeit werde Jenny auf angenehme Weise zerstreuen. Als er darauf nach wenig Minuten in das Zimmer trat, wurde er von beiden Damen wie ein alter Bekannter behandelt. Er mochte siebenundzwanzig bis achtundzwanzig Jahre alt sein, hatte eine große, kräftige Figur und einen vollblütigen, rothbraunen Teint. Sein krauses schwarzes Haar, die dunkeln Augen und der starke bläuliche Bart konnten ebenso gut dem Südländer als dem Juden gehören, und machten, daß er von vielen Leuten für einen schönen Mann gehalten wurde, während Andere die Kohlschwarzen Augen starr und unheimlich, die Schultern hoch, den starken Hals zu kurz und Hände und Füße so groß fanden, daß dieses Alles ihm jeden Anspruch auf wirkliche Schönheit unmöglich mache. Er selbst schien indessen gar nicht dieser Meinung zu sein, das bewies die sehr studirte Toilette, die aber trotz ihrer gesuchten Eleganz des Geschmacks ermangelte. Er trug an jenem Morgen einen kurzen dunkelgrünen Ueberrock, zu dem eine ebenfalls grüne Atlasweste und mehr noch ein dunkelrother türkischer Shawl sonderbar abstachen, den er unter der Weste kreuzweise über die Brust gelegt und mit einer großen Brillantnadel zusammengesteckt hatte. Handschuhe, Stiefel und Frisur waren nach der modernsten Weise gewählt, aber all das stand ihm, als ob er es eben wie eine Verkleidung angelegt hätte. Es war für den feinen Beobachter etwas Unharmonisches in der ganzen Erscheinung, das störend auffiel.

Ich bitte tausendmal um Vergebung, sagte er, daß ich in diesem Morgenanzug vor Ihnen erscheine, aber ich bin so durchweg erkältet, meine Nerven sind so abgespannt, mein Wunsch, Sie zu sehen, war so groß, daß ich dachte, die Damen entschuldigen Dich wohl. Es ist allerdings eine Verwegenheit – aber: »ich kann nicht lange prüfen oder wählen, bedürft Ihr meiner zu bestimmter That, dann ruft den Tell! Es soll an mir nicht fehlen.«

Mein Gott! Herr Doctor! geht es so bergab mit Ihnen, daß Sie von dem göttlichen Shakespeare, dem erhabenen Calderon und dem heiligen Schmerzenssohne unserer Zeit, dem unvergleichlichen Byron, schon zu unserm armen Schiller zurückkehren müssen? Sie haben also in den letzten Tagen wohl gar zu viele Citate verbraucht? fragte Jenny spottend, und –

Jenny! rief die Mutter mit mißbilligendem Tone. – Aber Steinheim ließ sich nicht stören, er ging zu Jenny und sprach: »Mit Ihnen, Herzogin, hab' ich des Streits auf immer mich begeben«, und Sie werden auch nicht mehr streiten wollen, meine schöne kleine Feindin! wenn ich Ihnen sage, daß ich als der Verkünder sehr interessanter Nachrichten komme. Erstens ist Erlau entzückt über den Vorschlag Ihrer Frau Mutter, hier am Sylvesterabend Tableaux darzustellen, zweitens – nun rathen Sie – hat man heute Herrn Salomon, einen jüdischen Kaufmann, zu einem städtischen Amte erwählt.

Das Letztere ist mir ungemein gleichgültig, rief Jenny, aber für die erste Nachricht bin ich Ihnen sehr dankbar, und sie macht mir großes Vergnügen. Weiß es Eduard schon?

Was denn?

Daß der Kaufmann Salomon gewählt ist? – fragte Jenny.

Also sehen Sie, sehen Sie, es ist Ihnen doch nicht so gleichgültig, als Sie behaupten, und wie könnte es auch. Wen sollte es nicht freuen, wenn alte barbarische Vorurtheile allmälig vor der gesunden Vernunft und der Gerechtigkeit weichen müssen; wenn ein Volk, das Jahrhunderte hindurch mit Füßen getreten wurde, endlich allmälig die Rechte erlangt, an die es dieselben Ansprüche hat, als die andern Bürger des Staates, wenn .... A propos! was ist gestern bei Horn's vorgefallen, man ließ ja Eduard noch so spät holen?

sagte Steinheim, der oft von dem Hundertsten, wie man sagt, auf das Tausendste kam. – Ich höre, die Clara Horn hat den Fuß gebrochen; Erlau sagte es mir, der mich, das fällt mir eben ein, bei der Giovanolla erwartet! Wie hat sie Ihnen gestern gefallen, die Giovanolla? Sie gehen doch morgen wieder hin? – Das Alles fragte er so durcheinander, daß es nicht möglich war, irgend eine der Fragen zu beantworten; dann wandte er sich, Abschied nehmend an Madame Meier, rieth Jenny nochmals, das Theater nicht zu versäumen, und empfahl sich mit den Worten: »So süß ist Trennungswehe, ich sagte wohl Adieu, bis ich den Morgen sähe.«

Mutter und Tochter sahen ihm lächelnd nach.

Ehe wir in der Erzählung fortfahren, müssen wir aber einen Rückblick auf den Lebensweg der Personen werfen, von denen diese Blätter handeln sollen.

Die Familie Meier galt bei Allen, die sie kannten, für eine der glücklichsten. Der Vater hatte ein hübsches Vermögen, das er von seinen Eltern ererbt, durch Thätigkeit und kluge Berechnung in einen großen Reichthum verwandelt, dessen er bei seiner Bildung auf würdige Weise zu genießen wußte, und von dem er dem Dürftigen gern und reichlich mittheilte. Aus Neigung hatte er sich früh mit seiner Frau, einem schönen und guten Mädchen, verheirathet, die ihm mit immer gleicher Liebe zur Seite gestanden, und ihm zwei Kinder, Eduard und Jenny, geboren hatte. In seiner Frau, und mit ihr in diesen beiden Kindern, hatte Meier Trost und Ersatz gefunden, wenn Welt und Menschen ihren Haß und ihre Unduldsamkeit gegen den Juden bewiesen, wenn man ihn ausgeschlossen hatte von Gemeinschaften, ihm Rechte verweigert, deren Gewährung jeder Mann von Ehre zu fordern hat. Die Thätigkeit, Wirksamkeit und Liebe, denen einer großen Gesammtheit zu nutzen nicht vergönnt war, waren lange Zeit hindurch Eduard's alleiniger Segen geworden, da er mehr als zehn Jahre älter war als seine Schwester.

Man wundert sich oft, daß die Juden noch immer die Geburt eines Messias erwarten und die göttliche Sendung Jesu weder anerkennen noch begreifen. Aber von ihrem Standpunkte aus muß das ganz natürlich scheinen. Wie sollten sie an eine Lehre glauben, deren mißverstandene Grundsätze ihnen bis auf den heutigen Tag die blutigsten, widersinnigsten Verfolgungen zugezogen haben? wie an einen Erlöser, der sie bis jetzt nicht von Schmach und Unterdrückung erlöset hat? Von der Liebe, die Jesus der Menschheit gepredigt, haben die Juden bei den Christen seit jener Zeit wenig zu bemerken Gelegenheit gehabt. Sir haben in der That noch keinen

Messias gefunden. Welch ein Wunder also, wenn sie ihn um so sehnlicher erwarten, je mehr sie der Befreiung und Erlösung sich werth fühlen; wenn jeder Vater bei der Geburt eines Sohnes freudig hofft, dies könne der Erlöser seines Volkes werden, und wenn er den Knaben so erziehen möchte, daß der Mann reif werde für den großen Zweck.

So war auch Eduard's Erziehung in jeder Beziehung sorgfältig geleitet worden. Sie sollte ihn zu einem Menschen heranbilden, der in sich Ersatz für die Entbehrungen finden könnte, welche das Leben ihm auferlegen würde, und sollte ihn anderseits fähig machen, die Verhältnisse zu besiegen, und sich wo möglich eine Stellung zu verschaffen, die ihn der Entbehrungen überheben und alle Vorurtheile besiegen könne. Glücklicherweise kamen Eduard's Fähigkeiten dem Wunsche seiner Eltern entgegen. Eine starke Fassungsgabe und eine große Regsamkeit des Geistes machten, daß er die meisten seiner Mitschüler überflügelte, und erwarben ihm ebenso sehr die Gunst der Lehrer, als eine gewisse Herrschaft über seine Gefährten. Von Liebe und Wohlwollen überall umgeben, schien sein Charakter eine große Offenheit zu gewinnen, und er galt für einen fröhlichen, sorglosen Knaben, bis einst in der Schule der Sohn einer gräflichen Familie, mit dem er sich knabenhaft in Riesenplanen für die Zukunft verlor, bedauernd gegen ihn äußerte: Armer Meier, Dir hilft ja all Dein Lernen Nichts, Du kannst ja doch nichts werden, weil Du nur ein Jude bist.

Von dieser Stunde ab war der Knabe wie verwandelt. Er erkundigte sich eifrig nach den Verhältnissen der Juden, er fühlte sich gedrückt und gekränkt durch sie, und nur sein angeborner Stolz verhinderte ihn, sich gedemüthigt zu fühlen; doch entwickelte sich durch das Nachdenken über diesen Gegenstand bei ihm sehr früh der Begriff von jenen Rechten des Menschen, die Alle in gleichem Grade geltend zu machen vermögen, das Bewußtsein innern Werthes, und ein Zorn gegen jede Art von Unterdrückung. Je älter er wurde, und je mehr er erkennen lernte, welche Vorzüge ihm schon bei seiner Geburt, durch die Aussicht auf eine glänzende Unabhängigkeit zu Theil geworden waren, je bestimmter er einsah, zu welchen Ansprüchen ihn seine Fähigkeiten einst berechtigen dürften, um so mehr empörte sich sein Herz gegen ein Vorurtheil, das alle seine Hoffnungen unerbittlich vernichtete.

Grade in der Zeit von Eduard's Kindheit war wieder eine neue Judenverfolgung durch ganz Deutschland gegangen und die allgemeine Stimmung hatte sich natürlich auch in der Schule sichtbar gemacht, die Eduard besuchte. Spott und Kränkungen mancher

Art waren nicht ausgeblieben; man hatte wohl gehofft, der feige Judenjunge werde Alles ruhig dulden. Darin hatte man sich aber geirrt. Eduard's Charakter war furchtlos, und er erlangte durch Uebung bald eine Gewandtheit und Entschlossenheit, die Jeder sich anzueignen vermag. Er lernte fechten, reiten, schwimmen, und nachdem er sich ein paar Mal mit starker Hand selbst sein Recht verschafft hatte, fand er Ruhe, und endlich auch wieder seine frühere überlegene Stellung zu seinen Gefährten wieder. Hatte der Jüngling früher in einzelnen Momenten dem Gedanken Raum gegeben, sich von dem Judenthume loszusagen und christ zu werden, so verschwand der Plan plötzlich bei dem Anblick der Rohheiten, die er als Knabe selbst von sogenannten gebildeten Christen gegen seine Glaubensgenossen ausüben sehen. Er konnte sich nicht denken, daß das Recht und die Wahrheit sich auf einer Seite befänden, die so zu handeln im Stande war, und Verfolgung machte auch ihn, wie tausend Andere zu allen Zeiten, nur fester seinem Volke angehörig.

Er hatte sich aber in jener Zeit gewöhnt, sich in der Opposition zu empfinden und das Gefühl verließ ihn nie wieder, weil er beständig in Verhältnissen lebte, die dazu gemacht waren, seine Opposition hervorzurufen.

Da Eduard keine Neigung für den Kaufmannsstand hegte, beschlossen seine Eltern, ihn studiren zu lassen, wobei ihm freilich nur die Wahl blieb, Mediziner zu werden, oder nach beendigten Studien in irgend einem andern Fache als Privatgelehrter zu arbeiten, da ihm der Eintritt in eine Staatsstelle ebenso wie die Erlangung eines Lehrstuhles als Jude unmöglich waren. Er entschied sich für das Erstere und verließ das Vaterhaus, um die Universität zu beziehen.

Glücklicherweise herrschte damals auf den Hochschulen ein freier akademischer Geist, und die neuen Verhältnisse übten auf Eduard einen guten Einfluß aus. Hier galt er selbst, sein eigenstes Wesen, ohne daß ihn Jemand fragte, wer bist Du? und was glaubst Du? Sein Geist, seine körperliche Gewandtheit erwarben ihm die Achtung seiner Genossen, sein Fleiß, das Wohlwollen der Lehrer, und die Bereitwilligkeit, mit der sein reichlich gefüllter Beutel Allen offen stand, die Sorglosigkeit und Genußfähigkeit, die er zu jedem Feste brachte, machten ihn bald zum Lieblinge der ganzen Burschenschaft, der er sich mit jugendlicher Begeisterung angeschlossen hatte. Die Idee der Freiheit und Sittlichkeit, die jenem Bunde ursprünglich zum Grunde lag, berührte die zartesten Seiten seiner Seele, und kam seiner ganzen Richtung entgegen. Er fühlte sich gehoben als Glied eines schönen Ganzen, das harmonisch aus den verschiedensten Elementen zusammengesetzt war, frei in einem Verbande, in dem Alle gleiche Rechte genossen.

Unter den Jünglingen, die sich an ihn angeschlossen hatten, und deren Freundschaft ihn beglückte, war Reinhard ihm der liebste geworden. Er war der Sohn einer armen Predigerwittwe, die einer reichen Familie angehörte. Von seinen Verwandten unterstützt, hatte er die Schule besucht und kaum die Universität bezogen, als er erklärte, nun weiter keines Beistandes zu bedürfen, da er in sich die Kraft fühle, für seine Existenz selbst zu sorgen und hoffentlich auch seine Mutter ernähren zu können. Es hatte ihn seit Jahren schmerzlich gedrückt, von Andern abhängig zu sein, es hatte ihn gedemüthigt, seine Mutter von den Wohlthaten einer hochmüthigen Familie leben zu sehen, welche ihr niemals die Heirath mit einem armen bürgerlichen Candidaten vergeben wollen. Abhängigkeit irgend einer Art schien ihm die größte Schmach, weil sie ihm Kränkungen zugezogen, die er nie vergessen konnte, und nur zu leicht mußten er und Eduard sich verständigen, da Beide, wenn auch aus ganz verschiedenen Gründen, sich in ihrem Ehrgefühle verletzt, in mancher Rücksicht von der Allgemeinheit ausgeschlossen empfunden hatten.

Wenn Reinhard den halben Tag mit mühevollem Unterrichten zugebracht hatte, und mit unerschütterlichem Eifer seinen theologischen Studien nachgekommen war, erquickte ihn Abends der Frohsinn, der Geist und der Reichthum an Hoffnungen, mit denen Meier in die Zukunft sah. Im Anfang ihrer Bekanntschaft waren ihre religiösen Ueberzeugungen freilich oftmals zwischen ihnen zur Sprache gekommen, und ein Gegenstand lebhafter Erörterungen geworden. Meier konnte es nicht begreifen, wie man an einen Sohn Gottes, an seine Menschwerdung, an die Dreieinigkeit, an die wirkliche Anwesenheit Christi im Abendmahl zu glauben vermöge – ein Glaube, den Reinhard mit tiefer Ueberzeugung heilig hielt, und den zu lehren und zu predigen sein sehnlichster Wunsch war; denn er gehörte zu jenen poetischen Naturen, die sich Alles, was sie ergreifen, zu einer Religion gestalten, und bei denen der Glaube an die Wunder ein wahrhaftes Bedürfniß ist. Später aber war davon niemals mehr die Rede zwischen ihnen gewesen, weil sie fühlten, daß der verschiedene Glaube sie Beide doch zu demselben Ziele leite, und ein äußeres Ereigniß war dazu gekommen, sie noch fester zu verbinden.

Es war gegen die Zeit ihres Abgangs von der Universität gewesen, als die Regierung es für nöthig gefunden hatte, eine Untersuchung gegen die Burschenschaft einzuleiten. Meier und Reinhard waren nebst vielen Andern verhaftet, längere Zeit mit Verhören und Untersuchungen geplagt und erst nach einem halben Jahre freigesprochen worden. Meier hatte diese Zeit gezwungener Zurückgezogenheit benutzt, sich für sein Doctorexamen vorzubereiten, das er in den ersten Tagen der wiedererlangten Freiheit gemacht, und war dann in seine Vaterstadt zurückgekehrt, um dort seine Carriere zu beginnen. Zwar war er, wie es zu geschehen pflegte, noch eine geraume Zeit unter der sorgsamen Aufsicht der höhern Polizei geblieben, aber das hatte ihn in der Ausübung seiner medicinischen Praxis nicht gehindert, die er gleich mit dem glücklichsten Erfolge begann. Anfänglich waren es, wie gewöhnlich, nur die Armen gewesen, die seiner Hülfe begehrt und sie bei ihm gefunden hatten, doch das Gerücht von einigen glücklichen Kuren, von seiner Uneigennützigkeit und Menschenliebe, hatte sich schnell verbreitet, seine Praxis hatte angefangen, sich auch in den höhern Ständen auszudehnen, und sein Loos würde ein beneidenswerthes gewesen sein, wenn nicht aufs Neue die alten Vorurtheile gegen ihn geltend gemacht worden wären.

Meier's sehnlichster Wunsch war nämlich dahin gegangen, Vorsteher irgend einer bedeutenden klinischen Anstalt zu werden, um lehrend zu lernen und zu nützen. Auf eine solche Stelle an irgend einer Universität Deutschlands hatte er aber nicht rechnen können, und es war ihm also wünschenswerth geworden, wenigstens die Leitung einer Krankenanstalt zu erhalten. Als dann durch den Tod eines alten Arztes die Directorstelle eines Stadtlazaretts freigeworden, hatte er nicht gezögert, sich darum zu bewerben, besonders da er einer günstigen Meinung im Publicum gewiß gewesen war. Die Vorstellungen der Armenvorsteher und mancher andern Leute hatten die betreffende Behörde auch wirklich dazu vermocht, den jungen geachteten Arzt, dessen Kenntnisse ihn ebenso sehr zu dieser Stelle empfahlen, als seine strenge Rechtlichkeit und seine reinen Sitten, zum Director zu wählen und bei der Regierung um seine Bestätigung einzukommen. Meier war auf dem Gipfel des Glückes gewesen, und in der Freude seines Herzens hatte er sich, nachdem er gewählt worden war, anheischig gemacht, auf das immerhin bedeutende Gehalt zu Gunsten der Lazarethkasse zu verzichten. Einige Wochen waren in frohen Erwartungen hingeschwunden, er hatte die Glückwünsche seiner Freunde empfangen und bereits daran gedacht, seine Wohnung im elterlichen Hause mit der neuen Amtswohnung zu vertauschen, als der Bescheid der Regierung angelangt war, welcher statt der erwarteten Bestätigung die Aufforderung enthalten, Meier möge zum Christenthume übertreten, da es ganz gegen die Ansichten der Regierung sei, einem Juden irgend eine Stelle anzuvertrauen. Vergebens waren seine Vorstellungen, wie der Glaube bei einer solchen Anstellung gar kein Hinderniß sein könne, wie diese Zurückweisung in den Gesetzen des Staates nirgends begründet sei – die Regierung war bei ihrem Entschlusse geblieben. Man hatte Meier einen unruhigen Kopf genannt; seine Neider, an denen es dem Talentvollen, Glücklichen nie fehlt, hatten über die jüdische Anmaßung gelacht, die sich zu Würden dränge, für die sie nicht berufen sei, und dabei vergessen, daß die Behörden selbst den verspotteten Gegner durch ihre Wahl für den Würdigsten erklärt hatten.

Auf das Empfindlichste gekränkt, hatte Meier schon damals sein Vaterland verlassen wollen; doch die angeborene Liebe zu demselben und der Gedanke an seine Eltern hatten ihn davon zurückgehalten. Er war in der Heimath geblieben, und obgleich er das Unrecht, das ihm geschehen, niemals vergessen, oder es verschmerzen können, das schöne Feld für seine Thätigkeit verloren zu haben, hatten ihn die Anerkennung, die er fand, der ausgezeichnete Ruf, den er erwarb, endlich schadlos gehalten für die erfahrene Zurücksetzung.

Bei seiner Rückkehr von der Universität hatte er Jenny als ein liebliches Kind von eilf Jahren wiedergefunden, das sich mit leidenschaftlicher Innigkeit an ihn hing, und für das er eine Zärtlichkeit fühlte, die ebenso viel von der Liebe eines Vaters, als eines Bruders besaß. Die Eltern hatten die Kleine niemals aus den Augen verloren, und jeden Wunsch des nachgebornen Lieblings mit zärtlicher Zuvorkommenheit erfüllt. Eduard war überrascht durch den Verstand und den schlagenden Witz des Kindes, er sah, daß ein lebhaftes, leidenschaftliches Mädchen aus demselben werden müsse, konnte sich es aber nicht verbergen, daß die übergroße Liebe seiner Eltern in Jenny eine Herrschsucht, einen Eigensinn entstehen gemacht hatten, dem bis jetzt nur durch seinen Vetter Joseph eine Schranke gesetzt worden war, der, im Meierschen Hause lebend, die Kleine mit seiner ernsten, rauhen Art tadelte und zurechtwies. Dafür hatte Jenny den Cousin schon damals nicht leiden mögen, und es dem Bruder unter vielen Thränen geklagt, wie garstig der Joseph sei, wie er ihr Alles zum Trotze thäte, und wie sie hoffe, in Eduard einen Beschützer gegen den unliebenswürdigen Cousin zu finden.

Der junge Mann begriff bald, daß bei Jenny mit Strenge nichts auszurichten sei, und machte sich in der ersten Zeit seiner Anwesenheit selbst zu ihrem Lehrer und Erzieher. Sie lernte fast spielend, ja es schien oft, als läge das Verständniß aller Dinge in ihr, und man dürfe sie nur daran erinnern, um klar und deutlich in ihr Kenntnisse hervorzurufen, die man ihr erst mitzutheilen wünschte. Ebenso wahr und offen als Eduard, wuchs sie diesem von Tag zu Tag mehr ans Herz, und obgleich er gegen die Eltern oft beklagte, daß sich in Jenny zu viel Selbstgefühl und eine fast unweibliche Energie zeigten, obgleich er es Joseph zugestehen mußte, daß sich bei ihr die Eigenschaften des Geistes nur zu früh, die des Herzens aber scheinbar gar nicht entwickelten, so fiel es ihm doch schwer, als er nach zwei Jahren den Unterricht derselben aufgeben mußte, weil seine zunehmende Praxis ihm keine Zeit mehr dazu übrig ließ.

Eduard drang deshalb darauf, man möge seine Schwester einer Privatschule anvertrauen, die von den Töchtern der angesehensten Familien besucht wurde. Er hoffte, der Umgang und das Zusammenleben mit Mädchen ihres Alters werde bei Jenny die Härten und Ecken, die ihr Charakter zu bekommen schien, am leichtesten vertilgen. Die Eltern folgten seinem Rathe und die neuen Verhältnisse machten in vielen Beziehungen einen günstigen Eindruck auf Jenny. Sie gewöhnte sich, ihrem Witze nicht so zügellos den Lauf zu lassen wie in dem elterlichen Hause, wo man ihre beißendsten Einfälle nur lachend getadelt hatte; sie lernte es, sich in den Willen ihrer Mitschülerinnen zu fügen, dem Lehrer zu gehorchen, aber sie fing auch an, sich ihrer Fähigkeiten bewußt zu werden, welche sie in eine Klasse gebracht, in der alle Mädchen ihr im Alter um mehrere Jahre voraus waren. Von einem Umgange, wie Eduard ihn für sie gehofft hatte, war indessen nicht die Rede. Die halberwachsenen Mädchen dieser ersten Klasse mochten sich größtentheils mit dem bedeutend jüngern Kinde weder unterhalten, noch befreunden, das ihnen obenein von den Lehrern mitunter vorgezogen wurde. Andere, denen Jenny's lebhaftes, freimüthiges Wesen behagte, und die gern mit ihr zusammen waren, konnten von ihren Eltern nicht die Erlaubniß erhalten, die Tochter einer jüdischen Familie einzuladen oder zu besuchen, und zu diesen Letztern gehörte auch Clara Horn. Zwei Jahre älter als Jenny, hatte sie dieselbe unter ihre Vormundschaft genommen, ihr gerathen und geholfen, wenn das verzogene Mädchen sich in den strengen Schulzwang nicht zu finden gewußt, und dadurch ihr volles Vertrauen erworben. Ihr hatte Jenny in den Zwischenstunden von ihren Eltern, von ihrem Bruder, von allen ihren Freuden erzählt und damit ihrer Beschützerin eine Vorliebe für die ganze Meiersche Familie eingeflößt. Wenn nun Clara nach solcher Mittheilung ihre kleine Freundin glücklich pries, und sie um die Eintracht ihrer Eltern und die Liebe ihres Bruders beneidete, da sie Beides entbehrte, wenn Jenny sie dringend bat, zu ihr zu kommen und das Alles mit ihr zu genießen, hatte Clara immer verlegen geantwortet, sie dürfe das nicht. Endlich hatte Jenny sie einmal beschworen, ihr den Grund zu sagen, warum sie nicht zu ihr kommen könne, da hatte Clara ihr mit Thränen erklärt, sie dürfe nicht, weil Jenny's Eltern Juden wären und ihre Eltern diesen Umgang niemals gestatten würden. Jenny wurde glühend roth, sprach aber kein Wort, und gab nur schweigend der weinenden Clara die Hand. Die nächsten Stunden saß sie so zerstreut da, daß weder Lehrer noch Mitschüler sie erkannten. Sie dachte über Clara's Worte nach, und es wurde ihr klar, wie sie allein und einsam in der Schule sei, wie keines von den ihr befreundeten Mädchen sie besuche, oder ihre Einladungen annähme, außer bei solchen Gelegenheiten, wo man die ganze Klasse einlud, und sie, ohne es zu auffallend zu machen, nicht zurücklassen konnte. Sie erinnerte sich der ewigen Frage, bei wem sie eingesegnet werden würde, und des Lächelns, wenn sie den Namen des jüdischen Predigers nannte. Es schien ihr unerträglich, künftig in diesem Kreise zu leben, und als sie nach Hause kam, warf sie sich weinend den Eltern in die Arme, flehentlich bittend, man möge sie aus der Schule fortnehmen. Alle Thränen, die sie in der Schule standhaft unterdrückt hatte, brachen nun gewaltsam hervor. Eduard kam dazu, und bei der Schilderung, die sie von ihrer Zurücksetzung und Ausgeschlossenheit machte, deren sie sich jetzt plötzlich bewußt geworden war, fühlten ihre Eltern und ihr Bruder nur zu lebhaft, daß sie auch dies geliebte Kind nicht gegen die Vorurtheile der Welt zu schützen, ihm nicht die Leiden zu ersparen vermochten, die sie selbst empfunden hatten und nun wieder mit ihm erdulden mußten.

Jenny länger in der Anstalt zu lassen, fiel Niemand ein, weil man das bei ihrem Charakter fast für unthunlich hielt und mit Recht fürchtete, daß ihre Fehler, die man zu bekämpfen wünschte, dort unter diesen Verhältnissen nur wachsen könnten. Man gab also den Besuch der Schule wieder auf, und Jenny sollte wieder zu Hause unterrichtet werden, wobei man aber die Aenderung machte, daß man ihr Therese Walter, die Tochter einer armen Beamtenwittwe, zur Gefährtin gab, die in der Nachbarschaft wohnte und mit der sie von früh auf bekannt gewesen war.

Jenny hatte bis dahin für Therese keine besondere Zuneigung gefühlt. Jetzt, getrennt von der Schule, in welcher Umgang mit Mädchen ihr zum Bedürfniß geworden war, wurde Therese ihr Ersatz für diese Entbehrung, ja, ihr einziger Trost. Es bildete sich dadurch allmälig eine Freundschaft zwischen den beiden Mädchen, die sich sonst wohl niemals besonders nahe getreten wären, da Theresens mittelmäßige Anlagen, ihr ruhiges und stilles Wesen zu Jenny's Art und Weise nicht recht paßten, und sie derselben unterordneten, was aber freilich dazu beitrug, das Verhältniß zu befestigen.

Als es nun nöthig wurde, einen Lehrer für die beiden, jetzt fast fünfzehnjährigen Mädchen zu wählen, schlug Eduard seinen Freund Reinhard dazu vor, der in sehr beschränkten Verhältnissen noch immer in der Universitätsstadt lebte, in welcher die Freunde einander begegnet waren. Reinhards Bemühungen, nach gemachtem Examen eine Pfarre zu bekommen, waren an dem Einwande gescheitert, den man gegen ihn wegen seiner burschenschaftlichen Verbindungen machte. Ein paar Jahre war er Hauslehrer gewesen, hatte die Stelle aber aufgegeben, weil sein Gehalt zwar für seine Bedürfnisse hinreichte, jedoch nicht groß genug war, seiner Mutter die Unterstützung zu gewähren, deren sie bedurfte. Seitdem hatte er durch Unterrichten und durch literarische Thätigkeit für sich und seine Mutter zu sorgen gesucht. Von Eduard Beistand anzunehmen, hatte er verweigert, und nur mit Vorsicht konnte derselbe ihm den Vorschlag machen, nach dessen Vaterstadt zu kommen, um den Unterricht der beiden Mädchen unter den vortheilhaften Bedingungen, die man ihm stellte, zu übernehmen.

Eduard's Plan gelang. Er sah seinen Freund nach mehrjähriger Abwesenheit wieder, und fand in ihm mit großer Freude den alten treuen Gefährten, den er verlassen hatte; doch war er im Denken und Fühlen mannigfach verändert. Ein düsterer Ernst hatte sich seiner bemächtigt. Die Armuth hatte ihn stolz, mißtrauisch und reizbar gemacht, und dadurch die Schönheit seines Charakters beeinträchtigt. Im höchsten Grade streng gegen sich selbst, wahr gegen seine Freunde, glühte er für Recht und Freiheit, hing er mit dem alten schwärmerischen Glauben dem Christenthume an, das ihm der Urquell der Wahrheit und der Liebe war. Der günstige Erfolg, den sein Unterricht im Meierschen Hause hatte, verschaffte ihm bald so viele Schüler, daß er den Aufforderungen, die in dieser Beziehung an ihn gemacht wurden, kaum genügen konnte, während sie ihm eine sorgenfreie Existenz bereiteten, da der Unterricht in der reichen Handelsstadt ganz anders als in dem kleinen Universitätsstädtchen bezahlt wurde. Er konnte seine Mutter zu sich nehmen, mit der er seine kleine freundliche Wohnung theilte, und die treffliche Frau wurde bald in vielen Familien, besonders aber im Meierschen Hause ebenso geachtet und geliebt, als Reinhard selbst. –

Auf Jenny hatte der neue Lehrer einen eigenthümlichen Eindruck gemacht. Weil Eduard ihn so hoch hielt, hatte sie im Voraus die günstigste Meinung für ihn gehegt, und als nun Reinhard in ihrem elterlichen Hause vorgestellt worden, hatten ihr sein Aeußeres und sein ganzes Wesen auf ungewohnte Weise Beachtung geboten. Weit über die gewöhnliche Größe, schlank und doch sehr kräftig gebaut, hatte er eine jener Gestalten, unter denen man sich die Ritter der deutschen Vorzeit zu denken pflegte. Hellbraunes, weiches Haar, und große blaue Augen, bei graden regelmäßigen Zügen, machten das Bild des Deutschen vollkommen, und ein Ausdruck von melancholischem Nachdenken gab ihm in Jenny's Augen noch höhere Schönheit. Er bewegte sich ungezwungen, sprach mit einer ruhigen Würde, für die er fast zu jung schien, doch ließen sich seine große Abgeschlossenheit, seine sichtbare Zurückhaltung nicht verkennen, die er selbst der Freundlichkeit entgegensetzte, mit der man ihn im Meierschen Hause empfing. Therese und Jenny, welche man ihm als seine künftigen Schülerinnen vorstellte, behandelte er mit einer Art Herablassung, die Therese nicht bemerkte, von der aber Jenny, durch die Huldigungen Steinheim's und Erlau's bereits verwöhnt, sich so betroffen fühlte, daß sie ganz gegen ihre sonstige Weise sich scheu zurückzog und weder durch Reinhard's Fragen, noch durch Eduard's und der Eltern Zureden in das Gespräch und aus ihrer Befangenheit gebracht werden konnte.

Nach einigen Tagen hatte der Unterricht begonnen, und beide Theile waren sehr mit einander zufrieden gewesen. Reinhard fühlte sich durch die ursprüngliche Frische in Jenny's Geist angenehm überrascht, und die ruhige, stille Aufmerksamkeit Theresens machte ihm Freude. Was Jene plötzlich und schnell erfaßte, mußte diese sich erst sorgsam zurechtlegen und klar machen, dann aber blieb es ihr ein liebes, mühsam erworbenes Gut, dessen sie sich innig freute, während Jenny des neuen Besitzes nicht mehr achtete, wenn er ihr Eigenthum geworden war, und immer eifriger nach neuen Kenntnissen strebte. Diese unruhige Eile machte, daß sie sich ihres geistigen Reichthums kaum bewußt ward und sich und Andere damit in Verwunderung setzte, wenn sie gelegentlich veranlaßt wurde, ihn geltend zu machen.

Für Reinhard war der Unterricht doppelt anziehend. Er hatte wenig in Gesellschaften gelebt, wenig mit Frauen verkehrt, und ihr eigenthümliches Gemüthsleben, die ganze innere Welt desselben, war ihm fremd. Mit erhöhter Begeisterung las er die deutschen Klassiker mit den Mädchen, wenn er Jenny, hingerissen durch die Schönheit der Dichtung, roth werden und ihr Auge in Thränen schwimmen sah. So hatte er ihnen einst das erhabene Gespräch zwischen Faust und Gretchen vorgetragen, das mit den Worten beginnt: »Versprich mir, Heinrich!« und das schönste Glaubensbekenntniß eines hohen Geistes enthält. Reinhard selbst fühlte sich wie immer lebhaft davon ergriffen, und als Jenny bei den Versen: »Ich habe keinen Namen dafür! Gefühl ist Alles. Name ist Schall und Rauch, umnebelnd Himmelsglut!« weinend vor Wonne dem Lehrer beide Hände reichte, ihm zu danken, hatte er dieselben schnell und warm in die seinen geschlossen, obgleich er es einen Augenblick später schon bereute.

In Folge dieser Stunde und eines dadurch entspringenden Gesprächs war Reinhard zu der Erkenntniß gekommen, daß Jenny, obgleich tief durchdrungen von dem Gefühl für Schönheit und Recht und von dem zartesten Gewissen, dennoch in seinem Sinne aller religiösen Begriffe entbehrte. Ihre Familie hatte sich von den jüdischen Ritualgesetzen losgesagt; Jenny hatte daher von frühester Kindheit an sich gewöhnt, ebenso die Dogmen des Judenthums als die des Christenthums bezweifeln und verwerfen zu hören, und es war ihr nie eingefallen, daß es Naturen geben könne, denen der Glaube an eine positive geoffenbarte Religion Stütze und Bedürfniß sei. Ja, sie hatte ihn, wo ihr derselbe erschienen war, mitleidig wie eine geistige Schwäche betrachtet. Um so mehr mußte es sie befremden, daß Reinhard, vor dessen Geist und Charakter ihr Bruder so viel Verehrung hatte, daß ihr Lehrer, der ihr so werth geworden war, einen Glauben für den Mittelpunkt der Bildung hielt, den sie wie ein leeres Märchen, wie eine den wahren Kern verhüllende Allegorie zu betrachten gelernt hatte. Reinhard behauptete geradezu, daß ein weibliches Gemüth ohne festes Halten an Religion weder glücklich zu sein, noch glücklich zu machen vermöge. Absichtlich führte er deshalb die Unterhaltung mit seinen Schülerinnen häufig auf christlich-religiöse Gegenstände, so daß in seinem Unterricht Religion und Poesie Hand in Hand gingen, wodurch den Lehren des Christenthums ein leichter und gewinnender Einzug in Jenny's Seele bereitet wurde.

Ihr und Reinhard unbewußt war aber mit dem neuen Glauben nur zu bald eine leidenschaftliche Liebe für den Lehrer desselben in des Mädchens Herzen entstanden, für den begeisterten jungen Mann, der ihr wie ein Apostel des Wahren und des Schönen gegenüberstand. Aus Liebe zu ihm zwang sie sich, die Zweifel zu unterdrücken, die immer wieder in ihrem Geiste gegen positive Religionen aufstiegen, und sich nur an die Morallehren zu halten, die dem Gläubigen in dem Christenthume geboten werden. Reinhard seinerseits hatte nicht eigentlich daran gedacht, seinem Glauben eine Proselytin zu gewinnen, diese Schwäche lag ihm fern, denn er ließ jeden Glauben gelten, weil er Geltung für den seinen forderte; nur einem dringenden Mangel in dem Herzen seiner Schülerin hatte er abhelfen wollen. Er war überzeugt, daß der Glaube in Jenny den geistigen Hochmuth zerstören, ihr Wesen milder machen müsse, und war sehr erfreut, wirklich diese Resultate zu erblicken, ohne zu ahnen, daß ihre weichere Stimmung, die er für das Werk der Religion gehalten, nur eine Folge ihrer Liebe zu ihm war. Jenny fühlte das Bedürfniß, an einen Gott zu glauben, der das Gute jenseits lohne, weil ihr kein Erdenglück für Reinhard ausreichend schien; sie wurde demüthiger, aber nicht im Hinblick auf Gott, sondern vor dem Geliebten; und der Gedanke, ihre Liebe könne jemals ein Ende finden, oder durch den Tod aufhören, machte sie so unglücklich, daß ihr die Hoffnung auf Unsterblichkeit und ein ewiges Leben wie der einzige Trost dagegen erscheinen mußte.

Den Eltern und Eduard blieb die vortheilhafte Veränderung in Jenny's Wesen nicht verborgen, und wenn Eduard, was häufig geschah, mit Reinhard über die Schwester sprach, so verfehlte er nicht, es dankend anzuerkennen, wie wohlthuend des Freundes Unterricht auf Jenny wirke. Nur Joseph schien die Meinung nicht zu theilen.

Er wird eine schlechte Christin aus ihr machen, äußerte er gelegentlich, verweigerte es aber, sich näher darüber zu erklären, weil er ein Geheimniß nicht verrathen wollte, das ihn nur seine eifersüchtig wachende Liebe so früh hatte erkennen lassen.

So war Jenny in das sechszehnte Jahr getreten. Ihr Aeußeres hatte sich schön entwickelt, ihre Liebe zu Reinhard war von Tag zu Tag gewachsen, und es konnte nicht fehlen, daß sie mit der Hingebung, die sie dem jungen Lehrer in den Stunden bewies, einen Eindruck auf ihn machen mußte, den er vergebens mit allen Waffen der Vernunft bekämpfte. Denn welche Hoffnungen konnte er für die Neigung hegen, die er für Jenny zu fühlen begann? Selbst wenn die Eltern darin willigten, sie Christin werden zu lassen und sie ihm zur Frau zu geben, konnte er es wagen, das reiche, verwöhnte Mädchen in sein armes Haus zu führen? – So eigensüchtig durfte er nicht sein; und von den Unterstützungen ihres Vaters zu leben, zu wissen, daß seine Frau ihre behaglichen Verhältnisse nicht ihm allein verdanke, der Gedanke schien ihm, nach den Erfahrungen seiner Jugend, fast unerträglich. – Nach jeder Stunde nahm er sich vor, den Unterricht unter irgend einem Vorwande zu beenden, um eine Liebe nicht tiefer in sich Wurzel fassen zu lassen, die kein

Erfolg krönen konnte, die einmal aufgegangen, blitzesschnell und mächtig aufschoß, obwohl er sie mit festem Willen still in sich verschloß. Auch Jenny hielt sich scheu zurück. Aus Furcht, sich zu verrathen, ging sie, sobald der Unterricht vorüber, und ihre Familie oder Fremde zugegen waren, plötzlich aus ihrer Hingebung in eine fremdthuende Kälte über. Sie zeigte anscheinend für jeden Andern mehr Theilnahme als für Reinhard, und dieser blieb dann meistens an Theresens Seite, um im Gespräch mit ihr seine qualvolle Aufregung so gut als möglich zu verbergen.

Besonders war es Erlau, welcher Reinhard's Eifersucht erregte. Mit ächtem Künstlerenthusiasmus bewunderte er Jenny's erblühende Schönheit, und seine frohe, kecke Laune half dem jungen Mädchen oft über ihre Befangenheit und über all ihre Verwirrung fort. Es that ihr wohl, wenn Erlau sie ganz begeistert lobte; sie freute sich, wenn Reinhard es hörte, dessen scheinbare Gleichgültigkeit sie schmerzte, und während sie eifersüchtig auf Therese sich von dieser und von Reinhard fern hielt, suchte sie Erlau geflissentlich auf, der sich ohnehin gern in ihrer Nähe befand.

In solchen Stimmungen ließ sie sich von Steinheim bisweilen zu lebhaften Unterhaltungen hinreißen, in denen der Witz die Hauptrolle spielte, und die oft in eine Art von Neckereien und Scherzen übergingen, an denen Reinhard, seiner ganzen Natur nach, keinen Antheil zu nehmen vermochte. Jenny wußte das wohl, aber sie vermochte nicht, dem Geliebten die unangenehme Empfindung zu ersparen. Je theilnahmsloser und ferner er sich davon hielt, jemehr überzeugte sich Jenny, daß sie ihm ganz gleichgültig sei, und um so weniger sollte er eine Ahnung von ihrer Liebe erhalten. Nur vor Reinhard's Mutter löste sich die Stimmung des jungen Mädchens zu seltener Weichheit auf.

So oft die Pfarrerin das Meiersche Haus besuchte, verließ Jenny augenblicklich die ganze übrige Gesellschaft, um sich ausschließlich der Pfarrerin zu weihen. Jedes Wort, das diese sprach, war ihr werth; stundenlang konnte sie ihr zuhören, wenn sie von der Kindheit ihres Sohnes erzählte, von den unzähligen Opfern, denen der Jüngling sich für sie unterzogen, von der immer gleichen Liebe, die der Mann ihr darbringe, und wie sie nichts sehnlicher wünsche, als den geliebten Sohn bald in Verhältnissen zu sehen, die es ihm möglich machten, an der Seite einer guten Frau das Glück zu finden, das Gott ihm gewiß gewähren müsse.

Jede solche Erzählung diente nur dazu, Jenny's Liebe lebhafter anzufachen; und je deutlicher das Bewußtsein derselben in ihr wurde, je bestimmter der Wunsch in ihr hervortrat, Reinhard anzugehören, um so unerträglicher mußten ihr die Bewerbungen Joseph's scheinen, die von den Wünschen ihrer Eltern unterstützt wurden.

An einem der Abende, welche Jenny's Unterredung mit ihrer Mutter folgten, saßen Madame Meier, die Pfarrerin und Jenny in der Loge, welche ihr Vater für immer gemiethet hatte, um die berühmte Giovanolla zum ersten Male als Susanne im Figaro auftreten zu sehen. Der erste Act war vorüber, als Eduard mit Joseph und Hughes in der Loge erschien, den Letztern seiner Familie vorzustellen. Nach den ersten Worten flüchtiger Begrüßung fing man von der Oper, von der heutigen Aufführung, von der Sängerin, von dem Texte des Figaro, und endlich von Musik im Allgemeinen zu sprechen an. Eduard tadelte das abwechselnde Sprechen, und Singen in den Opern. Es muß Alles gesungen werden, sagte er, wenn es nicht einen sonderbaren Effect machen soll, daß Jemand im Momente höchster Aufregung sich plötzlich in der Rede unterbricht, ruhig ein paar Minuten wartet, bis die Einleitungstacte vorüber sind, und dann in demselben Affecte zu singen anfängt.

Du hast Recht, fiel Joseph ein, erst lehre aber unsere Sänger so deutlich singen, daß man sie verstehen kann! denn in hundert Fällen sind es die eingeschalteten Reden allein, aus denen man einigermaßen entnimmt, weßhalb die Leute auf der Bühne sich eigentlich ereifern.

Dabei werden diese Zwischengespräche auch so unverzeihlich leicht behandelt, daß man sie nur mit Widerwillen hört, fügte Hughes hinzu. Ich muß dabei an einen der ersten Tenoristen Deutschlands denken, den ich einst in einer Residenz Ihres Vaterlandes hörte, und der, als er den Fra Diavolo in ganz erträglichem Deutsch gesungen hatte, beim Sprechen in ein so reines Schwäbisch verfiel, daß es den possenhaftesten Eindruck machte.

Mich dünkt, wandte die Pfarrerin ein, als sei in der That bei der Musik das Wort die Nebensache, da Instrumentalmusik und namentlich die Töne der Orgel denselben Eindruck auf das Gefühl zu machen vermögen, als der Gesang.

Das möchte ich nicht behaupten, meinte Joseph, mich langweilt jedes Instrumentalconcert, und zu einer Kirchenmusik zu gehen, würde mich keine Macht der Welt bewegen.

Weil Du ein Verstandesmensch bist, rief Jenny aus, immer bereit, die Ansicht der Pfarrerin zu theilen und Joseph zu widersprechen, weil Du die Empfindung Anderer nicht kennst.

Oh! Deine Empfindungen und Gefühle z.B. kenne ich am Ende doch, warf Joseph neckend hin, aber mit einem Blick und einem Tone, der ihr das Blut zu Kopfe trieb.

Einen Augenblick schwieg sie bestürzt, dann nahm sie sich zusammen, und sagte zu Hughes: Glauben Sie nicht auch, daß die Musik der Worte entbehren könne?

Insofern bestimmt, als man gewiß sang, ehe man daran dachte, den Gesang mit der Sprache zu verbinden. Mir scheint es aber, als ob Musik und Dichtung so nahe zu einander gehören, daß man kaum sagen darf, die Dichtung könne der Musik, oder diese der Dichtung entbehren. So vollkommen jede Kunst für sich allein zu bestehen und zu entzücken vermag, so gibt es doch gar viele Fälle, in denen erst beide zusammen, sich ergänzend, zu dem vollendeten Ganzen werden, das uns begeistert.

Ich will doch lieber den Tasso ohne Musik hören, als den Figaro ohne Worte, lachte Joseph.

Was das nur wieder für ein Streit ist, sagte Eduard, der bis dahin mit seiner Mutter gesprochen und an der Unterhaltung nicht Theil genommen hatte. Wie oft hast Du, Joseph, mit großem Vergnügen der Aufführung der Ouverture gerade des Figaro zweimal hintereinander zugehört. Merken Sie es sich aber, lieber Hughes, daß meine Schwester und mein Vetter es sich zur Aufgabe gemacht zu haben scheinen, einander zu widersprechen, wenn es irgend angeht.

Jenny fürchtet, wir könnten sonst Mangel an Unterhaltung haben, und der Stoff würde ihr fehlen, unterbrach ihn Joseph, übrigens bin ich in der That nicht sehr empfänglich für Musik, obgleich ich sie recht gern habe.

Du brauchst Dich dessen nicht zu rühmen, flüsterte Jenny dem Cousin ins Ohr, als in dem Augenblick die Introduction zum zweiten Acte begann: *Who is not moved with rapture on sweet sounds, is fit for treason, stratagem and spoil, let him not be trusted.* –

Joseph war verletzt. Er verließ die Loge, die Uebrigen rückten leise die Stühle zurecht, um von dem Gesange der Sängerin nichts zu verlieren, und mit reinem, schönem Tone stimmte sie das »heilige Quelle meiner Triebe« an. Jenny bog sich einen Moment über die Brüstung der Loge hinaus, um sich nach ihren Bekannten umzusehen, und ihr erster Blick fiel auf Reinhard, dessen Augen sehnsüchtig an ihr hingen.

Seit der letzten Stunde, seit einigen Tagen hatte sie ihn nicht gesehen, der es schwer genug über sich gewonnen hatte, sie zu meiden. Sie mußte wenigstens von ihm hören, von ihm sprechen, darum hatte seine Mutter die Einladung zum Theater erhalten. Als

Madame Meier und Jenny vor der Thüre der Pfarrerin vorfuhren, hatte Jenny das Herz vor Freude bei dem Gedanken gebebt, nun werde Reinhard, wie er pflegte, die Mutter hinunter geleiten – aber er kam nicht. – Nur das Dienstmädchen leuchtete vor, und der Meiersche Diener half der Matrone in den Wagen. Auf die Frage von Madame Meier, ob Herr Reinhard heute das Theater nicht auch besuche, hatte seine Mutter erwidert, ihr Sohn sei von dringenden Arbeiten so sehr in Anspruch genommen, daß er durchaus zu Hause bleiben müsse, und ihre Bitte, sich heute einmal Ruhe zu gönnen und den Figaro zu hören, habe er entschieden abgelehnt.

Damit war Jenny jede Hoffnung für den heutigen Abend genommen worden; sie hatte sich aber schwer genug in den Gedanken gefunden, und konnte nun kaum einen Schrei freudiger Ueberraschung zurückhalten, als sie den Geliebten plötzlich vor sich sah, als das Bewußtsein in ihr auftauchte, er, der so unverwandt zu ihr emporblickte, könne nur ihretwegen gekommen sein.

Und so war es in der That. Er hatte zu arbeiten versucht, aber das Bild der Geliebten war zwischen ihn und die Arbeit getreten. Er sah sie in glänzender Toilette, die sie liebte und in der sie so schön war. Er sah, wie das bleiche, feine Köpfchen, von langen dunkeln Locken beschattet, alle Blicke auf sich zog. – Es litt ihn nicht am Schreibtische. Unruhig schritt er im Zimmer umher; er überlegte, daß Erlau, der Bewunderer der Giovanolla, daß Steinheim gewiß im Theater sein, daß Erlau vermuthlich jetzt in der Loge neben Jenny sitzen würde. Was die Liebe allein nicht vermocht hatte, das errang die Eifersucht: er griff rasch nach Hut und Mantel, und war eine Viertelstunde später im Theater.

Erleichtert athmete er auf, als er die Männer nicht in ihrer Nähe bemerkte. Heute, nachdem er sie zwei Tage nicht gesehen, in denen er unaufhörlich an sie gedacht und die heißeste Sehnsucht empfunden hatte, heute schien sie ihm schöner und begehrenswerther, als je! Aber Alles lag trennend zwischen ihm und ihr: Religion und Verhältnisse, und vor Allem ihre Kälte. Ja! wenn er ihr mehr als nur ein Lehrer wäre, den sie hochhielt, wenn sie ein anderes Interesse für ihn hätte, wenn sie ihn liebte! Mit diesen Gedanken hingen seine Augen an ihr, als ihr Blick ihn traf, und das selige Entzücken in ihren Zügen, die glühende Röthe, die ihr Gesicht urplötzlich überflogen, gaben ihm eine Antwort, die ihm das Herz aufwallen machte. Hunderte von Menschen waren jetzt zwischen ihm und der Geliebten, und das Geständniß, das er im Alleinsein ihr nie zu machen gewagt hatte, jetzt war es seinem Herzen entschlüpft; die

Zuversicht zu Jenny's Liebe, auf die er bisher nie gehofft, jetzt vor hundert Zeugen war sie ihm geworden.

Das ist das Geheimniß der Liebe, daß sie zwei Herzen verbindet zu Einem, und diese absondert unter Tausenden; daß das Gefühl der erwiderten Liebe nicht der Worte, kaum des Blickes bedarf, um sich deutlich zu machen. Es ist, als ob die Liebe wie ein flüchtiger Aether dem einen Herzen entströme, um das andere zu erfüllen und zu beleben. Aber nur das geliebte, geöffnete Herz empfindet das Lebenswehen, das für es ausgeströmt wird. Die Uebrigen berührt der Strom von Jenseits nicht, und sie athmen ruhig die kalte Erdenluft, ohne zu ahnen, wie schnell und leicht und freudig zwei Herzen in ihrer Nähe klopfen.

Reinhard und Jenny waren allein mit einander, mitten in dem menschenvollen Raume. Nur für sie allein sang die Gräfin, nur um ihren stillen Gefühlen Worte zu geben, und wie zum Schwure blickten sie sich ernst und heilig in die Augen, und wiederholten innerlich: »Laß mich sterben, Gott der Liebe, oder lindre meinen Schmerz.«

Jenny, dem Kindesalter noch sehr nahe, wurde froh wie ein Kind, nachdem die Gewalt des ersten Eindruckes sich etwas vermindert hatte. Sie war glücklich in dem Bewußtsein, geliebt zu werden; sie hätte es dem ganzen Publicum zurufen mögen: meinetwegen ist er in das Theater gekommen, und er liebt mich! und doch hatte sie nicht den Muth, seiner Mutter zu sagen, daß er da sei, und daß sie ihn sähe. Ihr ganzes Gesicht lächelte schelmisch, als Cherubin kläglich fragte: »Sprecht, ist das Liebe, was hier so brennt?« Reinhardt wandte kein Auge von der Geliebten, und ein ganzer Frühling von Glück und Wonne blühte in seinem Herzen auf, als Jenny bei der wiederholten Frage: »Sprecht, ist das Liebe, was hier so brennt?« ihn muthwillig ansah, und ganz unmerklich für jeden Andern, ihm ein freundliches »Ja« mit den schönen Augen zunickte.

Bald war das Finale des zweiten Actes mit seinem rauschenden *Prestissimo* vorüber. Reinhard verließ seinen Platz, und eilte, in die Nähe der Geliebten zu kommen. Es war ihm, als müsse er nun in Einem Worte alles Leiden und Hoffen der letzten Monate vor ihr enthüllen, als müsse er sie an seine Brust schließen und ihr danken für das Glück, das sie ihm in dieser Stunde gegeben. Er hätte das zarte Mädchen auf seinem Arm forttragen mögen, sich durchkämpfend durch eine Welt von Hindernissen, um das süße Kleinod ganz allein zu besitzen, um es an einen Ort zu bringen, wo kein begehrender Blick Diejenige träfe, die sein Ein und Alles war.

Und als er die Thür der Loge geöffnet hatte, als Jenny sich um-
wendete, und er das Rauschen ihres seidenen Kleides hörte, da
wußte er kein Wort zu sagen. Er sprach einige gleichgültige Dinge
mit ihrer Mutter, hörte, wie seine Mutter sich freute, daß er noch
so spät gekommen sei, und setzte sich schweigend neben Jenny
nieder.

Sie fühlte das Peinliche seiner Lage und auch sie war befangener,
als jemals. Endlich brachte sie stockend die Worte hervor: Ich habe
Herrn Reinhard schon beim Beginn des zweiten Actes gesehen.

Und warum sagtest Du das nicht gleich? fragte ihre Mutter.

Ich dachte, ich wußte nicht, stotterte Jenny ganz verwirrt, bog
sich zur Pfarrerin nieder, küßte ihr die Hand und bat, als ob sie
ein Unrecht gut zu machen hätte: ach, sein Sie nicht böse!

Beide Frauen nahmen das lächelnd für eine von Jenny's Launen,
und gaben nicht weiter auf sie Acht, als abermals der Vorhang
emporrollte und das Duett zwischen Susanna und dem Grafen er-
tönte.

Für Reinhard sang der Graf nicht vergebens: »So lang' hab' ich
geschmachtet, ohn' Hoffnung Dich geliebt«; er fühlte dabei die
Trostlosigkeit der verflossenen Tage auf's Neue, und Jenny konnte
sie in dem beredten Ausdruck seines Auges lesen, ohne daß sie ein
Wort mit einander zu sprechen brauchten. Sie fühlte mit Reinhard,
als die Musik aufjubelte, bei der Stelle: »So athm' ich denn in vollen
Zügen der Liebe, der Liebe süßes Glück«, und Beide versanken mit
dem Gefühle seliger Gewißheit in jene Träumereien, die wohl Jeder
von uns gefühlt hat, wenn ein großes, heißersehntes Glück endlich
von uns erreicht worden ist.

Die Oper war zu Ende, ehe das junge Paar es vermuthete. Reinhard bot Madame Meier den Arm, während Jenny mit seiner
Mutter ging. In der Vorhalle traf man Eduard mit Hughes und
Erlau, und verabredete, daß er die beiden Herren zum Thee mit-
bringen solle, zu dem Madame Meier auch die Pfarrerin und
Reinhard einlud. Der Letztere geleitete die Damen zu ihrem Wagen,
stieg mit ihnen hinein, und als sie wenige Augenblicke darauf in
das Portal des Meierschen Hauses einfuhren, als er Jenny die Hand
zum Aussteigen bot, und diese kleine Hand in der seinen bebte,
konnte er es sich nicht versagen, sie leise zu drücken und zu halten,
während sie die ersten Stufen der Treppe hinaufstiegen. So hält
man ein Vögelchen fest, das man eben gefangen hat, weil man sich
des Besitzes bewußt werden will, weil man fürchtet, es könne uns
entfliehen; aber scheu und leicht, wie ein kleiner Vogel, machte

Jenny ihre Hand frei, ging eilig die Treppe hinauf und in das Theezimmer, wohin Reinhard ihr folgte.

Der Vater brachte den Abend außer dem Hause zu; die Damen setzten sich also gleich an den Theetisch, und wenig Augenblicke später erschienen die erwarteten Herren.

Nun, was sagen Sie heute zur Giovanolla? fragte Erlau, sobald er Platz genommen hatte. Sie müssen gestehen, reizender, anmuthiger kann man nicht sein. Ich hätte nie geglaubt, daß es möglich sei, bei so großartiger Schönheit diesen Eindruck soubrettenhafter Koketterie zu machen, und sie hat sich heute in der Susanna als eine große Künstlerin gezeigt.

Ich denke, erwiderte Madame Meier, so gar viel Kunst bedarf sie nicht, um sich so darzustellen, als sie ist.

Im Gegentheil! das ist ja die schwerste Aufgabe, sich selbst zu spielen; aber diese hat sie nicht zu lösen gehabt, denn kokett ist die Giovanolla nicht. Wahrhaftig nicht! rief er, als die Andern zu lachen anfingen. Sie weiß, daß sie ein Ideal von Schönheit ist, und besitzt Großmuth genug, sich den Augen der staunenden Mitwelt in all der Vollendung zeigen zu wollen, deren sie fähig ist. Ich mußte heute bei jeder ihrer Bewegungen meine Freude zurückhalten, um nicht fortwährend den Leuten zuzurufen, daß sie ein klassisches Modell vor Augen hätten. O! ich habe im Geiste die wundervollsten Studien gemacht, und die Nachwelt soll sich noch am Bilde dieses Weibes erfreuen, wenn mein Talent mit meinem Willen gleichen Schritt hält.

Während Du an die Nachwelt dachtest, sagte Eduard, überlegte ich, daß es wohl keine größere Thorheit gibt, als die Jugend an solchen Darstellungen Theil nehmen zu lassen, in denen die Sitten einer sittenlosen, verderbten Vorzeit so anmuthig und so einschmeichelnd dargestellt werden.

Der Meinung bin ich auch, bekräftigte Reinhard. Ich will nicht leugnen, daß dieser Abend zu den schönsten meines Lebens gehört, so viel Freude hat er mir gebracht, und doch peinigte es mich, die Logen voll von jungen Damen zu sehen.

Damit tadeln Sie mich, lieber Reinhard! unterbrach ihn Jenny's Mutter. Sie wollen mir sagen, was Eduard schon mitunter äußerte, daß wir Mütter mit der Erziehung unserer Töchter nicht sorgfältig genug zu Werke gehen. Ich glaube aber, daß es dem reinen Sinn eines unverdorbenen Mädchens eigen ist, an einem schönen Bilde nur die Schönheit, und nicht gleich die Flecken und Fehler zu sehen, die es entstellen. Darum haben mein Mann und ich nie Bedenken getragen, unserer Tochter manches Buch in die Hände zu geben, sie an manchen Dingen Theil nehmen zu lassen, die man ihrem Alter sonst vorenthält.

Gewiß ist das häusliche Beispiel und die innere Seelenbildung die Hauptsache bei weiblicher Erziehung, sagte Hughes. Sonst müßten ja in Frankreich, wo man die Mädchen bis zu ihrer Verheirathung in klösterlicher Einsamkeit hält, die Sitten besser sein, als bei uns in England und hier in Deutschland, wo man der Jugend viel größere Freiheit verstattet; und gerade hier beweist doch die Erfahrung, daß die französische Zurückgezogenheit keine lobenswerthen Erfolge aufweist.

Weil in Frankreich der ganze Zustand der Gesellschaft ein verderbter, ein aufgelöster ist; weil die Bande der Ehe dort locker geworden sind, und das Haus, die Familie aufgehört haben, der Mittelpunkt zu sein, von dem Alles ausgeht. Was kann es nützen, ein Mädchen in den strengsten Grundsätzen zu erziehen, wenn der erste Schritt ins Leben ihr zeigt, daß weder ihre Eltern, noch ihr Gatte an diese Grundsätze glauben; wenn sich das junge, liebebedürftige Herz verrathen sieht, vielleicht um einer Tänzerin willen, die nicht werth ist, der Schuldlosen die Schuhriemen zu lösen. Wenn dann das böse Beispiel dazu kommt, das die sogenannten modernen Romane und das Theater bieten, da braucht man sich freilich über die Erfolge in Frankreich nicht zu wundern, eiferte Eduard.

Aber bei uns, mein Sohn! wandte seine Mutter ein, ist doch der Zustand der Frauen und der Gesellschaft überhaupt ein ganz anderer. Deshalb scheint mir, Du übertreibest den Nachtheil, den Theater und dergleichen auf junge Gemüther ausübt, und wir Deutschen können unseren Töchtern ruhig diese Genüsse gewähren.

Im Gegentheil, liebe Mutter! weil bei uns der Mann sein Haus noch für den Tempel seines Glückes, die geliebte Frau für die Hohepriesterin desselben hält, weil er Ruhm, Ehre und Alles, was er ist und erwirbt, diesem Tempel und seiner Priesterin darbringt, weil sein Hoffen und Fürchten in diesen Kreis gebannt ist und er immer wieder dahin zurückkehrt, sobald das Leben mit seinen gebieterischen Forderungen ihn frei läßt; darum haben wir deutschen Männer ein Recht, zu verlangen, daß auch kein unreiner Hauch die Seele eines Mädchens berühre, dem so viel geopfert wird.

Und wie hoch, wie heilig ist uns das Mädchen, das wir lieben! rief plötzlich Reinhard, der bis dahin schweigend zugehört hatte, als ob er aus tiefen Gedanken zu sich käme. Wenn ein Mädchen wüßte, wie schwer und heftig der Kampf ist, den der Mann zu kämpfen hat, ehe er willig und für immer auf seine Ungebundenheit verzichtet, ehe er seine Freiheit opfert! Nur einem Wesen, das man mehr liebt als sich selbst, das man gleich einer Gottheit heilig hält, kann man so unterthan werden, als die Liebe es uns dem Weibe macht. Wer aber ertrüge den Gedanken, daß die Gottheit unsres Herzens unwürdigen Festen beiwohnt? Wer wollte es ruhig ansehen, daß ihr Auge von unreinem Anblick berührt würde? Ich könnte mein Leben daran setzen, der Geliebten eine solche Entweihung zu ersparen; und ein Mädchen, das wahrhaft liebt, das die Liebe, die hingebende, die anbetende Liebe eines Mannes zu begreifen vermag, das in sich auch den Geliebten achtet, muß nothwendig und freiwillig Allem entsagen, was diesen und sie zugleich verletzt. Wer es gefühlt hat, wie wahre Liebe das Männerherz reinigt und veredelt, dem muß es wehe thun, wenn die Mädchen selber sich um den Nimbus bringen, den Sittenreinheit um sie hervorzaubert, und der sie unserm Herzen gerade so theuer macht.

Er hatte noch nicht geendet, als sein Auge auf die neben ihm sitzende Jenny fiel, die sich hinter der dampfenden Samovare verbarg und vor Bewegung kaum den Thee zu bereiten vermochte. Er fühlte den bittern Tadel, den er unwillkürlich auch gegen die Geliebte ausgesprochen hatte; er wollte einlenken, aber er vermochte es nicht, denn es war seine innerste Ueberzeugung gewesen, die er ausgesprochen hatte. So viel Glück ihm der heutige Abend im Theater gewährt, so weh that es ihm doch, daß ein so schlüpferiges, sittenloses Stück, so leichtfertige Gesänge, zum Boten seiner Liebe bei Jenny geworden waren. Das war der Unterschied zwischen ihm und ihr, daß sie, aufgezogen in den Begriffen der sogenannten großen Welt, trotz ihrer sittlichen Seele, das Gefühl für die Sittenlosigkeit mancher Verhältnisse verloren hatte, oder daß es nicht zum Bewußtsein in ihr gekommen war. Der Figaro, Don Juan und vieles Andere, waren ihr Dinge, an denen sie sich von Kindheit auf erfreut hatte, ohne an das Gute und Böse daran zu denken, und das war ein Zustand, in den weder Eduard noch Reinhard sich zu versetzen vermochten.

Reinhard war bis zu seiner Universitätszeit in einem Landstädtchen in vollkommener Zurückgezogenheit erwachsen, und seinem Geiste mußten die Eindrücke, die er dann plötzlich in der Gesellschaft und durch das Theater empfing, ganz anders erscheinen, weil er sich der Empfindungen bewußt war, die dadurch in ihm hervorgerufen worden. Eduard hingegen war allmälig durch Nachdenken zu der Ansicht gekommen, die er vertheidigte, und die er, durch Verhältnisse, welche wir später darthun werden, angeregt, heute ungewöhnlich warm ausgesprochen hatte.

Beide Männer ahnten nicht, mit welcher Verwunderung Madame Meier und die Pfarrerin den Ansichten ihrer Söhne zuhörten, und daß Beide tiefer in den Herzen derselben lasen, als es ihnen lieb sein mochte. Ebenso hatte Reinhard nicht bedacht, wie weh der armen Jenny sein Urtheil thun mußte, die sich in aller Unbefangenheit dem Genusse der Musik hingegeben hatte, und die eben heute diese Oper doppelt liebte, weil ihr während derselben die Ueberzeugung geworden war, daß Reinhard's Herz ihr angehöre.

Der Pfarrerin war Jenny's Bewegung nicht entgangen; sie sah den langen, flehenden Blick, den Reinhard auf sie richtete, nachdem er gesprochen; sie sah, daß Jenny sich zu ihm neigte und ein paar Worte sprach, die ihren Sohn in das höchste Entzücken zu setzen schienen, denn sein Gesicht leuchtete vor Wonne, aber verstehen konnte sie diese leise gesprochenen Worte nicht. Ich werde nie wieder in den Figaro gehen, hatte Jenny zu Reinhard gesagt, und die Pfarrerin überlegte vergebens, weshalb der Ausdruck von Betrübniß auf dem schönen Gesichte des Mädchens trotz Reinhard's Freude nicht verschwinden wollte.

Um der Unterhaltung, die für einige Augenblicke ins Stocken gekommen war, wieder fortzuhelfen, bemerkte die Pfarrerin: Mag man nun über die Moral des Figaro, die allerdings locker genug ist, noch so streng urtheilen, es ist nicht zu leugnen, daß die Dichtung Anmuth hat, der bezaubernden Composition gar nicht erst zu denken.

Das macht sie um so gefährlicher, schaltete Hughes ein, wenn wir die Gefährlichkeitstheorie der beiden Herren überhaupt annehmen.

Ich bitte Sie, mein Herr, lachte Erlau dazwischen, lassen Sie sich doch von den abgeschmackten Lehren nicht hinreißen. Was so ein Doctor, der längst ein begehrter Heirathscandidat ist, und so ein Candidat der Theologie, der längst Prediger sein möchte, unser Einem vorpredigen und aufdociren möchten, das ist ja deshalb Alles noch nicht wahr. Lassen Sie die Beiden doch lehren, was sie wollen; ich behaupte dennoch, daß im Figaro, im Barbier, im Don Juan, in der ganz vergessenen, lieblichen Fanchon, etwas von der flüchtigen, zierlichen Leichtigkeit des vorigen Jahrhunderts liegt, die uns leider verloren gegangen ist.

Von einer Leichtigkeit, sagte Eduard, die, in totale Verderbtheit ausgeartet, sinnlos forttänzelte zum Schaffot, trotz der warnenden Stimmen, an denen es nicht fehlte.

Ja! zum Schaffot, fuhr Erlau fort, auf dem die leichtfertigen Tänzerinnen mit einer Ruhe starben, mit einer Seelengröße, die einer Römerin würdig gewesen wäre. Die Prinzeß Elisabeth starb eben so ruhig als Arria, oder irgend eine andere Heldin Eurer gepriesenen, langweiligen Römerzeit; und der ganze Unterschied ist der, daß die Französinnen liebenswürdig und glücklich waren, und Glückliche machten, während so eine antike Römerin, oder römische Antike in ihrem Frauengemache saß und tugendhaft war, und wollene Toga's webte. Da lobe ich mir die Französinnen!

Die alten Damen lachten, und Erlau fuhr dadurch ermuthigt fort:

Sagt mir nur ehrlich, ist Einer von Euch halb so liebenswürdig, als der Graf Almaviva, oder Don Juan, oder Cherubin, oder der Abbé in Fanchon?

Du vielleicht, lieber Erlau! sprach Eduard.

Wollte Gott, ich wäre es. Ich strebe täglich, diese heitern Vorbilder einer fröhlichen Vorzeit zu erreichen, aber kommt man dazu? Kaum hat man sich verliebt und schwelgt in Wonne, so erzählen sie von Actien zu einer Eisenbahn, oder von Entwürfen zu Kleinkinderschulen, in denen lauter Prüden und Pedanten erzogen werden sollen. Denkt man daran, sein Herz frei zu machen, um es bald wieder gefangen zu geben, so soll man einer Corporation zur Befreiung der Negersklaven oder zur Erleichterung der Hunde beitreten; und kein Mensch denkt dabei, daß mich z.B. dies viel mehr ennuyirt, als es irgend einen Neger langweilt, Zuckerrohr zu tragen, oder einen Hund, seinen Karren zu ziehen.

Es ist freilich nicht allen Menschen möglich, das Leben wie eine Lustpartie zu nehmen, und jedes höhere Interesse als lästiges Hinderniß zu verleugnen, erwiderte Reinhard, dem diese Scherze Erlau's besonders darum mißfielen, weil Jenny ein Wohlgefallen daran fand, das er nicht billigen konnte.

Und wie soll man das Leben denn wohl anders nehmen? fuhr der unerschöpfliche Erlau fort. Gott hat uns fraglos für die Freude geschaffen; Gott will, daß wir uns freuen sollen, und daß Ihr mich neulich und heute wieder in meinem besten Vergnügen stört, ist eine wahre Todsünde. Was habt Ihr denn von dem ewigen Moralisiren? Madame Meier und die Frau Pfarrerin hören so andächtig zu, daß ihnen der Thee eiskalt werden wird, und Fräulein Jenny sieht seit der abgeschmackten Unterhaltung so traurig aus, und ist so zerstreut, daß ich noch gar keinen Thee bekommen habe, den schweren Aerger zu ertränken, den Ihr mir verursacht. – Liebes Fräulein, sprach er gegen Jenny gewandt, nur eine doppelte Portion Zucker als Ausgleich für den bittern Verdruß, den Ihr Bruder mir gemacht hat!

Die kleine Gesellschaft war in ein herzliches Lachen ausgebrochen, das Erlau's fröhliche Laune hervorgerufen hatte. Auch Jenny riß sich gewaltsam aus den Gedanken heraus, die heute zum ersten Male in ganz neuer Gestalt in ihr erwacht waren. Nur Reinhard blieb in tiefes Sinnen verloren, und sah, aufgelöst in Liebe, zu Jenny hin, die sich eben anschickte, Erlau eine scherzhafte Antwort zu geben, als Joseph und Steinheim in das Zimmer traten. Sie waren zu Fuß aus dem Theater gekommen, und Steinheim entschuldigte ihr spätes Erscheinen mit den parodirten Worten: Spät komm' ich, doch ich komme; der weite Weg entschuldige mein Säumen.

Aber warum fuhren Sie nicht auch nach Hause? fragte Jenny.

Weil leider Freitag Abend ist, antwortete Steinheim, und ich meiner Mutter den Kummer nicht machen wollte, zu fahren. Aus Kindesliebe, aus Frömmigkeit hole ich mir in dem nassen Wetter den Tod, nach dem Echauffement im Theater, und bei meinem reizbaren Nervensystem! Was soll man aber thun?

Ich habe geglaubt, das Fahren sei nur am Sonnabend verboten, sagte die Pfarrerin.

O nein! erwiderte Steinheim, der Sonnabend fängt bei uns schon des Freitags an, und alle Ruhe- und Sabbathfeiergesetze müssen von Freitag Abend ab gehalten werden, bis Sonnabends die ersten Sterne blinken.

Die Pfarrerin erwähnte es lobend, daß Steinheim sich an diese Formen halte. – Mir sind sie ganz gleichgültig, antwortete er, ich halte sie für ein Gesetz, das mißverstanden ist, und befolge es nur meiner Mutter zu Liebe, der ich viele Opfer der Art bringe, obgleich sie meine Gesundheit ruiniren.

Für solch einen Mustersohn habe ich Sie nicht gehalten, sagte Jenny, die nie der Lust widerstehen konnte, Steinheim zu necken. Ich wußte nicht, daß Selbstverleugnung auch zu Ihren Tugenden gehöre.

»Es liebt die Welt, das Strahlende zu schwärzen, und das Erhabne in den Staub zu ziehn«, declamirte Steinheim. Daß Sie, holdes Fräulein, aber an mir zweifeln, verdiene ich nicht, und ich könnte wie Cäsar sagen: »Brutus, auch Du!« – Uebrigens wissen Sie ja, daß Sonnabends unsere Pferde geschont und ich strapazirt werde.

Das ist das erste Gesetz gegen Thierquälerei, rief Erlau dazwischen, und ich wundere mich, lieber Meier, daß Du, in doppelter Hinsicht triumphirend, nicht längst darauf aufmerksam gemacht hast.

Wirklich, meinte Madame Meier, gehört aber die stille Sabbathfeier zu den Gesetzen der jüdischen Religion, die mir sehr gefallen und zusagen – obgleich wir sie nicht mehr halten.

Ich finde es auch sehr schön, sagte Jenny, aber es ist doch nicht für alle Menschen, eigentlich nur für Juden gemeint; denn ich habe bei Madame Steinheim selbst gesehen, daß ihr christliches Dienstmädchen die Lichter putzte, was sie selbst nicht that.

Also meinen Sie, fragte Steinheim, der sich neben Jenny's Stuhl hingesetzt hatte, da das Dienstmädchen Licht putzen darf, so kann das Pferd auch ziehen?

Ja! sagte Jenny leise, während sich bereits eine andere Unterhaltung in der Gesellschaft entsponnen hatte. Ja! die Pferde könnten wohl arbeiten, da sie nicht Juden sind.

Und was sind sie denn? fragte Steinheim ebenfalls leise, um die Andern nicht zu stören.

Weiß ich's? war die Antwort, vermuthlich Christen! – oder Heiden! fügte sie schleunig hinzu, bemerkend, daß Reinhard, der an ihrer andern Seite saß, jedes Wort dieser kindischen Unterhaltung gehört hatte, und sich unwillig abwendete, als Steinheim in ein laut schallendes Gelächter verfiel, dessen Grund er aber, auf Jenny's eifriges Bitten, nicht sagen wollte, so sehr man auch in ihn drang.

Durch Reinhard's Brust waren die letzten Worte wie ein fliegendes Weh gezogen, wie ein eisiger Frost über die ersten schönen Blüthen des Frühlings. Diese Leichtfertigkeit, dies Scherzen mit Allem, was Andern heilig ist, das war es eben, was oft so trennend zwischen Jenny und seiner Liebe gestanden hatte. Er liebte ihre reiche, schöne Natur, ihr lebhaftes Gefühl, und wurde es doch nur zu häufig mit Betrübniß gewahr, daß Jenny, in Folge ihrer Erziehung und der Verhältnisse, in denen sie aufgewachsen war, eine Richtung genommen hatte, die seiner ganzen Seele widerstrebte, die auch Eduard mißbilligte, die aber zu ändern ihren beiderseitigen Bemühungen bis jetzt nicht gelungen war. Reinhard glaubte an ihr Herz, er liebte sie, wie ein kräftiges Gemüth nur zu lieben vermag – und doch fühlte er eine Scheidewand zwischen sich und der Geliebten; doch konnte er die bange Ahnung nicht unterdrücken, es stehe ein Etwas trennend zwischen ihm und ihr. Jetzt bei Jenny's letzten Worten erwachte das Gefühl aufs Neue und heute um so schmerzlicher in ihm. Trüb und verstimmt nahm er, als sich die Gesellschaft trennte, von der Geliebten Abschied, trüb und verstimmt schritt er an seiner Mutter Seite heim, während Jenny in ihrem Zimmer Thränen der bittersten Reue vergoß. Sie wußte, was sie ihm angethan hatte, aber so hatte sie heute doch nicht von ihm zu scheiden geglaubt. – Er hatte keinen Blick für sie gehabt, und jetzt wußte er es doch, daß sie ihn liebte.

Die schöne Clara lag, während sich dies Alles begab, von Schmerzen gepeinigt auf ihrem Krankenlager. Jung, schön und gut, umgeben von Reichthum und Luxus, hatte sie doch niemals das Glück gekannt, für das allein sie geschaffen schien. In ihrem väterlichen Hause war die unglückliche Ehe ihrer Eltern eine Quelle des Leidens für sie geworden. Nur der Wunsch, sich in der Welt vorwärts zu bringen, hatte ihren Vater einst dazu vermocht, um seine Gattin zu werben, die, wie schon früher erwähnt, einer der angesehensten Familien der Kaufmannsaristokratie angehörte. Die Commerzienräthin war einige Jahre älter als ihr Gatte, hatte aber, als sie sich mit ihm verband, noch vollen Anspruch auf die Bewunderung ihrer regelmäßigen kalten Schönheit zu machen, und glaubte, ein Recht auf die Verehrung ihres Mannes, auf seinen Dank zu besitzen, weil sie sich entschlossen, zu einer Verbindung zu schreiten, die damals noch keine glänzende Aussicht geboten hatte. Liebe brachten beide Theile nicht in das neugegründete Hauswesen; und als bald darauf der herrschsüchtige Charakter der Frau dem jungen Manne sein Haus zur Plage machte, und er sich immer mehr von ihr zurückzog, artete ihre Stimmung in eine Bitterkeit, in eine starre Kälte aus, die vollends dazu beitrug, die Gatten von einander zu entfernen. Die Geburt ihres Sohnes schien eine Zeitlang das Herz der Mutter mildern Gefühlen gegen den Vater des Kindes zu öffnen. Es war aber zu spät, um den Frieden herzustellen. Horn hatte sich, fortgerissen von andern Männern und einem sinnlichen Temperamente, einer Lebensart überlassen, welche seiner Frau gerechten Grund zur Klage bot, und als einige Jahre später Clara geboren wurde, fehlte schon an ihrer Wiege das Lächeln beglückter Elternliebe.

Ihr Sohn war das einzige Wesen, an dem die Mutter hing. Ihm wurde, sobald er nur im Stande war, seinen Willen zu äußern, jeder Wunsch erfüllt; und eben so schwach und nachsichtig gegen den Sohn, als streng gegen alle Andere hatte die Commerzienräthin den jungen Mann zu dem weichlichen, kalten und hochmüthigen Stutzer erzogen, als welchen wir ihn am Anfang dieser Erzählung zuerst erblickten. – Um die liebliche Clara hatte die Mutter sich wenig nur gekümmert. Die Kleine war früh einer Gouvernante übergeben worden, die glücklicher Weise ganz dazu geschaffen war, die Seele des jungen Mädchens zu bewahren und auszubilden. Von den Eltern nicht mehr als nothdürftig beachtet, geneckt und geplagt von den eigensinnigen Launen des Bruders, gewöhnte sich Clara schon in erster Kindheit an eine Fügsamkeit und Anspruchslosigkeit, die später der edelste Schmuck der schönen Jungfrau wurden. Nicht ohne Stolz sah der Vater auf die Bewunderung, die das erste Auftreten Clara's in der Gesellschaft erregte. Die wilden Leidenschaften der Jugend hatten sich bei ihm gelegt, sein Sohn, der Mutter Liebling, war ihm fremd geblieben; er vermißte eine freundliche Heimath, die Anhänglichkeit einer Familie, und so konnte es nicht fehlen, daß der Tochter demüthige Ergebenheit, ihr kindliches Anschmiegen ihn fesselten. Er liebte sie, wie er zu lieben im Stande war. Sie war sein Stolz, die Krone seines Besitzes, und alle seine Wünsche gingen darauf hinaus, diese Tochter so glänzend, als möglich, versorgt zu sehen. Wie angenehm mußte es ihn also überraschen, als die Commerzienräthin, die das freundliche Verhältniß ihres Mannes zu der Tochter stets mit gewohnter Gleichgültigkeit betrachtet hatte, ihm einst ganz unvermuthet die Frage vorlegte, ob es jetzt, da Clara bereits im zwanzigsten Jahre sei, nicht Zeit werde, an die Verheirathung derselben zu denken. Sie theilte ihm mit, daß sie schon seit längerer Zeit mit ihrer in England verheiratheten Schwester den Plan entworfen habe, den einzigen Sohn derselben mit Clara zu verbinden. Sie bewies, daß ihr Schwager Hughes, nach englischer Sitte an die Bevorzugung des ältesten Erben gewöhnt, gern bereit sein werde, Ferdinand im Besitze des väterlichen Vermögens zu lassen, und daß auch ohne dieses Clara reicher und glänzender versorgt sein würde, als es in Deutschland jemals der Fall sein könnte. Der Plan, den die Commerzienräthin dabei hatte, war, einst die gleiche Theilung des Vermögens zwischen ihren beiden Kindern zu vermeiden; und er fand, wenn auch aus andern Gründen, bei ihrem Gatten volle Billigung. William Hughes galt nach Allem, was man über ihn wußte, für einen gescheidten und wackern Jüngling. Die Millionen seines Vaters kannte der Commerzienrath aus Erfahrung, und daß der alte Hughes Mitglied des Unterhauses war, daß auch William dies einst werden und sich eine glänzende Laufbahn für ihn eröffnen könne, entschied nicht wenig zu Gunsten dieser Angelegenheit, so daß die Commerzienräthin volle Freiheit erhielt, dieselbe nach ihrer Ansicht einzuleiten.

Nichts war leichter, als den jungen reiselustigen Engländer zu einem Ausflug nach dem Continent und zu dem gelegentlichen Besuche seiner Familie zu überreden, die er nur als Knabe gesehen hatte; und der schmeichelhafte Empfang, der ihm von Onkel und Tante wurde, die große Freude, welche Ferdinand, dem die Plane seiner Mutter nicht unbekannt waren, über des Vetters Anwesenheit an den Tag legte, bewogen diesen bald zu einem längeren Verweilen in dem verwandten Hause.

Für Clara begann mit des Vetters Anwesenheit ein neues Leben. Mutter und Bruder überboten sich in tausend Freundlichkeiten gegen sie, man bemühte sich, sie in dem vortheilhaftesten Lichte erscheinen zu lassen, und war jetzt plötzlich bereit, ihren Ansichten und Wünschen zu schmeicheln, weil man sie zu ähnlicher Fügsamkeit zu überreden wünschte. Von Natur weich und hingebend, fühlte Clara sich zum ersten Mal in ihrem Leben wahrhaft glücklich, durch das Wohlwollen, von dem sie sich umgeben sah; und da auch auf sie das Glück seinen verschönenden, belebenden Einfluß zu machen nicht verfehlte, war es nur natürlich, daß William seine Cousine sehr liebenswürdig fand. Er beschäftigte sich angelegentlich mit ihr, und bald begann sich ein zutraulich heiteres Verhältniß zwischen ihnen zu bilden, dessen Entstehen von der ganzen Familie mit Freuden bemerkt wurde.

Da kam an dem Abende, an dem diese Erzählung beginnt, der unglückliche Zufall dazwischen, der Clara für lange Zeit von der Gesellschaft trennte, die Heirathsentwürfe ihrer Mutter für sie zunächst hinausschob, und Eduard in ihre Nähe brachte. Nach dem ersten Aufruhr, den dieses Ereigniß verursacht hatte, fing man im Hornschen Hause bald wieder an, sich den gewöhnlichen Beschäftigungen und Zerstreuungen hinzugeben, und Clara wurde von ihrer Mutter vernachlässigt wie früher, was ihr nach dem kurzen Traume von Glück um so schmerzlicher sein mußte. Fast immer, wenn ihr junger Arzt sie besuchte, fand er sie mit einer Wärterin allein, und seinem geübten Auge konnte es nicht entgehen, daß bei seiner Kranken die Seele empfindlicher noch als der Körper leide. Die Geduld, mit der sie ihre Schmerzen ertrug, die Sanftmuth und Ruhe ihres ganzen Wesens, und ein Zug von stiller Resignation machten ihm die Kranke werth. Er bemühte sich, durch Unterhaltungen mancher Art ihre Aufmerksamkeit zu beleben; er kam, so oft er es konnte, dehnte seine Besuche lange aus, und fand den schönsten Lohn dafür in der dankbaren Freude, mit der das junge Mädchen ihn begrüßte; in dem Genuß, den er selbst bald dabei zu empfinden begann.

Oft, wenn er sie am Morgen in möglichst gutem Wohlsein verlassen hatte, war sie Abends in einem aufgeregten, beunruhigenden Zustande, für den in ihrem körperlichen Befinden kein Grund vorhanden war, und den er mit Recht unangenehmen Gemüthsbewegungen zuschreiben mußte. So fand er sie denn auch eines

Abends, weinend und so bewegt, daß sie kaum seine Fragen zu beantworten vermochte. Ein heftiger Streit der Eltern, veranlaßt durch Ferdinand's Verschwendung und seine ungeregelte Lebensart, war unglücklicherweise in dem Krankenzimmer ausgebrochen. Der Vater hatte sich mißbilligend darüber geäußert, daß Ferdinand jetzt fast niemals mehr bei Tisch erscheine, daß er seine Zeit in leichtsinniger Gesellschaft verbringe, daß er durch die unverzeihliche Schwäche der Mutter in all diesen Fehlern bestärkt werde, die er als Vater nicht länger dulden wolle. Gereizt durch den doppelten Tadel, der sie und ihren Liebling traf, hatte die Commerzienräthin heftig erwiedert, sie könne eine Lebensweise an ihrem Sohne nicht so strafbar finden, zu der des Vaters früheres Betragen ihm das Beispiel gegeben und die sie Jahre lang an ihrem Manne habe erdulden müssen. Trotz Clara's dringenden Bitten, trotz ihrer flehentlichen Worte, sie nicht zum Zeugen dieser entsetzlichen Scene zu machen, war sie dennoch fortgesetzt worden, bis die Mutter in höchster Entrüstung das Zimmer verließ, und der Vater allein bei ihr zurückblieb, sich vor der Tochter bitter über das Loos beklagend, das ihm an der Seite ihrer Mutter geworden sei.

Bald darauf war Eduard eingetreten. Clara war allein. Die Krankenwärterin saß in der geöffneten Nebenstube schläfrig strickend bei der Lampe, deren Schein durch einen grünen Ueberwurf gemildert war. Alles war still in dem Zimmer, und Eduard hörte um so deutlicher an den unruhigen Athemzügen der Leidenden, daß sie eben erst zu weinen aufgehört hatte. Freundlich fragte er sie nach ihrem Befinden, er wollte ihre Hand ergreifen, um sich durch den Pulsschlag selbst davon zu überzeugen, aber sie zog die Hand rasch fort, und sagte: »Ach! das beweist heute nichts; ich leide freilich, aber Sie können mir nicht helfen, lieber Doctor!« und dabei brach sie auf's Neue in heiße Thränen aus.

Der Doctor beschied sich und versuchte sie um ihr körperliches Uebel zu befragen, sie war aber so aufgeregt, daß sie, ihre sonstige Zurückhaltung gänzlich vergessend, ihn mit den Worten unterbrach: Täuschen Sie sich nicht, Herr Doctor! ich will Sie auch nicht länger damit hintergehen – die äußere Wunde kann nicht heilen, ich kann nicht genesen, so lange meine Seele auf das Grausamste zerrissen wird. Ich wollte oft, ich brauchte nicht zu leben!

Und denken Sie nicht an Ihre Eltern? Wissen Sie nicht, daß auch für das Leiden der Seele oft wunderkräftiger Balsam in der Zukunft liegt? fragte Eduard. Gerade ein Gemüth, wie das Ihre, muß im Leben Freuden finden, weil es geschaffen ist, Freude zu bereiten durch sein bloßes Sein.

Ich habe Niemandem Freude gemacht, ich habe immer allein gestanden unter den Meinen, von Kindheit an; und ohne meines Vaters Liebe wüßte ich kaum, daß ich eine Heimath habe, entgegnete sie ihm schnell. Meinen Tod würde man bald vergessen, und er würde vielleicht ein Glück, er würde zu einem Versöhnungsmittel werden. Sie sagen, ich hätte ein weiches Gemüth; beklagen Sie dann mein Schicksal, das mich in die kälteste Atmosphäre versetzte, in der ich täglich tausendfachen Tod erleide!

Erschöpft lehnte sie sich bei diesen Worten in die Kissen zurück. Der höchste Punkt der Aufregung war vorüber, sie weinte schweigend eine Weile fort, der Doctor ließ sie gewähren, weil er diese Thränen als das beste Beruhigungsmittel kannte; aber er betrachtete das schöne Mädchen mit Bedauern. Clara war eine jener Frauennaturen, die, wie er es eben gegen sie selbst ausgesprochen, durch ihr bloßes Erscheinen wohlthuend wirken. Eine gleichmäßige Ausbildung aller Seelenkräfte, bei glücklicher Anlage, machte, daß Leute von dem verschiedensten Charakter sich von ihr angezogen fühlten. Der Kluge nannte sie klug, der Leidende theilnehmend, der Frohe fröhlich, und Alle fühlten sich erquickt durch ihre Güte und das Wohlwollen, mit dem sie Jedem begegnete. Man fand sie liebenswerth, man war für sie eingenommen, ehe sie irgend etwas gethan hatte, dies Urtheil zu rechtfertigen. Solch ein Mädchen könnte und müßte der Schutzgeist eines Hauses sein, sagte sich Eduard, und es that ihm leid, daß dieses milde Wesen einer Familie angehöre, in der es weder glücklich zu sein, noch glücklich zu machen vermochte.

Als Clara sich beruhigt hatte und das medicinische Examen vorbei war, ermahnte der Doctor sie, sich so viel als möglich zu schonen, sich ruhig zu verhalten. Bedenken Sie, sagte er, daß der Körper durch Ihre Gemüthsbewegung leidet und nicht die frühere Kraft gewinnen kann, und daß Sie, andererseits, bei diesem gereizten Nervenzustande, jedes geistige Leid doppelt schwer empfinden. Mit diesen Worten wollte er von ihr scheiden, aber sie war wieder Herr über sich selbst geworden, und hielt ihn noch zurück. –

Vergessen Sie, was ich heute sagte, bat sie ihn, ich bin krank, und dabei übertreibt man sein Empfinden. Und denken Sie nicht ungleich von mir, weil ich die Meinen im Unmuth angeschuldigt habe. Glauben Sie, Herr Doctor! fügte sie hinzu, indem sie zu lächeln versuchte, ich bin nicht so undankbar, als ich Ihnen heute erscheinen mußte, und ich möchte nicht, daß Sie mich dafür hielten.

Liebes, gutes Fräulein, wie mögen Sie glauben, daß ich an Ihnen irre werden könnte? rief Eduard aus. Genügt es denn nicht, daß ich Sie kenne, daß ich seit Wochen Ihre Geduld, Ihre Fügsamkeit bewundere, um ein schönes, ein reines Bild Ihres Wesens in mir festzustellen? Glauben Sie mir, dem Arzte offenbart sich die Schönheit der Menschennatur ebenso oft, als er von der erbärmlichen menschlichen Schwachheit unangenehm überrascht wird. Ihnen danke ich das Erste, und wenn ich als ein kalter Zweifler zu Ihnen gekommen wäre, Ihnen hätte ich die Ueberzeugung zu verdanken, daß im Menschen ein sanfter Strahl der Gottheit lebt.

O! ein so schlechter Christ sind Sie gewiß nicht, daß Sie jemals an Gott gezweifelt und erst meiner Belehrung zum Glauben bedurft hätten! rief Clara, um ihre Bewegung zu verbergen.

Indem fiel ihr aber das Thörichte dieser Aeußerung ein, und ihre Verlegenheit nahm zu, als Eduard lächelnd antwortete: Ein Gottesleugner bin ich in der That nicht; aber sicher ein herzlich schlechter Christ, da ich ein Jude bin. Gönnen Sie mir also immerhin die Belehrung durch Ihr Beispiel. Wenn es mich auch nicht bekehrt, so bessert und erfreut es mich, und für Beides bin ich Ihnen nur zu gern verpflichtet.

Damit empfal er sich und ließ Clara in eigenthümlicher Bewegung zurück. Sie hatte ihren Arzt liebgewonnen und ein unbedingtes Zutrauen zu seiner Behandlung gefaßt, sie achtete ihn als Mann, heute hatte sie ihn tief in ihrer Seele lesen lassen. Das Unglück ihres ganzen Lebens, das Niemand kannte, hatte sie ihm enthüllt, er hatte sich dabei gegen sie wie ein Bruder mild und gut gezeigt, sie war ihm näher getreten, als jemals einem andern Manne, und – er war ein Jude. Sie erschrak, und mußte doch lächeln, denn sie hatte es gewußt, und die Ihrigen hatten sie damit geneckt, daß sie darauf bestanden, sich nur von einem Arzte des »auserwählten Volkes« behandeln zu lassen. Man hatte sie oft genug um den eigentlichen Grund dieser Wahl gefragt, und doch konnte sie die Thatsache so ganz vergessen, daß sie sie in diesem Augenblicke überraschte. Noch vor einigen Tagen hatte William, der öfter in ihrem Krankenzimmer erschien, mit großer Theilnahme von der Meierschen Familie gesprochen, und dafür eine Strafpredigt der Commerzienräthin aushalten müssen, die er mit verständigen Gründen zurückgewiesen hatte. Jetzt war Clara völlig seiner Ansicht. Sie nannte William in ihrem Herzen einen guten aufgeklärten Menschen – aber Eduard war mehr als das. Sie mußte an sein klares, kluges Auge denken, an seine freie Stirne, und sein jüdisches Gesicht kam ihr fast schön vor.

Ob Christus wohl auch ähnliche Züge gehabt haben mag? fragte sie sich, und immer und immer wieder an ihn denkend, sank sie endlich in einen festen Schlaf, in dessen Träumen William und Eduard und der Heiland, wie die alten Bilder ihn uns zeigen, in einander flossen, und aus dem sie erst am frühen Morgen neu gestärkt erwachte.

Weniger ruhig sollte dem armen Eduard die Nacht vergehen. Während ihn Jenny längst mit seiner schönen Kranken aufzog und seine Mutter an jenem Abend das Geheimniß seines Herzens entdeckt zu haben glaubte, ja mit mütterlicher Sorge bereits dem Vater davon Mittheilung gemacht hatte, merkte der Doctor es noch nicht, daß Clara ihn mehr, als irgend eine seiner andern Kranken beschäftigte.

Später als gewöhnlich war er an dem Abende zu den Seinen heimgekehrt. Er fand sie ganz allein. Seine Eltern und Jenny saßen traulich beisammen, er sah, daß man ihn erwartet und vermißt hatte.

Komm her, mein Sohn, rief ihm der Vater entgegen, setze Dich zu uns und erzähle, wo Du so lange geblieben bist.

Eduard gab den Bescheid, er hätte Fräulein Horn noch besucht. Jenny erkundigte sich nach ihrem Ergehen, er sagte, daß die Genesung nur langsam vorwärts schreite, und daß die Kranke viel Schmerzen ertragen müsse. Da könntest Du Geduld und Ruhe lernen, Jenny, schloß er seine Rede.

Es scheint, als ob Clara überhaupt eine gute Lehrerin ist, antwortete jene schnippisch, denn es ist nicht zu leugnen, daß sie Dir auch manche Begriffe beigebracht hat, die Dir früher nicht geläufig waren. Ich sagte es noch gestern zur Mutter, das ewige Politisiren hast Du Dir ziemlich abgewöhnt, dafür bist Du aber so zerstreut und träumerisch geworden, daß Du gar nicht hörst, wenn man mit Dir spricht. Entweder macht Dir Deine Patientin solche Sorgen oder Du langweilst Dich bei uns zu Hause.

Eduard hörte das gelassen an, und seine Mutter meinte: Etwas selten bist Du wirklich in der letzten Zeit zu Hause geworden, und verändert finde ich Dich auch, mein Sohn! Kannst Du uns sagen, woher das kommt, so wirst Du mich beruhigen.

Was Ihr für närrische Frauen seid! rief der Vater lächelnd. Ist denn das Leben nicht täglich neu, die Natur nicht täglich verändert, und Eduard sollte unwandelbar die gleiche Stimmung haben? Könnt Ihr wissen, was in seinem Berufe sich für neue Verhältnisse seinem Geiste aufdrängen, und wie klein und beschränkt ihm Eure Interessen gegen die seinigen oft erscheinen mögen? Da kommt Ihr mit

Euren Haus- und Familiengeschichten und wundert Euch, wenn man nicht mit Antheil danach hört, und nennt das kalt, nennt es zerstreut. Eduard hat, wenn er einst selber Hausherr sein wird, die Kunst zu lernen, mit dem Ohr zuzuhören, ohne daß das Gehörte bis in den Kopf dringt, das lernt sich aber mit den Jahren.

Wollte Gott! sagte die Mutter, augenblicklich zugreifend, wo ihr eine Handhabe für ihr Lieblingsthema dargeboten ward; wollte Gott, Eduard wäre erst so weit. Ungebunden, wie er jetzt ist, läßt er sich in Dinge ein, die ihn nicht kümmern; er nimmt, wie man so sagt, kein Blatt vor den Mund, er äußert politische Ansichten und Hoffnungen, die unnöthig die Augen der Regierung auf ihn gerichtet erhalten, und wenn man ihn warnt, heißt es ein für allemal: Was thut's! ich bin ja unabhängig, ich bin ungebunden!

Das heißt, erläuterte der Vater, Du möchtest unserm Sohne mit dem süßen Rosenband der Ehe zugleich eine tüchtige Kette anlegen, eine möglichst kurze, damit er nicht zu große Sprünge machen könne. Die Mutter macht's wie Julia in Shakespeare, »so liebevoll mißgönnt sie ihm die Freiheit.«

Freundlich nahm der Sohn die Hand der Mutter und sagte: Und doch waren heute meine Gedanken mehr mit häuslichen Verhältnissen, als mit allgemeinen Interessen beschäftigt. Ich hatte Gelegenheit, einen Blick in das innere Leben einer Familie zu werfen, in der ein vortreffliches Herz unter dem Druck der widerwärtigsten Verhältnisse blutet, und ich konnte mich des Gedankens nicht erwehren, als ich hier eintrat, und mir so wohl und behaglich wurde in unserm Hause, wie glücklich jene Arme in einem Kreise, wie der unsere, sein würde!

Und wer ist die Arme mit dem schönen Herzen? fragte Jenny schnell.

Ein Mädchen, das solche indiscrete Fragen niemals machen würde, antwortete Eduard sehr bestimmt. Dann meinte er: In den Jahren, die ich hier practicire, ist es mir aufgefallen, wie die glücklichen Ehen, die Sorgfalt der Eltern für ihre Kinder bei den Juden gewöhnlicher sind, als in den Christenfamilien. Auch steht die Zahl der Scheidungen, wie mir ein Jurist sagte, bei den beiden Confessionen in gar keinem Verhältniß, da eine Scheidung der Ehe unter Juden zu den großen Seltenheiten zählt.

Das ist allerdings merkwürdig, meinte Jenny, denn bei den Juden ist die Heirath doch oft nur eine Familienverabredung, von der Braut und Bräutigam zuletzt erfahren.

Das ist nicht nur bei den Juden, sondern überhaupt sehr oft der Fall, entgegnete der Vater, und die Welt sieht in der Wirklichkeit nicht ganz so romantisch aus, wie in Deinem siebzehnjährigen Köpfchen. Was aber das Glück der Ehen bei den Juden betrifft, so verdanken sie das, sowie manches andere Gute, dem Drucke, unter dem sie Jahrhunderte gelebt haben. Der Mann, dem die freie Bewegung in's Leben hinein überall verwehrt war, der nichts sein eigen nennen durfte, nicht Haus, nicht Hof, dem man das mühsam erworbene Gut unter immer neuen Vorwänden gewaltsam zu entreißen wußte – dem blieb nichts, als sein Weib und seine Kinder. Sie waren das Einzige, das ihm nicht leicht zu rauben war, sie blieben sein, auch getrennt von ihm, sein durch den Glauben, und nur, indem sie sich von diesem trennten, konnten sie aufhören, sein zu bleiben. Wie natürlich also, wenn dem Juden Weib und Kind seine Welt wurden, und wenn bis heute das Beispiel glücklicher Häuslichkeit segensreich fortwirkt unter ihnen, obgleich die äußern Verhältnisse sich jetzt geändert haben.

Ach! armer Vater, was hast Du denn für eine kleine Welt! sagte Jenny pathetisch, die gerade in der muthwilligsten Laune war. Hast Niemand, als die Mutter und die liebe kleine Jenny! Eine Welt von zwei Welttheilen, während der ärmste Christ fünf Welten hat!

Und Eduard? fragte der Vater.

O! richtig, der Welttheil Eduard sieht jetzt leider so kläglich aus, als ob bald eine neue Sündfluth hereinbrechen sollte. Oder vielmehr, er sieht aus, als ob er statt des Herzens einen Vulkan hätte, der nächstens losbricht und bald den Untergang des Welttheiles voraussehen läßt. O Vater! Vater! rief sie, und warf sich an dessen Brust, als Eduard sie verwundert und nicht eben freundlich ansah, schütze mich, der Vulkan Eduard fängt an Feuer und Flammen zu sprühen.

Der Vater nahm das anmuthige Kind in seine Arme, und beide Eltern gaben sich dem Behagen dieses engen Beisammenseins mit vollem Herzen hin. Nur Eduard blieb zerstreut und einsilbig, und entfernte sich, unter einem flüchtigen Vorwande, früher, als er's sonst zu thun pflegte.

Joseph's Brummen wird ansteckend, bemerkte Jenny scherzend, als er fort war; die Mutter aber schüttelte ängstlich den Kopf und sagte seufzend: Vater! was geht mit Eduard vor? Mich macht es unruhig um seinetwillen.

Mich nicht, antwortete der alte Meier. Eduard ist ein Mann; was es auch sei, laßt ihn gewähren, er wird den rechten Weg zu finden wissen.

Als Eduard die Eltern verlassen hatte, und in seine besondere Wohnung kam, fand er keine Ruhe in seinem Zimmer. Die engen Räume drückten ihn, er öffnete ein Fenster, und obgleich der Schnee in großen Flocken hineindrang, wurde ihm wohler und freier, als die Luft seine heiße Stirne wieder kühlte.

Das Haus seiner Eltern lag nahe am Hafen, ein Garten führte terrassenartig zum Flusse hinunter, der gerade hier in das Meer mündete. Eine Unruhe, wie er sie nie empfunden, trieb ihn hinaus und, in den Mantel gehüllt, eilte er durch die beschneiten Gänge des Gartens. Hin und wieder fielen noch einzelne, übrig gebliebene Blätter mit den Schneeflocken zur Erde: der Sturm jagte die Wolken vor sich hin und hemmte Eduard im Vorwärtsschreiten. Er war ganz allein auf dem Wege, und nun erst merkte er, daß er das Zimmer verlassen hatte, nicht achtend des Sturmes, der ihn umbrauste, nicht der tiefen Dunkelheit um ihn her, denn stürmischer noch und dunkler sah es in seiner Seele aus.

Wie hatte er sich absichtlich so über seine Gefühle täuschen, wie diese Liebe verkennen mögen? Jetzt, da er mit klarem Blicke zurückdachte, fühlte er fast mit einer Art Beschämung, daß er in Clara von den ersten Augenblicken, da er zu ihr gerufen wurde, nicht nur die Leidende, die Kranke, sondern immer das schöne Weib gesehen hatte. Ihre Liebenswürdigkeit, ihr ruhiger Verstand waren ihm von Tag zu Tag anziehender geworden, und er konnte es sich nicht verbergen, daß Clara für ihn das Ideal eines Mädchens sei.

So hatte er sich seine Geliebte gedacht, so seine künftige Frau gewünscht, und sollte er sich nicht auf dem Gipfel des Glückes wähnen, da Clara ihn liebte? Er konnte nicht daran zweifeln. Jeder Blick, jedes Wort des schönen Mädchens verriethen ihm, ihr selbst unbewußt, eine Neigung, die bei diesem tiefen Gemüthe stark und dauernd werden mußte. Alle seine Pulse schlugen warm bei der Ueberzeugung, Gegenliebe gefunden zu haben, wo sein Herz sie so sehnlich begehrte. Er hatte einen Augenblick hindurch ein Gefühl jenes Glückes, das den Menschen für jahrelanges Entbehren schadlos hält; dann aber zuckte sein Herz kalt und krampfhaft zusammen unter der rauhen Berührung der Wirklichkeit. Er hatte sich es ausgemalt, wie Clara, seine Liebe erwidernd, mit ihm vor seinen Eltern erscheinen würde, um diesen Bund segnen zu lassen – aber war das möglich?

Thor! rief er aus, kindischer Thor! wohin hast Du Dich verirrt! Und er stand still und sah hinab in die schäumenden Wellen, die so unruhig wogten, wie sein gequältes Herz. Da brach der Mond durch die dunkeln Wolken, und glänzte einen Augenblick in dem Wellengekräusel wieder, das sich vor den milden Strahlen zu beruhigen und zu ordnen schien; und der Mond dünkte ihm ein klares, lichtes, unerforschliches Auge zu sein, das auf das wilde Meer seines Lebens besänftigend herniederschaute. Das Herz that ihm unbeschreiblich weh, die Thränen traten ihm in die Augen. Gott! Gott! rief es in ihm, warum mußte ich in Verhältnissen geboren werden, die mir bei jedem Schritte hemmend entgegentreten? Warum muß ich von Allem, was meine Seele am glühendsten begehrt, geschieden sein? Warum mir dies Leben des Kämpfens und Entbehrens?

Vor ihm lagen die Schiffe in lautloser Stille, die Wachen gingen, um sich zu erwärmen, mit großen Schritten auf dem Deck umher; hier und dort schimmerte ein Licht aus den kleinen Fenstern der Kajüten. Er fühlte die Nähe von Menschen, er sah, daß auch sie ein schweres, saures Tagewerk zu erfüllen bestimmt waren, und doch beneidete er ihr Geschick und ihren ruhigen Schlummer. Mochte der Schiffer noch so lange von der Heimath getrennt sein, einst kehrt er doch zurück in ein Land, dessen Bürger, dessen eingeborner Sohn er ist, das ihn schützt in allen seinen Rechten; und die Gattin, die er unter allen Mädchen frei erwählte, sinkt an seine Brust, ohne daß der Glaube, wie ein drohendes Gespenst, zwischen sie tritt und mit kalter Hand die warmen Herzen trennt. Was bot das Leben ihm? Kränkungen waren ihm geworden, seit er zum ersten Bewußtsein erwacht war; weder Mühe noch Fleiß war ihm vergolten worden, wie er es gewünscht hatte und zu hoffen berechtigt war. Nun hatte sein herz sich dem hemmenden Einflusse allmälig entzogen, es war neu belebt und erblüht in dem erwärmenden Hauch einer edlen Liebe, er hatte die Gefährtin gefunden, an deren Seite er den Lebensgang zu gehen begehrte – und wieder trat das alte Schreckbild zwischen ihn und sein Glück. – Aber war dies Schreckbild nicht zu bannen? Warum sollte er nicht, wie tausend Andere, einem Glauben entsagen, dessen Form allein ihn von der übrigen Menschheit trennte? Was band ihn an Moses und seine Gesetze? Es sträubte sich bei diesen ebenso viel gegen seine Vernunft, als bei den Lehren Jesu. Warum nicht einen Aberglauben gegen den andern vertauschen, und mit der Geliebten vereint zu dem allmächtigen Wesen beten und rein vor seinen Augen wandeln? – Aber war es denn allein der Glaube, den er zu verleugnen hatte? War es nicht auch das Volk, in dem er geboren war, von dem er sich losreißen mußte? Das uralte Volk, das in tausendjährigen Kämpfen seine Selbstständigkeit zu wahren und damit seine innere Mächtigkeit zu bekunden gewußt hat? – Kann man sich losreißen von seinem Volke? fragte er sich, darf ich um meiner Selbstbefriedigung willen mich von meinem Volke trennen, weil es ungerecht mißachtet, weil es unterdrückt wird? – Nimmermehr! – Unzählige meiner Stammesgenossen haben ausgeharrt in Treue, haben Verbannung und Tod erlitten um ihres Glaubens und ihres Volkes willen, und ich wäre feig genug, auf meines Herzens Wünsche nicht verzichten zu können, während die Meinen leben und mich lieben, während es mir gegeben und geboten ist, so viel ich vermag, für die unterdrückte Nation zu wirken, der ich angehöre; sie frei zu machen aus Sklavenfesseln, die Jahrhunderte auf ihr lasten. Wie mag ich mein Glück, das Glück des Einzelnen, so hoch schätzen, während mein ganzes Volk nicht glücklich ist! Ehe ich meineidig werde an den Meinen und an meiner Ehre, mag dies Herz brechen in Sehnsucht nach der Geliebten, nach meiner süßen, schönen Clara! Und wieder und immer wieder wollte der männliche Entschluß wankend werden, bei dem Gedanken an die Geliebte. Eduard malte es sich aus, wie auch Clara's Seele leiden werde unter der Trennung, die er über sie und sich verhängen müsse – wie sie ihm zürnen werde, weil er so großes Weh über sie bringe – und doch vermochte er noch weniger den Gedanken zu ertragen, sich und ihr durch die Taufe alle diese Schmerzen zu ersparen und sich mit ihr zu verbinden. Er war entschlossen und resignirt, aber tief traurig, als er langsam den Rückweg nach seiner Wohnung antrat. Reiflich überlegte er, wie er sein künftiges Betragen gegen Clara einrichten werde, wie kein Blick, kein Wort das Gefühl seiner Brust enthüllen solle, und das bleiche Licht eines Wintertages sah bereits durch seine Fenster, ohne daß Eduard daran gedacht hätte, sich zur Ruhe zu legen. Der Morgen fand ihn todtmüde in einem Lehnstuhl sitzen, erfreut über die körperliche Abspannung, die ihn das geistige Leid weniger zerreißend empfinden ließ.

Ein Jeder hat es gewiß erfahren, wie in einem Kreise befreundeter Menschen sich allmälig eine Epoche vorbereitet, in der unvorhergesehene Ereignisse eine gänzliche Umgestaltung der Verhältnisse hervorrufen. Es ist, als ob ein Jeder sich mit einem Male bewußt geworden sei, was er wolle und müsse; und wo noch vor kurzer Zeit nur Keime vorhanden waren, steht schnell emporgewachsen eine reife Ernte da. Aber dem Erscheinen solcher Zeitpunkte gehen in den Familien, wie in der Natur bei der Ernte, heiße, schwere Tage voraus, in denen die Luft drückend und unheilschwer über uns liegt und sich in gewaltsamen Gewitterstürmen abkühlt. Wir fühlen den herannahenden Orkan, eine Unruhe überfällt uns, wir zagen vor dem entscheidenden Momente, und sehnen ihn doch ungeduldig herbei, um in der erfrischten Atmosphäre frisch und frei aufathmen zu können.

Ein solcher Zeitpunkt war für den Kreis von Menschen herangerückt, in dessen Mitte diese Erzählung uns führt. Jeder der Betheiligten fühlte, daß ein entscheidender Schritt geschehen müsse, und Keiner hatte den Muth, ihn zu thun. Eduard hielt es sich als eine Nothwendigkeit vor, Clara zu verlassen, ehe das Scheiden ihm und ihr noch schwerer werde, und konnte es doch nicht über sich gewinnen, ihre Behandlung fremden Händen zu übergeben, die leicht weniger geschickt und sorgsam sein konnten, als die seinen. Wenigstens täuschte er sich über seine Unentschlossenheit mit dieser scheinbaren Pflichterfüllung. – Jenny begriff es nicht in liebender Ungeduld, warum Reinhard zögere, ihr ein Geständniß zu machen, dessen es kaum noch bedurfte, während dieser selbst ernst mit sich zu Rathe ging und, je mehr er sich und Jenny prüfte, um so ängstlicher über den Erfolg einer Verbindung mit der Geliebten wurde.

In dieser peinlichen Unruhe vergingen einige Wochen. Clara's Genesung war so weit vorgeschritten, daß Eduard nur noch bisweilen ihr väterliches Haus besuchte, um sich nach dem Zustande seiner Kranken zu erkundigen, und vor Allem, um sie zu sehen, um mit ihr über Alles zu sprechen, was seine Seele in Anspruch nahm. Vor ihr hatte er sich gewöhnt, alle Regungen seines Herzens, alle Gedanken seines Geistes zu enthüllen. Er hatte sie eingeweiht in das Glück und in das Leid, das er um seiner Abstammung willen erduldet, und während er sich die Genugthuung gönnte, der Geliebten von sich und seinem früheren Leben zu erzählen, hatte er gehofft, es Clara dadurch zugleich deutlich zu machen, wie sie getrennt wären durch das Vorurtheil der Menschen, und wie er niemals daran denken könne, sie sein Weib zu nennen. Anders aber, als er es berechnet hatte, wirkten diese Schilderungen auf das liebende Herz des Mädchens. Sie wünschte und fühlte in sich die Macht, ihn zu entschädigen für Alles, was fremde Unduldsamkeit an ihm verbrochen hatte; sie wollte ihm zeigen, daß sie wenigstens die Vorurtheile der Menge nicht theile. Darum sprach sie offen von ihrer Achtung und Verehrung für ihn, darum hatte sie tausend jener kleinen Aufmerksamkeiten ihm gegenüber, in denen weibliche Liebe so erfinderisch ist, und die, allen Andern unbemerkbar, sicher den Weg in das Herz Dessen finden, dem sie gelten. Sie war tief ergriffen von seiner ihr bisher fremden und doch so freien Weltanschauung; die Wahrheit seiner Worte prägte sich ihr so deutlich und unbestreitbar ein, daß auch in dieser Beziehung der Geliebte ihr zum Ideal wurde. Ein Tag, an dem sie ihn nicht gesehen, nicht gehört hatte, was er treibe, was ihn beschäftige, schien ihr ein verlorner zu sein; und als nun Eduard endlich seine letzte, ärztliche Visite machte, als Clara mit Thränen in den Augen vor ihm stand, mit Thränen, die, wie ihre Mutter meinte, einer übertriebenen Dankbarkeit flossen, fand sie endlich so viel Muth in sich, leise die Hoffnung auszusprechen, der hilfreiche Arzt, dem sie zu Dank verpflichtet sei, werde auch künftig sich dem Hause ihrer Eltern nicht ganz entziehen. Die Commerzienräthin konnte es also füglich auch nicht wohl vermeiden, eine ähnliche Einladung an ihn ergehen zu lassen, und trotz aller gefaßten Entschlüsse, trotz seiner Grundsätze, freute sich Eduard dieses mit Widerstreben gethanen Vorschlags. Aber wer will ihn der Schwäche zeihen, der selbst geliebt hat? Erinnert euch, wie eure Vorsätze zu Grunde gingen, wenn in der Trennungsstunde die Geliebte bittend vor euch stand! Fragt euch, ob die Sehnsucht nach der Gegenwart der Geliebten nicht stärker war, als jeder Entschluß, den die Vernunft euch vorgezeichnet hatte!

Nachdem Eduard eine förmliche Einladung zu einem Mittagbrod im Hause der Commerzienräthin erhalten hatte, bei dem er mit vielen der angesehensten Männer der Stadt zusammengekommen war, die ihn kannten und hochschätzten, nachdem die stolze Wirthin es einmal über sich gewonnen hatte, einen Juden als Gast an ihrer Tafel zu dulden, fand es Clara nicht schwer, eine zweite Einladung für ihn zu erwirken, besonders da Ferdinand, nach heftigen Zerwürfnissen mit seinem Vater, seine sogenannte große Tour angetreten hatte, und so lange in London in dem Hause seines Onkels bleiben sollte, als William auf dem Continent verweilen würde. Statt also in ihren Absichten durch Ferdinand gehindert zu werden, fand sie dieselben durch das Zureden ihres Vetters wesentlich gefördert; und ihre Eltern ließen sich bereit finden, den Wünschen ihrer Tochter und William's nachzugeben, da nach Clara's Herstellung das Heirathsprojekt für diese wieder aufgenommen wurde, und die Commerzienräthin auf's Neue die zärtlich nachgebende Mutter spielte, um desto leichter das vorgesteckte Ziel zu erreichen. Dazu kam, daß der bisherige alte Hausarzt der Horn'schen Familie gerade jetzt, nachdem er sein Jubiläum feierlich begangen hatte, seine Praxis niederlegte, und der Commerzienräthin selbst den Vorschlag machte, Eduard zu ihrem Arzte zu erwählen, wodurch er gewissermaßen von Rechtswegen in die Zahl der Hausfreunde mit aufgenommen wurde. Seine fleißigen Besuche schrieb Madame Horn der Ehre zu, die ihm durch seine Wahl widerfahren sei und die er zu schätzen wisse; und daß Clara's Interesse für den Doctor andere Motive, als Erkenntlichkeit haben könne, war ein Gedanke, der ihr niemals einfiel, weil sie die Liebe ihrer Tochter zu einem Juden für eine Naturverirrung angesehen haben würde, die sie einem Mädchen aus ihrer Familie unmöglich zutrauen konnte.

Das Jahr näherte sich seinem Ende, als Eduard fast ein täglicher, und selbst von den Eltern gern gesehener Gast des Horn'schen Hauses geworden war. Der Commerzienrath, der durch seine Geschäfte fortwährend mit den jüdischen Bankiers in Berührung kam, und den alten Meier persönlich achtete, war natürlich weniger hartnäckig in seinem Widerwillen gegen die Juden; und Eduard hatte, schon während er Clara behandelte, sich das volle Zutrauen ihres Vaters gewonnen. Hughes schloß sich immer mehr an Eduard an, und diesem war das um so lieber, als er durch ihn in fortwährender Berührung mit Clara blieb, deren unzertrennlicher Begleiter der Cousin seit Ferdinands Abwesenheit geworden war.

Für Clara begann nun eine Zeit der reinsten Freude. Eduard überließ sich mit jugendlicher Lebendigkeit der Wonne, die ihm das Beisammensein mit der Geliebten gewährte, ohne an die Zukunft zu denken, weil die Gegenwart ihn hinnahm. Hughes, dem Clara mit der schwesterlichsten Traulichkeit begegnete, gerade weil ihr Herz mit Eduard allein beschäftigt war, Hughes fühlte eine wachsende Neigung für sie, der er sich sorglos hingab, da er wußte, daß sie die Wünsche beider Familien für sich habe. Er gehörte zu jenen ruhigen, trefflichen Menschen, die bei wahrem Gefühle doch keiner Leidenschaft fähig sind. Er gewann Clara lieb, er liebte sie sogar innig, aber das störte ihn weder in den Beschäftigungen und Zerstreuungen des Tages, noch raubte es ihm eine Stunde des Schlummers während der Nacht. Unermüdlich aufmerksam auf Alles, was Clara erfreuen konnte, stets besorgt, ihr Unangenehmes zu ersparen, war er ganz zufrieden mit dem Wohlwollen, das sie ihm bewies, und des Doctors Einfluß auf seine Cousine beunruhigte ihn nicht, da er mit offenem Vertrauen an Beiden hing. Eduard hinwiederum entgingen die Gefühle nicht, die William für Clara hegte, aber so fest glaubte er an ihres Herzens Wahrhaftigkeit, daß nie ein Gedanke von Eifersucht in ihm rege wurde. Wenn dann aber plötzlich die Frage in ihm hervortrat, was die Zukunft ihm bringen werde, was das Ende von allen diesen Verhältnissen sein könne? dann zog sich eine düstre Wolke auf seiner Stirn zusammen. Er sagte sich, daß er schlecht, daß er unredlich handle, er rief es sich zurück, wie fest der Entschluß, Clara zu meiden, einst in ihm gewesen sei, und fand nicht Frieden, nicht Ruhe, bis er in Clara's Nähe Alles wieder vergaß, außer seiner Liebe für sie.

Da er den ganzen Tag beschäftigt und Abends häufig im Horn-schen Hause war, anderer Einladungen nicht zu gedenken, an denen es dem beliebten Arzte nicht fehlte, mußte er natürlich in seinem elterlichen Hause seltener werden, obgleich er das Mittagsmahl regelmäßig mit den Seinen einnahm, und oft ängstlich nach Muße strebte, um sie den Eltern zu widmen. Die nächste Folge davon war, daß Jenny aus Mißmuth, wie sie sagte, sich an Joseph zu ge-wöhnen begann, und Zutrauen zu ihm faßte. Denn Reinhard hielt sich in scheuer Entfernung, er mißtraute sich und der Geliebten. Eduard war, um Jenny's Worte zu brauchen, der Fahne untreu geworden, und auf dem Punkte, zu desertiren. Erlau malte die Giovanolla und folgte ihr von früh bis spät. Steinheim endlich hatte zum zehnten Male eine jener literarischen Arbeiten vorgenom-men, deren er immer ein halb Dutzend unter den Händen hatte, die ihn ein paar Wochen lang beschäftigten und ihm unsterblichen Ruhm verschaffen sollten, die aber niemals fertig wurden, weil er weder Ruhe noch Fleiß genug dazu besaß, und somit war die Meiersche Familie jetzt mehr allein, als es sonst der Fall zu sein pflegte.

Dieser Zustand wurde der lebhaften Jenny unerträglich. Gepeinigt durch Reinhard's Benehmen, das sie sich nicht zu deuten vermoch-te, gelangweilt durch die ungewohnte Einsamkeit und Stille des Hauses, tauchte einst plötzlich in ihr der Entschluß auf, Reinhard's Zweifeln, die ihrer Meinung nach nur aus dem verschiedenen Glauben entspringen konnten, ein Ende zu machen, und zugleich dem Geliebten einen überzeugenden Beweis ihrer Liebe zu geben, indem sie sich von der Religion ihrer Väter, ihrer Eltern trennte und zum Christenthum übertäte, dessen Lehren ihr durch Reinhard lieb geworden waren.

Dieser Vorsatz, einmal gefaßt, kam ihr nicht mehr aus dem Sinn. Therese, der sie ihn zuerst als das tiefste Geheimniß mittheilte, ohne jedoch die wahren Motive anzugeben, zerfloß in Thränen der Freude bei dem Gedanken, daß ihr Jenny künftig auch durch den gleichen Glauben angehören wolle. Sie malte mit rührender In-brunst den Segen, der Jenny in dem Besuch der Kirche, in dem Genusse des heiligen Abendmahls zu Theil werden müsse; sie schilderte ihr die Ruhe, den Himmelsfrieden, den sie nach demsel-ben empfunden, und Jenny, deren ganze Seele gerade jetzt in der furchtbarsten Unruhe befangen war, fühlte sich dadurch in ihrer

Ansicht bestärkt, und fing an, auch die Eltern allmälig auf ihre Wünsche vorzubereiten. Diese nahmen es anfänglich leicht. Sie hielten es für eine jener enthusiastischen Aufwallungen, die sie an ihrer Tochter gewohnt waren, und mit denen sie sich ebenso gut für das Christenthum und einen allgemeinen Kreuzzug, als für das Judenthum und die Begründung eines neuen jüdischen Reiches begeistern konnte. Nur Joseph faßte es anders auf. Er kannte die geheimen Triebfedern, die hier im Spiele waren, und ein doppeltes Interesse flößte ihm den Wunsch ein, die Ausführung oder das Ausbilden dieses Gedankens bei Jenny zu verhindern.

Eines Tages, als man vom Mittagstische aufgestanden war, Eduard sich entfernt, und die Eltern eine kleine Spazierfahrt unternommen hatten, die Jenny mitzumachen abgelehnt, blieb sie mit Joseph allein in dem Eßzimmer zurück und das Gespräch wandte sich bald auf das Christenthum und Jenny's beabsichtigten Uebertritt, da Joseph sowohl als Jenny gleich lebhaft bei dem Thema betheiligt waren.

Was ist es denn eigentlich, fragte Joseph, was Dich so urplötzlich zu dem Entschlusse gebracht hat?

Urplötzlich kannst Du ihn nicht nennen, antwortete sie. Ich habe bis jetzt überhaupt nicht über mich selbst nachgedacht; ich habe wie ein Kind in den Tag hineingelebt. Nun ich älter werde und ernster über mich nachdenke, fühle ich, daß die Halbheit, in der ich erzogen bin, mich nicht befriedigt, daß ich nicht glücklich bin, und ich will das ändern.

Joseph lächelte unwillkürlich. Und Du hoffst, das Christenthum werde Dich glücklicher machen? Täusche Dich doch nicht! Der Glaube, der Friede, der nicht in uns ist, den bringt kein Wechsel der Religion in unser Herz, den kann Dir weder Christus noch Moses geben.

Das kannst Du nicht wissen, weil Du selbst nicht Christ bist! erwiderte sie.

Und woher weißt Du es denn?

Durch Therese, durch Reinhard. O! wenn Du wüßtest, wie selig Therese nach dem Genusse des Abendmahls war, wie fest Reinhard daran glaubt, daß selbst Leiden, die Gott uns auferlegt, zu unserm Heile dienen, wie sicher er darauf rechnet, nach dem Tode mit seinen geliebten Verstorbenen wieder vereinigt zu werden! Joseph, glaube mir, mit der Ueberzeugung muß man glücklich sein!

Joseph schwieg eine Weile, denn Jenny's Worte, aus denen ihre angeborne Lebhaftigkeit mit der Liebe für Reinhard zugleich hervortönte, machten einen schmerzlichen Eindruck auf ihn. Er beneidete Reinhard, daß er Jenny's Liebe gewonnen, und war einen Augenblick nahe daran, ganz von dieser Unterhaltung abzubrechen und mit keinem Zweifel ein Herz zu beunruhigen, das für ihn, wie er fühlte, hoffnungslos verloren sei. Indeß war Jenny ihm zu theuer, als daß er sie ohne Besorgniß auf einem Pfade sehen konnte, dessen Ziel ihm für ihre Ruhe durchaus gefährlich schien, und er hielt es für recht und nöthig, bei einem so wichtigen Schritte, an dessen Ausführung er, wie er die Verhältnisse kannte, nicht mehr zweifelte, die Stimme der Warnung ernstlich geltend zu machen.

Verkenne mich nicht, sagte er, wenn ich an die Möglichkeit Deiner ernstlichen Bekehrung zweifle. Du sagst mir, mit Theresens und Reinhard's Ueberzeugung müsse man glücklich sein. Hast Du diese Ueberzeugung?

Nein, antwortete Jenny.

Aber Du glaubst auch, daß Gott über uns lebt, daß er unser Schicksal lenkt, daß uns nichts begegnen könne, ohne seinen Willen, daß er allweise und allgütig ist, daß er uns liebt?

Gewiß, das glaube ich.

Du glaubst, daß wir eine unsterbliche Seele haben? denn das scheint eine von den Ueberzeugungen zu sein, die Du am tröstlichsten findest.

Joseph, fiel Jenny rasch ein, sieh! wenn ich an die Unsterblichkeit der Seele zu glauben vermöchte, wenn mir das bewiesen werden könnte, so daß ich es einsehen, es begreifen könnte, dann wäre ich schon glücklich. Es ist so furchtbar, Dasjenige auf das bloße Wort eines Andern glauben zu müssen, was uns zur unwandelbaren, felsenfesten Ueberzeugung werden muß, wenn wir nicht beständig in Todesangst erzittern sollen bei dem Gedanken, daß einer unserer Lieben uns entrissen werden könne. Aber bewiesen muß es mir werden, daß ich es erfassen kann mit der Vernunft. Daß Ihr mir sagt: Glaube, wir sind unsterblich, das genügt mir nicht, das vermag ich nicht.

Du vermagst nicht zu glauben, und willst Christin werden? zu einer Religion übertreten, die, ganz auf Offenbarungen fußend, voll von Mysterien, nur durch den Glauben besteht, in Allem, was nicht Moral oder Philosophie ist? Was ist Dir der Sohn Gottes, der Mensch gewordene Gott ohne den Glauben? Wie kann Dich die Anwesenheit Christi im Abendmahle erheben, wenn Du nicht zu glauben vermagst? Oder meinst Du, man könne Dir die Gegenwart Christi im Sakramente beweisen? es gäbe eine Erklärung für die Kindschaft Jesu? Kannst Du den heiligen Geist, die Dreieinigkeit begreifen? Man wird Dir ein Bild dafür geben, aber wer gibt Dir die Fähigkeit zu glauben, dieses Bild sei Wahrheit?

O Gott! nicht weiter, rief Jenny weinend aus, nicht weiter, Joseph! mache mich nicht haltlos.

Doch! mein Kind! denn wie mein Kind, oder wie eine Schwester liebe ich Dich, sagte Joseph mit bebender Stimme, sich selber überwindend, doch! – Du mußt mit Dir selbst einig werden. Du weißt, das viele Sprechen ist nicht meine Sache; um Dich aber aufzuklären über Dich selbst, müssen wir aufrichtig mit einander sein. Den Glauben an Gott, die Lehren, recht zu thun und dem Nächsten zu dienen, enthält das alte Testament, und Du findest sie veredelt und einer höhern geistigen Entwickelung entsprechend im neuen Testamente wieder; und Mahomet und Zoroaster lehrten sie – denn sie sind begründet in der Seele, die uns Gott gegeben. Darüber hinaus ist alles Menschensatzung. Und Du, großgezogen in den Vorstellungen des jetzigen Judenthums, wirst nie aufhören, an Alles den Maßstab der Vernunft anzulegen. Du hast gesehen, daß Deine Familie, gut und brav, den Gesetzen der Moral gefolgt ist, und doch die Gesetze, die das Judenthum charakterisiren, als bloßes Ceremonialgesetz verwirft. Du bist erzogen in der Schule des Gedankens, wenn ich so sagen darf, und Dir ist die Möglichkeit des Glaubens ohne Prüfung dadurch genommen. Du wirst hoffentlich ein Mensch werden nach dem Herzen Gottes, aber Du wirst niemals Christin sein noch Jüdin. Wie wir Juden jetzt in religiöser Beziehung denken, gibt es keine positive Religion mehr, die für uns möglich ist, und wir theilen mit Tausenden von Christen die Hoffnung, daß eine neue Religion sich aus den Wirren hervorarbeiten werde, deren Lehren nur Nächstenliebe und Wahrheit, deren Mittelpunkt Gott sein muß, ohne daß sie einer mystischen Einhüllung bedürfen wird.

Joseph hielt inne, und auch Jenny schwieg. Endlich fragte sie leise: Und was soll aus mir werden? Was soll ich denn beginnen, wenn ich nicht glauben kann?

Joseph, der neben ihr auf dem Divan saß, zog sie sanft an sich und sagte mit dem mildesten Tone, dessen seine Stimme fähig war: Du sollst Dich prüfen, ob Du ohne Reinhard nicht glücklich zu sein vermagst, denn nur ihn suchst Du im Christenthume. Du sollst prüfen, ob Reinhard Dir eine so feste Stütze im Leben werden kann, als die Deinen? Reinhard ist gut und brav, aber ich fürchte, Ihr Beide werdet einander nie verstehen – und am Ende wirst Du Deinem Herzen folgen. Das allein entscheidet zuletzt das Schicksal der Frauen. Gott gebe, daß Dein Herz Dich niemals irre leitet.

Er küßte mit den Worten Jenny's Stirn, sie lehnte ergriffen und verschämt den Kopf an seine Schulter, da klopfte es an die Thüre und Reinhard trat in's Zimmer. Er blieb erschreckend stehen, Jenny erhob sich nicht weniger erschrocken und eilte schnell hinaus, nur Joseph war ruhig und hieß den Gast willkommen. Dadurch gewann Reinhard Zeit, sich zu fassen; einen kurzen Moment schien er zu überlegen, dann ging er schnell und leidenschaftlich bewegt auf Joseph zu und sagte: Ich kenne Sie nicht genau genug, um eigentlich eine solche Frage an Sie richten zu dürfen. Sie könnten mich der Zudringlichkeit beschuldigen, aber mein Lebensglück hängt von der Frage ab: Wie stehen Sie mit Jenny?

Ihre Forderung ist allerdings sonderbar, antwortete Jener, da ich wirklich nicht einsehe, was Sie zu der Frage berechtigt? Doch will ich Ihnen antworten, weil ich Ihrer Ehre vertraue.

Meine Cousine ist mir eine theure Verwandte, die, unter meinen Augen aufgewachsen, mir wie eine Schwester werth ist.

Und Sie ist nicht Ihre Braut? fragte Reinhard weiter.

Nein! war die entschiedene Erwiderung.

Aber Sie lieben Jenny? Was bedeutet sonst die Scene, die ich eben hier mit angesehen habe?

Darüber brauche ich Ihnen keine Auskunft zu geben, und es ist mehr als Sie fragen dürfen, wenn Sie Fräulein Meier die Achtung zollen, die sie zu fordern berechtigt ist, sagte Joseph tadelnd.

Reinhard wollte eben eine heftige Entgegnung machen, denn seine Eifersucht raubte ihm die Besinnung; doch bezwang er sich gewaltsam, und mit erkünstelter Ruhe sagte er: Ich muß es darauf ankommen lassen, wie Sie über mich in diesem Augenblicke urtheilen mögen. Vielleicht gelingt es mir bald, Ihnen in günstigerem Lichte zu erscheinen, und mein Betragen vor Ihnen zu rechtfertigen. – Mit den Worten verließ er Joseph, der gedankenschwer im Zimmer auf und ab ging, bis sein Oheim mit seiner Frau nach Hause kam, denen bald darauf Eduard in der besten Laune folgte.

Der Doctor kam aus dem Horn'schen Hause. Man hatte dort von einem Treibhause gesprochen, in dem eine Menge der schönsten Blumen gerade jetzt in voller Blüthe ständen, und Hughes hatte dabei die Bemerkung gemacht, er halte das Treibhaus von Eduard's Vater für eines der reichsten und schönsten, die er jemals gesehen habe. Er erzählte von alle den verschiedenen Camelien, Azalien und Hyazinthen. Clara schien sich dafür lebhaft zu interessiren, und Eduard wagte endlich den Vorschlag, sie möge seinen Eltern die Freude machen, sich selbst durch den Augenschein davon zu überzeugen. Hughes fand die Idee vortrefflich; er war gleich bereit, seine Cousine zu begleiten, und erhielt dazu nach einigen Einwendungen die Erlaubniß seiner Tante.

Die Commerzienräthin nämlich, die ihren Plan niemals aus dem Gesichte verlor, fingen William's häufige Besuche im Meier'schen Hause zu beunruhigen an. Es bangte ihr vor der Möglichkeit, Jenny könne der Magnet sein, der ihn dort hinziehe, und sie wünschte lebhaft, die Verlobung Clara's mit William, die ihr sehr am Herzen lag, so schnell als möglich geschlossen zu sehen. Darum war ihr jede Veranlassung willkommen, die Clara und Hughes zusammenführte, besonders diese, bei welcher der junge Mann als Beschützer des Mädchens auftrat; und es war ihr lieb, wenn sich die Leute gewöhnten, das Paar als verlobt zu betrachten, weil nur zu häufig das Urtheil der Welt uns erst zu Entschlüssen bestimmt, die wir sonst vielleicht gar nicht oder doch viel später fassen würden.

Eine größere Freude hätte die Commerzienräthin aber weder ihrer Tochter noch Eduard bereiten können. Beide erglühten vor Lust, als ihre Blicke sich begegneten. Die Verabredung wurde für den nächsten Morgen getroffen, und Eduard eilte nach Hause, um seine Eltern davon in Kenntniß zu setzen.

Auch Reinhard war, als er sich von Joseph trennte, nach seiner Wohnung gegangen, und so stürmisch in das friedliche Zimmer der Pfarrerin getreten, daß diese, Brille und Strickzeug bei Seite legend, verwundert zu dem Sohne empor sah, denn sie war dergleichen Ausbrüche in ihrer Nähe, die er wie geheiligten Boden ehrte, nicht gewöhnt.

Was ist geschehen, Gustav? sprich mein Sohn! fragte sie endlich, als Reinhard, der offenbar keinen Anfang zu dieser Unterhaltung zu machen vermochte, sich schweigend neben sie auf das Sopha warf, und tief aufathmend sein Gesicht in den Händen barg. Was ist geschehen? Um Gotteswillen! fragte die Mutter noch einmal, so rede doch.

Und des starken Mannes Lippen bebten, und aus beklommener Brust stieß er die Worte heraus: Ich liebe Jenny, und ich sah sie an ihres Vetters Brust!

Auch die Pfarrerin fuhr zusammen. Armer Sohn, sprach sie, also ist sie Joseph's Braut? Und ich glaubte, sie theile Deine Liebe, die ich lang schon kannte.

Sieh Mutter, das ist es! Auch ich habe an ihre Liebe geglaubt. Ich bete sie an, sie ist der Gedanke meiner Tage, der ewige Traum meiner Nächte gewesen, und nun!

Die Mutter drang in ihn, ihr genau zu berichten, was vorgefallen sei. Reinhard's Erzählung, von den leidenschaftlichsten Klagen unterbrochen, ließ sie einsehen, daß ihres Sohnes Eifersucht der Geliebten Unrecht gethan haben möchte. Sie fragte ihn, ob er Jenny seine Liebe bekannt habe?

Niemals! antwortete er. Ein mir sonst unbekanntes Bangen hielt mich davon zurück. Wenn ich es zu sagen vermöchte, wie ich Jenny liebe, das schöne, schöne Geschöpf, dessen Lehrer ich gewesen bin, dessen Geist ich gebildet habe, dessen Herz so warm, an dessen Seite zu leben das heißeste Verlangen meines Lebens ist! Aber in Jenny ist noch ein zweites, fremdes Wesen, das mich kalt zurückstößt, wenn mein Herz ihr offen und warm entgegenwallt. – Hast Du Jenny gesehen, wenn sie den schalen Witzen des albernen Steinheim Beifall lächelt? wenn sie mit Wonne die Huldigungen von Alt und Jung duldet, und kein höheres Glück zu kennen scheint, als die Pracht und den Luxus, die sie umgeben, keine andere Freude, als Allem Hohn zu sprechen, was es Großes und Heiliges gibt? Ich habe sie am Morgen Thränen der Rührung vergießen sehen über Empfindungen, die sie am Abend spottend verlachte; und oft, wenn Ihr schönes Auge mich zu den schönsten Hoffnungen berechtigte, verletzte mich im nächsten Augenblick ihr kaltes Wort so schwer, daß ich schon tausendmal entschlossen war, sie für immerdar zu fliehen. Und sie zu fliehen, sie nicht zu sehen, Mutter! von Jenny zu scheiden, vermag ich doch nicht mehr. – Beide schwiegen, und die Pfarrerin weinte still.

Neulich, fuhr er nach einer Weile fort, hörte sie von dem Unglück einer armen Familie sprechen; sie war sehr bewegt und doch so klug und ruhig in den Hülfsleistungen, die sie anbot. Sie war gerührt wie ein Weib, und klar und verständig wie ein Mann. Hoch erfreut betrachtete ich sie, wie sie geschäftig alles Nöthige ordnete und aus Kisten und Schränken zusammentrug, was irgend der augenblicklichen Noth zu steuern vermochte. Und nach einer Stunde, als vielleicht auf ihr junges Haupt der beste Segen des Himmels von den Armen erfleht wurde, hörte ich selbst aus ihrem Munde die Worte: Die Dürftigkeit ist nicht poetisch, ich habe nie an die glückliche Armuth geglaubt, sie ist nur niederziehend, ist nur kläglich. – Und ich sollte daran denken, sie in ein kleines Pfarrhaus einzuführen, das ihr niederziehend und kläglich scheinen könnte? – Nein! niemals, niemals!

Und wieder entstand eine lange und traurige Pause, bis die Pfarrerin endlich sagte, indem sie ihren Arm um ihren Sohn schlang: Mein armer Sohn! leider ist manches wahr in Deinen

Klagen. Aber bist Du sicher, daß Du Jenny nicht Unrecht thust mit Deinem Urtheil? Ihr Herz ist gut, sie liebt Dich, und viele ihrer Fehler, die ich nicht verkenne, würden sich verlieren, wenn sie in der Ehe höhere und reinere Freuden kennen lernte, als den Luxus ihres Vaterhauses.

O! das ist es auch nicht, rief Reinhard, innerlichst erfreut, sich widersprochen und die Geliebte gelobt zu sehen. Das ist es nicht! Gönne ich ihr nicht die Perlenschnur in ihren schönen Locken? Freue ich mich nicht selbst, wenn der weiche Caschmirshawl sich um die kleine, feine Gestalt legt, und die Schultern blendend weiß daraus hervorschimmern? Sie ist geboren für diesen Schmuck! aber, sie kann ihn nicht entbehren; ich vermag ihn ihr nicht zu geben und würde doch erröthen, mein Weib in einer Pracht zu sehen, die sie nicht mir allein verdankte, die ich nicht mit ihr theilen könnte, ohne von den Wohlthaten eines Dritten zu leben. Und wenn Jenny in einem jener Anfälle rücksichtslosen Witzes jemals ein Wort sagte, das mich daran erinnerte, sie sei die Reiche mir gegenüber – gerade, weil ich sie liebe – bei Gott! ich glaube, ich könnte sie hassen!

Das wird Jenny nie, begütigte die Pfarrerin, und in der Beziehung würde ich sie ruhig an Deiner Seite sehen. Was mir an ihr mißfällt, ist das jüdische Element in ihr. Der Witz dieses Volkes ist eigenthümlich und fürchterlich, er hat mich oft erschreckt, gepeinigt, wenn es mir in ihrem Vaterhause wohl war, wie es Einem bei so braven, gebildeten Menschen wol werden muß. Der Witz der Juden hat etwas von dem Stilet des Banditen, der aus dem Verborgenen hervorstürzt, den Wehrlosen um so sicherer damit zu treffen. Er ist die letzte Waffe des Sklaven, dem man jede andere Waffe gegen seinen Unterdrücker genommen hat, die feige Rache für erduldete tiefempfundene Schmach.

Mutter! Jenny's Witz ist nicht so schlimm; er ist kindisch, schnell und treffend. Aber wenn ich, in thörichter Eifersucht aufgeregt, hart über Jenny urtheilte – vergiß es, liebe Mutter! bat der Sohn, denn ich habe Jenny Unrecht, sehr Unrecht gethan. Ich selbst glaube nicht, was ich sagte; es war Leidenschaft, Zorn, was aus mir sprach, nicht meine Ueberzeugung, nicht mein Herz, das Jenny liebt – und nicht wahr? auch Du hast Jenny lieb? fragte Reinhard, und die Pfarrerin schwankte, was sie beginnen sollte. Sie sah, daß ihr Sohn zu sehr an der Geliebten hing, um selbst aus dem Munde seiner Mutter ein Wort des Tadels gegen sie ertragen zu können. Lieber wollte er seine Ueberzeugung, seine eigene Erfahrung in der Beziehung Lügen strafen, als Jenny tadeln hören, die er gerade jetzt, wo die Eifersucht ihm die Gefahr, sie zu verlieren, vorspiegelte, um so leidenschaftlicher liebte. Doch siegte die Pflicht, ihren Sohn an Jenny's Eigenthümlichkeit zu mahnen, in ihr über die Scheu, ihm augenblicklich wehe zu thun.

Ich habe Jenny sehr lieb, sagte sie, und die kindliche Freundlichkeit, die Hingebung, die sie mir immer zeigt, verdienen meinen wärmsten Dank. Klug, schön und gut wie sie ist, darf jede Mutter stolz auf solche Tochter sein. – Reinhard's Gesicht leuchtete vor Freude und ein feuriger Händedruck lohnte seiner Mutter diese Anerkennung. Doch, fuhr die Pfarrerin fort, täusche Dich nicht, mein Sohn! Jenny hat Fehler, für die sie nicht verantwortlich ist, weil sie gewissermaßen nationell sind, und weil die Mehrzahl der Jüdinnen sie mehr oder weniger mit ihr theilen. Die Lebhaftigkeit, die Rührigkeit der Juden wird bei der großen Masse zur unerträglichen Manier. Ihr Sprechen, ihre Geberden sind carrikirt. Davon ist der Gebildete bis zu einem gewissen Grade frei, die unruhige Lebhaftigkeit indessen bleibt ein hervorstechender Zug der Juden. Sie mag vortreffliche Geschäftsmänner hervorbringen, der Weiblichkeit aber tritt sie zu nahe. Jenny belebt eine ganze Gesellschaft; sie ist täglich neu; man hat Freude an der Unterhaltung mit ihr, nur Ruhe findet man nicht bei ihr. Sie hat Muth und Geist; sie bewegt sich frei und keck; und doch muß ich, wie zur Erholung, auf Therese sehen, die in ihrer Bescheidenheit neben Jenny einen gar wohlthuenden Eindruck auf mich macht.

Therese ist kälter; hat nicht so viel Geist, wandte Reinhard ein, und was Du von den Jüdinnen sagst, trifft auch nicht immer zu. Ist Jenny's Mutter nicht die liebenswürdigste, vortrefflichste Frau? Auch Jenny wird so werden, wenn sie älter sein wird. Und diese beständige Lebhaftigkeit, die Du tadelst, wie viel Freude muß sie dem Manne gewähren! Jenny's Geist ....

Das ist es, was ich fürchte! sagte die Pfarrerin. Jenny's Geist ist unerbittlich klar; er läßt sich nie von ihrem Herzen täuschen. Das ist es, was mich besorgt macht. Diesen geistreichen Mädchen aus den jüdischen Familien, die gleich Jenny erzogen werden, fehlt es fast immer an gutem weiblichen Umgange: mehr unterrichtet, als die Frauen ihrer nächsten Umgebung, überschätzen sie sich zu leicht; das Beisammensein mit Mädchen, die Sorge für die täglichen Bedürfnisse des Hauses hört auf ihnen Freude zu machen; sie ziehen die Unterhaltung der Männer vor, welche mit Vergnügen solche einen kleinen Ueberläufer empfangen. Im Kreise der Männer machen ihr Geist und ihre Aufklärung rasche Fortschritte; die neuen Begriffe, der große Maßstab der Männer werden an Alles gelegt;

das Mädchen schämt sich der engen Verhältnisse, die ihm bis dahin genügten; eilig werden die alten Vorurtheile niedergerissen, die beschränkten Ansichten verworfen; das Haus, in dessen friedlichen alten Mauern das junge Mädchen heimisch ist und am liebenswürdigsten erscheint, wird zerstört, und ein neuer spiegelblanker Palast errichtet. Durch die großen Scheiben dringt strahlend hell das Sonnenlicht, und glänzt von den glatten Marmorwänden wieder. Alles ist Licht! kein Halbdunkel, kein düsterer Schatten; aber auch kein stiller Raum, um dem Schöpfer einen Altar zu bauen, kein traulich Plätzchen für schüchterne Liebe. – Sie hielt inne, ergriff des Sohnes Hand, und sagte mit Bewegung: Ich habe Dir, als Du noch auf meinen Knieen spieltest, oft in Märchen und Bildern die Wahrheit mitzutheilen versucht, die ich Deinem Herzen einprägen wollte; die alte Gewohnheit ist mir geblieben, wie Du siehst. Jenny, von den Ihrigen im Zweifel erzogen, ist ein weiblicher Freigeist geworden. Wird sie, die Glaubenslose, Dich dauernd glücklich machen können?

Reinhard sah brütend vor sich nieder, ohne zu antworten; auch seine Mutter verlor sich in Gedanken. So saßen sie eine Weile still beisammen. Bei den Männern, hub die Mutter dann aufs Neue an, ihrer Gedankenreihe Ausdruck gebend, bei den Männern, bei Jenny's Vater, bei Eduard, fällt der Unglaube nicht so störend auf, weil philosophische Erkenntniß ihnen eine feste Ueberzeugung gegeben hat. Aber Madame Meier selbst bedauert die Richtung, welche ihre Tochter genommen hat, denn die Mutter ist ein frommes, echt weibliches Gemüth; und sage mir ehrlich, mein Sohn! glaubst Du, Jenny werde jemals von Herzen Christin sein? Wenn Du nun dastehst und mit inniger Erhebung Deiner Gemeinde das Abendmahl ertheilst im Namen unsers Heilandes, der für uns gestorben ist, wird Dein Herz nicht bluten bei dem Gedanken, daß Deine Frau, Dein anderes Ich, der heiligen Handlung kalt und zweifelnd zusieht und innerlich Dich und die Gemeinde bemitleidet, die Erbauung findet, wo sie ein leeres Formenwesen sieht? Hast Du Dir Jenny als die Mutter Deiner Töchter gedacht? – Sie könnte einem Manne unter anderen Verhältnissen gewiß viel, sehr viel sein, aber keinem Christen, keinem Geistlichen, der aus innerer Ueberzeugung seinen Beruf heilig hält.

Nein! rief Reinhard plötzlich aus, nein! Du irrst Dich Mutter! Es wird anders werden, anders sein! Das Licht göttlicher Wahrheit wird auch in Jenny's Geist leuchten, sie wird einsehen und fühlen, daß im Christenthum der Quell ewiger Seligkeit rein und lauter strömt. Ein starker Glaube, wie meiner, muß sie davon überzeugen, und ist sie nicht schon dem Herzen nach Christin? Alles, was Du an ihr tadelst, liebe Mutter, wird schwinden; Du hast es selbst vorhin gesagt, wenn ihr Gemüth die ewig wahre Lehre in sich aufgenommen haben wird, wenn eine edlere Freude, eine selige Ruhe sie beleben werden. Denke Dir, welch ein Glück, die Seele seiner Frau gebildet zu haben, sie gewonnen zu haben für die Wahrheit! – Und werde ich ihr nicht Schätze bieten, edler und unschätzbarer, als ihre Reichthümer, die mich ängstigten? Morgen noch sage ich ihr, daß ich sie liebe, und ich hoffe, Dir morgen eine Tochter zuzuführen, die würdig ist, einen Platz an Deinem Herzen zu finden! O theure Mutter! glaube mir! wir werden sehr glücklich sein. Ich allein weiß, welch eine Welt von Liebe, von Großmuth in Jenny lebt, ihre Seele entspricht dem holden, süßen Antlitz – und Beides mein! Jenny ganz mein, mein Eigen! Es ist fast zu viel Glück! – sagte er lächelnd, und fing an, der Pfarrerin ein Bild ihres künftigen Lebens in ländlicher Stille zu entwerfen, das der armen Frau Thränen entlockte, eben weil sie ihrem Sohne ein solches Loos wünschte, und doch zweifelte, ob es jemals Jenny zusagen würde. Nur mit Ueberwindung wagte sie, ihrem Sohne den Vorschlag zu machen, noch ein paar Tage mit seiner Werbung zu zögern, nochmals reiflich zu überlegen – denn zu harren, bis er eine Anstellung gefunden, dazu war er nicht zu überreden.

Die Warnungen seiner Mutter, ihre Mißbilligung hatten nur dazu gedient, ihn an Jenny's Vorzüge zu erinnern, und widerstrebend versprach er, das Meiersche Haus ein paar Tage zu meiden, und Jenny nicht zu sehen.

Der nächste Morgen, ein Sonntag, brachte nach trüben Tagen mit Wind und Schneegestöber, wie der Dezember sie bietet, einen klaren, frischen Frost. Die Straßen waren trocken, und sahen in der Sonntagsstille, die in großen geräuschvollen Handelsstädten um so friedlicher erscheint, gar reinlich und festlich aus.

Mit der eitlen Sorgsamkeit einer Hausfrau musterte Madame Meier die Zimmer, ließ nochmals jedes Stäubchen fortkehren, und wollte es doch nicht wahr haben, daß sie heute noch mehr darauf halte, als sonst, weil sie Clara zum Frühstück erwartete. Eduard hatte die erste Morgenstunde dazu benutzt, mit dem Gärtner das Treibhaus zu durchwandern. Er selbst hatte die seltensten Exemplare in das rechte Licht gestellt, den Frühstückstisch unter die Orangen setzen lassen, deren Blüthen am üppigsten dufteten, und dem Gärtner aufgetragen, ein Bouquet zu arrangiren, das für diese Jahreszeit als ein wahres Wunder erscheinen mußte. Dann hatte er in fast knabenhafter Fröhlichkeit mit Jenny gescherzt, mit ihr herumgewalzt, als eine Truppe Musikanten auf der Straße spielte, und sie zuletzt gebeten, doch zuzusehen, daß es Clara in seinem elterlichen Hause recht gefallen möge.

Joseph sah theilnahmlos dem fröhlichen Treiben der Geschwister zu. Er wurde wehmüthig gestimmt, als Jenny nach Eduard's Entfernung zu ihm kam, ihm die Hand reichte und mit ungewohnter Feierlichkeit zu ihm sagte: Joseph! ich habe Dich bis jetzt verkannt, Dich nicht genug geliebt. Was mir die Zukunft auch bringen wird, Du sollst mein geliebter Bruder, mein zweiter Eduard sein. Willst Du das? und Du kannst mir vertrauen, wie einem Manne, wie ich Dir! – Er antwortete ihr nicht gleich, sie hatte sein Urtheil ausgesprochen, über sich und ihn entschieden. So sei es, war Alles, was er ihr endlich zu erwidern vermochte, weil er alle Art von Aufregungen ebenso ängstlich mied, als Jenny sie suchte; und sie besaß nicht Beobachtung genug, in Joseph's stillem, ruhigem Gesicht den wahren Schmerz zu lesen, den ihre Entscheidung ihm verursachte. Sie war unzufrieden mit ihm, als sie ihn verließ.

Eduard kehrte schon gegen Mittag von seiner Praxis zurück und versuchte umsonst, die Ungeduld zu verbergen, mit der er nach dem Zeiger der Uhr und auf die Straße hinaussah, von welcher die Ersehnte in Begleitung ihres Vetters kommen sollte. Da rollte endlich ein leichtes Fuhrwerk über das Pflaster, hielt vor dem Meierschen hause still, die Thorflügel öffneten sich, der Portier zog die Glocke, und Eduard flog die Treppe hinunter, um die Geliebte selbst zu seiner Familie zu geleiten.

Jenny ging ihr bis in das Vorzimmer entgegen, die Mädchen umarmten sich auf Mädchenart mit zärtlichen Küssen, das alte, trauliche »Du« der längst verflossenen Schulzeit wurde hervorgesucht, und es vergingen mehrere Minuten, ehe Clara in das Wohnzimmer zu Madame Meier kam. Sie sah schön aus an dem Tage. Das enganliegende Kleid von heller Seide zeigte ihre stattliche Gestalt; ein kleiner schwarzer Sammethut hob die frische Farbe des Gesichtes schön hervor, das die langen, blonden Locken reich umgaben. Die Freude, welche ihr dieser Besuch einflößte, der Wunsch, den Eltern des Geliebten zu gefallen, verursachten ihr eine lebhafte Bewegung, die sehr anmuthig an ihr erschien. Jenny konnte nicht aufhören, sie zu betrachten, und Eduard's Mutter empfing sie mit der Freude, mit welcher eine zärtliche Mutter die Auserwählte ihres Sohnes begrüßt. Sie fand Clara noch schöner und liebenswürdiger, als sie sich dieselbe gedacht hatte. Der Ton von Demuth in ihrer Stimme, das Weiche, Milde in ihrer Erscheinung, welches sich Eduard gegenüber zu verdoppeln schien, nahmen augenblicklich für sie ein. Die ungeheuchelte Freude, mit der sie die Schätze des Treibhauses bewunderte, das an den Tanzsaal grenzte, die Kindlichkeit, mit der sie Eduard und Jenny glücklich pries, in diesem Hause zu wohnen, machte die Andern mit ihr froh, und selbst Joseph's Stimmung wurde freundlicher vor so viel Liebenswürdigkeit.

Clara fühlte sich bereits ganz heimisch in dem Kreise, als der Vater hinzukam und man sich zu dem reich versehenen Frühstück niedersetzte, während dessen die Unterhaltung in zwei Theile zerfiel. Hughes hatte Briefe aus London erhalten, theilte manches Neue daraus mit, und es ergab sich in Folge dessen unter den Herren eine Unterhaltung, die zwischen geschäftlichen und politischen Interessen sich hin und her bewegte, und an der auch Eduard Antheil zu nehmen gezwungen war, obgleich er neben Clara saß und mehr auf ihr Gespräch mit den Damen achtete, als er zugestehen wollte. Sie mußte erzählen, wie sich der Unfall zugetragen, der sie so lange an ihr Zimmer gefesselt hatte; sie konnte nicht genug ausdrücken, wie dankbar sie dem Doctor für seine große Sorgfalt sei, wie seine Freundlichkeit, sein Trost ihr die Stunden des Schmerzes verkürzt hätten. Die Mutter und Jenny waren hoch erfreut über diese Aeußerungen. Aber den Vater machte die Wärme nachdenklich, mit welcher Clara von seinem Sohne sprach.

Plötzlich klopfte es an die Thüre. Man rief »herein«, mußte aber den Ruf zum zweiten und dritten Male wiederholen, ehe Steinheim mit Mephisto's Worten: »So recht! Du mußt es dreimal sagen«, seine Mutter am Arme, in das Zimmer trat. Man stand auf, die alte Frau Steinheim zu bewillkommnen. Sie wollte aber durchaus nicht leiden, daß man sich ihretwegen derangire, und bat mit schnarrender Stimme und jüdischem Jargon, gar keine Notiz von ihr zu nehmen, da sie nur auf wenig Augenblicke gekommen sei.

Ich war bei der Bentheim, deren Mann krank ist und die außerdem Aerger mit den Dienstboten hat«, sagte sie zur Hausfrau. Denken Sie sich, die Hanne, die Person, welche früher bei der Rosenstiel diente, hat der Bentheim aus der Chiffonière zwei Ringe gestohlen. Da hat sie mich gebeten, bei der Rosenstiel nachzuhören, ob dort Aehnliches passirt sei, und ich will mit meinem Sohne gleich von hier dorthin fahren. Man hat meinen Sohn so gern bei der Rosenstiel; er amüsirt sich so mit den Mädchen, daß ich ihn leicht dazu bekam, mich zu begleiten. Haben Sie gehört, Jenny, sagte sie zu dieser, wie die älteste Rosenstiel das »*Una voce*« singt? göttlich, sage ich Ihnen! – und ehe noch Jemand Zeit gewann, ihr

Fräulein Horn vorzustellen, oder ein Wort zu sprechen; ehe Jenny ihre letzte Frage beantworten konnte, fuhr sie gegen Clara gewendet fort: Sie kennen doch die Rosenstiels?

Ich habe das Vergnügen nicht, antwortete Clara ganz verwundert über das sonderbare Betragen der alten Frau.

Was? Sie kennen die Rosenstiels nicht? – Denke Dir, mein Sohn, Fräulein Horn kennt die Rosenstiels nicht! Haben Sie denn nie von der Malerei der zweiten Tochter gehört? Ein enormes Talent! sage ich Ihnen; eben so viel Genie fürs Malen, wie die älteste für den Gesang. Rein merkwürdig! Die Mutter ist eine geborne Strahl, von den Strahl's aus Frankfurt, abgerechnet, daß die Frau sich zu jugendlich kleidet, eine ganz charmante Frau. Wissen Sie noch, liebste Meier, wie der Doctor Herzheim ihr die Cour machte? Das kann sie noch nicht vergessen. Mein Sohn würde sagen: »Ewig jung bleibt nur die Phantasie«; aber wissen Sie, der junge Herzheim wird die älteste Tochter nehmen, sagt man. Ich glaube es nicht, die kann andere Partien machen, sage ich Ihnen!

Es war gut, daß der kleinen starken Frau der Athem zu versagen anfing, denn Clara hatte mit kaum verhehltem Erstaunen die Neuhinzugekommene betrachtet, deren Kleidung, aus Allem zusammengesetzt, was es Neues und Kostbares gab, auf ihrem runden, festgeschnürten Körper und zu dem sehr scharf geschnittenen, alternden Gesichte ebenso sonderbar erschien, als ihre Sprechlust und ihr unaufhörliches Gesticuliren. Um einem neuen Redestrome Schranken zu setzen, fragte Jenny Herrn Steinheim, ob er in den letzten Tagen Erlau nicht gesehen habe, auf den sie vergebens gewartet, um mit ihm das Nähere wegen der Proben zu den lebenden Bildern zu verabreden.

Erlau, der nie Anlage zu einem Fixsterne hatte, antwortete der Gefragte, ist jetzt vollkommen zum Planeten der Giovanolla geworden; er, der ein Stern erster Größe am Kunsthimmel sein könnte. Ich kenne ihn nicht mehr, ich begreife ihn nicht.

Was ist da zu begreifen? sagte der Vater. Er ist ein liebenswürdiger Wildfang, wie er es immer war, und wir wissen, wie ihm Schönheit den Kopf verdreht; junger Wein will gähren!

»Ich bin so sehr nicht aus der Art geschlagen, daß ich der Liebe Herrschaft sollte schmähen«, recitirte Steinheim, aber dies gänzliche Sichverlieren in solch eine Passion von acht Tagen ist zu komisch. Man sieht ihn gar nicht. Zudem ist er hinausgezogen an den Leuchtthurm, wo ein ewiger Orkan wüthet, und wo man ihn nicht besuchen kann, ohne sich vor Erkältung den Tod zu holen!

Haben Sie ihn in seinem neuen Atelier noch nicht aufgesucht? fragte Eduard. Das wird ihn gekränkt haben!

Hat er mich gefragt, wie er hinausgezogen ist, ob ich hinaus kommen werde? Morgen wird's ihm einfallen, auf den Domthurm zu ziehen, und er wird es übel nehmen, wenn ich nicht hinauf klettere, um ihn da oben zu besuchen! Dabei fällt mir ein, liebe Mutter! daß wir jetzt unsern Besuch bei Madame Rosenstiel nicht länger verschieben dürfen, und ich möchte – obgleich dem Glücklichen keine Uhr schlägt, Dich daran erinnern, uns auf den Weg zu machen, weil es bereits ein Uhr ist.

Dieser Vorschlag brachte die alte Dame in die größte Rührigkeit. Sie stand auf, suchte eifrig nach Boa, Mantille und Handschuhen, die sie im Eifer des Gespräches allmälig abgelegt hatte, und empfahl sich mit vielen Complimenten den Anwesenden, nachdem Jenny noch mit Steinheim verabredet hatte, daß für den nächsten Abend die Probe zu den Bildern vor sich gehen sollte.

Der ganze kleine Kreis fühlte sich offenbar erleichtert, als die Beiden fortgegangen waren. Jenny schämte sich des unschönen Betragens, das Gäste ihres Hauses vor Clara an den Tag gelegt hatten. Steinheim's Citate, seine gesuchten Witze kamen ihr unerträglich vor, und nur ihr angeborner Takt hielt sie zurück, Entschuldigungen deshalb zu machen. Wirklich schien es, als ob etwas Störendes in die vorhin so unbefangene Unterhaltung gekommen sei; man scherzte und plauderte noch ein Weilchen fort, dann aber brach auch Hughes auf, und mahnte Clara an die Rückkehr. Beim Abschiede händigte Jenny ihrem Gaste das schöne Bouquet ein, indem sie bat, es als einen Willkomm mitzunehmen. Clara dankte herzlich, und als nun die Mutter sie aufforderte, sie und ihr Treibhaus bald wieder zu besuchen, nahm Clara ein paar Immortellenzweige aus dem Bouquet und reichte sie Jenny und Eduard mit der Bemerkung: Die lasse ich zum Pfande hier, daß ich bald wiederkomme, wenn Ihre Mutter es erlaubt. Freundlich reichte sie dem alten Meier die Hand und ging mit Hughes und Eduard davon, um den Rückweg zu Fuß anzutreten und dadurch das köstliche Winterwetter ein wenig länger zu genießen.

Ich kenne fast nichts Reizenderes, bemerkte Clara gegen Eduard auf dem Wege, als ein Treibhaus, wie das Ihrer Eltern, in der Mitte des Winters. Diese Farbenpracht, der süße Duft erquicken doppelt zu einer Zeit, in der man Beides nicht erwartet; abgesehen davon, daß ich schon darum Treibhäuser liebe, weil in der Sorge des Menschen für die Pflanzen etwas Zutraueneinflößendes liegt.

Das Letztere, liebe Clara, sagte Hughes, kann doch nur da der Fall sein, wo nicht Prunksucht oder Speculation an der Pflege der Blumen Theil haben.

Gewiß nur da, antwortete sie. Aber ich kann es nicht genug sagen, wie ich mich freue, wenn ich finde, daß auch Andere die Blumen so lieb haben, als ich. Blumen sind eine von den Freuden, die Gott uns Allen bestimmt hat, und jene Blumenkasten, welche wir oft an den Fenstern der bescheidenen Armuth sehen, thun mir jedesmal sehr wohl.

Wohl? fragte Eduard verwundert. Mich machen sie fast immer traurig, und das ist ein Eindruck, der seit meiner ersten Kindheit sich gleich geblieben ist. Ich sehe darin immer den Wunsch nach versagten Genüssen, das Streben, sich ein kümmerliches Dasein zu verschönen, oder eine Entsagung, die mir wehe thut. Wo ich solche kleine Blumenkasten sehe, möchte ich von unserm Ueberflusse spenden – und gelegentlich hab' ich's gethan! fügte er halblaut hinzu.

Aber die Leute haben an ihrem kleinen Besitz, wandte Clara ein, vielleicht oftmals ebensoviel Freude, als mancher Reiche an dem größten Treibhaus, und mehr!

Glauben Sie denn, daß ich diese Treibhäuser und Treibhauspflanzen liebe? fragte Eduard lebhaft. Es liegt etwas Unnatürliches in der Farbenpracht und dem Duft dieser erkünstelten Vegetation, das mich ebenso unangenehm berührt, als die Bewegung der freien Thiere des Waldes in den engen Käfigen einer Menagerie. Für mich ist alles Geschaffene nur schön an dem Ort, für den es geschaffen ward. Ich vermag es zu bewundern, wo ich es finde, aber es freut mich nicht, sobald man es von seinem Platze entfernt. Auf die Gefahr hin, Ihnen zu widersprechen, bekenne ich, mir erscheint die Zusammenstellung einer Masse von Pflanzen aus den verschiedensten Welttheilen, die alle nur ein krüppelhaftes Dasein führen, oft wie eine Verirrung des Geschmackes; und wenn es nicht wissenschaftlichen Zwecken gälte, möchte ich lieber auf alle tropischen Gewächse verzichten, als sie so kümmerlich gedeihen sehen. Ich sehe ihnen immer an, was sie sein könnten, wenn sie in ihrer Heimat und frei wären, und die armen, kranken Verbannten thun mir dann leid.

Clara hörte ihm überrascht zu und blickte mit stillem Entzücken auf ihr schönes Bouquet. Ich habe die südlichen, schönen Gewächse dennoch lieb, sagte sie, und vielleicht ist es das Mitleid mit den Gefangenen, das mich so unwiderstehlich zu ihnen zieht, fügte sie lächelnd hinzu.

Wenigstens wäre das echt weiblich, schaltete William ein, als sie das Hornsche Haus erreicht hatten und gemeinschaftlich das Zimmer der Commerzienräthin betraten.

Clara war sehr heiter. Sie konnte der Mutter nicht genug von der Herrlichkeit der Treibhäuser erzählen, und sie war noch in der lebhaftesten Beschreibung, als die Commerzienräthin abgerufen wurde.

Mir that es leid, sagte Eduard, als Clara's Mutter sich entfernt hatte, mir that es leid, daß Frau Steinheim unser Beisammensein störte. Sie meint es gut, aber man fühlt sich doch erleichtert, wenn man sie scheiden sieht.

Da Sie selbst das Thema berühren, erwiderte Hughes, so bekenne ich Ihnen, daß mir Herr Steinheim auch nicht eben zusagt, und daß ich es nicht begreife, wie Sie diese ewigen Citate ertragen können. Sein Witzeln, sein Spielen mit den Worten machen mich oft ungeduldig.

Ich theile ihre Empfindung, gab Eduard ihm zur Antwort, aber Steinheim's üble Angewohnheit ist halbwegs nationell. Es walten in den Juden noch die alten orientalischen Elemente vor; und noch heute hat z.B. der ungebildete Jude seine Lust an kleinen Erzählungen, wie der Orientale. Er liebt es, sich in Bildern und Gleichnissen auszudrücken, und mag gern Das, was er zu sagen hat, mit einer jener Anekdoten begleiten, die oft schlagend genug sind und deren seine alten Bücher zu Tausenden enthalten. Solche alte Gleichnisse wird nun Steinheim nicht leicht zu benutzen wagen, aber von der Gewohnheit derselben kann auch er nicht loskommen, und die Citate aus neuen und alten Werken müssen ihm als Aushülfe dienen.

Mir kam Herr Steinheim originell und geistreich vor, sagte Clara, und etwas Rasches, Bezeichnendes kann man dieser Art nicht absprechen. Dazu sieht er eigentlich sehr gut aus, und dennoch, wenn ich es offen sagen darf, verletzte mich Etwas in seiner Erscheinung. Ich weiß nicht, soll ich es Selbstgenügsamkeit nennen, oder ein gewisses zutrauliches Wesen, das mir von einem Fremden auffiel.

Vermuthlich Beides, meinte Eduard. Ich komme leider Ihnen gegenüber immer wieder in die Lage, den Vertheidiger der Juden zu machen.

Das haben Sie nicht nöthig! betheuerte ihm Clara. Ich habe gewiß kein Vorurtheil der Art gehabt; und wäre das selbst der Fall gewesen, so verdanke ich es Ihnen und William, dasselbe durchaus besiegt zu haben. Wie könnte ich daran noch denken, nachdem Sie mir die Freude gemacht, Ihre verehrten Eltern kennen zu lernen, nachdem ich in Ihrer Familie eben solch glückliche Stunden verlebt habe.

Clara schwieg, aus Besorgniß, zu viel gesagt zu haben, und auch Eduard saß sinnend eine Weile neben ihr und las in ihren Augen, was ihr Herz sprach und ihr Mund verschwieg; dann fuhr er fort: Und doch würden Ihnen viele von den Freunden meiner Familie gar sehr mißfallen, obschon es gute, brave Leute sind. Die Gewohnheit, sich immer nur in demselben Kreise zu bewegen, in welchem Alle sich seit ihrer frühesten Kindheit mindestens dem Namen und den Verhältnissen nach kennen, gibt den Juden eine Art sich gehen zu lassen, die dem Fremden zudringlich und beleidigend erscheinen muß. Ich erfahre das selbst bisweilen. Meine Verhältnisse haben mich zum Theil diesem Kreise entfernt; ich sehe manche Personen oft kaum einmal im Jahre; und doch, treffen wir zusammen, so bin ich gezwungen, mir die kleinlichsten Familienereignisse mit unerträglicher Weitschweifigkeit berichten zu lassen. Ihnen bin und bleibe ich der Eduard Meier, der mit ihnen eingesegnet wurde, mit ihnen einmal dies und jenes gemeinsam hatte, und sie können nicht begreifen, daß mich das Thun und Treiben ihrer Onkel und Großonkel nicht ebenso interessire als sie selbst.

Das ist aber der Fehler aller engen Kreise, meinte Clara, die mit feinem Gefühl dem Geliebten jede unbequeme Erörterung ersparen wollte. In unsern kleineren und größeren Zirkeln wiederholt sich, was Sie eben rügten. Das darf man nicht so strenge tadeln, denke ich.

Und doch thut das alle Welt bei den Juden! rief Eduard; bei ihnen, denen man nicht einmal die Möglichkeit läßt, aus ihrem engen Kreise herauszutreten, so gern sie es möchten. Ein Theil der gebildeten Juden kann sich dreist mit jedem andern Gebildeten messen, er würde, wie in Frankreich, sich längst der Masse der Nation angeschlossen haben, er würde auch in Deutschland längst nationalisirt sein, wenn ihn sein Aeußeres, seine dunklere Farbe und das schwarze Haar nicht auf den ersten Blick von den Deutschen unterschieden zeigten. Dies fremde Aeußere erinnert unaufhörlich an eine verschiedene Abkunft und gibt, vom Pöbel ausgehend, dem Judenhasse immer neue Nahrung, von dem wol die Wenigsten so frei sind, daß sie den Juden nicht den Mangel an gesellschaftlicher Bildung zum ächtenden Vorwurf machten. Und man brauchte sie doch nur zu emancipiren, um die Unebenheiten von ihrer Außenseite abzuschleifen. Freilich ist es gar bequem zu sagen: Die Juden haben einen häßlichen Dialekt, häßliche Manieren. – Woher das aber kommt, fragt Niemand! – Daß es so ist, reicht ja hin, den Juden auszuschließen von der Gesellschaft, und mehr braucht es nicht, mehr will man nicht.

Eduard war erregter, als er selbst glaubte, Clara betrübt, und selbst Hughes nicht frei von Befangenheit. Doch bezwang er sich, und sagte: Allerdings trifft die Deutschen der Vorwurf, nur in den Juden die Nationalität nicht anzuerkennen, während sie sonst jeder fremden Eigenthümlichkeit mehr als nöthig nachsehen. Erwarten wir das Beste von der Zukunft, und wenigstens lassen Sie uns die Gegenwart meines Mühmchens mit fröhlicherer Unterhaltung feiern. Das arme Mädchen sieht schon so betrübt aus, als ob es das Unheil verschuldet hätte, und ist so gut, daß es gewiß gern Hülfe und Aenderung brächte.

Wenn ich das könnte, rief Clara lebhaft, und Hughes glaubte eine Thräne in ihrem Auge zu sehen, als Eduard sich bald darauf empfahl, nochmals für die Ehre dankend, die Clara ihm erzeigt, indem sie seine Einladung angenommen hatte.

Ehre? seufzte Clara, obgleich Eduard das Wort nur zufällig und achtlos gewählt, Ehre? – Ach mein Gott! –

Auch William war der Schluß der Unterhaltung peinlich geworden. Es ist Schade, sagte er, als Jener sich entfernt hatte, daß man mit Eduard so gar vorsichtig sein muß, weil man nur zu leicht die Saite seines Gemüthes berührt, die ewig in Klagetönen erklingt, in Dissonanzen, für die es nun einmal noch keine Auflösung gibt. Oft thut es mir leid; aber man ist nicht immer dazu geneigt, über unabänderliche Verhältnisse zu sprechen und Theil an ihnen zu nehmen; man will nicht immer Mitleid haben.

Mitleid, fiel Clara ein, stolz aus der Seele des Geliebten antwortend, verlangt denn Eduard Mitleid? Er will sein Recht, das Recht, welches man seinem Volke und damit auch ihm selber vorenthält. Wer darf mehr verlangen, frei und den Besten gleichgestellt zu sein, als er? Und kannst Du ihn tadeln, daß er in jedem Augenblicke das Unrecht fühlt, welches ihm geschieht? daß er den Gedanken ausspricht, der zum Grundton seines Wesens geworden ist? Athmen und frei sein mit seinem Volke, das ist ihm gleichbedeutend; er kann und will nicht schweigen von Dem, was allein ihm Werth hat. Jeder Mann von Ehre müßte so handeln; ich begreife das vollkommen.

So scheint es, sagte William etwas spöttisch. Es ist nur zu bedauern, daß die Juden nicht viele solch eifrige Vertheidiger finden, als meine schöne Cousine, die ich von ihren Betrachtungen über die Gleichstellung der Juden nicht länger abhalten will.

Und verstimmt trennten sich die drei Menschen, die eben erst in schöner Freundschaft glückliche Stunden mit einander genossen hatten.

Länger als bis zum folgenden Abende konnte Reinhard es nicht ertragen, von Jenny entfernt zu sein. Mit seiner Mutter hatte er seit ihrer letzten Unterhaltung keine Silbe über seine Liebe gesprochen; und ein ängstliches, vorsichtiges Schweigen hatte zwischen Mutter und Sohn geherrscht, die sonst in innigster Mittheilung zu leben gewohnt waren. Da schlug am Abend des zweiten Tages die alte Uhr des Wohnzimmers sieben heisere Schläge, und die Pfarrerin hörte, wie Reinhard den Stuhl vom Schreibtisch schob und schnell in seinem Zimmer umherging. Wenige Augenblicke darauf sah sie ihn, zum Ausgehen gerüstet, bei sich eintreten.

Gehst Du aus, mein Sohn? fragte sie.

Reinhard bejahte es. Die Pfarrerin schwieg. Da bog er sich hernieder, und sagte schmeichelnd: Gib Deinem Sohne nur einen Abschiedskuß. Wer weiß, ob die Tochter, die ich Dir bringe, mich nicht aus Deinem Herzen verdrängt! Dann küßte er die Mutter und eilte von dannen, ehe sie ihm Etwas entgegnen konnte. Was hätte sie ihm auch sagen sollen?

Sie faltete die Hände, und suchte, sein Schicksal dem Himmel anvertrauend, Ruhe im Gebet.

Je schneller Reinhard dem Meierschen Hause zugeeilt war, je auffallender mußte ihn der Gegensatz überraschen, der sich ihm eben heute zwischen der stillen Wohnung seiner Mutter und dem Treiben in den reichgeschmückten Sälen darbot. Er hatte, wie es Jedem wol begegnet, sich lebhaft vorgestellt, wie er Jenny, mit weiblicher Arbeit beschäftigt, allein finden, wie sie ihn willkommen heißen, ihn um sein Ausbleiben fragen, und wie er ihr es dann endlich sagen werde, daß er sie liebe. Bis in die kleinsten Züge hinein hatte er sich das Bild ausgemalt; es war ihm lieb geworden, und die Möglichkeit, daß es sich anders machen könne, hatte er sich nicht beikommen lassen. Um so unangenehmer war es ihm, als der Diener ihn nicht in das gewöhnliche Wohnzimmer, sondern in einen der Säle führte, aus dem ihm schon von fern Erlau's fröhliches Lachen entgegentönte.

Eine Menge Personen bewegten sich bei Reinhard's Ankunft unruhig durcheinander. Erlau stand bei einer Theaterdecoration, die ein Gemäuer darstellte, und versuchte, einem jungen Offiziere die Arme in eine bestimmte Stellung zu bringen. Nicht weit davon saß Therese mit einer Dame, Beide in weite Tücher gehüllt, die

Kopf und Gestalt umgaben. Madame Meier spielte mit einem Kinde, das ebenfalls bei den Bildern, die man probirte, beschäftigt werden sollte; kurz jeder der Anwesenden hatte nur Sinn für die Probe, und Reinhard's Eintritt wurde kaum beachtet. Wie anders hatte er es sich gedacht!

Jenny war gar nicht in dem Zimmer. Er näherte sich Theresen und fragte nach ihr; aber Therese hatte sie seit einer Weile nicht gesehen. Es wurde ihm unheimlich in dem Getreibe, er wollte in ein Seitenzimmer und von da, wo möglich, nach Hause gehen, als er, die Nebenstube betretend, Steinheim peroriren hörte.

Und warum soll denn nun urplötzlich aus dem Bilde nichts werden, von dem wir uns so viel Effect versprachen?

Weil ich nicht will! war Jenny's kalte Antwort, die vor dem Spiegel stand und ihre Locken ordnete.

Aber das ist es eben, was ich frage, warum wollen Sie nicht? Sie selbst hatten den Templer und die Jüdin gewählt; Sie sehen reizend in dem Turban aus; der Hauptmann ist der stattlichste Templer. Gestern, noch heute früh, war Ihnen Alles genehm, und nun? – »Löset mir, Graf Oerindur, diesen Zwiespalt der Natur!«

Jenny gab keine Antwort und beschäftigte sich ruhig mit ihrer Frisur, bis Erlau hineinstürmte. Holdes, angebetetes Fräulein! rief er, keine Capricen; mein schöner Hauptmann steht mit ausgebreiteten Armen und sieht so sehnsüchtig und so göttlich einfältig in die Ferne, daß sich eine der Himmlischen erbarmen und in seine Arme hinuntersteigen müßte. Seien Sie nicht unerbittlicher! Sie sind immer ein Engel, eine Göttin; warum wollen Sie nun absolut mit einem Male eine wasserblaue schmachtende Madonna vorstellen? Sie, die der Himmel gleichsam für diese glühende Rebecca prädestinirte? Kommen Sie Fräulein! oder der Hauptmann kommt aus der Position!

Ich habe Ihnen ja vorhin gesagt, lieber Erlau, mir gefällt das Bild nicht. Zu dem Bendemann'schen bin ich bereit und will auch gern in irgend einem biblischen Tableau stehen, sonst aber ....

Während Jenny die ersten Worte sagte, gab Erlau Steinheim ein Zeichen, sich zu entfernen, warf sich, ehe sie ausgesprochen, ihr zu Füßen und rief mit komischem Pathos: Aber kann denn ein Candidat der Theologie sich nur in einen Heiligen verwandeln? Wie, wenn es mir gelänge, ihn zum Orden der Templer zu bekehren?

Jenny war erzürnt und wollte das Zimmer verlassen. Aber Erlau, dessen Muthwillen man Vieles nachsah, hielt sie, darauf bauend, an der Hand zurück. Sind Sie böse, Fräulein! weil mein kleiner

Finger mir einmal die Wahrheit gesagt hat? fragte er. Sie sind nicht eigensinnig, ich kenne Sie; dahinter steckt die Meinung Ihres Lehrers und Meisters, dem ich sehr gram sein würde, wenn er nicht das hohe Glück hätte, Ihr und mein Freund zu sein. Wenn nun aber Reinhard selbst ....

Ich wüßte nicht, sagte Jenny mit einer erheuchelten Kälte, die um so schneidender erschien, je bewegter sie war, was Ihnen das Recht gibt, derlei zu vermuthen? Herrn Reinhard's Meinung hat mit meinem Entschlusse Nichts zu schaffen, gar Nichts! glauben Sie mir das.

Erlau fühlte, daß er leichtsinnig zu weit gegangen sei, er wußte auch, daß sie nicht dachte, was sie sprach. Aber während er noch schwankte, was er thun solle, sie zu begütigen, sah Jenny Reinhard plötzlich vor sich stehen. Das nahm ihr alles Maaß und alle Fassung. Sie versuchte zu lachen, setzte schnell den rothen Turban auf, den sie zu der Rolle der Rebecca brauchte, gab dem verwunderten Erlau den Arm und sagte: Kommen Sie! Sie sollen sehen, daß ich nachzugeben weiß, und daß ich meinen eigenen Willen habe.

Damit ging sie mit dem Maler mit flüchtigem Gruß an Reinhard schnell vorüber in den großen Saal.

Reinhard war wie versteinert. So vollkommen abstoßend war ihm Jenny nie zuvor erschienen. Schon der Ton, in welchem sie mit den Männern verkehrte, hatte ihn verletzt; er konnte sich ihr Verhalten nicht erklären und ihre Aeußerung über ihn empörte sein ganzes Herz. Das also war der Lohn für seine Liebe!

Er hatte sich in einen Sessel geworfen, dann hatte er gehen wollen und war doch geblieben. So ging die Zeit hin und er bemerkte es kaum. Er wußte nicht, was er wollte, kaum was er dachte. Es war ihm dumpf und trüb zu Sinn. Mit einem Male trat Therese an ihn heran. Sie hatte ihn gesucht und nahte ihm schüchtern mit der Frage: warum er die Gesellschaft verlassen habe? Reinhard antwortete ausweichend. Es ist Schade, daß Sie fortgingen, sagte Therese, Jenny sah so schön aus als Rebecca. Es ist eine allgemeine Bewunderung und ich eilte nur hinaus, um Sie zu suchen.

Reinhard hörte düster brütend zu. Kommen Sie! bat Therese freundlich dringend und beängstigt durch des jungen Mannes Schweigen, kommen Sie doch! und sein Sie nicht so traurig, es thut mir gar zu leid! – Gutes Kind! seufzte Reinhard aus tiefster Brust und ergriff Theresens Hand. So standen sie beisammen, als Jenny mit einigen Andern in das Cabinet kam, und, sowie sie Reinhard mit Theresen in dieser traulichen Vereinigung entdeckte, mit einem leise unterdrückten Ausruf hinaus und auf ihr Zimmer eilte. Die

Mutter, welcher dieser Vorfall nicht entgangen war, folgte ihr sofort, aber kein Zureden vermochte Jenny, den Grund ihrer plötzlichen Entfernung anzugeben oder wieder zur Gesellschaft zurückzukehren; und die Mutter sah sich also genöthigt, zu erklären, ihre Tochter sei unwohl geworden, die große Wärme des Zimmers habe es vermuthlich dem sonst gesunden Mädchen angethan.

Jenny lag indessen bitterlich weinend auf ihrem Ruhebette. Sie hatte geglaubt, daß Reinhard die Tableauaufstellung nicht erwünscht sei, und vielleicht nicht mit Unrecht gedacht, es sei ihm besonders unlieb, weil er als künftiger Geistlicher an solchen Dingen keinen persönlichen Antheil nehmen mochte und konnte. Sie hatte also allerlei Schwierigkeiten erhoben, um entweder sich selbst davon frei zu machen oder Reinhard durch die Wahl irgend eines Bildes, das er liebte, damit auszusöhnen. Es war ihr unangenehm gewesen, es hatte sie gekränkt, daß er nicht zur Probe gekommen war, weil sie irrigerweise geglaubt, ihn dazu eingeladen zu haben; und als Erlau's unbedachte Neckerei ihr den Gedanken eingab, Reinhard könne sich gegen ihn der Herrschaft gerühmt haben, die er über sie hätte, fühlte sie sich davon so verletzt, daß sie theils aus einer Art von Rache, theils aus höchster Verlegenheit die Worte sprach, die unglücklicherweise Reinhard zum Zuhörer gehabt hatten. In heftigster Bewegung, halb außer sich vor Schmerz und Zorn und Scham, war sie Erlau in den Saal gefolgt. Sie probirte, scherzte und lachte, während das Herz ihr bitter wehe that. Endlich war die Probe beendet; es trieb sie, Reinhard aufzusuchen, sich um jeden Preis mit ihm zu verständigen, die Qualen zu beenden, denen sie Beide unterlagen. Sie wollte den Saal verlassen; ohne allen Rückhalt wollte sie zu dem Geliebten sprechen; die demüthigste Abbitte schien ihr nicht zu schwer – aber die Fremden wichen nicht von ihrer Seite. Trotz dem eilte sie, in Reinhard's Nähe zu kommen, um ihn wenigstens zu sehen. Da fand sie, wie sie glaubte, Reinhard und Therese in zärtlich heimlichem Gespräche. Ihre beste Freundin, der Mann, der ihr Alles war, hatten sie, wie sie glaubte, verrathen. Das war zu viel für ein so junges, heißes Herz; sie eilte hinaus, sie war ihrer selbst nicht mächtig.

Jetzt in der Einsamkeit malte ihr die Phantasie geschäftig tausend falsche Bilder vor. Sie konnte nicht begreifen, wie dies Verhältniß ihr so lange verborgen geblieben sei; sie war empört von so viel Falschheit und schauderte entsetzt zusammen, als Therese zu ihr kam, um freundlich nach ihrem Ergehen zu fragen.

Um Alles in der Welt, sagte sie heftig, laß mich allein, ich leide zu sehr.

Darum komme ich ja eben! bat Therese theilnehmend.

Nein, nur Du nicht, nur Du nicht! schluchzte Jenny. Dich kann ich nicht sehen, Dich am wenigsten von Allen!

Therese stand rathlos vor ihr. Sie verstand die Freundin nicht, sie besorgte, daß Jenny irre rede, und noch leiser sagte sie: Aber Jenny! kennst Du mich denn nicht? Ich bin's ja, Deine Therese!

Meine Therese? rief Jenny und lachte bitter auf – Du bist Reinhard's und nicht mein! Fort! – Gehe zu ihm, aber gleich! – und sage ihm, wie elend Ihr mich macht!

Nun fiel plötzlich die Binde von den Augen der ahnungslosen Therese. Sie faßte Jenny in ihre Arme und fragte: Liebst Du denn Reinhard?

O, unaussprechlich! so unaussprechlich, als ich elend bin, so wie Du ihn liebst, so wie er Dich!

Kaum hatte Jenny unter heißen Thränen diese Worte hervorgebracht, da flog Therese zur Thüre hinaus, die Treppe hinunter, suchte Reinhard und zog den Ueberraschten mit sich fort. In derselben Eile führte sie ihn zu Jenny und trat mit ihm vor sie hin, ohne daß Reinhard den Vorgang begriff.

Jenny weint um Sie, Reinhard! rief Therese ebenfalls weinend, sie ist eifersüchtig auf mich! und ehe sie noch vollendet, sank Reinhard vor dem Ruhebette nieder und Jenny lag an seiner Brust.

So vergingen selige Minuten. Dann war es Jenny zuerst, die ängstlich nach den Eltern, nach Eduard verlangte, und Reinhard bat, mit Theresen hinunter zu gehen und die Ihrigen wegen ihres Unwohlseins zu beruhigen, durch welches die Fremden veranlaßt worden waren, sich früher als gewöhnlich zu entfernen. Auch Therese zog es vor, mit dem sie erwartenden Mädchen gleich nach Hause zu gehen, und Reinhard blieb mit Jenny's Eltern in dem leeren Saal allein.

Die Diener eilten mit gebrauchten Gläsern hin und her, die Thüren der entferntern Zimmer wurden geschlossen, die Lampen ausgelöscht. Die Mutter saß ein wenig ermüdet auf dem Sopha, ihr Mann ging, seine Cigarre rauchend, im Zimmer umher. Die ganze Scene hatte etwas Unbehagliches, das sich auch dem eintretenden Reinhard mittheilte.

Er hatte, als er Jenny verließ, nur an ihre Liebe gedacht, die ihn berechtigte, um sie zu werben. Nun er die Bitte bei den Eltern beginnen wollte, überkam ihn wieder ein Gefühl von Demüthigung bei dem Gedanken, daß er ihnen für ihre Tochter nichts bieten könne, als seine Liebe, die denselben vielleicht weniger ausreichend zum Glück des Lebens scheinen dürfte, als ihm und Jenny. Doch zögerte er keinen Augenblick, sich offen und frei auszusprechen, und seine Befangenheit, jedes Gefühl von Ungleichheit verschwand, als er mit schöner Wärme von seiner Liebe und von dem Glücke sprach, das in derselben läge. Die Eltern hörten bewegt und mit Wohlgefallen die feurigen Worte des jungen Mannes, der ihnen werth geworden war und dem sie ihre volle Achtung nicht versagen konnten. Reinhard war ein Mann, wie zärtliche Eltern ihn ihrem Kinde wünschen mußten: offenen Herzens, klaren Geistes und von den reinsten Sitten. Aber die Zerstörung der Hoffnung, Jenny mit Joseph verbunden und das Bestehen seiner Handlung auf diese Weise gesichert zu sehen, schmerzte den alten Herrn, dem freilich das Glück der einzigen Tochter höher stand, als die Erfüllung seiner Lieblingswünsche.

In diesem Sinne war seine Antwort anerkennend und ehrenvoll für Reinhard. Er bat ihn, ihm bis zum nächsten Tage Zeit zu gönnen, ehe er sein bindendes Wort zu dieser Heirath aussprüche; er müsse erst mit sich, mit Jenny und den Seinen einig werden, da ihm persönlich der Antrag ganz unerwartet gekommen sei. Mehr konnte Reinhard eigentlich nicht verlangen. Er hatte es so voraussehen können, und doch war er unzufrieden mit sich, mit Allem. Er wünschte Jenny noch einmal zu sehen; aber das verweigerte die Mutter, besorgt, die neue Aufregung könne der Tochter schädlich sein; doch versprach sie ihm, gleich zu Jenny zu gehen, ihr das Ergebniß der Unterredung mitzutheilen, und entließ Reinhard mit den Worten: Gehen Sie, Lieber, und grüßen Sie Ihre Mutter; ich hoffe, wir sehen uns morgen Alle, und zwar recht glücklich wieder.

Je gespannter die Pfarrerin der Rückkehr ihres Sohnes geharrt hatte, um so mehr erschreckte sie der Ernst in seinen Zügen. Er erzählte ihr, wie Alles gekommen war, wie er glaube, am Ziele seiner Hoffnungen zu stehen; er pries sich glücklich, Jenny nun die Seine zu nennen, und doch fühlte seine Mutter, die ihn kannte wie sich selbst, daß irgend Etwas sein Glück störe. Und so war es wirklich. Reinhard war durch Jenny's Betragen bei seiner Ankunft auf eine Weise verletzt worden, die er so leicht nicht verschmerzen konnte. Zu einer versöhnenden Erklärung hatte der flüchtige Augenblick nicht hingereicht, den Jenny an seiner Brust gelegen: ein Glück, das er sich und der ruhigen Neigung der Geliebten allein verdanken wollte, war ihm vom Zufall unerwartet zugeworfen, in einem Augenblick, in dem er kaum in der Stimmung gewesen war, es zu empfangen oder zu begehren. Nach der leidenschaftlichen kurzen Minute in Jenny's Armen schien ihm das Betragen ihrer Aeltern kalt, und obgleich er sich fortwährend wiederholte, daß er Jenny's

Liebe besitze, daß er seinen heißesten Wunsch erfüllt sähe, kam keine rechte Freude in seine Seele. – Tadeln wir ihn deshalb nicht! Es genügt nicht immer, daß wir an unser Ziel gelangen; es kommt wesentlich darauf an, wie wir es erreichen.

Der morgende Tag wird für das Seinige sorgen! mit den Worten verließ der alte Meier am Abend seine Frau und Jenny, die noch lange beisammenblieben und, der Vergangenheit gedenkend, tausend Entwürfe machten, wie es möglich zu machen sei, daß Mutter und Tochter nicht getrennt würden, was bei Reinhard's Beruf leicht der Fall sein konnte. Denn daß der Vater seine Einwilligung geben würde, da Jenny ihm versichert, sie könne nicht glücklich sein, nicht leben, ohne Reinhard, daran glaubten die Frauen nicht zweifeln zu dürfen.

Und doch war der alte Herr der Heirath lange nicht so geneigt, als die Beiden glaubten; und die Morgenstunde fand ihn mit Eduard und Joseph, die er zu sich beschieden hatte, in ernster Berathung. Er theilte ihnen die Vorgänge des letzten Abends mit und fand zu seiner Verwunderung, daß man sie gewissermaßen erwartet hatte. Eduard bekannte, er habe seit längerer Zeit eine Neigung Jenny's und Reinhard's zu einander vermuthet, habe aber absichtlich geschwiegen, weil dergleichen Verhältnisse wie eine Aeols-Harfe wären, die man bei der leisesten Berührung hell erklingen mache; und er habe andrerseits die Ueberzeugung gehegt, daß die Aeltern keinen Grund irgend einer Art haben könnten, dieser Neigung entgegen zu sein, da ihnen Allen Reinhard als einer der tüchtigsten Menschen bekannt sei.

Was Du da sagst, mein Sohn, sprach der Vater, ist größtentheils wahr. Ich finde es auch begreiflich, wie gerade Dir – Eduard wurde verwirrt, – eine Heirath aus Neigung so unerläßlich scheint, daß alle andern Rücksichten davor schweigen. Anders aber urtheilt man in meinen Jahren, als in den Euren.

Und doch, wandte Eduard ein, hast Du, lieber Vater! bei der Wahl Deiner Gattin nur Dein Herz gefragt.

Das, glücklicherweise, ergänzte der Vater, nirgend gegen Bestehendes zu kämpfen hatte. Doch das gehört nicht hierher. In einer Stunde, wie diese, müssen falsche Rücksichten nicht beachtet werden: ich sage es daher offen, wir Alle wissen, daß Joseph Jenny liebt. Mir war das sehr erwünscht, denn es war mein fester Wille, sie ihm zur Frau zu geben, und Dich, Joseph, den ich wie einen Sohn liebe, wirklich zu meinem Sohne zu machen.

Ich weiß das, lieber Onkel! aber Jenny hat keine Neigung für mich, und sie würde vielleicht mit mir, wie ich nun einmal bin, auch ohne Reinhard's Dazwischentreten nicht glücklich geworden sein! sagte Joseph, seine innere Bewegung mit Gelassenheit bekämpfend.

Wollte Gott, ich könnte sie Reinhard mit solcher Zuversicht anvertrauen, als Dir, entgegnete der Vater und drückte ihm die Hand.

Es entstand eine peinliche Pause. Eduard, der hier zwischen seinen besten Freunden entscheiden sollte, fühlte für Beide lebhafte Theilnahme. Er gönnte Reinhard und Jenny ein Glück, das ihn seine Liebe in voller Größe erkennen ließ, und er empfand in Joseph's Seele, was Entsagung zu bedeuten habe. Das Mißtrauen seines Vaters gegen Reinhard aber bewog ihn endlich, das Schweigen mit der Bemerkung zu unterbrechen, wie ihm, der Reinhard seit Jahren kenne, dessen Charakter ein sicherer Bürge für Jenny's Zukunft sei.

Da irrst Du! entgegnete der Vater. Ich achte Reinhard und erkenne seine Vorzüge an, aber er lebt in einer Ideenwelt. Solche Menschen sind mir bedenklich und taugen nicht für die Ehe. Weil er mit der höchsten Anstrengung und allem Ernste daran arbeitet, die Vollkommenheit, die er im Auge hat, sein Ideal eines Menschen, zu erreichen, darum glaubt er sich berechtigt, auch an Andere die gleichen Ansprüche zu machen. So wie er das Leben, die Liebe auffaßt, sind sie nicht, und die Ehe, die sittliche Feststellung der Verbindung der beiden Geschlechter, bleibt trotz der höchsten Liebe, die zwei treffliche Menschen verbindet, immerdar hinter Dem zurück, was einem jungen Manne oder Weibe als Ideal vorschweben mag! Der Ruhige, der Besonnene findet sich darin und tröstet sich mit dem Guten, das sich ihm in der Ehe offenbart, über Das, was nicht zu erreichen ist – das aber, fürchte ich, will und kann Reinhard nicht. Weil er Jenny liebt, erscheint sie ihm geeignet, das Ideal einer Hausfrau, einer Gattin zu werden, wie er sie sich träumt; er wird es deshalb auch verlangen, daß sie sein Ideal verwirklicht, und, wie ich ihn beurtheile, nur zu geneigt sein, ihr aus den Unvollkommenheiten des Menschen überhaupt, einen persönlichen Fehler zu machen. Mit einem Worte, Reinhard hat eine Art Ueberspannung in seinen Gefühlen, die mich für Jenny's Glück besorgt macht.

Eduard konnte nicht leugnen, daß die Bemerkung seines Vaters Wahrheit enthalte, vertheidigte den Freund aber lebhaft und

meinte, sein Vater verfalle selber in den Fehler, den er an Reinhard
rüge; er verlange, daß Reinhard vollkommen sein solle.

Nein! sagte der Vater, aber daß ich es Euch gerade herausgestehe,
mir ist eigentlich nichts genehm bei diesem Antrage. Jenny soll
Christin werden, auch das steht mir nicht an.

Und doch wünscht sie eben das! bemerkte Joseph.

Nicht doch, mein Sohn! Sie wünscht Nichts als Reinhard's Frau
zu werden; das Christenthum ist ihr ein Mittel für den Zweck, das
glaube mir. Und gerade auch das macht mich besorgt. Reinhard
ist zu strenggläubig, um duldsam sein zu können, und Jenny hat
zum Glauben viel zu viel Verstand.

Eduard schüttelte den Kopf. Wen das Weib liebt, dem glaubt
sie! sagte er. Jeder Mann ist seiner Geliebten der Verkünder eines
neuen Glaubens; Liebe ist die Offenbarung, in der das Weib den
Geliebten als den gottgesandten Messias erblickt. Wenn Jenny
wahrhaft liebt, wie ich gewiß bin, wird sie glauben, woran sie will!
Sie wird glücklich machen und das ist genug, um auch glücklich
zu sein.

Meinst Du? fragte der Vater – Die Mutter ist nur zu sehr für
den Plan eingenommen, ihr ist es lieb, daß Jenny Christin wird,
sie schätzt die Pfarrerin und Reinhard hoch – und gewiß! das thue
ich auch. Nur will mich's trotz alle dem bedünken, als ob Jenny
und Reinhard nicht zusammengehören. Da nun Reinhard glücklicherweise noch keine Stelle hat, so will ich meine Einwilligung,
wenn ich sie denn geben muß, nur unter der Bedingung gewähren,
daß man die Verlobung geheim hält, bis Reinhard ein Amt erhalten
haben wird.

Dagegen machte Eduard Einwendungen. Auch Joseph meinte,
daß eben dies Brautpaar nicht dazu geeignet wäre, in solch geheim-
gehaltenem Verhältniß Ruhe und Glück zu finden.

Ich weiß aus Erfahrung, sagte Joseph, Reinhard ist eifersüchtig
und Jenny's Lebhaftigkeit allein kann dabei schon Anlaß zu tausend
Mißhelligkeiten geben. Auch sehe ich nicht ab, lieber Onkel! was
Du eigentlich gegen die Bekanntmachung der Verlobung hast?

Was ich dagegen habe? rief der alte Herr nun heftig aus. Jenny
ist eins der reichsten Mädchen der Stadt, sie ist schön, klug und
kaum erwachsen. Mein Name, mein Haus ist der geachtetsten eines – solch Mädchen mußte mir Dich oder einen andern Schwie-
gersohn bringen, der meinem Hause Ehre machte, dem ich die
Firma übergeben, den ich den Leuten zeigen konnte. Ihr wißt, daß
meiner Kinder Glück in erster Linie bei mir steht, aber ich bin
nicht allein Vater, ich bin auch Kaufmann. Auch mein Haus ist

ein Theil meines Ich's und es will mir nicht in den Sinn, daß meine einzige Tochter sich mit einem Studenten oder Candidaten verlobe, von dem man gar nichts weiß, als daß er wegen Demagogie in Untersuchung gewesen ist. Und, fügte er plötzlich weicher hinzu, der vielleicht in seinem Stolze noch glaubt, ein Opfer zu bringen, mir eine Ehre zu erzeigen, indem er ein Judenmädchen, diese Perle von einem Mädchen, zum Weibe nimmt.

Und wieder entstand eine Pause. Der Vater ging rasch im Zimmer umher, bis Eduard und Joseph das Thema nochmals aufnahmen, als er ruhiger zu werden schien. Sie erinnerten ihn an die vortheilhafte Meinung, die er selbst stets von Reinhard gehegt, sie warfen ihm vor, einer Art von Hochmuth mehr Gehör zu geben als seinem Herzen. Joseph schilderte die Scene, die er einst mit Jenny erlebt, als er ihr abgerathen hatte, zum Christenthume überzutreten; er versicherte, Jenny's Hand nie annehmen zu wollen, wenn sie nicht zugleich ihr ungetheiltes Herz ihm geben könnte, und Beide schlossen in der Ueberzeugung, daß Jenny nicht von Reinhard lassen, daß man eine so innige Neigung nicht ohne entschiedene Gründe trennen dürfe, und daß dem Vater daher nichts übrig bleibe, als seine Zustimmung zu geben.

Das ist es eben, was mich so verdrießt! sagte er, schon wieder freier geworden. Ich habe keinen recht vernünftigen Grund, meine Einwilligung zu verweigern, und doch möcht' ich es gerne, wenn ich Jenny's Zukunft recht bedenke. Zur Pfarrersfrau ist sie einmal nicht gemacht, und wir müssen darauf denken, für Reinhard eine andere Stellung zu gewinnen! –

Als die Unterhandlungen so weit gediehen waren, nahmen sie eine leichtere, fast geschäftliche Richtung an. Man sprach davon, ob und wie man Reinhard bewegen könne, eine andere Carriere, etwa die academische, zu erwählen. Eduard bezweifelte, daß sein Freund darein willigen werde. Joseph meinte, wenn Jenny ihn ernstlich darum bäte, müsse er es thun, da es im Grunde gleichviel sei, ob er selbst Pfarrer werde oder die jungen Leute zu Geistlichen nach seinem Sinne bilde; und der Vater sagte ziemlich dictatorisch: Für das Opfer, das ich bringe, für das Mädchen, das er bekommt, habe ich das Recht, auch von seiner Seite auf Fügsamkeit zu rechnen; und – so sei es denn! Jenny wird Reinhard's Frau! schloß er lächelnd, aber mit einem tiefen Seufzer, der ein Echo in Joseph's Herzen fand. –

Und nun, mein Freund, sprach der alte Herr zu Joseph, laß auch uns in's Reine mit einander kommen. Ich hielt Dich bisher in meinem Hause fest, weil ich hoffte, es Dir als Jenny's Mitgift einst zu übergeben. Der Plan zerfällt, und ich muß es Deiner Neigung überlassen, ob und unter welchen Verhältnissen Du künftig bei mir bleiben willst. Ich sähe Dich ungern von uns scheiden, indessen ......

Ich bleibe, Onkel! rief Joseph mit einem Handschlag, den der Onkel und Eduard fest erwiderten, und die drei Männer wußten, wie sie auf einander zählen konnten.

Dann berieth man noch, daß Joseph als Compagnon in das Geschäft seines Onkels eintreten solle. Und wenn Du, sagte dieser, Dir einst eine Frau wählst und mir dadurch eine zweite Tochter bringst, so mag sich Herr Eduard seine eigene Wohnung suchen. Der Compagnon des alten Meier wohnt auch in dessen Hause.

Man wollte scherzen, es kam ihnen aber nicht aus der Seele, und man ging nach dem Wohnzimmer, in der Hoffnung, die kleine Braut zu begrüßen.

Es würde vergebens sein, das Glück der Verlobten zu schildern. Fröhlicher, hingebender konnte kein Wesen gedacht werden als Jenny, und selbst der Vater söhnte sich mit dem Gedanken an diese Verbindung aus, als er die Tochter so voll Freude sah. Die engsten Bande umschlangen den kleinen Kreis. Die Pfarrerin und Jenny's Mutter waren erfreut, nun für immer durch ihre Kinder zusammenzugehören, und sahen wohlgefällig auf das schöne Paar, das seines Glückes täglich bewußter zu werden schien. Joseph's edler Sinn hätte es für ein Unrecht gehalten, durch das leiseste Zeichen von Bedauern, von Verstimmung, die allgemeine Freude zu trüben, und als an dem Verlobungsmorgen Reinhard ihn allein fand und über ihr früheres Zusammentreffen an jenem Abend versöhnend zu sprechen begann, gab ihm Joseph die Hand und sagte: Machen Sie Jenny so glücklich, daß ich nie den Vorzug bedauere, den sie Ihnen gegeben; dann ist weiter nichts darüber zu sagen.

Eduard allein war wehmüthig gestimmt. Das Glück, dessen Zeuge er war, rief die Sehnsucht nach gleicher Befriedigung in ihm hervor und aufs Neue begann der Kampf in ihm, den seit Monden seine Liebe und sein Gewissen führten. Am sonderbarsten aber erschien Therese in der allgemeinen Freude. Es kam ihr vor, als ob Jenny's Glück allein ihr Werk sei; sie gab sich das Ansehen einer Beschützerin und that so verständig und altklug, daß die Andern nicht aufhören konnten darüber zu lachen.

Lacht nur immerfort, sagte sie mit Stolz, wäre ich Euch an jenem unglücklichen Probeabend nicht zu Hülfe gekommen, Ihr wäret noch, Gott weiß, wie weit vom Lachen!

Und ganz unrecht hatte sie nicht; nur daß sie sich und ihrer Ueberlegung zuschrieb, was Eingebung des drängenden Momentes gewesen war, und daß sie es ganz in der Ordnung fand, wenn Reinhard und seine Braut sie scherzend den Schutzgeist ihrer Liebe nannten.

Man war übereingekommen, da nur noch einige Tage bis zum Sylvester fehlten, an dem gewöhnlich ein Ball im Meierschen Hause zu sein pflegte, an diesem Abende das junge Paar als Verlobte vorzustellen. Niemand, so wünschte die Mutter, sollte vorher davon benachrichtigt werden. Man wollte die Bilder gleich am Anfange des Abends aufstellen, um nachher beim Beginn des neuen Jahres das Brautpaar als den Mittelpunkt des Festes zu feiern. Nach Reinhard's Geschmack war das nun freilich nicht und er sprach sich gegen Eduard darüber aus.

Was kannst Du denn dagegen haben? fragte ihn dieser.

Ich mag solch lautes Glück nicht. Liebe bedarf nicht des Trompetentusches; wahrhaft beglückt sie nur in der Stille, und solch ein Gepränge ist mir überhaupt zuwider.

Sei nicht wunderlich, bedeutete ihn Eduard. Bis zum Sylvesterabend hast Du Dein Glück fast eine Woche lang still genossen, und Du mußt dann auch damit zufrieden sein, es auf die Weise bekannt machen zu lassen, die meinem Vater zusagt.

Was gibt es da bekannt zu machen? sagte Reinhard verdrießlich. Was kümmert es die Fremden? Und die Bekannten ahnen es wohl Alle, seit sie mich täglich und zu allen Stunden in Eurem Hause sehen. Du glaubst es nicht, wie solche prunkende Schaustellungen mir zuwider sind.

Prunkende Schaustellungen? fragte Eduard; die hat man meinen Eltern niemals vorgeworfen, und ich wüßte nicht, wie sie jetzt mit einem Male dazu kommen sollten?

Du meinst, sagte Reinhard rasch, die Verlobung mit einem Candidaten der Theologie sei eben kein Ereigniß, auf das man besonders stolz zu sein brauchte! Da hast Du recht, und vielleicht bin ich so sehr gegen diese Ballparade, weil ich das selbst empfinde. Vielleicht wäre ich weniger dagegen, wenn ich mit Rang und Würden aufträte, so aber ......

In Eduard's Seele war wirklich kein Gedanke der Art gekommen. Er empfand seines Schwagers Aeußerung fast wie eine Beleidigung; doch hatte er sich von je gewöhnt, in diesem Punkte, in dem

Reinhard von kranker Empfindlichkeit war, Nachsicht und Schonung gegen ihn zu üben. Er ließ ihn also nicht zu Ende sprechen.
Gönne uns doch die Freude, zu zeigen, daß Jenny eine Wahl getroffen, sagte er, die uns lieber ist, als alle Leute von Rang und Würden,
die sie ausgeschlagen! –

Damit war die Sache abgethan; aber Eduard fühlte, daß seines
Vaters Ansicht von Reinhard nicht ungegründet sei, und auch ihm
wurde bange, ob der, den er mit vollstem Vertrauen seinen Freund
nannte, sich zu Jenny's Gatten eigne. Doch war das nur eine vor-
übergehende Idee, die bald verschwand, wenn er sah, wie Reinhard's
ganzes Wesen, seine stolze Kälte, seine schroffe Abgeschlossenheit
vor einem Blicke Jenny's sich in Liebe auflösten; wie er in einer
andern Luft zu athmen, Alles in anderm Lichte zu sehen schien,
wenn er sich in der Nähe seiner Braut befand.

Unter Vorbereitungen mancher Art kam der Sylvesterabend
heran. Man hatte die Säle des Hauses mehr als gewöhnlich ausge-
schmückt, und selbst die Freunde des Hauses ahnten heute irgend
etwas Besonderes, obgleich Herr Meier immer Wohlgefallen daran
hatte, sein Haus in einer gewissen Eleganz zu zeigen. Nach den
ersten Tänzen wurde die Gesellschaft in das Treibhaus geführt, das
für die Aufstellung der Tableaux eingerichtet war.

Man hatte als erstes Bild Bendemann's »Trauernde Juden« gewählt, die in der letzten Ausstellung mit großem Beifall aufgenommen worden waren. Die breiten Thürflügel, welche das Treibhaus
von dem Saale trennten, waren zurückgeschlagen. Sie bildeten einen
Rahmen, der die Bilder einschloß, und ein allgemeiner Ruf der
Bewunderung wurde laut, als das Aufziehen des Vorhanges das
Bild enthüllte, für das die herrlichen Tropengewächse des Treibhauses den Hintergrund gaben.

Steinheim, der den Greis darstellte, war durch seine kräftige
Gestalt und sein ausdrucksvolles Gesicht, das durch den künstlichen
Bart und die orientalische Kopfbedeckung an Bedeutung gewann,
vortrefflich für seine Rolle geeignet. Eine junge Verwandte des
Hauses, die seit einigen Jahren verheirathet und Mutter des Knaben
war, dessen wir schon bei der Probe gedachten, stellte die junge
Frau mit dem Kinde vor. Zu Steinheim's Füßen ruhte, verhüllten
Angesichts, Therese, und, die rechte Hand auf die Laute gelehnt,
das schöne Haupt auf den andern Arm gestützt, saß Jenny an
Steinheim's Seite. Man konnte nichts Edleres, nichts Ergreifenderes
sehen, als den Ausdruck hoffnungsloser Trauer in ihren jugendli-
chen Zügen.

Darüber war nur Eine Stimme, daß diese Darstellung einen leb-
hafteren Eindruck mache, als Bendemann's Bild selbst, während
sonst fast immer dergleichen weit hinter dem Originale zurück
bleibt. Man konnte nicht genug sehen und bewundern, und Erlau
mußte endlich, trotz aller Bitten, den Vorhang herunter lassen, um
die Mitwirkenden nicht zu sehr zu ermüden.

Kaum sah Reinhard seine Braut das Treibhaus verlassen, um ihr
Costüm auf ihrer Stube zu wechseln, als er ihr nacheilte. Er
wünschte sie einen Augenblick allein zu sehen, was ihm bis dahin
nicht gelungen war, da er versprochen hatte, durch keine auffallende
Annäherung den Aeltern die Freude der Ueberraschung zu verderben. Voll Liebe flog Jenny ihm entgegen; ihre Arme schlangen sich
um seinen Hals, und als er sie umfaßte, hob er die kleine anmuthige
Gestalt in die Höhe und ließ sie nur ungern zur Erde hinunter, als
sie lachend ausrief: Du weißt wohl, mein Himmel ist in Deinen
Armen, aber da heute auf Erden Sylvester und Ball bei uns ist, so
werde ich doch nun zu den Erdensöhnen hinuntereilen müssen,
also laß mich fort! bat sie und wollte sich ihm entziehen.

Reinhard aber hinderte sie daran. Laß mich noch einmal in
Deine Augen sehen, bat er. O! rief er dann und küßte trunken
Jenny's lange Wimpern, die süßen Augen sind ja licht und fröh-
lich – nun bin ich ruhig, nun geh' mein Lieb!

Jenny fragte scherzend, was er denn in ihren Augen heute besonders zu finden geglaubt?

Den Schmerz, den sie ausgedrückt, als Du in dem Bilde gesessen,
sagte er. Wenn ich Dich jemals so traurig sehen müßte, wenn ich
es sehen müßte und könnte den Schmerz aus Deinen Zügen nicht
verscheuchen, wie unglücklich würde ich dann sein!

Welch ein Gedanke! Wie kommst Du nur darauf? fragte sie ihn
ängstlich.

Weiß ich's? antwortete er. Dort im Saale, als sie in Deiner Bewunderung kein Ende finden konnten, verdroß es mich, daß Du
auch für Andere schön bist, daß ich den Genuß, Dich anzustaunen,
mit gleichgültigen Menschen theilen soll. Ich wünschte Dich fort
von hier, wo kein Auge Dich sähe als meines; wie ich es damals
wünschte, als Du mich im Figaro errathen lassen, was ich kaum
zu hoffen gewagt hatte. Dann überfiel mich wieder der Gedanke,
ob ich allein Dir genügen, Dir Ersatz für die ganze übrige Welt
sein könnte, wie Du mir! – Wenn ich Dich einst weniger glücklich
sehen müßte, als in dieser Stunde, wenn Du es je bereuen könntest,
die Meine geworden zu sein! rief er, und preßte sie so heftig an
sich, daß sie davor erschrak und abwehrend bat, er möge sie lassen;

er aber drückte sie nur fester an sich und sagte: Sieh, daß ich Dich so halten kann mit starkem Arm, daß Du nun mein bist, meinem Willen angehörend – o! schilt mich nicht roh, nicht ungroßmüthig – daß Du von mir, von meinem Wollen abhängst, das macht mich glücklich, ja das macht mich glücklich! – Bei den Worten ließ er sie plötzlich los, küßte sanft und still ihre Stirne, streichelte ihr Haar und schickte sich an, sie zu verlassen. Da war es Jenny, die ihn zurückhielt und, indem sie ihre Hände in den seinen ruhen ließ, sank sie langsam vor ihm nieder und flüsterte in Liebe aufgelöst: So bin ich Dein, Du Starker, so ganz Dein! mein Schicksal ist fortan in Deiner Hand. –

Die Mutter, welche Jenny vermißte, kam sie holen, damit ihre Abwesenheit nicht bemerkt werde. Hughes, dem sie den nächsten Tanz versprochen, hatte sie bereits gesucht und sich, seine Tänzerin erwartend, zu Erlau gesellt, der im Treibhause die Decorationen für das nächste Bild anordnete.

Wenn ich nur wüßte, sagte er, worin es lag, daß dieses Bild heute einen so mächtigen Eindruck auf mich machte, während das Original, trotz seiner Vorzüge, mich doch ziemlich kalt ließ?

Das will ich Ihnen wohl sagen, theurer Sir! antwortete Erlau, und ich bilde mir nicht wenig darauf ein, mit dieser Aufstellung die Wirkung gemacht zu haben, die es heute auf Jeden hervorgebracht hat. Sie haben heute zum ersten Mal trauernde Juden gesehen, während Bendemann trauernde Düsseldorfer in fremdartiger Kleidung gemalt hat!

Hughes gab zu, daß Erlau recht haben könne. –

Gewiß habe ich recht. Ich hatte, als ich in dem Katalog der Ausstellung »Trauernde Juden« von Bendemann las, eine rechte Herzensfreude. Ich liebe die Juden; sie sind nicht mehr Das, was sie vor tausend Jahren gewesen sein mögen, aber es ist noch Originalität, Race in ihnen, und darum sind sie für den Maler interessant. Nun dachte ich, wenn ein Jude den Muth hat, Juden zu malen, wenn dieser Maler Bendemann ist, da muß es ein Stück Arbeit werden, das Hand und Fuß hat. Ich dachte, er würde sich köstliche Gestalten, üppige Weiber mit Flammenaugen gewählt haben – nicht doch! so weit reicht sein Muth nicht. Er nimmt ein Sujet aus dem Judenthume, aber er tauft seine Juden sammt und sonders, er übersetzt sie fein säuberlich ins Düsseldorf'sche, und nun sitzen die deutschen Männer und Weibsen, und sehen, so hübsch sie sind, doch nur aus, wie Düsseldorfer Gärtner, denen die Raupen den Kohl aufgefressen haben.

Hughes lachte –

Was ist da zu lachen? fragte Erlau, der ganz ernsthaft wurde, sobald es die Kunst galt, die er heilig hielt. Gestehen Sie, es ist, wie ich sage. Ist schon irgend ein Mensch so thöricht gewesen, sich blonde, deutsche Modelle zu nehmen, wenn er neapolitanische Fischer malen wollte? Das thut Niemand. Würde nicht alle Welt lachen, es abgeschmackt finden, wenn man Zigeuner mit der Physiognomie eines phlegmatischen Holländers malte? – oder Paria's mit goldblonden Locken und einer Lilienhaut? Auch dem Paria muß sein Recht werden, sonst laßt ihn lieber ungemalt und ungeschoren; und dasselbe verlange ich für die Juden. Sehen Sie einmal den Steinheim, die Jenny an; denken Sie an das junge Weib, das sie heute im Tableau gesehen; sind das nicht Köpfe, die sich mit allen italienischen Modellen messen können? –

Hughes gab es zu, daß auch ihm, trotz der widerwärtigen Carricaturen, die man unter den Juden sähe, eine Menge wahrer Schönheiten sowohl unter Männern als Frauen aufgefallen wären.

Das sage ich ja, eiferte der Maler. Es ist mit den Juden wie mit den Fürstenhäusern und dem hohen Adel, die sich auch so untereinander rekrutiren. Die Race artet aus ins Krüppelhafte oder sie veredelt sich. Sehen Sie die feinen Glieder, die schönen dunklen Augen, die Ueppigkeit des Orients, die finden Sie heute noch oft bei den Juden und die Beweglichkeit ihrer Züge empfiehlt sie dem Maler. Darum wählte ich heute das Bild und diese Personen zu dem Bilde; und ich wollte, Bendemann selbst hätte es gesehen. Da er sich hoffentlich nicht schämt, ein Jude zu sein, hätte er an dieser Darstellung vielleicht den Muth gewonnen, auch Juden zu malen; denn, unter uns gesagt, feig sind die Juden doch! –

Mowbray Du lügst! rief Steinheim's Stimme dazwischen, der, mit Eduard eintretend, die letzten Worte hörte.

Leider lügt er nicht, sagte Eduard ernsthaft, wenn er von moralischem Muthe spricht. Denn jene sogenannte Courage, die jeder Raufbold in sich erzwingt, um während eines Duells oder sonst einer Viertelstunde Parade zu machen, die schlage ich sehr gering an. Der Feigste, wenn er nur eitel genug ist, sich zu schämen, bringt das zu Stande. Aber der moralische Muth, der fehlt uns. Jahrhunderte lang hat die Sklaverei auf uns gelegen und das Volk so gedrückt, daß es sich glücklich fühlt, Ruhe zu genießen, anstatt mit aller Kraft die Rechte zu fordern, die man uns vorenthält!

Wahr ist's, bekräftigte Hughes, und um so auffallender, als man nicht leugnen kann, daß es verhältnißmäßig eine Menge von Fähigkeiten und Talenten unter Ihrem Volke gibt. Mich wundert, daß diese sich nicht durch die ganze Erde vereinen, daß sie nicht alle ihre Mittel aufbieten, um zum Ziele, zur Gleichstellung zu gelangen.

Weil sie das nicht thun, nannte ich sie feig, sagte begütigend Erlau, dem es unangenehm war, jene Aeußerung gethan zu haben.

Und mit Recht, war Eduard's Antwort. Was Du mir über Bendemann's »Trauernde Juden« neulich sagtest, war vollkommen wahr; indeß so machen sie es alle. Michael Beer, der die Schmach der Unterdrückung auch sehr lebhaft fühlte, den es drängte, die Ungerechtigkeit darzustellen, machte ein Trauerspiel daraus. Aber er schilderte nicht das Elend seines Volkes; damit hätte er ja daran erinnert, daß er selbst ein Jude sei: er malte lieber die Unterdrückung *sub rosa*, er schrieb den »Paria« und dachte, vielleicht versteht man meine Meinung, und ich habe doch nichts gesagt, wenn man sie nicht verstehen will. Das ist Feigheit.

Und Thorheit obenein, sagte Steinheim. Die Geschichte hat bis jetzt kein Beispiel, daß irgend eine Unterdrückung aufgehoben worden wäre, weil der Unterdrücker in großmüthiger Laune sagte: »*Car tel est mon plaisir*«, außer der Bertha im Tell, die abgehend ihr »und frei erklär' ich alle meine Knechte«, ausruft. Es heißt im Christenthume: »Bittet, so wird euch gegeben, klopfet an, so wird euch aufgethan«, und es wäre Zeit, daß die Juden tüchtig anklopften, wenn das Bitten nicht hilft, und die Christen zeigen müßten, ob sie den Spruch ihres Heilandes zu erfüllen bereit sind.

Erlau hatte während der Unterhaltung nicht nach den Vorbereitungen zu dem nächsten Bilde gesehen. Ein Diener kam ihn daran zu erinnern, meldend, daß die Herren und Damen bereits angekleidet wären. Das machte dem Gespräch ein Ende, weil Erlau die Herren bat, ihn zu verlassen. Aber wir kommen nächstens auf dies Thema zurück, das gerade auch für den Unparteiischen eine psychologisch interessante Seite unsers Jahrhunderts zeigt, sagte er, als die Andern davon gingen. Da blieb Steinheim stehen und sprach: »Greift nur hinein ins volle Menschenleben! Ein Jeder lebt's, nicht Vielen ist's bekannt, und wo Ihr's packt, da ist's interessant!«

Zehn Minuten später öffnete sich das Treibhaus der Schaulust auf's Neue und einige glücklich gewählte Bilder folgten rasch auf einander. Den Beschluß machten Jenny und der Hauptmann mit der Scene aus dem Ivanhoe; und als eben der Vorhang vor dem letzten Bilde gefallen war, schlug die letzte Stunde des alten Jahres.

Einen Augenblick schwieg Alles in ahnender Ungewißheit, in Rückerinnerung und Erwartung; dann ging ein fröhliches Leben an. Glückwünsche und Scherze flogen von Mund zu Mund; Freunde suchten sich gegenseitig; Eltern und Kinder hatten sich, wenn auch nur für einen Augenblick, vereint, und ganz natürlich hatten auch Reinhard und Jenny sich gefunden, um den Anfang des neuen Jahres, mit dem für sie ein neues gemeinsames Leben beginnen sollte, gemeinsam zu begrüßen.

Nächsten Sylvester sind wir allein in unserm Hause, flüsterte Reinhard in Jenny's Ohr, ihre Hand in der seinigen drückend, als der Vater sie zu holen kam. Er trat mit Jenny und Reinhard in die Mitte des Zimmers und sprach zur Gesellschaft gewendet:

Erlauben Sie mir, meine Freunde, Ihnen beim Beginn des neuen Jahres ein neues Mitglied meiner Familie vorzustellen. Herr Reinhard und meine Tochter sind seit acht Tagen verlobt und ich empfehle dies junge Paar Ihrer Freundschaft.«

Größeres Erstaunen hätte die unerwartete Ankunft des Großsultans nicht erregen können, als diese einfachen Worte. Des Fragens, Wunderns, Glückwünschens war kein Ende; und mancher junge Mann sah mit Neid auf Reinhard, an dessen Arm Jenny, noch im Costüme der Rebecca, durch die Zimmer ging. Sie sah schön aus in der prachtvollen Kleidung, das Haar mit Brillanten durchflochten, den weißen Turban auf die schwarzen Locken gedrückt; und Reinhard konnte nicht unterlassen, sie nochmals zu seiner Mutter zu führen, um auch von ihr zu hören, wie schön seine Jenny sei. Niemand wollte erlauben, daß sie sich entferne, um ihre Kleidung zu wechseln. Einige ältere Damen, die neben der Pfarrerin standen, hielten die holde Braut mit freundlichen Worten zurück; da trat auch Erlau glückwünschend hinzu und sagte leise: »So ganz unrecht hatte ich also neulich doch nicht, als ich von dem Einfluß und der Erlaubniß eines gewissen Theologen sprach?« –

Sie sind ein arger Spötter und haben mir damals eine traurige Stunde bereitet! entgegnete ihm Jenny und mußte dann der Pfarrerin erzählen, was Erlau's Worte zu bedeuten hätten.

Den Zeitraum benutzte der Maler, Reinhard in seiner gewohnten Art zu gratuliren. Dir, Du Mann Gottes, hat es der Herr wahrhaftig im Schlafe gegeben, sagte er. Da setzt sich der Mensch hin und langweilt das arme Kind zwei Jahre lang mit alten, unnützen Geschichten, nach denen kein Hahn mehr kräht, und hat gewiß wacker auf den gottlosen Paris geschimpft, der die Helena entführte und den braven Menelaus mit langer Nase stehen ließ. Nun aber, ehe man sich's versieht, hat er selbst die Schönste am Arme, geht mit ihr davon und läßt uns *à la Menelaus* zurück. Ich glaube, auch meine Nase muß sich in diesem kritischen Moment ein wenig verlängern, und Steinheim's und des armen Joseph's Riechwerkzeuge wachsen gigantisch. – Halt, glückseliger Bräutigam, fuhr er fort, als Reinhard davon gehen wollte, so kommst Du mir nicht los! Daß Du mich neulich veranlaßt hast, dem schönen Mädchen eine trübe Stunde zu machen, das mag Dir Gott vergeben! Und künftig machst Du den Templer, wenn Jenny es will, Du seltener Tugendritter! – Mit der Keuschheit und der Armuth wird's nun bald ein Ende haben, wie der feurige Brillant an Deiner Brust, den ich jetzt erst bemerke, und Deine noch feurigern Blicke mir deutlich beweisen; aber das dritte Gelübde – Gehorsam, dazu kann Rath werden. Ich wünsche Dir nur so viel Geduld, als Du Glück hast! Denn das Commandiren und Wollen verstehen Fräulein Jenny und Papa Meier aus dem Fundament. Hätten sie mir nur befohlen, Dich zu allen Teufeln zu jagen und statt Deiner die holde Rose von Saron zu freien, Du hättest sehen sollen, ob ich's nicht gethan hätte!

Ohne auf Reinhard's Ungeduld zu achten, drehte sich der Wildfang dann plötzlich zu Jenny und sagte: Auf mein Wort, Fräulein! wenn Reinhard nicht der beste Gatte wird, ist's seine Schuld. Ich habe ihm seine Pflichten strenge vorgehalten und verlange zum Lohn nur die Gunst, die künftige Frau Pfarrerin in diesem Costüme malen zu dürfen, um den Pastor stets zu erinnern, daß er, so gescheut er ist, doch noch mehr Glück als Verstand hat.

Mit diesen Worten eilte er lachend davon. Aber seine Rede ließ ein unangenehmes Gefühl in Reinhard's Brust zurück, der es sich nicht verbergen konnte, wie man ihm den Besitz Jenny's für ein nicht zu erwartendes Glück anrechne und sich allgemein darüber wundere.

Ein paar Tage lang war diese Verlobung ein Gegenstand der Unterhaltung bei Allen, die, wenn auch nur entfernt, mit einem der beiden Theile bekannt waren. Manche lobten es, daß der Vater bei der Wahl eines Gatten für seine Tochter nur auf ihre Neigung gesehen; Andere und gerade die Freunde und Verwandten des Hauses machten ihm einen Vorwurf daraus, daß er, der angesehenste Jude der Stadt, seine Tochter zum Christenthum übertreten lasse. Dergleichen hatte aber auf den klaren Sinn des würdigen Mannes keinen Einfluß. Nachdem der Entschluß reiflich überdacht und ausgeführt war, stand er als Thatsache unwandelbar vor ihm und kein fremdes Urtheil vermochte seine Ansicht darüber zu erschüttern.

Anders war es mit der Mutter. Auf sie blieben die wiederholten Bemerkungen der Leute, daß Jenny zu ganz andern Verbindungen berechtigt gewesen wäre, wenn sie nun einmal Christin werden sollte, nicht ohne Einfluß; und während ihr Mann mit der Wahl seiner Tochter vollkommen zufrieden geworden war, fing die Mutter sie zu bereuen an.

Sie überlegte, wie diese und jene Tochter eines reichen Kaufmanns einen berühmten Künstler, einen Baron, einen Grafen geheirathet hatte. Reinhard war ihr sehr lieb; sie vor Allen hatte das Verhältniß gebilligt und geschützt gegen die frühere Ansicht ihres Mannes, und diese Verbindung war ihr vollkommen ausreichend zu Jenny's Glück erschienen, bis das unnütze Geschwätz von Dritten, die ihr damit zu schmeicheln wähnten, die Saat der Unzufriedenheit in ihre Brust streuten. Vergebens wiederholte sie sich, daß ihre Tochter glücklich sei; es fiel ihr unaufhörlich ein, es hätte doch noch beglückender für Jenny sein müssen, wenn Reinhard nicht ein junger Theologe, sondern ein Mann von Stande gewesen wäre. Daß er es nicht war, konnte sie ihm zwar nicht zur Last legen; es mußte ihn aber ihrer Meinung nach veranlassen, durch besondere Zuvorkommenheit, durch gänzliche Selbstverläugnung Jenny dafür zu entschädigen.

Mit ihrem Manne oder mit Eduard davon zu sprechen, wagte sie nicht, weil sie überzeugt war, auf Tadel zu stoßen. Sie fühlte das Thörichte dieser Ansicht, denn sie war eine verständige Frau; aber immer wieder trug die Verblendung und Eitelkeit der Mutterliebe den Sieg davon. Es war und blieb ihr unangenehm, daß man ihre Jenny nicht auch in dieser Beziehung beneidenswerth fände, und sie beschloß, obgleich ihr das sonst niemals in den Sinn gekommen, durch einen verdoppelten Luxus in Allem, was Jenny umgab, der Welt zu zeigen, daß ihre Tochter in der Lage sei, eine glänzende Heirath entbehren zu können.

Dadurch aber kam die arme Jenny von dem ersten Tage an in eine peinliche Lage. Während die Mutter unaufhörlich auf ein gewisses Schaustellen drang, verweigerte Reinhard dies entschieden, und die junge Braut mußte oft beschwichtigend und versöhnend auftreten, worin sie von der Pfarrerin glücklicherweise unterstützt wurde.

Schon an dem Tage, an dem das Brautpaar die üblichen Besuche machen sollte, gab es kleine Mißhelligkeiten. Die Mutter hatte ein langes Register derjenigen Personen entworfen, denen die Verlobten sich vorstellen sollten, und ihrem Diener die größte Sorgfalt für die Equipage anbefohlen, als Reinhard erklärte, er begreife nicht, weshalb sie zu einer Menge gleichgültiger Leute fahren müßten, mit denen sie schwerlich in Berührung bleiben würden. Er hoffe, recht bald eine Stelle zu bekommen und die Stadt zu verlassen; seiner Meinung nach genüge es daher vollkommen, wenn sie die nächsten Verwandten und Freunde der Familie besuchten. Zu diesen könne er mit Jenny hingehen, wolle gleich heute damit anfangen und hoffe, seine Braut ebenso wohlbehalten heimzubringen, als ob sie gefahren wäre. Davon wollte jedoch die Mutter nichts wissen. Sie versicherte, kein Mensch habe jemals Verlobungsbesuche zu Fuß gemacht, und fügte hinzu: Glauben Sie mir, lieber Reinhard, Jenny ist gar nicht im Stande, so weite Wege zu gehen.

Ja, das ist freilich übel, erwiderte Reinhard lächelnd; aber wie soll das werden, wenn wir später keine Equipage haben werden? Da wird sie sich doch daran gewöhnen müssen!

Jenny, die Reinhard's Widerstreben sofort begriff, legte sich ausgleichend in das Mittel. Sie schlug vor, ein Paar der Anstands-Besuche in dem Wagen ihrer Eltern, die andern aber zu Fuß zu machen, und alle Parteien waren für den Augenblick damit zufriedengestellt. Indeß es sollte nicht das letzte Mal sein, daß Jenny's Vermittelung nöthig wurde.

Zu des Vaters Freude, der das Brautpaar in der Stille mit sorglicher Liebe beobachtete, entwickelte Jenny bei diesen Versuchen, Reinhard's und der Ihrigen Wünsche zu vereinen, eine ganz neue Seite ihres Charakters. Sich selbst vergessend, war sie unaufhörlich bemüht, sich den Ansichten der Andern zu fügen, den leisesten Wünschen ihres Verlobten zuvorzukommen. Hatte ein geräuschvoll verlebter Abend ihn unbefriedigt gelassen, so erlangte sie am nächsten Morgen gewiß die Erlaubniß, den ganzen Tag bei der Pfarrerin zuzubringen, um ihm zu zeigen, daß ihr im traulichen Beisammensein mit ihm die reinste Freude erblühe. Dann war Reinhard glücklich; dann konnte er nicht aufhören sich ihrer zu erfreuen, und es entzückte ihn, wenn sie sich seiner Mutter bereitwillig zu kleinen häuslichen Hülfsleistungen anbot, zu denen sich in ihrem elterlichen Hause, wo eine große Dienerschaft jedes Winkes harrte, die Gelegenheit nicht bot.

So sehr sie früher darauf gehalten hatte, auch in Kleinigkeiten ihren Willen zu haben, so fügsam wurde sie jetzt. Einzelne unbedachte Aeußerungen ihrer Mutter ließen sie vermuthen, daß ihre Eltern die Verlobung mit Reinhard als ein großes Opfer betrachteten, welches sie dem Glücke ihres Kindes gebracht hatten. Das bewog Jenny, den Ihrigen nachzugeben so weit es irgend möglich, und machte andrerseits sie noch zärtlicher gegen Reinhard; denn es that ihr leid um seinetwillen, daß er den Eltern nicht der erwünschteste Sohn unter allen Männern auf der Welt, wie ihr der Geliebteste war. Mit jedem Tage, den sie bei seiner Mutter verlebte, wurde er ihr theurer und verehrungswürdiger. Sein reicher Geist, seine unbestechliche Gradheit zeigten sich in all ihrem Glanze, wenn er sich ohne Rückhalt gab. Oft, wenn er sich dann in süße Schwärmereien verlor, hörte sie mit einer Andacht, mit einer Erhebung zu, von der die Pfarrerin innig gerührt war. So, sagte sie einst zu ihrem Sohne, mag Maria zu den Füßen des Herrn gesessen haben, und Jenny bemerkte lächelnd: Mehr als ich ihn liebe, liebte auch gewiß Maria den Herrn nicht. Das vollkommenste Einverständniß herrschte unter den Liebenden, und selbst der Vater gewann Vertrauen für die Zukunft seiner Tochter.

Man war seit Jenny's Verlobung daran gewöhnt, sie mehrere Tage der Woche der Pfarrerin zu überlassen. Damit nun den Eltern dieses Entbehren ihrer Tochter nicht zu empfindlich werde, hatte man Therese eingeladen, an jenen Tagen Jenny's Stelle bei der Mutter zu ersetzen, und man kam schließlich überein, Therese für den Sommer, den die Familie auf ihrem Gute zuzubringen gewohnt war, als Hausgenossin mit hinaus zu nehmen. Auch die Pfarrerin wollte dann die Stadt verlassen, um einige Zeit bei einer Freundin zu verleben. Deshalb strebte man jetzt, jemehr der Winter sich zu Ende neigte, die letzte Zeit vor dieser kleinen allgemeinen Auswanderung noch recht mit Bewußtsein zu genießen. Durch Hughes und Clara war der engere Kreis der Hausfreunde im Laufe des Winters vergrößert worden, nachdem Clara, wenn auch nur schwer, die Erlaubniß erlangt hatte, Eduard's Familie in Begleitung ihres Vetters öfters wiederzusehen.

Erfreut durch diese Erlaubniß, die ebenso sehr William's Liebe für Clara entsprach, als seiner Freundschaft für die Familie Meier, warf William sich zum Protector dieses neuen Verhältnisses auf. Er stellte der Commerzienräthin vor, wie es gerade ihr, einer der vornehmsten Damen der Stadt, wohl anstände, ein Beispiel zeitgemäßer Bildung zu geben, indem sie allem Gerede zum Trotz, Jenny und Clara, die einander sehr zusagten, auch ungestört mit einander umgehen lasse.

Sie haben früher den Doktor Meier zu Ihrem Arzte gewählt, liebste Tante, sagte er schmeichelnd, und es sind viele Familien unserer schönen Welt Ihrem Beispiele nachgefolgt. Vor Ihrem klaren Verstande können jene Vorurtheile, welche einst die schroffe Trennung zwischen verschiedenen Confessionen verursachten, nicht mehr Stich halten. Wenn ich Ihnen nun sage, daß Sie mir den größten Gefallen thun, so oft sie die Cousine meiner Begleitung anvertrauen, und daß Clara sich vortrefflich in der Meierschen Familie unterhält, so darf ich hoffen, Sie heben für

Clara und Jenny den Grenzcordon auf und geben ihnen völlige Freiheit für ihren Verkehr.

Die Commerzienräthin that darauf, als ob William's Gründe sie überredet hätten, und wenige Tage, nachdem Reinhard mit Jenny versprochen worden war, erhielten Eduard und seine Schwester Einladungen zu einer Gesellschaft im Hause der Commerzienräthin, die aber nur Eduard annahm, weil Jenny sich nicht entschließen konnte, ohne den Bräutigam hinzugehen. Dem Vater war dies ganz gelegen, da er im Ernste meinte, was er nur scherzend aussprach, er sähe es gern, wenn Leute, die ihm eine Ehre mit ihrer Einladung zu erzeigen glaubten, lieber über zu viel Zurückhaltung als zu bereitwilliges Entgegenkommen klagten.

In jenen Tagen wurde nun Jenny's Verlobung bekannt gemacht und Clara gehörte zu Denjenigen, welche am meisten davon überrascht wurden, sich am meisten darüber freuten. Sie saß im Zimmer ihrer Mutter, als am Neujahrsmorgen ein Diener das Meldungsbillet hereinbrachte. Die Commerzienräthin gerieth in die beste Laune, nun sie mit Zuversicht wußte, daß sie die einst gefürchtete Nebenbuhlerin für ihre Clara nicht mehr zu scheuen habe, und reichte das Billet, nachdem sie es gelesen, ihrer Tochter mit der Bemerkung hin: Da sieht man deutlich, wie solchen Leuten selbst der Reichthum zu nichts hilft: ein Candidat der Theologie! Für Dich soll einmal eine andere Wahl getroffen werden!

Clara antwortete keine Silbe, denn sie hatte in ihrer freudigen Ueberraschung gar nichts von der Rede ihrer Mutter gehört. Sie hielt das Blatt in den Händen und las mit klopfendem Herzen immer wieder die Worte, welche ihr Jenny's Verlobung mit Reinhard verkündeten. Das war ein Lichtstrahl von oben, der urplötzlich die Nacht ihres Kummers erhellte. Jetzt war Alles gut, all ihr hoffnungsloses Leiden beendet, jeder Zweifel gehoben. Wenn Jenny sich mit Reinhard verlobte, konnte auch der Liebe Eduard's zu ihr kein Hinderniß von seiner Seite im Wege stehen; und sie wünschte nur zu erfahren, durch welche Verhältnisse dieser glückliche Wechsel der Ansichten in der Meierschen Familie hervorgebracht worden war. Sie bestürmte Hughes mit Fragen, sie wollte wissen, ob der Doctor mit dieser Heirath einverstanden sei, ob die Eltern sie gern sähen; und die Versicherung ihres Cousins, daß Alle sehr glücklich und erfreut darüber wären, reifte ihre Hoffnung zu beseligender Ueberzeugung, so daß sie freudestrahlend Eduard entgegenging, der im Laufe des Tages hinkam, ihnen zum neuen Jahre zu gratuliren.

Der Umgang zwischen den beiden jungen Mädchen gewann bald eine große Innigkeit, nachdem die ersten Schritte gethan waren. Clara hörte nur zu gern von Eduard erzählen; was er gesagt, gewollt, gethan, Alles war für sie von Wichtigkeit. Was nur in irgend einer Beziehung zu ihm stand, erregte ihre Theilnahme, und sie fühlte sich zu Jenny doppelt hingezogen, weil sie mit ihr stundenlang von dem Geliebten sprechen konnte, ohne, wie sie wähnte, irgend einen Verdacht zu erregen. Darin aber täuschte sie sich freilich. Jenny, der die leidenschaftliche Liebe Eduard's zu Clara längst außer allem Zweifel war, hatte auch bald in Clara's Seele gelesen. Ein gleicher Bildungsgrad machte ihr das Beisammensein mit Clara höchst angenehm, sie fand an ihr, was sie an Therese stets vermißt hatte, ein Gemüth, das mit ihr in rascher Empfänglichkeit sympathisirte, und eine Tiefe des Gefühls, welche Therese nicht in dem Grade besaß, oder mindestens nicht zu äußern vermochte. Solch eine Schwägerin hatte sie sich gewünscht; auch ihr schien es nur zu natürlich, daß Eduard kein Opfer scheuen werde, um Clara zu besitzen, und Beiden wurde es zu einer süßen Gewohnheit, zu einem Bedürfniß, häufig bei einander zu sein.

In ungetrübter Freude waren so einige Wochen verflossen, als Hughes eines Abends verstört in die Stube seiner Tante trat, und indem er ihr einen Brief reichte, die Worte ausrief: Ich muß fort, Tante! mein Vater liegt zum Sterben!

Die Commerzienräthin erschrak so sehr als die kaltblütige Frau es überhaupt vermochte. Denn so unangenehm ihr auch die plötzliche Entfernung William's erschien, so leuchtete ihr doch der materielle Vortheil ein, der für den Sohn entstände, wenn er schon jetzt in den Besitz der väterlichen Schätze käme. Sie versäumte also nicht, in wohlgewählten Worten ihr tiefes Bedauern über das Unglück auszudrücken, das ihrer Schwester durch den Tod des Gatten drohe; sie brachte es selbst bis zu Thränen bei dem Gedanken an William's Abreise; und dieser, aufgeregt durch die entsetzliche Nachricht, die ihn bis in das Herz getroffen, ließ sich von der künstlichen Theilnahme der schlauen Frau täuschen. Er mußte Jemanden finden, dem er seine Gefühle enthüllte, und Clara, vor der er es am liebsten gethan hätte, war seit einigen Stunden bei der Freundin. Er fragte nach ihr, er wolle und müsse Abschied von ihr nehmen.

Beruhige Dich, sagte die Commerzienräthin, ich will sie rufen lassen, und sie soll den Rest des Abends mit Dir verbringen. Sie wird wie ich untröstlich sein über den Verlust, der uns Allen zu drohen scheint. Sie schellte darauf, und befahl dem eintretenden

Diener, anspannen zu lassen und das Fräulein zu holen, weil Herr Hughes morgen früh verreisen wolle.

Morgen? Tante! ehe ich kam, waren die Pferde bestellt, mein Diener bereitet mein Gepäck, und ich harre auf den Ton des Posthorns. Ich reise gleich; jeder Augenblick, den ich zögere, kann mich um den Trost bringen, meinen Vater noch zu sehen, noch ein Wort von seinem Munde zu hören – nur in der höchsten Eile ist noch Hoffnung!

Das lag außer der Erwartung der Tante: sie klingelte nochmals und der Diener erhielt geschärfte Befehle. Er sollte dem Fräulein sagen, Herr Hughes reise gleich, weil sein Vater zum Tode erkrankt sei.

Um Gottes willen, das nicht! rief Hughes in großmüthiger Vorsorge, lieber reise ich, ohne sie zu sehen, ehe so furchtbarer Schreck sie unvorbereitet treffe.

Ein Wink entfernte den Diener, und die Commerzienräthin ging unruhig im Zimmer umher, jeden Augenblick am Fenster spähend, ob der Wagen das Portal nicht schon verlasse? Auch Hughes war in qualvoller Spannung. Dann, als das Rollen der Räder auf den Steinen hörbar wurde, schien es ihm Hoffnung zu bringen. Ein ängstliches Schweigen herrschte im Zimmer, Tante und Neffe hingen mit gespanntem Auge an dem Zeiger der Uhr, der sich ruhig und langsam von Sekunde zu Sekunde fortbewegte, während ihr Ohr ebenso ängstlich auf jeden Ton lauschte, der von der Straße heraufschallte.

Ich begreife nicht, wo Clara bleibt, sagte nach einer Weile peinlicher Erwartung die Commerzienräthin.

Die Zeit vergeht, die Zeit vergeht, und mein Vater stirbt! fiel William, der nur den Einen Gedanken hatte, ihr tonlos ins Wort. Denken Sie, Tante, jede Minute Aufschub kann mir die Möglichkeit rauben, den Vater zu sehen, den ich mehr als Alles liebe, und trennt mich zugleich von Clara, ohne daß ich sie gesprochen habe, ohne daß sie weiß, wie ich sie liebe! –

Da athmete die Commerzienräthin tief auf, ein siegreiches Lächeln glitt einen Augenblick über ihre Züge – sie war am Ziele! Aber schnell besonnen, trat sie mit dem Ausdruck inniger Theilnahme zu William, legte ihre Hand auf die seine und sagte beruhigend: Möchte Dir so sicher das Leben Deines Vaters erhalten werden, als Clara's Liebe und ihre Hand, die ich Dir von je bestimmte. –

Wer sagt Ihnen, Tante! rief der Jüngling – da schmetterte fröhlich und laut das Posthorn, und sich gewaltsam zusammennehmend, fügte er hinzu: Leben Sie wohl, Tante, grüßen Sie mir Clara!

Gehe mein Sohn, erwiderte mit Feierlichkeit die Tante, und kehre uns bald und glücklich wieder. Für Clara's Herz bürgt Dir ihre Liebe, für ihre Hand bin ich Dir Bürge, und sollte es Gott gefallen, Dir den Vater zu rauben, so findest Du hier einen Vater wieder, der den Gatten seiner Tochter mit offenen Armen empfangen wird.

Hughes umarmte sie zärtlich und eilte hinaus; dann kehrte er zurück, zog einen Ring von seinem Finger und reichte ihn der Tante. Für Clara! sagte er und sie soll mein gedenken! Dann eilte er davon.

Und wieder erklang das Schmettern des Posthorns; die Commerzienräthin trat an das Fenster und sah dem Wagen nach, bis einige Minuten später ihre Equipage sichtbar wurde und Clara bei ihr eintrat. Sie hatte trotz William's Verbot durch den Diener die traurige Nachricht bereits erfahren.

Wo ist William? fragte sie mit einer Lebhaftigkeit, welche die Mutter nur zu leicht für ein Zeichen der Liebe nehmen konnte. Auch hielt sie es für angemessen, die Rolle, welche sie bei Hughes mit so viel Glück gespielt, bei Clara fortzusetzen. Sie umarmte ihre Tochter mehrmals, küßte sie zärtlich und sagte: Beruhige Dich, mein Kind! Du siehst ihn wieder. Wenn Du wüßtest, wie ihm das Scheiden schwer war! Sein Schmerz war so groß, daß er mich, ohne es zu wollen, zur Vertrauten seiner Liebe machte. Er sendet Dir diesen Ring und ich habe ihm statt Deiner versprochen, daß er bei Dir Trost finden würde, falls es Gott gefallen sollte, ihm seinen Vater zu nehmen.

Clara fuhr erschreckt zusammen; das hatte sie am wenigsten erwartet. Nach ihrer Meinung mußte gerade Hughes um ihre Liebe für Eduard wissen, denn gegen ihren Vetter allein hatte sie sich stets offen über denselben ausgesprochen. Sie hatte in der Bereitwilligkeit ihres Cousins, ihre Bekanntschaft mit Jenny einzuleiten und ihren nähern Umgang zu befördern, eine Billigung ihrer Gefühle gesehen und sich dankbar dafür mit einer Zärtlichkeit an William angeschlossen, die ihr Bruder ihr einzuflößen niemals weder gestrebt, noch vermocht. Sie begriff es nicht, wie der Vetter dies Wohlwollen für Liebe nehmen könne, da sie wußte, wie himmelweit es von dem Gefühle verschieden sei, das sie für Eduard empfand; und doch quälte sie der Gedanke, William, der vertrauende, großmüthige Mann, könne sie eines leichtsinnigen Spiels mit seinem Herzen beschuldigen. Es that ihr wehe, daß sie ihn, wenn auch ganz absichtslos, getäuscht, und sie bedauerte von Herzen, ihn nicht mehr gesprochen zu haben, um es zu verhindern, daß er Hoffnungen nähre, die sie nicht zu erfüllen dachte, Aber nicht Das allein war es, was sie beunruhigte. Sie wußte, daß ihre Mutter, nun sie endlich das Gelingen ihres Planes sicher vor sich sah, nicht so leicht davon abgehen würde, am wenigsten zu Eduard's Gunsten. Mitleid mit William, mit Eduard und mit sich selber, Furcht vor den Leiden, denen sie nothwendig durch ihre Liebe ausgesetzt war, und auch aufrichtige Betrübniß, dem Wunsche ihrer Eltern nicht folgen zu können, drängten zusammen auf sie ein, und weinend legte sie William's Ring von sich, den die Commerzienräthin ihr aufgezogen hatte.

Recht so, liebe Tochter! sagte die Mutter, als sie es bemerkte, auch ich finde es schicklicher, daß die Braut sich mit dem Ring ihres Verlobten erst dann schmücke, wenn er selbst ihn an ihre Hand steckt. Doch weine deshalb nicht. In wenigen Wochen kehrt William hoffentlich zurück, und die ganze Stadt soll es dann wissen, wie glücklich Du bist und wie glücklich Du mich durch die Erfüllung meiner langgehegten Wünsche machst! Ich hatte nicht Unrecht, mein Töchterchen, zu behaupten, daß Dir einmal ein anderes Loos bereitet werden solle, als der kleinen Jenny! fügte sie triumphirend hinzu, indem sie Clara nochmals umarmte und sie dann verließ.

Was soll ich thun? rief Clara, als sie sich allein sah. Die verschiedensten Plane und Möglichkeiten fielen ihr auf einmal ein. Sie wollte ihrer Mutter nacheilen und ihr Alles bekennen; aber wozu sollte das führen, da ihre Mutter gerade die Heirath mit William wünschte und sich ihrer Liebe zu Eduard entschieden widersetzen würde? Sich dem Vater anvertrauen? Das würde die Mutter für eine Kränkung ihrer Rechte halten und doppelt erzürnt sein! Dann wollte sie William schreiben und sich seiner Großmuth überlassen; als sie indeß bedachte, wie ihr Brief den Sohn trauernd an der Leiche seines Vaters finden könne, fehlte ihr der Muth, seinen Schmerz noch zu erhöhen durch das Geständniß, sie könne ihn nicht lieben. Rathlos sann sie lange hin und her, bis die glückliche Schnellkraft der Jugend sie plötzlich das Ereigniß in besserem Lichte erblicken ließ. Sie fing an zu hoffen, die Krankheit ihres Onkels werde so gefährlich nicht sein; William müsse ihn gewiß auf dem Wege der Genesung finden; und es machte sie glücklich zu denken, Eduard werde ohne Zweifel William's Abwesenheit benutzen, sich gegen sie zu erklären. Dann, wenn es unwiderruflich sei, werde ihr Cousin es auch viel leichter tragen, besonders wenn Entfernung und die Freude, seinen Vater wiederzusehen, ihm zu Hülfe kämen. Als aber ihre Vorstellungen erst diese Richtung genommen hatten, waren bald alle Sorgen vergessen, so sehr, daß sie es sich vorwarf, nicht trauriger über ein Ereigniß zu sein, von dem ihr Vetter so tief ergriffen sein mußte.

Ein Bote von Jenny, der abgesandt war, zu fragen, was Clara's plötzliche Nachhauseberufung veranlaßt habe, erhielt ein ruhiges Billet mit den nöthigen Erklärungen zur Antwort, der die Bitte hinzugefügt war, Jenny möge sie morgen rechtzeitig besuchen.

Zwei Dinge waren es besonders, die seit einigen Wochen Reinhard beschäftigten: die baldige Erlangung einer Stelle für sich, und Jenny's Uebertritt zum Christenthume, zu dem ein aufgeklärter Geistlicher sie vorbereitete.

Mit freudiger Aufregung batte Jenny dem ersten Besuche des Pastors entgegengesehen; es drängte sie, sich mit ihm über manches Bedenken auszusprechen, das sich in ihr gegen die neue Lehre erhob und dessen sie sich gegen Reinhard nicht zu erwähnen vermochte, aus Furcht, ihn zu beunruhigen und zu betrüben. Auch schwiegen thatsächlich vor dem Einfluß, den ihres Bräutigams Gegenwart und sein feuriges Wort auf sie ausübten, ihre Zweifel; aber sie erwachten um so stärker, wenn sie allein blieb und der Zauber geschwunden war. Sie wähnte, wenn das Bekehrungswerk gelingen solle, müsse ihr Lehrer genau den Zustand ihrer Seele kennen, und stand nicht an, sich mit voller Offenheit darüber zu erklären.

Ich habe, sagte sie, mein Leben lang an Gott gedacht; ich habe seit meiner frühesten Kindheit, wenn mir etwas besonders Gutes oder Böses begegnete, geglaubt, das komme mir aus seiner Hand; und da mir meine Eltern als seine sichtbaren Stellvertreter auf Erden erschienen, mich vollkommen ruhig und glücklich gefühlt, ohne nach einer besonderen religiösen Erkenntniß zu streben.

Und Sie fühlen diese innere Zufriedenheit auch jetzt noch? fragte der Geistliche.

Nein! erwiderte sie. Schon vor vielen Jahren hatte mich eine Freundin darauf hingewiesen, wie mir der rechte Glaube fehle. Ich dachte darüber nach. Ich stellte mir vor, welche Schicksals-Schläge das Leben mir bringen könne; ich dachte an den Tod der Meinen und fühlte, daß ich solchen Leiden nicht gewachsen wäre, daß ich keine Kraft dagegen in mir fände. Therese, eben jene Freundin, sprach mir von der Unsterblichkeit der Seele. Ich verlangte Erklärung, und sie sagte mir: Glaube! Das konnte ich nicht. Ich wandte mich an meinen Vater um Aufschluß, und mehr als alle Gründe dafür beruhigte mich die Ueberzeugung, daß mein Vater, der klardenkende Mann, an die Fortdauer der Seele glaubte. Ein leerer Schein konnte ihn nicht täuschen. Er sagte mir, Alles was Du siehst, empfindest, bist, ist Gott! Ein Unendliches belebt durch sich selbst, durch sein Dasein, die Welt. Die Sonne und das Sonnenstäubchen sind er selbst. In mir, in Dir, in jenem Moose ist er, belebend, wirkend, immer derselbe Eine Gott, gleichviel in welcher Gestalt er sich offenbart. Die Form kann vergehen; unser Auge schließt sich ermüdet für immer; der menschliche Körper zerfällt in Staub, wie jenes Moos, wenn seine Zeit vorüber, wenn sein Organismus abgenutzt ist, oder plötzlich zerstört wird; aber der Strahl von dem Geiste Gottes, der uns belebt, durch den wir uns selbst bewußt werden, der das Moos die Nahrung aus der feuchten Erde ziehen lehrt, damit es wachse und blühe, der Geist bleibt, denn er ist ein Theil Gottes! – Gott! –

Da der Pastor schwieg, fuhr Jenny fort:

Als nun meine Gedanken einmal auf diesen Weg gelenkt worden, forschte ich weiter, bald bei meinem Bruder, bald bei meinem Vetter, vor deren Meinung ich große Achtung hatte. Ich fragte nach den Gesetzen Moses, der unsere Religion gestiftet. Man nannte mir die Gebote und sagte, Moses verlange nur die Erfüllung jener Pflichten, die jedem guten Menschen sein Herz von selbst gebiete, so lange er durch das Böse nicht verdorben sei. Dasselbe lehre auch Christus und alle Stifter von Religionen. – Und worin besteht, fragte ich, der Unterschied zwischen den Religionen, da er stark genug gewesen ist, Jahrhunderte hindurch Krieg und Unterdrückung hervorzurufen? In Formen, antwortete man mir, welche die Leute in ihrer Blindheit höher schätzten als den Geist. Strebe danach, dem Beispiel des Guten zu folgen, das man Dir gibt, und Dich so rein zu erhalten vom Bösen als möglich. Denke Dir, hatte einst mein Vater gesagt, ein kleines zartes Gefäß, in das eine unsichtbare Hand den kostbarsten Samen gestreut: wie würde man es ängstlich hüten, damit es keinen Schaden nähme, es vor jedem Flecken bewahren, jedes Stäubchen davon entfernen, wenn man wüßte, daß nur in vollkommen reiner Schale die heilige Saat gedeihen könne! Solch ein Gefäß bist Du und nur, wenn Du rein bist von bösen Gedanken, kann sich die Gottheit in Dir entfalten.

Jenny mochte es den Mienen ihres Zuhörers ansehen, daß er diese Auffassung nicht billige, doch ließ sie sich dadurch nicht irre machen, sondern fuhr ruhig fort: Dieses Gleichniß erfreute mich, und – ich war damals noch ein Kind, Herr Pastor! – ich fragte, ob nicht endlich, wenn die Saat zu einem mächtigen Baume geworden, dieser das kleine Gefäß zersprenge und sich frei mache, um frei die Wipfel zu dem blauen Himmel zu erheben, von dem das Samenkorn einst herabgekommen sei? Ja! sagte mein Vater, und dies Freiwerden nennt man Sterben!

Eine artige Allegorie, unterbrach sie der Pfarrer jetzt, aber das will Christus nicht. Wir sollen nicht spielen mit Dem, was das Heiligste ist; wir sollen es mit Ernst erfassen, mit jenem Ernste, der Christus am Kreuze sterben machte für uns.

Das sagt auch Reinhard, stimmte Jenny bei. Ich soll das Leben mit Ernst betrachten, und ich selbst fühle das Bedürfniß, seit ich Reinhard kenne und empfunden habe, daß es auch dunkle Stunden in unserm Dasein gibt. Glauben Sie mir, wenn ich an die Möglichkeit dachte, von Reinhard, dem ich so unauflöslich gehöre, für das ganze Leben getrennt zu sein, dann reichte der fröhliche Glaube meiner Jugend nicht aus. Ich verlangte danach, einen Ersatz zu finden, der mich schadlos halte für das Leiden auf dieser Welt; und ich wünschte besonders, daß es mir möglich wäre, die heiligsten Interessen des Menschen auf dieselbe Art aufzufassen, wie mein Bräutigam. Mit Einem Worte, ich möchte Gott erkennen und das Leben begreifen, wie Christus es lehrt, ich möchte Christin werden dem Herzen nach. – Lehren Sie mich das, sagte sie, und ich werde es Ihnen ewig danken!

Der alte Mann gab ihr die Hand und sah sie lange an, ohne zu sprechen. Er erkannte in Jenny einen gut gebildeten Verstand, der dabei seine ursprüngliche Kindlichkeit behalten hatte und in dem sich das Streben nach Klarheit auf eigenthümliche Weise mit einem poetischen Gemüthe vereinte. Eben deshalb liebte Jenny es, Gedanken, die sie sich nicht ganz deutlich zu machen wußte, in einen poetischen Schleier zu hüllen, als ob sie sie dadurch vor der entweihenden Berührung des Zweifels behüten könne. Dem Pastor wurde ihre Richtung gleich in dieser ersten Unterredung klar. Er errieth, daß kein inneres Bedürfniß, sondern nur Liebe zu Reinhard der Beweggrund sei, welcher sie dem Christenthume entgegenführe, und er tadelte sie deshalb nicht. Ein langes Leben hatte ihn zu der Ueberzeugung gebracht, die er in früher Jugend mit orthodoxer Strenge bekämpft, daß man Christ sein könne ohne den Glauben an die christlichen Dogmen, und er war, einmal zu dieser Erkenntniß gelangt, ernstlich mit sich zu Rathe gegangen, ob diese Ansicht ihn nicht zwinge, sein Amt niederzulegen. Mit dem gewissenhaftesten Eifer hatte er die Lehre Jesu und sich selbst geprüft und sich dadurch in der Ueberzeugung befestigt, daß Liebe und Duldung bei fortschreitender geistiger Entwickelung die Grundzüge des Christenthums und besonders des Protestantismus ausmachten. In diesem Sinne hatte er sein Amt behalten und verwaltet. Er hatte von ganzem Herzen darnach getrachtet, unter seiner Gemeinde die Lehre Jesu in ihrer moralischen Reinheit zu verbreiten, und auch die Form heilig geehrt, in der diese Lehre uns übergeben worden ist, ohne jedoch Diejenigen fanatisch zu verdammen, die sich ausschließlich an den Geist hielten. Diese bekannte Gesinnung hatte den Vater bewogen, ihn zu Jenny's Lehrer zu wählen, womit Reinhard, nur auf Zureden seiner Mutter, sich einverstanden erklärt.

Der Unterricht begann, und der Pastor mußte natürlich sein erstes Augenmerk gegen die pantheistische Weltanschauung richten, in der Jenny, ohne es zu ahnen, erwachsen, und in welcher die dichterische, gewissermaßen heidnische Vorstellung der Gottheit ihr lieb geworden war. Es freute sie, Gott zu sehen in Allem, was sie umgab, und obgleich sie sich zu der reinen Anschauung Gottes im Geiste zu erheben vermochte, hatte sie oft die heitere Zeit des griechischen Alterthums zurückgewünscht, in der es den Menschen möglich war, sich die Gottheit als unter ihnen wandelnd zu denken. Viel leichter als mit Reinhard konnte sie sich mit ihrem jetzigen Lehrer verständigen; und es gewährte ihr in der ersten Zeit eine wahre Befriedigung, zu sehen, daß sich ihr Verstand mit Ueberzeugung den Lehren anschließen könne, die man ihr bot; doch das sollte nicht allzulange währen. Hatte sie sich geistig spielend an den Göttern der Vorzeit erfreut, so widerstrebte der Gedanke an die Menschwerdung Gottes, nun sie ihn als Bekenntniß annehmen sollte, ihrem Verstande. Die Erlösung, Genugthuung und Versöhnung durch Christus kamen ihr wie grobe, sinnliche Begriffe vor, die weder auf einen Geist, noch auf das Verhältniß eines Vaters zu seinen Kindern Anwendung finden konnten, und die Dreieinigkeit erschien ihr unerfaßbar.

Mit aller Kraft ihrer Seele hörte sie den Vorträgen ihres Lehrers zu; sie wollte sich aus Liebe um jeden Preis überzeugen; glauben, was Millionen Menschen, die es kaum so eifrig gesucht hatten, wie sie, zur beseligenden Gewißheit, zur Stärkung in Noth und Tod geworden war. Warum sollte gerade ihr das unerreichbar bleiben? Warum gerade ihr, die ihn so eifrig erstrebte, der Glaube versagt sein? Eine quälende Unruhe bemächtigte sich ihrer. Geistig unaufhörlich mit der Lösung ihrer Zweifel beschäftigt, auf der ihr ganzes Glück beruhte, erschien sie dem Geliebten zerstreut und theilnahmlos, und er drang in sie, ihm den Grund ihrer Verstimmung zu entdecken. Das aber vermochte Jenny eben nicht. Sie schützte körperliches Unwohlsein, Sorge um Eduard, den offenbar ein tiefer Schmerz bedrückte, und tausend andere Veranlassungen vor, und versuchte durch eine erzwungene Heiterkeit Reinhard zu beruhigen, dem diese plötzlichen Wechsel ihrer Stimmung als Launen erschienen und der sich mißbilligend über dieselben äußerte. Dazu kam, daß er, so oft sie allein beisammen waren, sich bei Jenny nach dem Fortgange des Religionsunterrichts erkundigte; daß er zu wissen begehrte, was sie gehört und wie sie es aufgenommen habe. Und doch war es gerade Dieses, was sie zu vermeiden wünschte. Sie suchte es also einzurichten, daß Reinhard in den Stunden, die er gewöhnlich bei ihr zubrachte, bald Therese, bald Clara als Dritte fand; und mit Scherzen mancher Art machte sie jeder ernsteren Unterhaltung ein Ende, aus Besorgniß, diese könne eine Richtung nehmen, die sie zu scheuen Ursache hatte. Wie natürlich setzte ein solches Betragen Reinhard in Verwunderung. Er konnte sich diese Leichtfertigkeit nicht erklären. Jenny hatte früher mit besonderer Vorliebe ernsthafte Unterhaltungen mit ihm geführt, und, um dieselben ungestört zu genießen, jede Gelegenheit benutzt, die Anwesenheit dritter Personen zu verhindern. Jetzt kam sie selbst zu seiner Mutter seltener und oft zu Zeiten, in denen sie ihren Bräutigam außer dem Hause beschäftigt wußte. Reinhard begriff das nicht. Er tadelte es als Achtlosigkeiten, er war verstimmt, die guten traulichen Stunden bei seiner Mutter wollten nicht mehr wiederkehren.

Jenny schmerzte diese Unzufriedenheit ihres Verlobten; aber sie tröstete sich über den Kummer, den sie ihm und dadurch sich selbst bereitete, mit der Hoffnung, daß es ihr endlich doch gelingen müsse, das Christenthum zu erfassen, und daß Reinhard erst dann erfahren solle, wie schwere Zweifel sie durchkämpft, wie wacker sie gerungen habe.

In dieser Zeit begab sie sich eines Tages zur gewohnten Stunde in die Wohnung des Pastors, der jetzt mit ihr das Kapitel von der Dreieinigkeit verhandeln sollte. Nach einer einfachen Einleitung sagte er ihr, die ersten christlichen Philosophen, welche über die Dreifaltigkeit gedacht, hätten von ihr gesagt: Gott war! aber außer ihm Nichts. Gott dachte sein Bild; und da das Denken und Entstehen bei Gott eins ist, so war dies Bild Gottes vorhanden, ohne selbstständiges Wesen zu sein, denn es besteht nur in Gott. Dieses Wesen, für das die deutsche Sprache kein Wort hat, heiße in dem Urtext der Bibel *Logos* und sei in dem Menschen Jesus Mensch geworden, als die geistigen Geschöpfe der Erde, die Menschen, einer göttlichen Offenbarung gewürdigt werden sollten. Darum nenne sich Christus den Erstgeborenen. Das Band nun zwischen diesem Gedanken Gottes und Gott sei der heilige Geist. Man könne also Gott allein, ohne Jesus und den heiligen Geist denken, nicht aber die letzteren ohne Gott – denn nur in ihm sind sie. –

Als Jenny diese Erklärung vernommen hatte, rief sie freudig: O! Sie geben mir das Leben wieder, indem Sie mir sagen, ich dürfe Gott denken, ohne Christus und den heiligen Geist! Das ist der Gott, den man mich von Kindheit an gelehrt hat, der uns Alle beschützt. So vermag ich ihn zu glauben.

Nein, meine Tochter! wendete der Greis ihr ein, erstaunt über die willkürliche Auslegung, welche Jenny seinen Worten gegeben. Nein, Sie täuschen sich selbst! Ich habe Ihnen gesagt, daß wir Gott allein zu denken vermögen, aber es konnte unmöglich meine Absicht sein, Ihnen den Glauben an die Dreifaltigkeit Gottes preiszugeben, den unsere Religion lehrt.

Das begehre ich auch nicht, sagte Jenny, noch immer in freudiger Erregung. Ich weiß, Gott ist – und er sandte Christus, der mehr als wir, mehr als Mensch, aber doch nicht dem Schöpfer gleich war, zu uns, um uns zu belehren; und wenn ich an Gott glaube, und zu ihm und Christus bete, und ihnen vertraue, dann wird mir der Beistand des heiligen Geistes nicht entgehen. – Der Pfarrer schüttelte bedenklich das Haupt und sprach sehr ernst: Es mag Ihnen leichter werden, sich in diese Vorstellung hineinzudenken, als an die Verkörperung, das Menschwerden eines rein geistigen Wesens zu glauben. Und doch ist Ihre Ansicht verwerflich; denn sie ist das erste Hinneigen zur Vielgötterei. Christus ist nach ihr ein Halbgott, und es werden zwei Wesen der Verehrung hingestellt, während die christliche Religion nur Ein Urbild kennt, den Schöpfer, von dem Christus und der heilige Geist nicht zu trennen sind, denn er ist der dreieinige Gott!

Das konnte Jenny zwar denken, aber sie vermochte nicht, es als eine Wahrheit einzusehen, die eben als Wahrheit Glauben gebiete. Sie begriff die Nothwendigkeit dieses Glaubens nicht.

Es ist hier nicht der Ort, noch kann es unsere Absicht sein, eine Abhandlung über die christliche Religion zu geben, sondern es kommt nur darauf an, die Wirkung derselben in dem Gemüthe eines jungen Mädchens darzuthun, das nicht von Jugend an in dem Glauben an diese heiligen Symbole erzogen war; und den Einfluß zu erzählen, den der Unterricht im Christenthum auf Jenny und auf ihr Schicksal übte. Wir dürfen deshalb die mehrstündige Unterredung des Pfarrers mit Jenny übergehen und nur bemerken, daß nach manchem vergeblichen Versuche, ihr ein Bild von der

Dreieinigkeit zu geben, welches sie befriedigte, der Pfarrer sie endlich anwies, die Dreieinigkeit als ein Symbol aufzufassen, an das zu glauben Gott uns durch Christus geboten habe.

Das stürzte aber Jenny auf's Neue in den alten Kampf hinein.

Sie hatte versprochen, nach dem Unterricht zu Reinhard's Mutter zu kommen, und ging, da Reinhard sie damit neckte, wenn sie sich stets der Equipage bediente, langsam und sinnend der fernen Gegend zu, in der die Pfarrerin wohnte.

Immer und immer wieder dachte sie an das Gehörte. Wenn sie sich die Gottheit unverändert und ungetheilt stark, in Gott, in Christus und dem heiligen Geiste dachte, so waren entweder Christus und der heilige Geist Eigenschaften Gottes, was der Pastor so nicht gedeutet haben wollte, oder sie waren Ausströmungen, Strahlen Gottes: und diese Deutung näherte sich in gewisser Art dem Pantheismus, vor dem der Pfarrer und Reinhard sie oft und ernst gewarnt hatten, der zu Hochmuth und Selbstanbetung führen sollte, da man nur zu geneigt wäre, den Gott in sich anzubeten und darüber den einzig wahren Gott zu vergessen. Vergebens rang sie darnach, zu einer klaren Vorstellung zu kommen, es gelang ihr nicht, und immer wieder tönte ihr das furchtbare »glaube« ins Ohr, auf das man sie verwies und das sie nicht in sich erzwingen konnte.

Der Abend fing schon an hereinzubrechen und die Atmosphäre hatte jenen warmen, schwülen Duft, der in unserm Klima den ersten Tagen des beginnenden Frühlings häufig eigen ist und der Seele eine weiche melancholische Stimmung gibt. Jenny, der man früher niemals erlaubt hatte, ohne Begleitung eines Dieners die Straße zu betreten, wollte sich, um Reinhard zu gefallen, gern von Allem entwöhnen, was der Luxus den Reichen zum Bedürfniß macht, und hatte zu Hause erklärt, sie werde allein von dem Hause des Pastors zu ihrer künftigen Schwiegermutter gehen.

Es war das erste Mal, daß sie den Versuch machen wollte; und als sie nun bei einbrechender Dunkelheit – denn der Unterricht hatte länger als gewöhnlich gedauert – allein durch die Straßen ging, überkam sie ein Unbehagen, wie sie es nie zuvor empfunden hatte. Sie fürchtete, daß irgend einer ihrer Bekannten sie so allein umhergehen sehen könnte, und wünschte doch sehnlich, Jemandem zu begegnen, der sie beschütze, da ihr bange war unter dem Gewühl der Männer und Frauen, die jetzt um die sechste Stunde von der Arbeit heimkehrten. Wenn die Mutter wüßte, daß der Unterricht so lange gedauert hat; wenn sie wüßte, daß ich nun im Dämmerlichte, in der fernen Vorstadt ganz allein auf der Straße bin, in der mich Niemand kennt, fern von Reinhard und so weit von Hause, wie besorgt würde sie sein! so sagte sie sich; und – rief es in ihr – was will dies Verlassensein bedeuten, gegen die geistige Vereinsamung, in der ich mich befinde? Durch einen Eid will ich mich in wenigen Wochen lossagen von dem Glauben meiner Väter, den ich begreife und heilig halte, und zu einer Religion übertreten, gegen welche meine Ueberzeugung sich noch immer sträubt. Das kann Gott nicht wollen, das wäre Sünde.

Aber was konnte sie denn thun, sich zu befreien aus dieser Noth? Sich Reinhard entdecken oder irgend Jemandem, hieße Reinhard verlieren; denn nur als Christin konnte sie die Seine werden, konnte er ihr gehören. Sie erschien sich unglücklicher als jene Arbeiter, die in Dürftigkeit, aber gewiß ruhigen Geistes neben ihr herschritten. Was hatte sie verbrochen, um so schwer geprüft zu werden? Die sorglose Freudigkeit, mit der sie an Gott gedacht und das Rechte gethan, hatte ihr Reinhard geraubt und sie auf Lehren hingewiesen, die ihr bis jetzt nicht die geringste Beruhigung boten und sie den qualvollsten innern Kämpfen preisgaben. Vater und Mutter sollte sie verlassen, sich von dem Bruder, von allen Freunden trennen. Sie sollte Reinhard folgen nach einem Orte, den sie nicht kannte, und der, vielleicht fern von der Heimat, öde und traurig sein konnte. Sie dachte an ihr helles, sonniges Zimmer, an das Treibhaus, an all jene Behaglichkeiten des Lebens, die sie nie hochgeschätzt hatte, weil sie nicht gefürchtet, sie jemals entbehren zu müssen. Auch wäre das gar nicht nöthig, wenn Reinhard nicht so wunderlich wäre, dachte sie weiter. Warum sollte sie nicht alle diese kleinen Bequemlichkeiten auch in ihrem Hause haben können, da ihr Vater nur zu glücklich sein würde, ihr Alles zu gewähren, was sie wünschte? Aber Das gerade wünschte Reinhard nicht. Das erlaubte sein Stolz ihm nicht, den er ihr nicht zum Opfer bringen wollte, während sie Alles opfern sollte: Heimat, Eltern, Freunde und ihre Ueberzeugung, und es so gern, so bereitwillig that, um des Geliebten willen. Ertrug sie doch jetzt eben Zweifel und Furcht und Bangigkeit, und das Alles nur aus Liebe zu ihm! Wie ernst strebte sie, den Gedanken der Dreieinigkeit zu fassen um seinetwillen! Denn sie selbst, sie konnte wie bisher sehr glücklich sein auch ohne diese Erkenntniß – aber ohne Reinhard nicht.

Je dunkler es wurde, um so mehr beschleunigte sie ihren Anfangs gemessenen Schritt, und langte endlich in der verzagtesten Stimmung von der Welt fast athemlos bei ihrer künftigen Schwiegermutter an. Die Pfarrerin kam ihr wie immer liebevoll entgegen, aber sie erschrak, als sie Jenny den Hut abnahm und in ihr verstörtes, bleiches Gesicht blickte. Die feuchte Abendluft hatte ihr Haar durchnäßt, es fiel ungelockt über ihre Stirn und machte sie noch bleicher erscheinen, als sie ohnehin war. Große Thränen fielen aus ihren Augen.

Um Gottes willen, Kind! rief die Matrone, und zog sie ängstlich zum Sopha, vor dem auf einem Tische die kleine Lampe brannte, was ist geschehen? wo kommst Du her? So rede doch, bat sie dringend, da Jenny noch immer kein Wort zu sprechen vermochte, was ist Dir zugestoßen?

Jetzt, da sie sich in Sicherheit fühlte, wollte Jenny sich selbst verspotten, aber es gelang ihr nicht. Aufgeregter, als sie es wußte, erzählte sie, wie sie Reinhard zu Liebe habe ohne Diener gehen wollen, wie der Abend sie überrascht und eine kindische Angst sie überfallen habe. Die Pfarrerin suchte sie freundlich zu beruhigen und redete ihr zu, künftig Versuche der Art zu unterlassen. Sie selbst wollte ihrem Sohne sagen, daß er auch im Scherze nicht solche Anforderungen machen und Dinge verlangen dürfe, an die seine Braut weder gewöhnt sei, noch sich zu gewöhnen nöthig habe. Dann schob sie die Lampe in die Höhe, nöthigte Jenny, sich zu ihr auf das Sopha zu setzen, stellte das Theegeräth zurecht und fing, um sie zu zerstreuen, an, ihr scherzend vorzuhalten, wie es gar nicht lange dauern werde, bis Jenny im eigenen Hause schalten könne.

Dann brauchst Du, armes Kind, sagte sie tröstend, nicht mehr so spät allein in Religionsstunden zu gehen, und kannst dem Böse- wicht, der Dich zu dieser unzeitigen Promenade veranlaßt, und der eben nach Hause kommt, als wackere Hausfrau die Furcht ge- legentlich vergelten, die Du heute unnöthig ausgestanden hast.

Wirklich trat, noch während die Mutter also sprach, der Sohn herein und fragte ängstlich, als er, von dem plötzlichen Lichtwechsel geblendet, Jenny hinter der Lampe nicht gleich sah: Ist Jenny noch nicht hier? Ich bin ihr bis zum Hause des Pastors entgegengegangen, als es dunkelte und ich sie noch nicht hier sah, weil sie heute zu Fuß und allein zu kommen versprach. Dort aber ist sie lange fort, und – –

Hier ist sie! rief Jenny, und die Pfarrerin sah mit Wohlgefallen, wie die Beiden sich entgegenflogen und des Glückes und der Freude gar kein Ende werden wollte. Dann aber schilderte sie dem Sohne, in welcher Bewegung seine Braut bei ihr angelangt war, und er versprach, künftig viel vernünftiger zu werden, und keine Kunststücke, wie die Mutter sie nannte, von dem geliebten Mädchen zu verlangen.

Es will mir nur immer nicht in den Kopf, sagte er dann neckend, daß Ihr jungen Mädchen so gar verwöhnt seid. Haben doch selbst die Engel auf Erden gewandelt, warum sollte mein kleiner Engel es nicht können, so wie sie?

Vergiß nicht, scherzte die Pfarrerin, daß solch ein Engel sich aufschwingen konnte, wenn ihn das Irdische zu rauh berührte, damit ist es aber jetzt vorbei; denn es geschehen leider keine Wunder mehr.

Ach! sage Gott sei Dank! mein Mütterchen! rief Jenny, mich quälen die alten Wunder schon so sehr, daß ich genug an ihnen habe und nach neuen nicht begehre. Kaum aber hatte sie es gesagt, als sie das Wort bereute, denn Reinhard fragte, ob der Pastor etwa von den Wundern zu ihr gesprochen habe, und wovon überhaupt die Rede gewesen sei?

Nun war das Gespräch, das sie gefürchtet hatte, kaum noch zu vermeiden, und sie erzählte ruhig alles, was der Pastor ihr über den Gegenstand gesagt hatte, ohne den Eindruck zu berühren, den es ihr gemacht. Dann, als Reinhard zu wissen verlangte, ob ihr denn nun die Idee der Dreieinigkeit einleuchtend geworden, ob sie nun erfaßt hätte, was ihr früher unbegreiflich gewesen sei? sagte sie: Nun, Eine Dreieinigkeit habe ich immer erkannt, die vielleicht wieder Andern unverständlich oder wenigstens nicht so in sich und durch sich bedingt erscheint, als mir. Es ist die Dreieinigkeit der Kunst! Diese ist mir von jeher einleuchtend gewesen, so sehr, daß ich Poesie, Musik und bildende Kunst gar nicht von einander im Innersten der Seele zu trennen vermag; daß ich sie wie Eines immer zusammen empfinde und die Anschauung oder der Genuß Einer dieser Künste mir gleich, wie zur Ergänzung, das Bedürfniß nach der andern hervorruft. Mir wird jede Musik Gedicht und jedes Gedicht zum Bilde. Hier ist mir, obgleich ich jede Kunst als selbstständig in sich erkenne, doch eine unauflösliche Einheit denkbar: und so kann man nicht sagen, daß ich bis jetzt den Begriff der Dreieinigkeit nicht hatte.

Reinhard wandte ein, daß der Vergleich nicht richtig sei, und wollte zu seiner eigentlichen Frage zurückkommen. Jenny unterbrach ihn aber ängstlich und sagte mit herzgewinnender Freundlichkeit: Und noch eine Dreieinigkeit begreife ich: Du, mein Mütterchen, und Reinhard und ich, wir sind drei und sind doch Eines und so einig, daß der geliebte Reinhard auch mit keiner Sylbe widersprechen darf, wenn seine Jenny es behauptet. Habe ich das recht verstanden? fragte sie den Glücklichen, der so vielem Liebreiz nicht zu widerstehen vermochte und sich willig den Plaudereien seiner Braut hingab, ohne ihrer religiösen Erkenntniß weiter zu gedenken.

Wenn er Jenny so vor sich sah in einfachster Kleidung, die sie ihm zu Liebe jetzt fast immer trug, wie sie in dem kleinen Stübchen an seiner Seite saß, ihm den Thee bereitend und mit den sanften klugen Augen freundlich nach jedem seiner Wünsche spähend, so ruhig und so begnügt; dann konnte er es nicht fassen, wie ihm jemals davor bangen mögen, sie aus dem reichen Hause ihres Vaters in beschränktere Verhältnisse zu führen. Er warf es sich dann vor, ihr Unrecht zu thun mit seinen Zweifeln; er nahm sich dann vor, ihr bei nächster Gelegenheit den Mangel an Zutrauen zu bekennen, den er in dieser Beziehung zu ihr gehabt habe; und heute vollends empfand er sich auf dem Gipfel des Glückes, denn heute waren sein Herz und sein Verstand gleich befriedigt durch die Geliebte. Er hatte keinen Wunsch, als daß es stets so bliebe; und daß es also bleiben werde, davon war er überzeugt.

Als sie nun so in friedlicher Stille beisammen waren, klopfte es an die Thüre. Reinhard ging um zu öffnen, und trat bald darauf mit einem Briefe in der Hand wieder bei ihnen ein, den er, nachdem er ihn schnell durchlesen, seiner Braut mit den Worten reichte: Nun endlich, meine Jenny! lies, o, lies!

Doch hinderte er selbst sie daran, denn er erzählte, wie dieser Brief ihm die Nachricht von dem Entschlusse eines entfernten alten Verwandten bringe, zu seinen Gunsten eine Pfarrerstelle niederzulegen, die er bis jetzt bekleidet hatte. Fröhlich, wie ihn die Aussicht machte, überhörte er die Bemerkung der Mutter, daß die Pfarre zu Schönfelde, von der eben die Rede war, in einer gar traurigen Gegend liege, und glücklicherweise entging ihm ebenso Jenny's Erbleichen bei der Mittheilung.

Heute gerade, wo Reinhard sich zufrieden und mit sich einig fühlte, war Jenny in einer völlig entgegengesetzten Stimmung. Nachdem sie auf dem Wege zur Pfarrerin zum ersten Male an die Entbehrungen gedacht, die sie sich künftig werde auferlegen müssen, erschien ihr Alles, was sie bisher in der Wohnung ihrer Schwiegermutter idyllisch und behaglich gefunden, wie entzaubert. Die kleine Lampe fand sie düster, die Zimmer eng und beklommen; und in so kleinen Räumen, in solch beschränkten Verhältnissen für immer zu leben, hielt sie für ein Unglück, das selbst durch Reinhard's Liebe nur gemildert, nicht aufgehoben werden konnte. Mit gewohnter Freundlichkeit half sie der Pfarrerin bei den Zurüstungen zu dem einfachen Mahle und deckte den kleinen Tisch, wie sie pflegte; aber es machte ihr heute kein Vergnügen, und sie hätte es gern der jungen Magd überlassen, wenn sie nicht gewußt hätte, wie sehr sie ihren Bräutigam damit erfreute, der sie während der kleinen Arbeit nicht aus den Augen verlor und mit Blicken der innigsten Liebe jede ihrer Bewegungen betrachtete. Trotzdem konnte sie ihre Niedergeschlagenheit nicht besiegen und sie war sehr zufrieden, daß weder ihr Bräutigam, noch dessen Mutter etwas von Dem erriethen, was in ihr vorging. Sie fühlte sich gradezu erleichtert, als sie gegen die zehnte Stunde das bekannte Rollen ihres Wagens hörte und von der Pfarrerin Abschied nahm, die sie mit ängstlicher Sorgfalt in den Mantel hüllte und noch ein Tuch hinzufügen wollte, damit sich Jenny nicht erkälte.

Nein, nein, Mütterchen! Ich bedarf ja all' dessen nicht; ich gehe ja nicht, ich fahre nach Hause! sagte sie mit solchem Vergnügen, daß es ihr selber komisch vorkam, als sie an Reinhard's Arm die Treppe hinunterging, der sie im Wagen nach Hause begleiten wollte, wo sie die Ihrigen noch beim Thee zu finden und ein Stündchen mit ihnen zusammen zu bleiben hoffte. Als dann der Diener den Fußtritt herunterschlug, sie gewandt beim Einsteigen unterstützte und die Thüre des Wagens schloß; als Reinhard das Fenster in die Höhe zog und sie an seiner Seite, bequem und warm, dahinflog, drückte sie sich mit einer nie gekannten Wollust in die seidenen Kissen. Ihre ganze Heiterkeit war wiedergekommen; und heiter und fröhlich trat sie auch mit Reinhard bei ihren Eltern ein, als ob sie dieselben wer weiß wie lange nicht gesehen hätte. Es gefiel ihr unbeschreiblich, viel besser noch als sonst zu Hause; es machte ihr besonderes Vergnügen, daß sie Eduard und Joseph noch bei den Eltern fand, so daß sie, als man sie fragte, wie es ihr ergangen, in Selbstverspottung ihre Angst und ihre Abenteuer schilderte.

Und für all die Heldenthaten, die ich heute so herrlich vollbracht habe, lieber Vater! bitte ich nur um Eine Belohnung. Du sollst mir zur Hochzeit nicht Perlen, nicht Brillanten schenken; daraus mache ich mir nichts und die möchten auch für eine Frau Pfarrerin nicht passen, welche Andern mit tugendhaftem Beispiele vorangehen soll, sagte sie, indem sie sich scherzend ein sehr ernsthaftes Ansehen gab, aber einen guten, ordentlichen Landauer, liebes Väterchen, den kannst Du mir nur immer kaufen!

Der möchte leicht ebenso unpassend, als die Brillanten sein! wendete Reinhard ein, und ich zweifle, daß ein Paar gewöhnliche Landpferde solche Carosse ziehen oder zieren würden.

Nun, da muß Vater ein Uebriges thun und zwei Pferde zulegen! rief Jenny lachend.

Und dann soll der Pfarrer wol in einer Equipage, die den reichsten Edelmann beschämt, durch das Dorf nach der Kirche fahren, um die Verachtung des Irdischen zu predigen? fragte Reinhard nicht ohne Spott. Solch eine Equipage möchte leicht mehr kosten, als meine künftige Pfarre in zwei Jahren einträgt, und würde uns deshalb übel anstehen. Du solltest nur sehen, liebste Jenny, wie meine Amtsbrüder ruhig auf einem Leiterwagen über Land fahren: da würdest Du begreifen, wie eine Staats-Equipage uns nicht kleiden kann.

Aber Sie können doch Jenny nicht zumuthen, auf einem Leiterwagen oder irgend einer andern elenden Karrette herumzufahren? meinte die Mutter verdrießlich.

Warum nicht? sagte Reinhard, gereizt durch den Ton dieser Frage. Meine Mutter ist Jahrelang so gefahren und es ist ihr vortrefflich bekommen, obgleich sie es ebenso wenig gewöhnt war, als Jenny! Aus Liebe kann man Viel!

Streitet doch nicht um des Kaisers Bart! rief Eduard dazwischen, als er sah, wie unangenehm seiner Schwester diese Wendung des Gesprächs sein mußte. Wenn Reinhard eine Pfarre haben wird, mögt Ihr nach dieser Stelle Euren Wagen einrichten, und das ist noch weit im Felde!

Glücklicherweise! murmelte die Mutter für sich, während Reinhard eben zu erzählen anfing, daß er im Gegentheil auf dem Punkte stehe, eine Stelle zu erhalten, die ihm, Alles zusammengerechnet, doch sechs bis siebenhundert Thaler bringen könne, und die nur den Einen Fehler habe, nahe der Grenze, in einer nicht eben angenehmen Gegend, zu liegen; doch hoffe er, nicht allzulange dort zu bleiben, und wolle sie bestimmt annehmen, weil man sie ihm biete.

Und was sagt Jenny dazu? fragte der Vater, nun ebenfalls gekränkt durch die rücksichtslose Art, mit welcher Reinhard über seine Zukunft entschied, ohne an die Wünsche Jenny's oder ihrer Eltern irgend wie zu denken.

Nun ich muß ja meinem Manne folgen, wie es in der Bibel steht, sagte Jenny mit einer Stimme, die das Weinen verrieth, obgleich der Mund lächelte, aber vielleicht warten wir auch noch, bis sich eine Pfarre hier in der Nähe findet.

Ich bestimmt nicht! fuhr Reinhard auf. Es gilt die Erreichung meiner beiden Hoffnungen. Ich stehe an der Schwelle, einen Wirkungskreis und Dich zu gewinnen: willst Du Dich mir länger entziehen – gut! ich muß es tragen; aber selbst meine Liebe soll mich nicht verleiten, meinen Beruf zu versäumen, der mir höher gilt als

Alles. Doch werde ich Dich keines Weges zwingen. Kannst Du und willst Du noch in Deinem Vaterhause bleiben, so muß ich es mir gefallen lassen, und meine Mutter allein wird mir dann folgen, bis mein Loos sich günstiger gestaltet.

Mit den Worten stand er rasch auf und wollte sich entfernen, aber Jenny hielt ihn in sprachloser Bewegung zurück. Es war der erste wirkliche Streit mit dem Geliebten, auch Eduard suchte Reinhard zu besänftigen, während die Mutter verdrießlich schmollte. Joseph sah bald düster vor sich nieder, bald blickte er verstohlen auf Jenny und trommelte mit den Fingern auf die Tischplatte, wie es seine Art war, wenn ihn etwas unangenehm berührte. Nur der Vater blieb anscheinend ruhig, und sagte: Zu warten, bis Sie eine bessere Stelle in unserer Gegend haben, Reinhard, dazu würde ich meiner Tochter und Ihnen eigentlich auch rathen; wenn Sie nicht überhaupt besser thäten, in der Stadt zu bleiben. Ich wollte schon lange darüber einmal mit Ihnen sprechen, und rechne darauf, daß Sie morgen in der Frühe zu mir kommen, damit wir es ohne die Frauen überlegen.

Reinhard schickte sich an, zu antworten, der alte Herr ließ es aber nicht zu.

Das hat Zeit bis morgen, lieber Freund! sprach er, bis morgen können wir Beide das Für und Wider überdenken und verständigen uns dann leicht. Machen Sie jetzt nur Ihren Frieden mit Jenny und der Mutter und – ehe Sie über christliche Geduld predigen dürfen, mein junger Freund, fügte er lächelnd hinzu, werden Sie noch ein gutes Theil Ihrer Lebhaftigkeit abzulegen haben.

Reinhard war ebenso verstimmt als verlegen: verstimmt über die Anforderungen, die man an ihn machte, und verlegen über die Herbigkeit, zu welcher er sich hatte hinreißen lassen. Er näherte sich seiner Braut, die ihm ihre Hand entgegenreichte, und fragte, sich zu ihr neigend: Bist Du böse? sei es nicht! Dann sie festhaltend ging er zu der Mutter, küßte ihr, mit ein paar freundlichen Worten sich entschuldigend, die Hand, und empfahl sich den Männern. Jenny begleitete ihn, und auch Eduard wollte mitgehen; der Vater aber, der es bemerkte, sagte leise: Bleibe hier, laß sie allein.

Tage vergingen und wurden zu Wochen. Das Frühjahr entfaltete sich immer heiterer; man näherte sich der warmen Zeit und konnte mit neuer Hoffnung auf die schönen Tage des Maimonats blicken. Die Pfarrerin war abgereist, nicht ohne die Besorgniß, daß es vielleicht rathsamer gewesen wäre, in der Stadt zu bleiben, da ihr Sohn seit einiger Zeit manche kleine Reibungen mit seinen künftigen Schwiegereltern gehabt hatte, die nur durch ihre und Jenny's Vermittelung ausgeglichen worden waren. Der Vater hatte nämlich Reinhard bestimmt erklärt, daß er erst dann seine Erlaubniß zur Hochzeit geben werde, wenn Reinhard eine Stelle gefunden habe, die ihn vollkommen sorgenfrei ernähre, oder wenn er sich dazu verstände, von den Eltern seiner Braut eine Mitgift anzunehmen, hinreichend, Jenny ein bequemes, häusliches Leben zu gewähren, was er bis jetzt abgelehnt hatte. Ich will nicht, hatte er ihm den Morgen, an dem er ihn zu sich beschieden, gesagt, daß Jenny ohne allen Grund sich Entbehrungen auferlege; und ebenso wenig, als ich von Ihnen verlangen kann, ihr jene Stellung von Ihrem Gehalte zu verschaffen, ebenso wenig können Sie von mir fordern, daß ich meine einzige Tochter in einer Hütte wohnen und sich mit ungewohnter Arbeit quälen lasse, während ich und wir Alle uns hier im Schooße des Wohllebens befinden.

Wenn nun aber dies Wohlleben mit meinem Stande nicht verträglich ist! entgegnete Reinhard. Wenn Sie wüßten, lieber Vater! fügte er hinzu, wie sehr ich die Opfer fühle, die Jenny mir bringen muß; wie sie mich oft drücken, Sie würden anders über mich urtheilen. Lassen Sie mich offen sein, wie ich es gegen den Vater meiner Braut zu sein verpflichtet bin. Ich habe mit aller Kraft meines Willens gegen die Liebe gekämpft, die ich für Jenny fühle, weil ich wußte, daß unsere Wege weit von einander lägen; daß es Thorheit sei, zu wähnen, ich würde ihr jemals eine Sorgenfreiheit bereiten können, welche dem Leben gleich käme, an das sie gewöhnt ist. Meine Liebe zu Jenny, und mein Vertrauen zu ihr, waren stärker, als alle Einwendungen der Vernunft. Ich täuschte mich selbst mit dem Glauben, daß Liebe jede Entbehrung nicht nur leicht, sondern unfühlbar mache. Tadeln Sie mich deshalb nicht zu strenge.

Der Vater drückte ihm die Hand und fragte: Und jetzt?

Jetzt, antwortete er, sehe ich, daß die Wirklichkeit auch gegen die tiefsten, zärtlichsten Gefühle ihre Rechte geltend macht. Ich sehe ein, daß Jenny nicht in der Lage leben kann, die meine Einnahme allein ermöglicht, und bin sehr unglücklich darüber, mich mit einem Luxus umgeben zu sollen, der für mich nicht paßlich ist.

Davon ist nicht die Rede, sagte der Vater begütigend. Es kann meine Absicht nicht sein, Sie in Verhältnisse zu bringen, die unpassend für Ihren Beruf sind. Nur das sollen Sie annehmen, daß ich Jenny eine Mitgift gebe, die Ihrer Einnahme so viel hinzufügt, als nöthig ist, um sie dem besten Pfarrergehalte im Lande gleich zu machen. Dagegen können Sie nichts einwenden. Ich achte den Stolz, den Sie in sich zu bekämpfen haben; aber zu sehr ins Ideale müssen Sie sich nicht verlieren. Sie haben mich zu Ihrem Vater angenommen, lassen Sie mich auch Ihren König sein, der Ihnen ein Gehalt gibt, wie Ihre Kenntnisse es verdienen.

Reinhard erkannte mit Achtung das Ehrenwerthe in dem Betragen des vortrefflichen Mannes und dankte ihm für die Zartheit, mit welcher er ihn behandelte. Er fühlte, daß er das Anerbieten annehmen müsse, so schwer es ihm auch sei, und erklärte sich dazu bereit.

Sie haben recht, mein theurer Vater, sagte er, aber es kostet mich das Opfer eines Glückes, des erhebenden Gefühles, meinem Weibe nicht nur ihr Gatte und Beschützer, sondern auch ihr Ernährer zu sein – und es wird mir schwer fallen, auf dieses Anrecht zu verzichten.

Da klopfte der Vater ihm auf die Schulter und schalt ihn einen Schwärmer, der sich wohl noch bessern werde; er hatte aber die Besorgniß, daß Dem nicht so sein möchte.

Von dieser Stunde an war Reinhard mit sich selbst zerfallen. Er warf es sich vor, sich aus Liebe für seine Braut in die Lage gebracht zu haben, Unterstützungen anzunehmen, er, der es gebilligt hatte, daß seine Mutter lange Zeit sich auf das Kümmerlichste beholfen hatte, um dieser verhaßten Abhängigkeit zu entgehen. Nur gegen seine Mutter hatte er sich über seine Unterredung mit Jenny's Vater ausgesprochen. Sie hatte dem verständigen Manne vollkommen beigestimmt und ihrem Sohne versichert, daß keinem Andern als ihm ein Kummer daraus erwachse, mit der Hand eines geliebten, reichen Mädchens ein angemessenes Jahrgeld anzunehmen, oder wie es hier der Fall wäre, eine Mitgift, die im Verhältniß zu Jenny's einstigem Reichthum unbedeutend blieb. Sie machte ihn darauf aufmerksam, wie Jenny trotzdem noch Vieles entbehren würde, woran sie in ihrem väterlichen Hause gewöhnt worden, und wie sie durch die Freudigkeit, mit welcher sie der Zukunft gedächte, einen sicheren Beweis dafür gebe, daß ihr Reinhard's Liebe höher gelte als jener Reichthum, den nur Reinhard selbst so hoch anschlage, um sich damit zu quälen. Für einige Tage hielten diese Vorstellungen vor, dann aber bedurfte es nur eines Wortes, das irgend Jemand arglos aussprach, und das eine andere Deutung zuließ, um ihn aufs Neue mit dem finstersten Unmuth zu erfüllen. Es bewährte sich auch an ihm, daß Niemand uns so tödtlich zu verletzen, so unablässig zu peinigen vermag, als wir selbst, weil Niemand so genau die wunde Stelle unserer Seele kennt und sie in jedem Augenblick so tief und sicher zu treffen weiß als eben wir. Darum sollte man sich vor keinem Feinde so sehr hüten, als vor seinen eigenen Schwächen und Phantasien, mögen sie noch so nahe mit der Tugend verwandt sein! Jedem Feinde tritt man mit Härte, mit aller Macht des Geistes entgegen, und eine Art von Schadenfreude nebst der Lust am Siege sind uns vortreffliche Hülfstruppen gegen den Feind außer uns. Wer hat aber Selbstbeherrschung genug, mit offenen ehrlichen Waffen gegen sich selbst zu kämpfen? Wen freut es, über ein verhätscheltes Kind des eigenen Wesens zu siegen, das wir doch immer lieben, eben wie ein Vater sein Kind, wenngleich er nicht blind für dessen Fehler ist?

Dennoch hatte sich äußerlich nach jener Unterredung des Vaters mit Reinhard das gute Vernehmen zwischen allen Theilen wieder hergestellt, und Herr Meier konnte seiner Frau die Versicherung geben, daß für Jenny's Zukunft in Bezug auf die gewohnten Annehmlichkeiten des Lebens nichts zu befürchten sei.

Eine andere Angelegenheit aber verursachte ihm immer lebhaftere Besorgniß: Eduard's tiefer Kummer nämlich, den dieser vergebens unter der Maske ruhigen Ernstes zu verbergen strebte und dessen Grund der Vater nicht erst zu errathen brauchte. Nachdem er also mit Reinhard geordnet hatte, was ihm für Jenny's Zukunft unerläßlich schien, ließ er Eduard eines Tages zu sich rufen.

Der Verkehr zwischen Vater und Sohn war immer einfach gewesen, und auch jetzt machte der Vater keine besondere Einleitung. Ich habe ein ernstes Wort mit Dir zu reden, sagte er, als sie allein beisammen waren, und ich habe nicht erst nöthig, Dir den Gegenstand zu nennen. Ich glaubte mit Recht erwarten zu dürfen, daß Du mir aus einem Verhältniß kein Geheimniß machen würdest, welches Dich seit lange schon beschäftigt. Du kannst nicht leugnen, daß Du eine Liebe für Fräulein Horn empfindest.

Auch möchte ich das nimmer, fiel Eduard lebhaft ein.

So beantworte mir ehrlich die Eine Frage, wohin soll das führen? – Bist Du entschlossen, Christ zu werden? fragte er, da Eduard schwieg.

Um keinen Preis, erwiderte Eduard fest, selbst um den Besitz des Mädchens nicht! Er war bewegt und kämpfte die Bewegung nieder. Dann sagte er nach einer Weile: Es ist wahr, ich liebe sie, und um sie zu erlangen, sie mein zu nennen, soll kein Mittel unversucht bleiben. Ihres Herzens bin ich gewiß, obgleich nie ein Wort von Liebe unsre Lippen berührt hat; und nicht aus Mißtrauen schwieg ich gegen Dich, sondern weil an dem Tage, an dem ich

Dir Clara als meine Braut vorzustellen hoffte, ich Dir einen doppelten Sieg zu verkünden wünschte.

Der wäre? fragte der Vater.

In keinem Gesetz des Landes ist die Ehe zwischen Christen und Juden verboten, obgleich sie nicht gebräuchlich bei uns ist. Ich habe um die Erlaubniß zu solcher Ehe nachgesucht, mich darauf stützend, daß in Dänemark und Holland, die ebenfalls streng protestantische Länder sind, solche Verbindung statthaft ist. Wenn es mir nun gelingt, diese Erlaubniß zu erlangen, wenn ich, indem ich mir die Geliebte gewinne, zugleich einen Schritt vorwärts gegen das Ziel mache, das wir erstreben, dann wollte ich vor Dich hintreten und Dir die erkämpfte Braut als Tochter zuführen.

Und wenn Du diese Erlaubniß nicht erhältst? fragte der Vater; und da der Sohn darauf nicht antwortete, fügte Jener mit gerechtem Bedenken hinzu: Dann hast Du, auf eine höchst zweifelhafte Aussicht hin, die Ruhe, vielleicht das Glück eines Mädchens zerstört, das zu edel von Dir dachte, um zu glauben, Du würdest unvorsichtig Hoffnungen in ihr erregen, die zu erfüllen Dir unmöglich ist. Sage mir nicht, Du hättest Clara Deine Liebe nicht gestanden. Das sind Entschuldigungen, die kein ehrlicher Mann sich machen darf. Sie kennt Deine Liebe; sie erwiedert sie; das wissen wir Alle, Clara's Eltern vielleicht ausgenommen. Daß Du um Clara's Liebe geworben, und das hast Du; verzeih mir, mein Sohn, das war keine gute That, das war ein schweres Unrecht, sobald Du entschlossen warst, nicht Christ zu werden.

Eduard fuhr auf, nahm sich aber zusammen und sagte ruhig: Unrecht wäre es vielleicht gewesen, wenn ich nicht mit aller Kraft gegen diese Neigung gerungen hätte; wenn ich sie nicht auf jede Weise vor Clara zu verbergen gesucht und nicht ihr selbst immer die Hindernisse, die uns trennen, vorgehalten hätte. Clara weiß, daß wir nicht viel zu hoffen haben.

Wozu nützt ihr dieses Wissen? fragte der Vater. Rechnet sie darum weniger auf die Erfüllung Eurer gemeinschaftlichen Wünsche? Und geschah es auch, um ihr jede Hoffnung zu rauben, daß Du sie in unser Haus geführt hast? Glaubst Du, Jenny's bevorstehende Taufe werde ihr nicht den Muth geben, auch von Dir das Nämliche zu erwarten? Was soll Clara's Vater von mir denken, daß ich seine Tochter in mein Haus aufgenommen und mich dadurch zum Förderer und Schützer einer Liebe hergegeben habe, durch die das Mädchen unglücklich wird?

Vater, Du gehst zu weit! sagte Eduard in heftiger Bewegung. Der Vater aber, der bis dahin mit kalter Ruhe, fast streng mit dem

Sohne gesprochen hatte, nahm plötzlich seine Hand, die er herzlich drückte, und sagte mild: So, Eduard, urtheilt der Mann, und Du verdienst den Tadel. Der Vater bedauert Dich, und wollte Gott! ich könnte Dir helfen. Mein Herz ist nicht so kalt geworden, daß ich Dein Leiden nicht verstehen könnte; aber weil ich Dich, mein Sohn, vor Reue, und das Mädchen, das ich schätze, vor Kummer wahren möchte, darum ist es meine Pflicht, Dir zu sagen: halte inne. Thue keinen Schritt vorwärts; vermeide Alles, was Euch einander näher bringen, Clara's Erwartungen erhöhen könnte, bis Du weißt, ob Du auf sie hoffen darfst. Denn wenn selbst, was ich bezweifle, der Staat eine solche Verbindung zugäbe, stände Dir mit Clara's Eltern noch ein schwerer Kampf bevor. Und doch wollte ich, sie allein wären es, die Du gegen Dich hast! schloß er, und sah bekümmert auf das verdüsterte Antlitz des Sohnes.

Dieser schwieg lange, dann sagte er: Ich bin mir bewußt, daß der Gedanke an Clara's Ruhe ebenso wenig aus meiner Seele gekommen ist, als das Gefühl meiner Liebe! Der Schwäche bin ich freilich schuldig, daß ich mein Herz nicht fest zusammen nahm, daß ich mich dem beglückenden Reiz des Augenblicks mehr als ich sollte, überließ, daß ich hoffte, weil ich wünschte; aber falle mein Loos, wie es wolle, Du sollst mich Deiner würdig finden.

Das genügt, mein Sohn! sprach der Vater. Ich traue Dir, und wollte nichts, als Dich warnen vor Dir selber.

Damit trennten sie sich, Beide tief ergriffen und besorgt, aber ruhig im Aeußern, wie sie es immer waren, obgleich Eduard nun mit doppelter Ungeduld die Entscheidung seines Schicksals ersehnte.

Je länger er diese Liebe zu Clara in stiller Brust genährt, um so tiefer war sie in sein Herz gedrungen. Er konnte zwar sein Leben ohne Clara's Besitz denken, aber kein Glück ohne sie. Sie zu erkämpfen und seinem Volke zugleich damit zu nützen, das war der belebende Gedanke in seiner Seele geworden; und mit der Energie, die ihm eigen war, hatte er rasch die nöthigen Schritte dazu gethan, ohne mit irgend Jemandem darüber zu sprechen. Anfangs hatte er mit Zuversicht auf einen günstigen Bescheid gerechnet und sich mit einer Art von stolzer Sorglosigkeit der Leidenschaft hingegeben, die ihn beherrschte; nun aber, als die Antwort, die er erwartete, von Tag zu Tag ausblieb, als die Erkundigungen, welche er einzog, auf eine abschlägige Bescheidung hinzudeuten schienen, mußten die Ermahnungen seines Vaters einen um so tiefern Eindruck auf ihn machen. Zerstreut war er zu seinen Kranken gekommen und hatte kaum die nöthige Aufmerksamkeit für ihre Klagen in sich erzwingen können. Das machte ihn noch trüber und unzufriedener mit sich. Er zog sich in den Stunden, welche ihm seine Praxis frei ließ, ganz in seine Wohnung zurück und kam auch nur des Mittags zu den Seinen, weil in dieser Stimmung ihm selbst der Umgang mit seiner Familie keine Freude machte.

So mochten etwa acht Tage vergangen sein. Er saß Abends an den geöffneten Fenstern seines Zimmers und sah, in tiefe Gedanken versunken, nichts von der Pracht des Frühlings, dessen lieblichste Blumen in dem Garten, der das Haus nach dem Hafen hin begrenzte, sich zu entfalten anfingen. Lebhaft erinnerte er sich jener Winternacht, in der dieselbe hoffnungslose Liebe ihn in Sturm und Wetter hinausgetrieben hatte, und der leidenschaftlich erregte Zustand jener Stunde schien ihm beneidenswerth gegen die Muthlosigkeit, welche er jetzt empfand, und aus der ihn, wie er wähnte, nichts empor zu rütteln vermochte. Da pochte es an seine Thüre, und es trat der Postbote herein, der ihm einen großen, mit amtlichem Siegel geschlossenen Brief aushändigte. Eduard wußte, was er ihm bringen konnte. Mit hastiger Hand erbrach er ihn. Er näherte sich dem Fenster, um bei den letzten Strahlen des Tages die feste, deutliche Schrift zu lesen – dann legte er das Blatt zur Seite, und blieb gedankenvoll, den Kopf gegen die Scheiben gelehnt, am Fenster stehen.

Es war entschieden. Der Jude durfte nicht auf das Glück hoffen, die Geliebte zu besitzen. Was war nun zu beginnen?

Er hörte über seinem Haupte, in den obern Zimmern, Stühle hin und wieder rücken; er sah empor, es war Nacht geworden. Man stand vermuthlich bei seinen Eltern von der Abendmahlzeit auf. Er hatte also mehrere Stunden in dumpfem Brüten verbracht und kein kräftigender Gedanke war erleuchtend in die Nacht seines Schmerzes gedrungen. Flüsternd berührten Jenny's und Gustav's Stimmen sein Ohr. Der milde Abend hatte sie ins Freie gelockt und Eduard erblickte sie bald darauf in den breiten Gängen des Gartens. Aber! trog ihn sein Auge? noch eine dritte Gestalt ging mit ihnen. Therese konnte das nicht sein; sie war wenig größer, als Jenny, während diese schlanke, hohe Figur Jenny bedeutend überragte. Sie war es! Noch ahnte sie nichts von dem Schmerz, den er bekämpfte, den der nächste Tag auch ihr bringen mußte. Nur noch dies Eine Mal wollte er sie glücklich sehen. Es schien ihm, als hätte sie im Vorübergehen, trotz der Dunkelheit, nach seinen Fenstern geblickt – im nächsten Moment war er an ihrer Seite.

Wo kommst Du her, Nachtwandler? fragte Jenny scherzend. Du hast mich förmlich erschreckt, als Du so plötzlich hervortratest;

und auch die arme Clara fuhr zusammen. Wo warst Du denn bis jetzt?

In meinem Zimmer, antwortete er.

Da war es dunkel, als wir vorübergingen, bemerkte Reinhard verwundert, und Deine Eltern wähnten Dich außer dem Hause.

Das war ein Irrthum! erwiderte er, ebenso zerstreut und tonlos, als er die erste Antwort gegeben.

Höre, Eduard! rief Jenny, um nur irgend etwas zu sagen, weil sie nicht wußte, was die Stimmung ihres Bruders, die sie beunruhigte, bedeute, wenn Du nur gekommen bist, uns zu erschrecken, so hättest Du fortbleiben sollen. Gustav war so gut, so lieb; Du hast uns um die schönste Erzählung aus seinen frühern Jahren gebracht, die ich nicht aufgeben will, und ich gehe mit Gustav fort, wenn Du nicht heiterer sein kannst.

So geht, ihr Lieben! sagte er, und lehnte sich tiefaufathmend an den dicken Stamm einer mächtigen Kastanie, deren junge Blätter leise unter der Berührung der Nachtluft zitterten.

Unentschlossen standen Alle einen Augenblick einander gegenüber; dann führte Reinhard Jenny einen Augenblick mit sich fort und bot Clara den andern Arm. War es nur Täuschung, oder hatte Eduard wirklich seine Hand bittend gegen Clara bewegt? – aber das Brautpaar war bereits einige Schritte fort, und Clara stand noch in scheuer Entfernung allein vor Eduard. Sie hatte die Hände ängstlich über die Brust gefaltet, trat ihm näher und fragte mit sanfter Bitte: Sie kommen nicht mit uns?

Der Ton dieser süßen Stimme, das war mehr, als Eduard ertragen konnte. Clara! Clara! rief er mit einer Leidenschaftlichkeit, in der das ganze Leiden der letzten Stunden sich zusammendrängte, und riß das junge Mädchen gewaltsam an seine Brust, das sich an ihn lehnte, als ob sie an seinem Herzen Schutz gegen ihn selbst erwartete. Wie nach langer drückender Hitze die schwarzen Wolken sich in großen einzelnen Tropfen entladen, so fielen aus Eduard's Augen heiße schwere Thränen auf die Stirn Clara's und auch sie weinte still.

Warum weinen wir denn, fragte sie endlich, wenn ich mit Ihnen bin?

Weil ich Dich verloren habe, antwortete er gepreßt, weil ich über Dein geliebtes Haupt den Fluch heraufbeschworen, der mich verfolgt. Auf dies geliebte Haupt, sagte er, es in seinen Händen haltend und mit der Zärtlichkeit eines Vaters küssend, auf das ich alles höchste Glück herab zu rufen dachte.

Sie hing sich fester an seine Brust, und er fühlte, wie sie zitterte; aber kein selbstsüchtiger Gedanke kam in ihre reine Seele, nur der Kummer des Geliebten war es, den sie zuerst empfand. Armer Eduard! seufzte sie, und ich wagte, fröhlich zu hoffen, während Sie litten, ich hoffte ......

Liebste! Dein Wagen ist da! rief Jenny's Stimme und schreckte Clara empor von Eduard's Brust, der ihr seinen Arm reichte; und sie hatte dieses Beistandes nöthig, um sich aufrecht zu erhalten. Ohne ein Wort der Entschuldigung oder des Abschiedes, geleitete Eduard sie an Reinhard und an der Schwester vorüber zu ihrem Wagen, drückte einen langen Kuß auf ihre Hand, und ging dann schnell in sein Zimmer zurück, dessen Fenster er verschloß.

Die Verlobten sahen ihnen erschrocken und verstehend nach. Auch sie schritten dem Hause zu. Die Armen, klagte Jenny, und Reinhard zog sie näher an sich, wie wenn er sich vor ähnlichem Scheiden bewahren wollte. Arm in Arm langten sie bei Jenny's Eltern an. Sie entschuldigten mit einem Vorgeben Clara's Fortfahren ohne Abschied; Eduard's wurde gar nicht erwähnt. Bald darauf trennten sich auch die Uebrigen, Reinhard und Jenny mit schwerem Herzen, und erst, nachdem sie sich durch einen nochmaligen Gang nach dem Garten überzeugt hatten, daß Eduard zu Hause sei. Sie sahen ihn durch die Vorhänge an seinem Schreibtisch sitzen.

Er schrieb an Clara. Sein Brief an die Geliebte lautete also:

Jene Stunde, die ich mit aller Wonne der Liebe erwartet hatte, ist herangekommen und zur Trennungsstunde für uns geworden – das höchste Glück, das Bewußtsein, Ihre Liebe zu besitzen, wird zum Schmerz, denn auch auf Sie fällt die Pein des Scheidens. – Zürnen Sie mir um deshalb nicht. Mehr, als mein eigener Schmerz, peinigt mich der Gedanke, daß Sie mit mir leiden, daß meine Liebe Sie nicht zu schützen, nicht zu beglücken vermag. Ich könnte eine Welt hassen, in der Herzen, die zusammen gehören, getrennt werden, weil das Eine so, das Andere anders zu seinem Schöpfer betet, der Beide für einander erschuf, der sie, wie uns, zusammenführte. Jahrtausende hat der Fluch über meinem Volke geschwebt, nun hat er auch mich getroffen. Ich wähnte, es sei an der Zeit frei zu werden von jenen Fesseln, die blinder Pfaffenglaube der ganzen Menschheit angelegt. Ich hatte Dich gesehen, ich liebte Dich, und ich hoffte, Du solltest die Aurora werden, welche ein neues Morgenroth der Aufklärung für unser ganzes Land verkündete. Denn nicht allein den Juden trifft der Wahnwitz dieses Hasses, er schlägt in gerechtem Undank selbst die Mutter, die ihn erzeugt. Auch Du! die Christin! leidest unter ihm. Aber wer hieß Dich, einen Juden lieben? Warum wolltest Du lieben, was die Deinen hassen? Die Deinen, welche sich zu einer Religion der Liebe bekennen! – O! Christus wußte, wie der Haß zerfleischt, entmenscht, darum predigte er Liebe, und die Unwürdigen begriffen nur den Haß, vor dem er sie gewarnt.

Aber ich wollte ruhig sein und nicht auch in Deine Seele den Widerschein des Zornes leuchten lassen, der in mir lodert! Ruhig denn! – Seit ich Dich kenne, seit ich Dich liebe, habe ich keine Stunde ruhigen Glückes gekannt als in Deiner Nähe. Nur der Zauber Deiner Gegenwart konnte mich trösten, mich vergessen machen, daß ich Dich nicht besitzen würde. Ich fühlte es, wie Dein Herz sich zu mir neigte, und wollte Dich und mich vor jeder Hoffnung bewahren, indem ich Dir sagte, mit wie unauflöslichen Banden ich an mein Volk gekettet sei. Es ist nicht der Glaube, der mich an das Judenthum bindet: ich bin weder Jude noch Christ in dem Sinne der Menge – ich bin ein Mensch, den Gott geschaffen, der seinem Schöpfer dafür dankt und der seine Mitgeschöpfe liebt. Aber meine Ehre fesselt mich an mein Volk, das gleich mir in Unterdrückung seufzt. Was dem verbannten Polen sein Vaterland, das ist dem Juden die Gemeinde; nur der Verräther sagt sich von ihr los. Denkst Du jener Polenhelden, die wir jüngst gesehen, und der Wunden auf ihren gramdurchfurchten Stirnen? Diese Wunden können heilen; aber der Schmerz ihrer gebrochenen Herzen nimmer! Geschieden von Bräuten, Weibern und Kindern, kamen sie in unser Land, Alles war ihnen geraubt, und sie hatten nichts als die Ehre und den heiligen Gram um ihr gesunkenes Vaterland. Nach langem Elend war das Volk der Polen erstanden, um mit Männerkraft seine Ketten zu zerreißen. Es mißlang und die Unterdrücker trugen wieder den Sieg davon.

So ist es mir ergangen. Ich wollte versuchen, auf Deinen Besitz zu verzichten, zu entsagen; aber Entsagen ist Feigheit, so lange noch eine Möglichkeit da ist, das Glück zu erreichen. Ich verlangte vom Staate die Erlaubniß, Dich mein zu nennen, ohne Christ werden zu müssen. An Deiner Zustimmung, an Dir zweifelte ich nicht, und mit Dir hoffte ich die Einwendungen der Deinen leicht zu besiegen. Ich hoffte, glücklich zu sein mit Dir, und Tausenden, die gleich uns gelitten, ein Befreier von bejammernswerthem Vorurtheil zu werden. Es ist anders gekommen.

Der Staat, der es erlaubt, daß Menschen, ohne alle innere Zusammengehörigkeit, einander den Eid der Treue vor dem Altare schwören, der es duldet, daß die Jungfrau mit gebrochenem Herzen in die Arme eines Mannes geführt wird, welcher vielleicht noch gestern an der Brust einer Buhlerin des Bundes lachte, den er heute beschwört, der Gesetze gibt, diese fluchenswerthen Ehen zu schützen – derselbe Staat will es nicht dulden, daß zwei Herzen, die in reinstem Einklang schlagen, sich verbinden, weil sie auf verschiedene Weise Gott für das Glück danken würden, das er ihnen durch ihre Liebe gewährt. – Das sind die Gesetze, vor denen man Achtung verlangt!

Nur Eine Zuflucht bietet sich uns dar, wenn Du es vermöchtest, Dich von allen Vorurtheilen zu befreien, wenn Du Dich entschließen könntest, mir unter dem Schutze der Meinen in ein Land zu folgen, das unsere Ehe zuläßt, und dort die Meine zu werden; wenn ich Dich im Triumphe zurückführen dürfte und den Verblendeten zeigen könnte, wie die Liebe frei ist vor dem Urtheil eines weisern Staates; wenn Du durch Ein Wort uns den versagten Himmel zu öffnen bereit wärest – ein Leben voll der wärmsten, ergebensten Liebe sollte es Dir lohnen; Dir, aus deren Hand mir Liebe und Freiheit zugleich gegeben würden.

Mitten im Fluge solchen Hoffens fühle ich aber bereits das Unrecht, das ich an Dir begehe, indem ich Dich zum Richter über unsere Zukunft mache. Das hätte ich Dir ersparen sollen, und doch kann ich es nicht. So nimm denn wenigstens das heilige Versprechen, Du Geliebte, daß ich mit keinem Worte versuchen werde, das Urtheil, wie Du's auch fällst, zu ändern. Was Dein liebendes Herz vermag oder nicht vermag, was Dein gerader Sinn Dir zu thun gebietet, das soll auch meine Richtschnur sein. Nur versage mir die Gunst nicht, Dich noch einmal zu sehen. Und somit Lebewohl!

Vergebens würde es sein, ein Bild des Schmerzes zu geben, mit welchem Eduard diesen Brief geschrieben, oder der Gefühle, die er in Clara hervorrief. Wer es je erfahren hat, plötzlich eines Glückes beraubt zu werden, auf das er eben ein volles Anrecht erworben zu haben glaubte, der mag ahnen, was Eduard und Clara bei dem Gedanken an ihre Trennung litten, nachdem sie durch das gegenseitige Geständniß ihrer Liebe sich an einander gebunden. Von Minute zu Minute zögerte Clara, eine Antwort zu geben, die, so innig sie Eduard liebte, niemals eine günstige sein konnte. Immer hoffte sie, es werde sich ihr ein Ausweg aus dem Labyrinthe zeigen; sie fürchtete Eduard's Leiden zu vergrößern durch die Schilderung ihres Schmerzes; sie wollte ruhig werden, um ihn zu beruhigen; und das war der Brief, den sie endlich an ihn schrieb:

Gott hat es mir auferlegt, daß ich mit den ersten Worten, die ich Ihnen schreibe, Ihnen und mir den tiefsten Schmerz bereite, den eine Menschenbrust empfinden kann. Er wird uns Kraft geben, ihn zu ertragen. Liebte ich Sie weniger, oder wäre ich nicht vollkommen gewiß, es könne kein Zweifel an meiner Liebe Raum in Ihrer Seele finden, ich würde nicht den Muth haben, Ihnen zu sagen, daß ich nicht die Ihre werden, daß die schönste Hoffnung meines Lebens nicht erfüllt werden dürfe. Ach, lieber Eduard! als ich Jenny und Reinhard verbunden sah, da wagte ich mir zu gestehen, daß ich ein ähnliches Glück begehrte und erhoffte, obgleich ich wußte, was Sie von Jenny's Uebertritt zum Christenthume dachten; wie Sie bei Jenny billigten, was Sie selbst niemals zu thun vermöchten. Ich täuschte mich gern, weil ich Sie liebte und kein höheres Glück kannte, als Ihnen in jeder Stunde meines Daseins, mit jedem Gedanken, mit jedem Gefühl meiner Seele zu eigen zu sein. Ein Familienleben hatte ich erst in dem Hause Ihrer Eltern in seiner heiligen Schönheit kennen gelernt, und ich wünschte sehnlichst, mit Ihnen zu den Kindern dieses glücklichen Hauses zu gehören, das mich mit so viel Güte empfing, in dem ich die schönsten Stunden meines Lebens genossen habe.

Glauben Sie mir, ich verlange nichts als Ihre Liebe, nichts als Sie, Eduard! und jedes Band, das uns vereinigte, wäre mir heilig. Ich möchte Ihr treues Weib sein, gleichviel, welch ein Priester den Segen über uns gesprochen; jedes Land, jedes Verhältniß wäre mir gleich. Ich könnte ruhig den Tadel der Menge ertragen – aber den Segen meiner Eltern kann ich nicht entbehren. Ohne diesen Segen, den ich nie zu erhalten hoffen darf, so lange Sie nicht Christ geworden sind, gäbe es, selbst mit Ihnen, kein Glück für mich.

Meine Mutter hat mich William verlobt, ohne mich darum zu befragen, und ich habe mich dadurch keinen Augenblick für gebunden gehalten. William selbst würde meine Hand nicht begehrt haben, hätte er meine Liebe zu Ihnen gekannt. Ich vermag, so leid es mir thut, den Wunsch meiner Mutter nicht zu erfüllen, ich kann William's Frau nicht werden. Aber auch die Ihre nicht, Eduard! Sie bindet die Ehre an Ihr Volk, mich die Pflicht an meine Eltern, und ich darf an eine Verbindung nicht denken, die auch einer minder stolzen Frau als meiner Mutter verwerflich scheinen müßte durch die befremdlichen Schritte, welche eine Trauung im Auslande erfordert. Ich wähnte, Liebe sei allmächtig, nun sehe ich, daß sie vor Pflicht und Ehre sich beugen muß. Ich bin bereit, das Opfer zu bringen – aber es ist ein schweres, furchtbares Opfer, ich bringe es mit blutendem Herzen, und weiß kaum, wie ich das Unvermeidliche ertragen werde.

Sie nehmen Abschied von mir, Eduard! Sie sagen mir Lebewohl! das begreife ich nicht! Ist es nicht hart genug, daß wir einander nicht gehören sollen? Wollen wir uns selbst um das Glück bringen, uns zu sehen, uns zu sprechen und Trost für unser Leid in dem Beisammensein zu suchen, das uns vergönnt ist? Ich kann den Gedanken nicht fassen, Sie nicht mehr zu sehen; ich möchte den Trost nicht entbehren, Ihrer treuen Brust anzuvertrauen, was mich bewegt, und zu erstarken an den großen Gedanken Ihres Geistes. Waren wir nicht glücklich bis jetzt, auch ehe das Wort Liebe ausgesprochen wurde? Hatten wir uns nicht verstanden? So kann und soll es wieder werden! Man sagt, der Strom, der die Dämme durchbrach, könne niemals wieder von selbst in jene Schranken zurückkehren; das mag sein. Wo aber die Schranke allein Zuflucht vor gänzlichem Verarmen zu geben vermag, da muß man sie aufs Neue erbauen, sich hinter sie flüchten, um das einzige Gut zu behalten, das uns geblieben ist.

Schreiben Sie mir nicht mehr, das kann nicht sein. Lassen Sie uns versuchen, die Ereignisse des gestrigen Tages im tiefsten Grunde des Herzens zu bergen. So allein – und ich rechne auf Sie, als ob Sie es mir mit dem heiligsten Eide gelobt hätten – dürfen wir uns wiedersehen. Sie, Eduard, sollen mich schützen vor der Gewalt unserer Liebe; Ihrem starken Willen vertraue ich mich an. Nur ein paar Tage der Einsamkeit gönnen Sie mir, mich zu gewöhnen an das schwere Loos, das uns geworden ist. Doch was klage ich? Ich begehrte Glück und Leid mit Ihnen zu tragen, und sollte muthlos werden, nun die Prüfung naht? Nein, Eduard! Sie sollen sehen, daß Sie sich nicht in mir geirrt haben, daß ich würdig gewesen wäre, die Ihre zu sein, weil jedes Schicksal, das ich mit Ihnen theile, mir erträglich scheint. Um mich sorgen Sie nicht, ich weiß, daß Sie mich lieben! Mit dem Bewußtsein kann ich Alles tragen; denn Liebe, selbst hoffnungslose Liebe ist Glück! Daran halten Sie fest, Eduard! wenn wir uns wiedersehen.

Dieser Brief brachte auf Eduard die doppelte Wirkung hervor, ihm Clara im vollsten Lichte ihres ruhig milden Wesens zu zeigen, und ihn zu ermannen, obgleich er ihn die ganze Größe seines Verlustes fühlen ließ. Er durfte nicht kleiner sein als sie, die ein unabwendbares Geschick mit Ergebung trug und mit ängstlicher Sorgfalt das geringe Glück, auf das sie Anspruch hatte, sich und dem Geliebten zu erhalten strebte. Doch nur schwer und allmälig gelangte er zu der Fassung, welche Clara gleich in sich gefunden hatte, um ihn damit zu beruhigen. Auch ihm drängte sich dadurch unwillkürlich die Frage auf, ob in der Frauen-Natur wirklich eine höhere Leidensfähigkeit liege, als in der des Mannes. Er bewunderte Clara, aber er konnte ihre Entsagung kaum begreifen. Ja, einen Augenblick lang wagte er zu glauben, Clara's Gefühl könne an Stärke dem seinigen nicht gleich sein; sie müsse ihn weniger lieben, als er sie. Das ist eine Ungerechtigkeit, deren man sich nur zu oft schuldig macht. Weil das Weib besser liebt, weil es nur an den Schmerz des Geliebten, nicht an sich selbst denkt und sich in dem Glück des Andern vollkommen vergessen kann, schilt man es kalt und tröstet sich über den Gram, den man verursacht, mit dem alten Gemeinplatz, das Weib sei leidensfähiger als der Mann. Die Schmach fühlt man gar nicht mehr, den Frauen, dem sogenannten schwachen Geschlecht, eine Stellung im Leben angewiesen zu haben, die sie von Jugend auf an Leiden und Entsagungen gewöhnt; man denkt nicht an jene schweren Stunden, in denen sie genöthigt sind, sich zu beherrschen, wenn ihr Herz gepeinigt wird. Wer sieht die Thränen, die oft aus der innersten Seele hervorbrechen möchten, während ein Männerarm die schöne Gestalt umschlingt und mit ihr durch die fröhlichen Reihen des Walzers dahinfliegt? Ihr seht nur die schimmernden Thautropfen auf dem Rosenkranz in ihren Locken, nur die Perlen, die den schönen Nacken zieren, und ahnet nicht, daß hinter dem feuchten Blau des Auges, das Euch entzückt, Perlen und Thautropfen glänzen, viel kostbarer und reiner, als der Tand, den Ihr bewundert. Ihr preiset das süße Lächeln des holden Mundes, der nur zu oft traurig lächelt über ein Dasein, das so grelle Gegensätze in sich schließt. Kommt dann Einer einmal zu der Erkenntniß des Schmerzes, den solch ein heiteres Frauenantlitz birgt, dann schreit er über die Verstellung, die Unwahrheit des Geschlechts, und vergißt, daß Jeder, der ein Mädchen traurig sieht, ohne sich zu bedenken, auf eine unglückliche Liebe schließt und mit roher Hand das stille Geheimniß an das Licht ziehen möchte. Ein Frauenherz, in dem einmal der Strahl wahrer Liebe gezündet, erkennt seinen Besieger in dem Manne, fühlt sich ihm unterthan, als Sklavin seines Willens, und möchte doch aus angebornem Schamgefühl nicht dem Auge jedes Ungeweihten die Fessel zeigen, durch die es gebunden wird, die oft blutig drückt, und selbst zerbrochen, unvertilgbare Narben zurückläßt. Geliebt werden ist das Ziel der Frauen. Ihr Ehrgeiz ist Liebe erwerben; ihr Glück Lieben, und die Liebe, nach der sie gestrebt, nicht erlangen zu können, unglücklich lieben, eine Kränkung, welche nur die edelsten Frauennaturen ohne Schädigung zu tragen vermögen. So beruht die ganze Entwickelung der weiblichen Seele auf dem Verhältniß zum Manne; und man darf das Weib nicht der Falschheit anklagen, wenn es den geheimnißvollen Proceß seines geistigen Werdens schamhaft der Welt verbergen möchte. In der ganzen Natur schreitet die Entwickelung so mystisch verhüllt vor, daß wir fast überall nur das Fertige erblicken, ohne uns über das Werden Rechenschaft geben zu können. Warum verlangt man es denn anders von den Frauen? Es mag den Mann stolz machen, die sichtbare Vorsehung des Weibes zu sein; zu fühlen, daß Glück und Unglück ihm aus seiner Hand kommt; aber es sollte ihn auch Mitleid und Schonung für die Armen lehren, die echt biblisch die Hand küssen, welche sie schlägt. Man hat sich nicht zu wundern, wenn einst die Stunde kommt, in der das Weib gleichen Schmerz mit dem Manne zu tragen berufen ist, es ruhig in liebender Ergebung zu finden, wo der Mann gegen das Schicksal tobt, so lange er die Möglichkeit begreift, ein besseres Loos zu ertrotzen.

Das Letztere war denn auch Eduard's Fall, der nicht allein die Geliebte verlor, sondern der aufs Neue glaubte eine Unbill rächen zu müssen, die man an ihm, an seinem Volk begangen. Er haßte in der ersten Leidenschaft des Schmerzes die Welt, die noch immer in stumpfer Gefühllosigkeit Recht und Wahrheit verhöhnte. Seine Phantasie erschrak vor keiner noch so gewaltsamen Maßregel, welche ihn zum Besitz der Geliebten, zur Erlangung seines guten Rechtes führen konnte. Dann, als der erste Sturm vorüber war, las er Clara's Brief aufs Neue und verstand die Schönheit einer Seele, die so zu entsagen vermochte. Er konnte die Zeit nicht erwarten, in der es ihm vergönnt sein würde, sie wiederzusehen, und durfte doch nicht wagen, den ersehnten Augenblick herbeizuführen, ehe sie ihn dazu berechtigte. Sein Herz war noch tief erschüttert, als sein Geist schon wieder zu seiner Klarheit gelangte und sich an einem Gedanken mächtig emporrankte. Um sein Glück war es geschehen, sein Leben hatte man der reinsten Freuden beraubt; darum fühlte er den Muth, Alles von sich zu werfen, sein Vaterland, seine Aussichten für die Zukunft, selbst seine Freiheit, wenn es sein mußte, um damit das Einzige zu erkaufen, das noch Werth für ihn hatte: die bürgerliche Gleichstellung seines Volkes. Diese Idee gab ihm die nöthige Kraft, noch an demselben Tage vor seinem Vater zu erscheinen und ihm zu verkünden, er habe das Spiel verloren, auf das er alle seine Hoffnungen gesetzt.

Der Vater war bewegt. Auch ihn traf der Schlag doppelt, in seinem Sohne und in seinem Volke, obgleich ihm das Gelingen dieser Angelegenheit höchst zweifelhaft gewesen war, aber er war kein Mann des Wortes, wo es etwas zu thun galt. Und was soll jetzt werden? fragte er den Sohn.

Clara weiß es bereits, antwortete Eduard. Ich hatte ihr geschrieben, um Abschied von ihr zu nehmen. Ich war entschlossen fortzugehen, um ihr und mir die Trennung zu erleichtern. Ich wollte mich in der freien Größe der Natur verlieren, weil ich mir einen Augenblick vorspiegelte, ich würde irgendwo die Bande nicht fühlen, die mich an Clara binden; die Ketten vergessen, unter denen die Juden seufzen. Der erste Schmerz ist trügerisch in jedem Sinne. – Dann kam Clara's Antwort! – Er seufzte, und blieb eine Weile schweigend in seine Gedanken vertieft, darauf fuhr er fort: Sie will nicht, daß wir scheiden; ihr sanftes Herz vermag es zu entsagen, sie hofft, in die Schranken ruhiger Neigung zurückzukehren, glücklich dabei sein zu können. Ich soll sie wiedersehen, bald, in wenig Tagen – und soll schweigen – wie ist das möglich?

Möglich, mein Sohn! sagte der Vater, muß es sein, weil Clara es so will; und das Einzige, was Du thun kannst, ist, Dich unbedingt in jeden Vorschlag zu fügen, den sie Dir macht, und von dem sie sich Beruhigung verspricht.

Du fragtest mich neulich, Vater! als wir über diesen Gegenstand sprachen: wohin soll das führen? Ich gebe Dir heute die Frage zurück. Wohin soll die Pein führen, uns zu sehen und zu schweigen von Dem, was jeder Blick, jeder Gedanke uns dennoch verräth?

Zu einer nothwendigen Trennung, wenn Ihr nach Monden eingesehen haben werdet, daß der Instinkt der Jugend sich gegen jeden hoffnungslosen Zustand sträubt. Denn lösen, Eduard, mußt Du jetzt ein Band, das Clara an Dich bindet, ohne ihr die mindeste Aussicht auf Glück zu geben.

Und mit diesem Bewußtsein soll ich sie sehen? rief Eduard. Ich soll sie sehen und daran denken, sie zu lassen?

Sprich nicht von Dir, sagte der Vater ruhig, Du bist ein Mann!

Aber Clara! was soll aus Clara werden? fragte Eduard im Tone des tiefsten Schmerzes.

William's Frau, wenn es irgend mit ihrer Neigung zu vermitteln ist, antwortete mit festem Ernst der Vater, und fuhr, ohne auf Eduard's Widerstreben bei dem Ausspruch zu achten, in seiner gewohnten Weise also fort: Der herbe Kelch, den uns das Leben bisweilen zu kredenzen liebt, muß ganz und schnell geleert werden, wenn wir uns das Leben nicht schwerer machen wollen, als es leider oftmals ist. Darum stehe ich keinen Augenblick an, Dir zu sagen, Clara ist für Dich verloren, sie fühlt sich in diesem Augenblick so unglücklich wie Du – vielleicht noch mehr – aber damit ist Euer Leben nicht beendet. Denn gerade dieses Mädchen vermag es, ihr Glück in Andern zu finden. Wenn sie William's Hand ausschlägt, zerfällt sie mehr und mehr mit ihrer Mutter. Die Deine kann sie niemals werden; soll sie unaufhörlich den Vorwürfen einer herrschsüchtigen Mutter ausgesetzt bleiben, damit Dir der Schmerz erspart werde, sie mit einem andern Mann glücklich zu sehen?

Kann sie so schnell vergessen? sprach Eduard im Tone des Zweifels, und schon bei dem bloßen Gedanken an die Möglichkeit erbangend: Kann sie das auch nur wollen?

Das hoffe ich, mein Sohn! Nur Thoren verlangen Etwas, dessen Unmöglichkeit sie eingesehen haben. William ist brav und liebt seine Cousine, Clara hätte ohne Dein Dazwischentreten diese Liebe gewiß erwidert, und ich wünsche um ihretwillen lebhaft, daß sie noch jetzt, wenn auch mit Ueberwindung, sich zu dieser Ehe ent-schließt, in der ich allein Glück und Ruhe für sie erblicke, wenn Du sie und William, die Dir Beide als einem Freunde vertrauen, auf den rechten Standpunkt leitest.

Nimmermehr! rief Eduard. Es ist genug, daß ich sie verliere. Kannst Du glauben, daß ich, ich selbst sie in die Arme eines Andern führen werde?

Ich erwarte das von Dir, wie ich Dich kenne! antwortete Herr Meier.

Eduard konnte sich gegen die Wahrheit in den Worten seines Vaters nicht verblenden, so gern er es auch wollte. Er erkannte die edle strenge Gerechtigkeit des Greises, aber sein Gefühl empörte sich noch dagegen, als gegen eine Sünde an Clara selbst. Indeß der Vater ließ sich nicht erweichen. Er wollte gleich in dieser Stunde in seinem Sohne jeden möglichen Selbstbetrug ertödten. Er glaubte am sichersten jenem langwierigen, unbestimmten Hinsiechen der Seele vorzubeugen, wenn er die Wunde rasch nach allen Seiten hin untersuchte, sie tüchtig ausbluten ließ, und dann die Heilung der Zeit, und besonders dem Bedürfniß nach Glück überließ, das uns unbewußt antreibt, zu genesen, wenn ein geistiges Leid uns nieder-geworfen hat. Denn wir sind zum Glück geschaffen, wir streben darnach, und erlangen es am sichersten, wenn wir uns durch keine falschen Hoffnungen täuschen lassen.

Eine Weile saßen Vater und Sohn noch bei einander, dann schieden sie mit einem Händedruck und Eduard ging davon, um am Bette der Kranken Trost zu bringen, er, der dessen selbst noch so nöthig bedurfte.

Also *Adieu princesse*? *Adieu plaisir*? sagte Steinheim zu Jenny, die auf dem Balkon unter Erlau's Anleitung spielend die Gegend aufnahm, welche vor ihren Augen lag. Sie wollte das Bildchen Reinhard schenken, ehe sie morgen auf das Gut hinausfuhren.

Adieu gewiß, für ein paar Tage, antwortete sie, doch hoffe ich, an Vergnügen soll es uns nicht fehlen; es sei denn, daß Ihnen, die Stunde Wegs nach Berghoff zu weit und zu anstrengend wäre.

Sagen Sie dem Hypochondristen das noch einmal, Fräulein, meinte Erlau, so glaubt er es und bleibt zu Hause; natürlich unter jämmerlichen Klagen über seine schwache Gesundheit und über den Undank seiner Freunde, die sich Landgüter kaufen, ohne auf die Entfernung von seinem Hause und auf seine Rheumatismen Rücksicht zu nehmen.

Der Wunden lacht, wer Narben nie gefühlt, rief Steinheim. Wenn solch ein Springinsfeld, wie Erlau, der mit jedem Hasen um die Wette laufen könnte, doch nicht über die Empfindungen vernünftiger Leute spotten wollte, welche, ohne deshalb schwerfällig und alt zu sein, sich dennoch bei warmem Wetter ihres Körpers als einer Zugabe bewußt werden, die sie am Laufen und Fliegen verhindert.

Jenny und Erlau lachten, und man rief Therese herbei, um sie an der Unterhaltung Theil nehmen zu lassen. Sie trat hinter Jenny's Stuhl und bewunderte die raschen Fortschritte, welche deren Arbeit seit einer Stunde gemacht hatte. Du solltest Dir, sagte sie, so lange Du noch zu Hause bist, allmälig alle Deine Lieblingspunkte zeichnen, um sie Dir zum Andenken mitzunehmen, wenn Ihr einst fortgehen werdet.

Der Gedanke ist des Monarchen werth, Fräulein Therese! fiel Steinheim ein.

Und schöne Gegenden werden Ihrem Auge erquickend sein, sprach Erlau, wenn Reinhard darauf besteht, Sie in jene Einöde zu führen, in der die Heerde weidet, die er hüten soll. Ich sehe Sie schon, Fräulein, mit einem Schäfer- oder Krummstabe – ich weiß nicht, was Pfarrerinnen in Arkadien führen, – durch die sandigen Fluren wallen. Ich höre Sie, Reinhard zu Liebe, über jedes Haidekraut, das der Boden hervorbringt, in Ach! und Oh! zerfließen und Gott danken dafür, daß er diesen Sand aus seiner großen Barmherzigkeit erschaffen, damit er uns in die Augen fliege, wenn ein warmer Lufthauch sich je einmal in solch eine Gegend verirrt.

Lassen Sie das Reinhard ja nicht hören, warnte Jenny, er würde es übel deuten!

Du solltest es auch nicht leiden, liebe Jenny, meinte Therese, da Du weißt, wie unangenehm diese Scherze Deinem Bräutigam sind, der mit so viel Liebe an seinen künftigen Aufenthaltsort denkt.

Ich wollte, sie ginge nach dem entzückenden Orte und ließe uns Jenny hier! sagte Erlau leise zu Steinheim, und: Wer weiß, wie gern sie das thäte! antwortete dieser ebenfalls leise, während Therese versicherte, für sie würde ein ganz eigner Reiz darin liegen, einem Manne sein einziges Glück zu sein. Je schlechter die Gegend, je weniger lockend die äußern Verhältnisse, um so theurer müßten ihm ja Frau und Heimath werden.

Gott bewahre mich vor solchem Glück! rief Jenny und legte den Pinsel fort; das ist ja, um mich bei Zeiten an biblische Wendungen zu gewöhnen, der Weib gewordene Egoismus. Mein Mann sollte entbehren, damit ich geliebt würde? Wie kann man so Etwas denken? Weißt Du, was ich mir wünschen würde? Reinhard müßte Herr sein über die ganze Welt und alle ihre Schätze. Alle Menschen müßten ihn anbeten, weil er eine neue schöne Zeit heraufgeführt, und dann müßte er den schönsten Lohn für seine Thaten darin finden, wenn ich Diejenige wäre, die ihn am meisten bewunderte und liebte. Die Hand, mit der ich Abends die Falten auf seiner Stirn glättete, müßte ihm noch lieber sein, als die Kronen, die er auf sein Haupt drückt – denn nebenher müßte er ein Herrscher aus eigener Machtvollkommenheit sein und nicht von Gottes Gnaden Da das aber nicht sein kann, schloß sie, und nahm den Pinsel wieder vor, ist nächst solchem Herrscher mein Reinhard mir der Liebste.

Das sieht Dir ähnlich, sagte Therese, Du suchst nun einmal das Glück immer und überall in äußern Dingen und weichst darin von Reinhard ab, der nichts begehrt, als ein bescheidenes Loos und einen segensreichen Wirkungskreis.

Jenny stand verdrießlich von der Arbeit auf und ging mit Erlau nach der andern Seite des Balkons, während Steinheim Therese mit ihren soliden Ansichten neckte und zuletzt die Worte hinwarf: Uebrigens glaube ich auch, daß Fräulein Jenny mit einer Hütte und einem Herzen nicht ganz so zufrieden wäre, als manche Andere.

Diese Worte, die halb scherzend, halb absichtlich gesprochen waren, erreichten Jenny's Ohr. Sie wendete sich um, sah Therese plötzlich roth werden und sich unter einem gleichgültigen Vorwande entfernen. Auch sie erglühte einen Augenblick, warf einen langen forschenden Blick auf Therese und fuhr mit der Hand über die Stirne, als wenn sie einen Gedanken verbannen wollte, der ihr unvermuthet aufgestiegen war.

Steinheim gesellte sich gleich nach Theresens Entfernung zu den beiden Andern, und machte die Bemerkung, Therese gewöhne sich schon seit einiger Zeit einen gewissen pedantischen Ton an, der sonst nur Gouvernanten eigen zu sein pflege. Sie will immer Alles besser wissen, sagte er, immer belehren, »man merkt die Absicht und man wird verstimmt.«

Es ist so böse nicht gemeint, entschuldigte Jenny, sie glaubt nur, mich erziehen zu müssen, weil meine Eltern und Reinhard selbst sie mir früher oft als Beispiel aufgestellt haben. Zudem hält sie sich meinem Bräutigam für den Unterricht verpflichtet, den er uns gegeben hat, und möchte aus Dankbarkeit gegen ihn mich zu einer recht vollkommenen Frau nach seinem Sinne machen, und dazu fehlt noch viel.

»Sie muß also aus Liebe quälen«, sagte Steinheim und nahm bald darauf Abschied von Jenny, die wieder zu malen angefangen hatte.

Nun war sie mit Erlau ganz allein. Eine Weile arbeitete sie eifrig fort, vielleicht um ungestört über etwas nachzudenken, bis der Maler sie fragte, ob sie Neigung hätte, Theresens Rath zu befolgen und die schönsten Ansichten der Gegend zu skizziren?

Nein, antwortete sie, ich bedarf dieser sinnlichen Anhaltspunkte nicht, um mich deutlich und mit Vergnügen an Orte zu versetzen, die mir durch irgend etwas theuer sind. Es ist mir im Gegentheil oft lästig, wenn solch ein Bildchen mir eine Landschaft, die mir im schönsten Lichte fröhlicher Erinnerung vorschwebt, so dürftig und verkleinert zeigt, daß sie mir fremd und schattenhaft erscheint.

Da werden Sie mich vielleicht für einen Menschen halten, der ganz und gar der Sinnenwelt gehört, wenn ich Ihnen sage, daß ich erst vor einiger Zeit das Bild einer Dame beendete, um es mir als Andenken an sie zu bewahren.

Geht die Giovanolla denn schon fort von hier? Ich hatte gehört, es sei gelungen, sie für die hiesige Bühne zu gewinnen, sagte Jenny mit Beziehung auf die Huldigung, welche der junge Maler seit Monaten der schönen Sängerin unverhohlen dargebracht.

Die Giovanolla würde ich mir ebenso wenig zum Andenken malen als die mediceische Venus. Sie ist mir Studie, und vielleicht die schönste, die man findet. Solche Köpfe bewahrt unser Album, und sie gehören der Nachwelt, der wir sie überliefern. Anders ist es mit den Gestalten, die dauernd in unserer Seele leben und deren Abbild, nur von uns gesehen, auf unserm Herzen ruht, erwiderte Erlau und zog eine kleine Kapsel hervor, die er mit einem Federdruck öffnete, und in welcher Jenny ihr eigenes Bild im Costüme der Rebekka sprechend ähnlich vor sich sah.

Erlau! rief Jenny erschreckt, um Gottes willen, was soll das heißen?

Das heißt, daß ich nicht das Irrlicht, der Leichtfertige, der Unbe-
ständige bin, für den Sie mich halten; es beweist, daß auch ich das
geistig Schöne erkennen und leidenschaftlich – er hielt inne und
sagte dann mit leiserem Tone: verehren kann.

Verwirrt und überrascht schwieg Jenny still und sah scheu zur
Erde nieder. Dies Schweigen benutzte Erlau. Fürchten Sie nichts,
Jenny! sagte er, ich gehöre nicht zu den Thoren, die jeden schönen
Stern, der in ihre Seele leuchtet, hinabziehen möchten in den Staub,
um ihn sich anzueignen. Ich freue mich, daß er ist, daß er seine
leuchtenden Strahlen auch in mein Auge fallen läßt, denn er ist es,
der meinen Farben ihren Glanz, meinen Gebilden ihren tiefen Sinn
verleiht; und ich verlange nichts, als daß er sich nicht verdunkeln
lasse durch irdische Verhältnisse, daß er nicht untergehe in der
Prosa eines gewöhnlichen Lebens. Versprechen Sie mir das? rief
er mit Wärme und reichte ihr seine Hand entgegen.

Mit vollster Zuversicht! antwortete Jenny und schlug in die
dargebotene Rechte. Ich verspreche Ihnen immer das Bild des
Schönen in der Seele, und das Streben danach in mir rege zu erhalten. Ihrem Schaffen und Wirken, Ihnen selbst wird mein Geist
willig folgen; und in der Liebe zur Kunst bleiben wir vereint, wenn
wir einst uns trennen.

Und das geschieht noch heute, sagte Erlau. Dieser ganze Winter
hat schwer auf mir gelegen, mein Herz hat unter seinem eisigen
Scepter viel gelitten. Es hat mir weh gethan mein Herz – recht weh!
und Haß und Neid, und wie diese Dämonen sonst noch heißen
mögen, die alle sind in meine sonst so fröhliche Seele gezogen. Seit
ich dies theure Bild gemalt, hat kein anderes mehr gelingen wollen;
es wird immer nur das Eine, und darum, Jenny! muß ich gehen.
Wenn erst Italiens heiterer Himmel und seine schönen Menschen
mich wieder umgeben, dann wird es besser werden. Und wenn ich
zurückkehre, soll Niemand ahnen, wie ich geweint, als ich zum
letzten Male vor Dir stand, Niemand als nur Du!

Mit diesen Worten schied er plötzlich und ließ Jenny betäubt
und erschüttert zurück.

Nie war es ihr eingefallen, daß Erlau einer solchen Liebe fähig,
daß sie der Gegenstand derselben sein könne. Sie hatte ihn geistreich gefunden; seine fröhliche Laune, sein unerschöpflicher Humor
und besonders sein bedeutendes Talent hatten sie angezogen, und
sie konnte sich nicht verhehlen, daß er ihr vor ihrer Verlobung in
einer Weise begegnet sei, die ihr seine Neigung hätte verrathen

können, wenn sie damals auf irgend Jemand, außer auf Reinhard geachtet hätte. Erlau's Liebe zu ihr betrübte sie, und doch machte es ihr Freude, von ihm um jener Eigenschaften willen geliebt zu werden, welche sie selbst in sich als eine Quelle poetischen Genusses schätzte, und die Reinhard fast unbeachtet ließ. Sie hatte mit Erlau die sprudelnde Leichtigkeit des Geistes gemein, die Scherz und Ernst auf wundersame Weise zu mischen und das Leben wie ein fröhliches Spiel zu nehmen begehrt, dessen ernste Bedeutung sie trotzdem wohl verstand. Aus dieser gewohnten Denkart hatte ihr Verhältniß zu Reinhard sie gerissen, und so sehr sie Reinhard's Charakter ehrte, so erschreckte sie doch oft der strenge Ernst, den er selbst auf die unbedeutendsten Verhältnisse angewendet wissen wollte. Jetzt besonders, als sie angstvoll mit den Zweifeln gerungen, die der Uebertritt zum Christenthum in ihr hervorgerufen, hatte Erlau, ihre trübe Stimmung bemerkend, mit unermüdlicher Gefälligkeit täglich auf irgend eine kleine Zerstreuung für sie gedacht. Er sah sie leiden, er bemerkte, daß seine Gesellschaft ihr willkommen sei, und ohne die Quelle ihres Kummers entdecken zu wollen, war er glücklich, ihr Alles zu gewähren, was sie zu bedürfen schien. Je ernster er sie sah, um so mehr strebte er, sie mit sich auf die heitere Höhe des Daseins zu führen, auf die ihn seine poetische Seele und die Freiheit des wahren Künstlerlebens stellten. Seine Bemühungen waren nicht ohne Wirkung auf sie geblieben, nun sollte auch dieser Trost ihr genommen werden. Es war ihr, als ob mit Erlau der Genius ihrer fröhlichen Jugend von ihr scheide. Sie hatte ihn lieb gehabt, mehr, als sie es gewußt hatte, das fühlte sie in dieser Stunde. Ihm hatte sie sich gleich gefühlt und sich nie gescheut, sich ihm in aller Excentricität zu zeigen, zu welcher der Augenblick sie gerade hingerissen hatte. Er war dem erwachsenen Mädchen ein lieber treuer Spielgefährte gewesen, und wehmüthig schlug sie die Hände zusammen und sagte: Wie wird es still sein, ohne seine Fröhlichkeit! wie still und ernst!

Sie sah ihm lange nach, als er von dannen ging, ohne nach ihr zurückzuschauen, und sie sagte sich dann, als er ihrem Blick entschwunden war, von diesem Scheiden dürfe Niemand, auch Reinhard nichts erfahren. Es war Erlau's Geheimniß, nicht das ihre. Erlau besaß ihr Bild, das für Reinhard zu malen er unter immer neuen Vorwänden sich geweigert hatte. Sie hätte es ihm vielleicht nicht lassen dürfen; aber es zu fordern, hatte sie nicht den Muth, nicht die Besonnenheit gehabt. Daneben gönnte sie es ihm, und doch kam es ihr wie eine Untreue an Reinhard vor, daß sie schwieg, besonders, weil trotz aller Einwendungen ihres Gewissens, Erlau's stille Liebe ihr im Herzen heimlich wohlthat. Wie schroff stach gegen dieses Mannes selbstlos verschwiegene Liebe das Betragen ihrer nächsten Freundin ab!

Schon vor langer Zeit war Jenny der Eifer unangenehm gewesen, mit dem Therese immer gegen sie Partei genommen hatte, wenn sie in den gleichgültigsten Sachen von Reinhard's Meinung abwich. Es fiel ihr ein, daß sie sich einmal scherzend gegen Joseph darüber beschwert und dieser erwidert hatte, er halte Therese für neidisch, und rathe überhaupt davon ab, sie ganz in die Familie aufzunehmen. Das hatte Jenny mit tausend Gründen bestritten. Sie hatte damals den Vetter darauf hingewiesen, wie gutmüthig Therese stets gewesen sei, wie anhänglich und anspruchslos; sie hatte versichert, daß sie nie etwas Uebles von ihr glauben würde, und hatte dann lächelnd hinzugefügt: Sie ist doch gewissermaßen Reinhard und mir zu Hülfe gekommen, und hat mindestens dazu beigetragen, uns schneller in den Hafen des Brautstandes zu bringen; dafür ertrage ich ihre kleinen Schwächen, denn lieb hat sie uns Beide, Reinhard sowohl als mich.

An ihrer Liebe für Reinhard habe ich nie gezweifelt, hatte Joseph geantwortet, und so gleichgültig diese Bemerkung ihr damals erschienen war, so deutlich erinnerte sie sich jetzt der Absichtlichkeit, mit welcher er sie ausgesprochen. Tausend kleine Züge, welche sie früher nicht beachtet, fielen ihr jetzt ein, und erhoben die Vermuthung, die sich ihr heute aufgedrungen hatte, zur Gewißheit. Sie konnte sich es nicht verbergen: Therese hatte eine Neigung für Reinhard gefaßt, und mißgönnte ihr das Glück, von ihm geliebt zu werden. Sie muß fort, Therese darf nicht mit uns bleiben, das war Jenny's erster Gedanke. Dann dachte sie an die Reihe von Jahren, in denen sie Therese gekannt, an unzählige kleine Liebesdienste, welche sie sich gegenseitig erzeigt hatten; sie erinnerte sich, wie Therese lange Zeit ihr einziger Umgang gewesen, und daß erst, seit sie Reinhard und Clara kannte, jene so in den Hintergrund ihres Herzens getreten sei. Theresens Gesundheit war schwankend; Eduard, der ihr Arzt war, hatte gehofft, der Sommer auf dem Lande werde ihr gut thun, da sie im Hause seiner Eltern es nicht nöthig hatte, sich so angestrengt zu beschäftigen, als bei ihrer Mutter. Madame Meier hatte Theresens Gesellschaft gern; sie war ihr in mancher Hinsicht bequem, und es schien nicht unwahrscheinlich, daß Therese sich gern entschließen würde, als Gesellschafterin in dem reichen Hause zu bleiben, wenn Jenny nach ihrer Hochzeit aus demselben schied. Alle diese Rücksichten stimmten Jenny milder. Sie durfte hoffen, noch im Laufe des Jahres mit Reinhard verbunden zu werden, und einige Monate, meinte sie, gingen ja leicht vorüber. Mochte Therese immerhin sie auf das Land begleiten, wenn sie ihrem Bräutigam offen die Wahrheit bekannte, konnte für Niemand Gefahr daraus entstehen. Durfte sie, ohnehin die Glücklichere, der armen Therese aus kleinlicher Eifersucht eine Zuflucht in ihrem väterlichen Hause mißgönnen, in das sie auf Jenny's Bitten eingetreten war? Reinhard's Liebe konnte ihr ja nie geraubt werden und ihr festes Vertrauen zu derselben mußte ihm Freude machen.

Trotz dieser Gedanken, welche sich nach einander in Jenny entwickelten, konnte sie einer gewissen Beklommenheit nicht Herr werden. Erlau's und Theresens Bilder traten störend zwischen sie und Reinhard; und so sehr sie es sich zu verbergen strebte, sie fühlte ungeachtet ihrer guten Vorsätze einen Groll gegen Therese, wie sie ihn selbst an jenem Abend nicht empfunden hatte, an dem ihre Eifersucht Veranlassung zu ihrer Verlobung geworden war. Damals wußte Therese nicht, was Jenny für Reinhard fühlte; jetzt war es anders! Sie war erbittert gegen ihre Freundin. Nur die Furcht, zu zeigen, daß ihr Therese gefährlich scheine, hielt sie von Schritten gegen dieselbe zurück. Aber ihr Verlobter sollte und mußte Alles wissen, mußte heute noch erfahren, was Therese sei.

Reinhard kam eben die Straße herauf. Die kleine Skizze, welche für ihn bestimmt war, hatte Jenny bei Seite gelegt, weil in dem Augenblick Erlau's Andenken mit dieser Arbeit so innig verwebt war, daß sie eine Scheu empfand, sie ihrem Bräutigam mit diesen Empfindungen zu schenken. Des armen Erlau's thränenschweres Auge hatte auf dem Blatt geruht: nun sollte ihr Verlobter sich daran erfreuen? Unmöglich! Als Reinhard die Thür des Treibhauses öffnete, das den Saal von dem Balkon trennte, machte Jenny schnell die Mappe auf, zerriß das Blättchen und warf die Stücke in die lebhaft bewegte Luft, die sich derselben bemächtigte und in tändelnder Eile dem Strome zuführte, welcher am Garten vorüberrauschte.

Reinhard freute sich, seine Braut allein zu finden. Er theilte ihr einen Brief seiner Mutter mit, welche mit vieler Zärtlichkeit von Jenny sprach und die Zusicherung gab, bei der Taufe Jenny's nicht zu fehlen, die, um jedes Aufsehen zu vermeiden, auf dem Landsitz vollzogen werden sollte, sobald man sich dort wieder heimisch gemacht haben würde. Nach dieser Ceremonie mußte Reinhard verreisen, um mit seinem alten Onkel persönlich die Bedingungen wegen der Uebergabe seiner Stelle an ihn zu verabreden; und das ist, sagte Reinhard, dann endlich die letzte Schwierigkeit, die wir zu beseitigen haben, um an das Ziel zu gelangen. Nun steht uns voraussichtlich kein Hinderniß mehr entgegen.

Wer weiß? meinte Jenny. Wie? wenn ich nun plötzlich eifersüchtig würde und Dich nicht reisen ließe?

Jenny! könntest Du so süßer Thorheit fähig sein? antwortete Reinhard, ich fände Dich mit einer solchen nur noch liebenswürdiger, als je zuvor! Dann würdest Du es fühlen, wie sehnsüchtig ich danach verlange, Dich bald mein Eigenthum zu wissen, wie unglücklich mich die Galanterien, die Aufmerksamkeiten all der Männer machen, die Dich hier umschwärmen, und die, das fühle ich, mehr oder weniger ein wirkliches Interesse daran haben, Dir zu gefallen, Deine Gunst zu erwerben.

Das quält Dich, lieber Gustav? fragte Jenny. Was würdest Du denn beginnen, wenn nun Jemand, außer Dir, auf den närrischen Einfall käme, sich in mich alles Ernstes zu verlieben?

Wer wagt das? rief Reinhard, denn ich kenne Dich, Du scherzest nicht mit solchen Dingen; Du verbirgst mir etwas. Sage mir, was ist es? Treibe kein Spiel mit mir, für das ich keinen Sinn habe und das mich peinigt.

Jenny machte sich von Gustav's Arm, der sie umschlungen hatte, los und sagte, Steinheim's Manier nachäffend: Und erst gespießt und dann gehangen! So würdest Du doch über jeden Mann urtheilen, Du Grausamer, der so unglücklich wäre, Deine Neigung für mich begreiflich zu finden, während ich in nächster Nähe ein Wesen dulde, das – nun das vielleicht auch recht gern Frau Pfarrerin Reinhard würde; und ich bin so großmüthig, Dir das zu erzählen und ihr zu vergeben.

Wovon sprichst Du denn eigentlich? fragte Reinhard dringender; Du weißt, daß ich nicht geschickt zu solchen Scherzen bin, und es ist etwas in Deinem Auge, in Deiner ganzen Art, was mich Ernst in diesen Neckereien vermuthen läßt, darum sage mir, was hat sich denn ereignet?

Ereignet? wiederholte Jenny, und setzte sich wieder zu ihm nieder, ereignet hat sich eigentlich nichts; ich habe aber eine Entdeckung gemacht, die ich Dir vielleicht verhehlen würde, wärest Du nicht eben von Eitelkeit so fern, als ich von Eifersucht. Therese liebt Dich, des bin ich gewiß.

Unmöglich! rief der junge Mann.

Das finde ich nicht, antwortete Jenny, ich finde es im Gegentheil gar sehr natürlich und, wie ich aus Erfahrung weiß, sehr zu entschuldigen. Aber denke nicht daran, laß es uns Beide vergessen, und – ich glaube, nun ich es Dir gesagt habe, ich hätte es vielleicht nicht thun sollen, denn .....

Liebstes Herz, unterbrach Reinhard sie fröhlich, also doch! Du kannst auch eifersüchtig sein? So lieb hast Du mich? Wie soll ich nur Therese danken, daß sie mir zum zweiten Male solch unverhoffte Freude bereitet! Ich wollte wirklich, ich könnte ihr vergelten, denn das habe ich oft gemerkt, sie ist in ihrer verständigen überlegten Art mein bester Anwalt bei Dir. Sie hat Dich manchmal in so freundlicher Weise auf das Gute aufmerksam gemacht, das unsere künftige Stellung mit sich bringen wird, daß ich ihr von Herzen ein ähnliches Glück wünsche. Und sie hat ja in der That allen Anspruch, den Männern zu gefallen!

Findest Du? ich finde das durchaus nicht, wendete Jenny ein. Therese ist freilich auch noch jung, aber sie hat für mich ein gewisses Etwas, nenne es Pedanterie oder wie Du sonst willst, das mir mißfällt. Sie ist so altjüngferlich, so überlegt. Alles ist Absicht bei ihr und ich begreife im Gegentheil gar wohl, weshalb sie den Männern selten nur gefällt.

Reinhard zog Jenny an seine Brust und sagte lachend: Siehst Du, und ich begreife wieder, weshalb Männer, wie Steinheim, Erlau und die Andern, den Frauen gar nicht gefallen sollten. Aber Du hättest mir heute beim Abschied von der Stadt nichts Besseres geben können, als die Versicherung, daß Dir die arme Therese wirklich gar so sehr mißfällt. Laß es indeß nur gut sein – wenn meine kleine Braut nicht mehr neben ihr sein wird, um sie zu verdunkeln, findet wol irgend ein braver Mann die gute Therese nicht so unliebenswürdig, als sie Dir heute erscheint.

Er verlangte darauf zu wissen, wie Jenny zu der Vermuthung hinsichtlich Theresens gekommen sei, und obgleich seine Braut ihn wegen dieser Neugier neckte, konnte sie nicht umhin, ihm mehr zu erzählen, als eigentlich in ihrer Absicht gelegen hatte, nachdem sie gesehen, welch ein Interesse er daran nahm.

In Berghoff, dem prächtigen, am Meere gelegenen Landhause ihres Vaters, finden wir Jenny wieder. Clara war hinausgefahren, sie zu besuchen, und harrte mit bangem Herzklopfen der Ankunft Eduard's.

Sie hatte ihn noch nicht wiedergesehen, und war lange mit sich zu Rathe gegangen, wie und wann dies erste Begegnen vor sich gehen könne. Eduard war allerdings als Arzt bei ihrer Mutter gewesen, und hatte lange dort verweilt, in der Hoffnung, Clara werde endlich wieder für ihn sichtbar werden; aber sie war nicht erschienen. So resignirt sie sich fühlte, war sie doch ihrer Fassung nicht gewiß genug, um im Beisein ihrer Mutter Eduard zum ersten Male sprechen zu wollen, und endlich, als die Sehnsucht nach ihm immer reger wurde, benutzte sie ihr Versprechen, Jenny in Berghoff zu besuchen, in der Voraussetzung, daß Eduard den Abend dort zubringen und die Anwesenheit der ganzen Familie ihr eine ruhige Haltung möglich machen werde.

Clara's Eintritt erregte große Freude bei ihren Freunden, aber zugleich ein allgemeines Fragen nach ihrem Ergehen, denn man fand sie übel aussehend. Sie versicherte indessen, sich vollkommen wohl zu fühlen, und ging gleich zu einer allgemeinen Unterhaltung über. Der Vater, der anwesend war und sie mit mehr als gewöhnlicher Aufmerksamkeit behandelte, bot ihr dabei hilfreich seinen Beistand. Jenny aber täuschte das nicht, und sie benutzte die erste Gelegenheit, sich mit Clara zu entfernen, um wo möglich von ihr selbst zu erfahren, was seit jenem Abend im Garten, zwischen Eduard und ihrer Freundin vorgegangen sei, und ob sie den beiden, ihr so theuern Personen irgend Beistand oder Trost gewähren könne. Sie kannte William's Neigung für ihre Freundin, seine Werbung und die Scheu, mit der Clara an die Zeit seiner Rückkehr dachte, ohne daß eines der beiden Mädchen aus leicht begreiflicher Rücksicht jemals den Grund berührt hatte, der Clara dieser Verbindung abgeneigt machte. So lange Jenny ihre Freundin heiter und Eduard unverändert ruhig gesehen, hatte sie es für zudringlich gehalten, um dasjenige zu fragen, was man ihr verschwieg; nun sie aber Clara's bleiches Antlitz, ihres Bruders düstere Stimmung sah, konnte sie sich nicht länger überwinden. Mit aller ihr eigenthümlichen Lebhaftigkeit kniete sie vor Clara nieder und bat, indem sie sie mit beiden Armen umschlang: Sage mir, was ist geschehen? Warum hast Du so viel gelitten, daß Du bleich und traurig aussiehst? Was fehlt Eduard? Sage es mir, wenn Du mich genug liebst, mich mit Dir leiden zu lassen.

Du weißt es, antwortete Clara, aber gerade darum laß mich davon schweigen. Helfen kannst Du mir nicht, Niemand kann es, und das Einzige, was Du für mich thun sollst, ist, mich mit Eduard ein paar Minuten allein zu lassen, wenn er heute herauskommt. Willst Du mir das gewähren?

Jenny versprach es, und traurig saßen sie lange beisammen, bis der Hufschlag eines Pferdes die Ankunft eines Reiters verkündete und nach einer Pause banger Erwartung der Vater mit Eduard zu ihnen kam. Man sah es dem Doktor an, wie schwer er sich beherrschte, als er, Clara begrüßend, ihre Hand ergriff und küßte. In

Clara's Augen schwammen große Thränen, nur die Anwesenheit des Vaters hielt sie zurück, aber dieser schien von dem Allen Nichts zu sehen. Er hielt einen Brief in der Hand und gleichmäßig, wie immer, fragte er die Tochter, ob sie etwas von Erlau's Abreise gewußt hätte? Er melde sie Eduard in diesem Schreiben und nehme zugleich von allen seinen Freunden Abschied. Jenny verneinte es; der Vater aber sagte scherzend: der Brief ist wieder Erlau's treuestes Abbild; hört nur, wie er lautet: »An Eduard Meier, mit dem Befehl, es als Currende an das übrige Volk zu senden, das sich nach vierundzwanzig Stunden Abwesenheit eines Entfernten etwa noch erinnern sollte.«

»Lieber Doktor! ziehe Dein Taschentuch hervor und trockne Deine verwunderten und hoffentlich weinenden Augen, da Du erfährst, daß ich längst zum Thore hinaus bin, wenn ich Dir dies Lebewohl sage. Du kannst nicht behaupten, daß ich treulos desertire – die lange und langweilige Campagne eines norddeutschen, nebelgrauen Winters habe ich voll rührender Geduld und lobenswerther Theilnahme mit Euch durchgemacht; ich habe Eure steifgeschnürten, gebildeten Schönen tanzen gesehen, mich in hundert Gesellschaften gelangweilt und ruhig Eurem sogenannten vernünftigen Treiben und Wirken, Eurer Aesthetik und Politik, Euren Diners und Zweckessen, Euren Vereinen und all den tausend Narrheiten zugeschaut und, was noch mehr ist, ich habe meine rechte Hand im Zaume gehalten, die täglich sich in hundert Karrikaturen zu zeigen verlangte. Die Karrikatur aber ist ein Bastard der Kunst, ein unwürdiger Sohn, den die Mutter verleugnen muß, und zu dessen Vater ich mich und meinen ehrlichen Namen nicht hergeben mag. Wehe Euch! wenn Eure unverbesserliche Geschmacklosigkeit mich endlich dazu verleitet hätte, und Ihr waret nahe daran, mich auf diesen Irrweg zu führen. Darum fliehe ich Euch und wende meine Schritte nach jenen Gegenden, über denen ein blauer Himmel lacht, in denen man das Regieren den Fürsten und das Denken den Pfaffen überläßt, die dafür bezahlt werden und es doch nicht thun, und wo man keinen Gewerbschein zu lösen braucht, wenn man nichts verlangt, als ruhig in der Sonne zu liegen und sich der paradiesischen Wonne des *dolce far niente* zu befleißigen. – Von Euch und Eurem gepriesenen civilisirten Leben verlange ich gar nicht zu hören. Ihr sollt und könnt mir nicht schreiben, weil ich nicht weiß, wo ich sein werde, und, wenn ich es irgend vermeiden kann, meine schreibkundige Hand zu nichts brauchen will, als die Blüthen und Freuden zu pflücken, die mir am Wege winken. Erst wenn dieser Winter lange hinter mir liegen wird, soll der Pinsel die einzelnen Lichtstrahlen wiedergeben, die durch Eis und Schnee unvergeßlich in meine Seele drangen. Denn jede Nacht hat ihre Sterne; auch im nordischen Eise blitzen sonnenhelle Brillanten funkelnd hervor, das Auge zu erfreuen – aber zu beleben, zu erwärmen, das verschmähten sie leider. Und somit lebet wohl! Du lieber Eduard, die Deinen alle und Ihr übrigen Freunde; genießet des spärlichen Sonnenlichtes, das Euch geworden, wachset und gedeihet, Jeder auf seine Art, und wenn Ihr in Berghoff die Sonne untergehen und den Mond am Horizonte emporsteigen sehet, so betet mit mir, daß der Götter reichster Segen dies Fleckchen Erde, diese Oase in der Wüste, dies Thal beglücken möge, wo unter dem Schutze sorglicher Liebe die schöne Rose von Saron erblühte. Möge Apoll ihr und ihren Pflegern den süßen Duft lohnen, den sie in die Seele eines seiner Söhne gehaucht, sie, die allein ihn vor dem gänzlichen Erstarren in der traurigen Farblosigkeit Eures Landes beschützte. Nochmals lebet wohl!«

Da hast Du noch ein Abschiedscompliment, mein Kind! sagte der Vater, und zum Danke für dasselbe magst Du sorgen, daß der Brief nach Erlau's Wunsch den näheren Freunden des Hauses mitgetheilt werde. Uebrigens freut es mich um des jungen Mannes willen, daß er noch solch rascher Entschlüsse fähig ist; denn Italien wird ohne Frage ihm die Vollendung geben, für die er berufen ist. Gib mir jetzt den Brief, ich will ihn der Mutter und Theresen zeigen und ihnen die Abreise des liebenswürdigen Wildfangs anzeigen.

Ich komme mit Dir, rief Jenny, als ihr Vater, nachdem er, seinem Wunsche gemäß, Eduard über die Pein des ersten Wiedersehens fortgeholfen, sich entfernen wollte. Clara selbst hielt sie aber zurück, und sprach: Nein, liebe Jenny! bleibe nur, es ist besser so. Was Dein Bruder und ich uns zu sagen haben, braucht für Niemanden, am wenigsten für Dich ein Geheimniß zu sein.

Clara! rief Eduard, was soll diese erheuchelte Ruhe, die Sie peinigt und von der in diesem Augenblick meine Seele weit entfernt ist! O! das Glück, Sie endlich, endlich wiederzusehen, ist doch nicht im Stande, mich das Leid vergessen zu machen, das uns trifft!

Auch ich leide, erwiderte Clara mit bebender Stimme, aber wir müssen als Freunde mit einander zu tragen versuchen, was wir nicht zu ändern vermögen. Sie bleiben mir ja, sagte sie, und faßte Eduard's und Jenny's Hände, die sie vereint an ihr Herz drückte, und auch unsere Jenny wird uns bleiben, und so vieles Gute, und die Achtung vor uns selbst, und – die Liebe, setzte sie kaum hörbar noch hinzu. Sie muß uns genügen und erheben, schloß sie, und verbarg weinend ihr Gesicht an Jenny's Brust, die sich zärtlich und mit ihr weinend an sie schmiegte.

Eduard bog sich zu dem Mädchen nieder, machte seine Hand von Clara los und drückte einen langen Kuß auf ihre Stirn. Möge uns Friede werden! seufzte er, und stumm saßen sie lange beisammen. Endlich versuchte Eduard mit der Frage, ob Clara noch am Abende nach der Stadt zurückzukehren denke, das Gespräch anzuknüpfen.

Ja! antwortete sie, und ich zweifle, daß wir uns in den ersten Tagen sprechen werden, wenigstens hier in Berghoff nicht, da meine Mutter die Ankunft meines Vetters erwartet und – sie stockte, aber Eduard und Jenny erriethen das Fehlende.

Da stehen Dir schwere Tage bevor, sagte Jenny und blickte ängstlich Eduard an, der blaß geworden war und unwillkürlich ausrief: Auch das noch und schon jetzt!

Mein Onkel ist hergestellt, fuhr Clara fort, und ich wußte schon, als wir uns zuletzt sahen, daß mein Vetter wiederkehren werde. Ich wollte es Ihnen sagen, als ich herkam, aber ich versäumte es.

Und wieder entstand eine lange, drückende Pause, in der Niemand sprach, weil Jeder sich scheute von dem Gegenstande zu reden, der ihn allein beschäftigte. Eduard wollte irgend einen bestimmten Entschluß fassen; er wollte Clara beschwören, diese stumme Resignation aufzugeben, oder lieber ein Beisammensein zu vermeiden, das für ihn bitterer als jede Trennung sein mußte. Dazustehen vor der Geliebten, der er entsagen sollte, und sein Herz zu bezwingen, das fand Eduard unerträglich. So süß es seiner entstehenden Neigung geschienen, ohne Worte jede zarte Regung in dem geliebten Herzen zu verstehen, ehe das entscheidende Geständniß den Lippen entflohen war, so qualvoll dünkte ihn jetzt ein Zwang, der ihn zu leidender Unthätigkeit, zu peinlichem Erwarten des Kommenden verurtheilte; ihn, der bis jetzt allen Begegnissen seines Lebens rasch handelnd entgegengetreten war. Deshalb erschien ihm Reinhard, der, eben in Berghoff angelangt, seine Braut suchte, wie ein Erlöser aus drückenden Banden. Erst nachdem die ganze Familie beisammen und eine Stunde in Mittheilungen mancher Art vergangen war, konnten sich Eduard und Clara allmälig von den schmerzlichen Empfindungen befreien, die sie erduldet hatten, und zu des Vaters großer Genugthuung sich, wenn auch ohne wahre Theilnahme, in die Unterhaltung der Uebrigen mischen, bis endlich, von Eduard heiß ersehnt, die Trennungsstunde schlug. Und wieder geleitete er Clara zu ihrem Wagen, wie an dem letzten Abende, den sie in der Stadt zusammen verlebt; aber gegen den dumpfen

Gram, den Beide jetzt empfanden, mußte ihnen der Schmerz jener Stunde wie ein Glück erscheinen. Denn in jenem Schmerze lag noch Bewegung und Leben; heute aber fühlten sie die Entsagung wie ein Leichentuch über ihre Zukunft gebreitet und schieden wortlos, hoffnungslos.

Wie man verabredet hatte, sollte Jenny's Taufe nun in wenig Tagen vollzogen werden, und die Abfassung des nöthigen Glaubensbekenntnisses führte sie zu ernstlichem, erneuertem Nachdenken über diesen Punkt. Menschen von besonders lebhafter Phantasie ist es möglich und eigen, sich allmälig in einen bestimmten Ideenkreis hineinzudenken, ihn nach allen Richtungen hin mit Gründen auszustatten, und sich so ein Gebäude zu errichten, das den Schein der Festigkeit und Vollendung an sich trägt, ohne irgend eine wirkliche Basis in der Ueberzeugung Desjenigen zu haben, der es aufgeführt. Wie der Dichter, namentlich in seiner Jugend, die Geschöpfe seines Geistes kaum von den um ihn her lebenden Menschen zu unterscheiden vermag; wie Kinder sich spielend so fest in die erfundenen Verhältnisse ihrer Puppen hineindenken, daß sie unwillkürlich Erfundenes und Wirkliches vermischen und nicht mehr trennen können, so ging es in gewisser Art Jenny mit ihrer religiösen Erkenntniß. Nachdem sie vergebens versucht, die Symbole des Christenthums mit dem Verstande zu erfassen, bemächtigte sich einst plötzlich ihre Einbildungskraft derselben, und sie wurde mit Ueberraschung gewahr, daß sie Vieles sich denken und in seinen Folgen und in seiner Veranlassung ausmalen, ja es bis zu einer deutlichen Vorstellung in sich ausbilden könne, woran ihr der Glaube fehlte. Christus, der eingeborne, gekreuzigte und wieder auferstandene Sohn Gottes, wurde für sie zu einer so festen Gestalt in seinen Wundern, wie es ihr früher irgend ein Gott des Olymps gewesen, wie es ihr noch jetzt Goethe's göttlicher Mahadö war, der die sich opfernde Geliebte mit sich verklärt aus den Flammen emporhebt. Sowie sie, trotz der historischen Kenntniß des mittelaltrigen Johann Faust, diesen gänzlich in der unsterblichen Gestalt des Goetheschen Faust verloren hatte, weil der Letztere allein ihr durch die poetische Schönheit des Gedankens als wirklich erschien, so bildete sie aus dem Menschen Jesus, den die Apostel beschrieben, jenen mystischen Christus in sich aus, wie ihn die spätern christlichen Philosophen als Theil der Dreieinigkeit dachten. Sie wähnte, als diese Erscheinung in einer bestimmten Form in ihr lebte, endlich an Christus und seine Wunder zu glauben, in dem Sinne, den Reinhard verlangte, so daß sie mit vollem Vertrauen von sich zu behaupten wagte, jetzt sei ihr nicht blos die christliche Moral, sondern die Menschwerdung Christi zu einer vollkommenen Wahrheit geworden. Wie bei allen Trugschlüssen stimmte plötzlich Alles zu ihren Ideen, nachdem sie willkürlich einen Anfangspunkt für ihr System gefunden hatte, den sie als richtig annahm, obgleich er es in der That nicht war. Die sichere Ruhe, mit der sie sich hinterging, täuschte auch Reinhard und den sie unterrichtenden Pastor, obgleich der Letztere über eine so unerwartete Veränderung der Ansichten bei seiner Schülerin sehr überrascht zu sein schien.

Dazu kam, daß seit einigen Wochen Clara und Eduard ihre Theilnahme in Anspruch nahmen, während zugleich die Entdeckung von Theresens Liebe für Reinhard und Erlau's unerwartetes Geständniß sie vielfach beschäftigt und ihre Gedanken von den Forschungen über das Christenthum abgezogen hatten, bis der für die Taufe festgesetzte Termin herannahte und sie wieder darauf hinlenkte. Als sie nun jenes Glaubensbekenntniß niederschreiben wollte, das sich eigentlich streng an die im »Glauben« enthaltenen Dogmen binden mußte; als sie ihr Nachdenken fest auf den Punkt richtete, fing das Luftgebäude ihrer künstlichen Ueberzeugung zu schwanken an, und die Schöpfung einer regen Phantasie zerfloß vor dem festen Blick ihres Verstandes in ein Nichts. Sie bemerkte das mit Schrecken. Sie hatte Ruhe und Heiterkeit gewonnen durch die Täuschung, der sie sich unbewußt hingegeben; was frommte ihr eine Einsicht, die ihr Beides schonungslos raubte, die sie in das alte Chaos des Zweifels stürzte und, wenn sie wahr sein wollte, sie von Reinhard trennte, weil ihr Uebertritt zum Christenthum bei diesen Zweifeln zu einer Lüge wurde? Vergebens wollte sie die Vorstellungen in sich zurückrufen, die ihr vor wenig Stunden geläufig und klar gewesen waren; es gelang ihr nicht. Ebenso wie es dem Erwachsenen nicht gelingt, jene Empfindung in sich hervorzuzaubern, die wir als Kinder alle haben, wenn wir im Wagen dahinfahrend wähnen, Bäume und Häuser an uns vorüberfliegen zu sehen, während wir stille stehn. Wenn uns erst einmal das Gegentheil unumstößlich bewiesen worden, kann selbst unser fester Wille das Trugbild nicht mehr erzeugen. Einen Moment lang mag man hoffen, sich gegen die Wahrheit verblenden, eine liebgewordene Täuschung in sich festhalten zu können – die Wahrheit siegt doch immer. Es ist ihr Prüfstein, daß sie siegen muß, und auch Jenny sträubte sich jetzt vergebens gegen die Gewalt der Wahrheit.

Die Ueberzeugung, daß der Geist des Christenthums die Hauptsache in demselben sei, war es allein, die ihr einen Ausweg für ihre Besorgnisse zeigte, einen Ausweg, vor dem ihre Redlichkeit

sich scheute. Was aber sollte sie thun? Jetzt, nachdem sie unaufhörlich ihren Glauben an die christlichen Dogmen behauptet hatte,
plötzlich erklären, sie habe sich getäuscht und sie könne nichts
davon glauben? Das hätte sie eigentlich am liebsten gethan, aber
würde man nicht an der Unfreiwilligkeit dieser Täuschung zweifeln,
und annehmen, sie habe bis jetzt gegen ihre Ansicht etwas behauptet, um ihren Zweck zu erreichen, was zu beschwören ihr der Muth
fehle? Vor Reinhard und ihrem Vater, vor Eduard in diesem
Lichte zu erscheinen, brachte sie zur Verzweiflung, abgesehen selbst
von der Trennung von dem Geliebten, die unvermeidlich wurde,
wenn sie sich weigerte, Christin zu werden. Sie schauderte vor der
Wahl zwischen der Wahrheit und der Liebe; sie fühlte, daß Alle
sie bedauern, Alle mit ihr leiden würden, falls sie sich wirklich
entschließen müßte, den Geliebten ihrer Ueberzeugung zu opfern.
Alle würden es beklagen, selbst Joseph, der sie ungern Christin
werden sah, und Erlau, der sie liebte – Alle – nur Therese nicht.
Therese allein konnte sich darüber freuen, und wie sie dieselbe
jetzt zu kennen glaubte, würde Therese eigensüchtig genug sein,
auf den Trümmern von Jenny's Liebesglück sich eifrig ihr bürgerliches Wohnhaus zu begründen. Das sollte und durfte aber nicht
geschehen; Therese sollte nicht ernten, wo Jenny mit ihrem Herz-
blute gesäet hatte, und wieder und immer wieder ging sie daran,
Alles durchzudenken, was ihr je von religiösen Ansichten bekannt
geworden war, bis sie entschieden zu der Ueberzeugung gelangte,
die Dogmen als eine Nebensache zu betrachten und, um Reinhard's
Meinung zu schonen, endlich ein Glaubensbekenntniß zu Stande
brachte, das in Spitzfindigkeit dem ältesten Jesuiten Ehre gemacht
hätte. Mit großem Geschick hatte sie vermieden, jener Lehren von
der Kindschaft Christi, der Erlösung durch seinen Tod und der
damit gegebenen Genugthuung zu erwähnen, ohne irgend Zweifel
an ihrem Glauben bei Reinhard dadurch zu veranlassen, der sich
ganz einverstanden mit dem Glaubensbekenntnisse erklärte, als
Jenny es mit innerster Beschämung vorlegte. Des Geliebten Beifall,
seine Freude über ihre Erkenntniß demüthigten sie und machten
sie vor sich selbst erröthen. Er liebte sie, er freute sich über sie,
während sie ihn in Dem betrog, was ihm das Heiligste war. Sie
sagte sich, daß sie Reinhard's Vertrauen unwürdig hintergehe; sie
hätte ihm gern die Wahrheit gestanden, wenn er nur gleich ihr
dem Gedanken Raum gegeben hätte, daß man an Christus auf
verschiedene Weise glauben, und doch einander lieben und glücklich mit einander sein könne. Sie begriff es nicht, wie der sonst so
freisinnige Mann nur in diesem Einen Punkte von so unerbittlicher

Strenge sein konnte. Was that es ihrer Liebe oder ihrem häuslichen Glücke, wenn Jenny den Gekreuzigten für den ersten unter den Menschen, statt für Gott hielt, so lange sie nur seine Lehren befolgte? Indessen führten alle diese Gedanken sie doch nur immer auf den einen Punkt zurück, daß Reinhard es nimmer zugeben würde, sie Christin werden zu lassen, wenn sie ihm die Wahrheit bekenne: daß sie ihn verliere, wenn sie es nicht werde. Das machte sie verzagt, und diese Kämpfe ermüdeten sie so sehr, daß sie aus Schwäche Muth zu einer Trennung von dem Geliebten fühlte, wie Feiglinge zu Selbstmördern werden würden, wenn im Moment der Entscheidung nicht eben ihre Feigheit sie von der That zurückhielte.

Jenny wußte sich keinen Rath in der Verwirrung ihres Sinnes. Von Natur offen und mittheilend, sah sie sich theils durch die Verhältnisse, theils durch ihre eigene Schuld in ein Gewebe von Heimlichkeiten und Täuschungen verstrickt, das sie in ihren eigenen Augen erniedrigte. Clara's ruhige, ergebene Entsagung leuchtete ihr als Beispiel vor; sie wollte nicht kleiner sein als ihre Freundin, denn auch sie war sich bewußt, das Unvermeidliche würdig tragen und eher das Glück, als die Achtung vor sich selbst entbehren zu können. Wie würde es sein, fragte sie sich also immer wieder, wenn ich vor Reinhard hinträte und ihm erklärte: Ich liebe Dich mehr, als Du es weißt, ich hatte meine ganze Zukunft an Dich geknüpft; aber Christin nach Deinem Sinne kann ich nie werden, darum muß ich auf das Glück verzichten, auf das ich mit Dir hoffte. Therese liebt Dich, sie glaubt wie Du an Christus, möge sie Dir ein Glück gewähren, das Du aus den Händen einer Jüdin nicht annehmen darfst. Aber schon bei dieser innerlich gehaltenen Rede zerfloß die Aermste in Thränen, trotz der Großmuth, welche sie gegen ihre Nebenbuhlerin auszuüben dachte. Sie stellte sich den Kummer vor, in dem sie die schönsten Jahre ihres Lebens fern von Reinhard vertrauern würde, sie sah ihn an Theresens Seite glücklich, sah sich von ihm vergessen, und noch heißer und bitterer flossen ihre Thränen. Was würden ihre Eltern sagen? Was würde man in den Kreisen ihrer Bekannten von ihr denken? Welch' widersprechende, tadelnde und nachtheilige Gerüchte könnten sich über sie verbreiten! Während sie ihr höchstes Glück einer religiösen Ueberzeugung mit blutendem Herzen opferte, würden Neid und böser Wille sich in die innersten Verhältnisse ihres Lebens drängen, und Gründe zu dieser Handlung suchen, von denen keine Spur in ihrer Seele war. Könnte nicht selbst Therese bereit sein, Reinhard zu beweisen, daß Mangel an Liebe zu ihm, oder die Furcht vor seinen beschränkten Verhältnissen und dem Leben in ländlicher Zurückgezogenheit, sie zur Lösung dieses Bündnisses veranlasse, und daß sie die Religion nur zum Deckmantel gebrauche? Jenny sah Reinhard vor sich, sie sah, wie er mit Verachtung auf sie blickte, wie er sie von sich stieß, er, der sie einst geliebt, an dem sie stets mit warmer Neigung gehangen, und trotz aller innern Kämpfe, trotz der warnenden Stimme ihres Gewissens ließ sie die Taufe für eine bestimmte Stunde ansetzen, und beschloß, durch jenes erkünstelte Glaubensbekenntniß, das sie beschwören konnte, ohne gerade einen Meineid zu begehen, sich unauflöslich mit Reinhard zu verbinden, weil sie sich vor den Leiden fürchtete, die eine Trennung von ihrem Geliebten nothwendig für sie zur Folge haben mußte.

Reinhard, seine Mutter und Clara sollten die Zeugen bei Jenny's Taufe sein, und die Pfarrerin war zu diesem Zwecke nach Berghoff gekommen, wo sie ein paar Wochen zu bleiben versprochen hatte. Auch Reinhard machte sich frei von seinen Geschäften in der Stadt, um diese Zeit ganz mit seiner Braut zu verleben, da er, wie schon gesagt, gleich nach der Taufe mit seiner Mutter zu seinem alten Onkel fahren und dort verweilen wollte, bis die Entscheidung über seine Anstellung definitiv erfolgt sein würde. Obgleich nur ein paar Monate seit der Abreise der Pfarrerin verflossen waren, fand sie das Verhältniß ihres Sohnes zu Jenny wesentlich verändert und fast umgekehrt. Reinhard's Eifersucht hatte sich gelegt, da Erlau dieselbe nicht mehr erregte; mit den äußern Verhältnissen seiner Zukunft, mit dem Reichthum seiner Braut hatte er sich ausgesöhnt, je mehr er sich überzeugte, daß die ganze Familie denselben zwar in seinem Werthe begriff, aber doch nicht überschätzte oder damit absichtlich prunkte; und da nun auch Jenny's religiöse Erkenntnisse sich seinen Ansichten angeschlossen hatten, war er vollkommen glücklich, und zu jener innern Zufriedenheit gelangt, die ihn seit seiner Verlobung geflohen hatte. Diese innere Ruhe machte ihn heiter, nachgebender und mittheilender, als er es jemals gewesen war. Er hatte tausend Aufmerksamkeiten für Jenny's Eltern, behandelte Eduard mit der zartesten Sorgfalt, da er ihn über einen Verlust trösten wollte, dessen Größe er mit ihm empfand, ohne daß Jener irgend über seine Liebe oder seinen Gram mit ihm gesprochen hatte. Mit Jenny unabläßlich beschäftigt, war er es jetzt, der sich an jeder Kleinigkeit erfreuen und bei jedem Begebniß eine fröhliche, scherzhafte Seite hervorheben konnte. Selbst Theresens Neigung für ihn diente, so sehr er es auch verheimlichen wollte, nur dazu, sein Glück zu erhöhen, indem sie seiner Eitelkeit, deren er sich kaum bewußt war, schmeichelte und ihm in Jenny's Eifersucht einen ihm wohlthuenden Beweis ihrer Liebe gab. Er fühlte sich in gewisser Weise Theresen dafür verpflichtet, behandelte sie mit freundlicher Zuvorkommenheit, und in dem täglichen Beisammensein mit ihr stellte sich ein zutraulich bequemes Verhältniß zwischen ihnen her, das aber von Theresens Seite an Unbefangenheit verlor, je ruhiger Reinhard sich demselben überließ.

Mit Freuden hatte die Pfarrerin die Verwandlung bemerkt, welche die Stimmung ihres Sohnes erlitten hatte, aber um so räthselhafter erschien ihr Jenny. Ein düstrer Ernst, eine krankhafte Reizbarkeit hatten sich ihrer bemächtigt, und besonders hatte Therese von der Letztern in einem Grade zu leiden, der der Pfarrerin mißfiel. Jenny's Liebe zu ihrem Bräutigam schien äußerst lebhaft, sie konnte sich keinen Augenblick von ihm trennen; sie war unruhig, wenn sie ihn nicht sah, und doch vermißte das scharfe Auge der Pfarrerin in Jenny's Liebe jene innige Hingebung, welche sie früher für Reinhard gezeigt hatte. Es lag ein Etwas in ihrem Betragen, in ihrer ganzen Art, das ihr unheimlich, ja fast dämonisch vorkam, und wovon sie sich doch keine bestimmte Rechenschaft geben konnte, um so weniger, als Jenny von einem unersättlichen Hang zu immer neuen Zerstreuungen erfüllt schien, der Niemanden in ihrer Umgebung zur Ruhe kommen ließ.

Fahrten zu Wasser und zu Lande, Besuche in der Nachbarschaft und stundenlange Spazierritte wechselten schnell mit einander ab, ohne daß Jenny, die eifrig darnach verlangte, Genuß darin zu finden schien. Reinhard liebte die Natur und jede Art von Bewegung im Freien, deshalb ließ er sich gern bereitwillig finden zu jedem Vorschlag der Art, welchen Jenny machte, bis auch ihm endlich ihre fieberhafte Unruhe auffiel, die nicht eher nachließ, bis sie körperlich ganz erschöpft zusammenbrach und dann stundenlang in vollkommener Abspannung und weichster Stimmung verharrte. Bat er sie, von dieser anstrengenden Lebensweise abzustehen, sich Ruhe und Erholung zu gönnen, so riß sie sich gewaltsam aus der Apathie empor, versicherte, weder krank noch ermüdet zu sein, und bestand darauf, diesen letzten Sommer in Berghoff mit Reinhard, wie sie es nannte, noch recht in Eile zu genießen.

Gegen dies wilde Treiben, das zuletzt Jenny's Mutter ebenso beunruhigte, als die Pfarrerin, erschien Theresens stille, häusliche Thätigkeit um so wohlthuender. Sie hatte allmälig sich fast des ganzen häuslichen Regimentes bemächtigt und wußte für Jeden mit Sicherheit das Bequeme und Angenehme zu verschaffen, ohne daß man es von ihr verlangt hatte. Dadurch machte sie sich namentlich den älteren Personen unentbehrlich, und auch Reinhard konnte nicht umhin, ihr lobend zu gestehen, daß sie ein seltenes Talent besitze, die Wünsche ihrer Umgebung zu errathen und zu befriedigen. Je mehr durch Gewöhnung auch für ihn die Bequemlichkeit des Lebens an Reiz gewann, um so angenehmer erschien ihm die Weise, mit der Therese vorzusorgen wußte. Jenny's Aeußerung, daß Therese sich Liebe erkoche und erwirthschafte, begegnete daher allgemeinem Tadel, wie überhaupt ihr Verhältniß zu ihrer Freundin der Pfarrerin immer mehr mißfiel und Allen ein Räthsel dünkte, Reinhard ausgenommen, der diese ungewohnte Härte in Jenny's Charakter nur zu leicht und gern entschuldigte.

Nach Jenny's früher geäußertem Wunsche sollte auch Therese unter ihren Taufzeugen sein, doch schien sie diesen oft besprochenen Vorsatz jetzt ganz plötzlich aufgegeben zu haben. Sie erklärte, als die Pfarrerin sie deshalb zur Rede stellte und ihr bemerklich machte, wie diese Zurücksetzung für Therese empfindlich sein müsse: Es thäte ihr leid, aber sie könne sich nicht entschließen, es wäre ihr unmöglich, sie dazu aufzufordern. Diese entschiedene Aeußerung veranlaßte die Pfarrerin, weiter in Jenny zu dringen, sie konnte jedoch keine nähere Erklärung von ihr erlangen. Jenny behauptete, ohne Gründe anzugeben, sie habe sich in Therese geirrt, sie fühle eine wachsende Abneigung gegen sie, und könne dieselbe nicht überwinden. Als zufällig eben während dieser Unterredung Therese mit einer Anfrage von Jenny's Mutter hinzukam und mit einer heftigen, kurzen Antwort von Jenny abgefertigt wurde, die gleich darauf das Zimmer verließ, benutzte die Pfarrerin die Gelegenheit, mit Theresen einmal darüber zu sprechen, ob sie vielleicht den Grund zu Jenny's gereizter, launenhafter Stimmung kenne?

Therese verneinte es. Ich weiß nur das Eine, sagte sie, daß ich ihr Betragen gegen mich nicht verdient habe, und ich würde es nicht ertragen, wenn mich das Andenken an unser früheres Verhältniß nicht nachsichtig gegen sie machte.

Und wissen Sie denn nicht, liebes Kind, seit wann diese Verstimmung sich Jenny's bemächtigt hat? Man könnte vielleicht irgend Etwas zu ihrer Beruhigung thun, wenn man die Veranlassung dazu kennte.

So wie Sie Jenny jetzt sehen, liebe Frau Pfarrerin, ist sie seit wir in Berghoff sind, antwortete Therese, und allerdings habe ich eine Vermuthung darüber, die ich Ihnen mittheilen möchte, wenn Sie mir heilig versprechen wollen, gegen Jeden, besonders aber gegen Ihren Sohn darüber zu schweigen.

Die Pfarrerin zauderte einen Augenblick, dann bat sie Therese, diese Mittheilung lieber zu unterlassen, wenn sie nicht wirklich nöthig zu Jenny's Glück, zu ihrer Herstellung sei.

Ich bin in einer sonderbaren Lage, antwortete Therese, und weiß selbst nicht, ob es nicht meine Pflicht ist, ein Geheimniß zu verrathen, zu dessen Kenntniß ich nur zufällig gelangte; denn noch dürfte es Zeit sein, ein Unheil zu vermeiden, das meinen theuersten Freunden droht.

Die Pfarrerin wurde unruhig, und Therese fuhr fort: Den Abend, ehe wir nach Berghoff zogen, zeichnete Jenny mit Erlau auf dem Balkon vor dem Treibhause eine Ansicht der Gegend, welche sie für ihren Bräutigam bestimmte. Sie war Anfangs ganz heiter; Steinheim war auch mit ihnen, und Jenny rief mich ebenfalls herbei, um mir ihre Arbeit zu zeigen und mich an der Unterhaltung Theil nehmen zu lassen. Diese nahm, wie gewöhnlich, wenn jene Drei ohne Reinhard beisammen waren, eine ziemlich fade Wendung. Das Gespräch langweilte mich, so daß ich Jenny aufmerksam machte, wie wenig dieses Geplauder und Geschwätz ihrem Bräutigam behagen würde. Darüber wurde sie verdrießlich und heftig, und so ist es seit jenem Tage geblieben.

Aber mein Kind, sagte die Pfarrerin im Tone des Vorwurfs, Sie können doch kaum annehmen, daß ein so geringer Tadel Jenny's ganzes Wesen, ihr ganzes Verhältniß zu Ihnen so vollkommen verändern könne, besonders da sie sonst Tadel von Jedermann mit großer Freundlichkeit zu ertragen pflegte, was mir an ihr stets angenehm aufgefallen ist.

O, Gott bewahre! das glaube ich auch nicht, erwiderte Therese, ich halte es nur für begreiflich, daß ihre üble Laune sich gerade gegen mich richtet, weil wir zufällig jenen kleinen Streit in einer Stunde hatten, die außerdem von entschieden traurigen Folgen für Jenny war.

Therese, unterbrach die Pfarrerin sie sehr ernsthaft, Ihre halben Reden scheinen mir ein Geheimniß mittheilen zu wollen, das Sie vielleicht verschweigen sollten. Sie sind aber bereits zu weit gegangen, und ich muß Sie bitten, mir nun die volle Wahrheit zu enthüllen, damit ich selbst entscheide, was wir für Jenny, die ich als meine Tochter liebe, thun können und müssen.

Therese schien zu schwanken, dann aber sagte sie rasch und mit großer Bestimmtheit: Nun denn, Frau Pfarrerin! Ich glaube, Erlau's Abreise ist die Veranlassung zu der vollkommenen Veränderung, welche mit Jenny vorgegangen ist.

Das wäre ein großes Unglück, rief die alte Dame erschreckt. Aber was bringt Sie auf diese Vermuthung?

Eine bloße Vermuthung hätte ich Ihnen nicht mitgetheilt, antwortete Therese, ich habe die feste Ueberzeugung, daß es so ist. Nachdem Steinheim den Balkon verlassen hatte, hörte ich, denn ich war im Treibhause beschäftigt, Erlau lebhaft mit Jenny sprechen, und obgleich ich weder Alles verstehen konnte noch wollte, vernahm ich, daß Erlau ihr seine Liebe gestand und ihr zugleich Lebewohl sagte, weil er ohne Hoffnung in ihrer Nähe nicht leben könne. Den nächsten Tag war er abgereist, und als sein Abschiedsbrief uns gebracht wurde, behauptete Jenny, die man darum fragte, von seiner Reise ebenso wenig gewußt zu haben, als wir. Trotzdem hat sie ihm wahrscheinlich das für Reinhard bestimmte Bildchen zum Andenken geschenkt, denn ich habe es seit dem Abend nicht mehr gesehen, und es ist auch nie wieder die Rede davon gewesen. Am nächsten Tage zogen wir hieher und seitdem ist Jenny's traurige Stimmung, wie Sie selbst wissen, im Zunehmen begriffen.

Die Pfarrerin schwieg lange Zeit und schien mit sich selbst zu Rathe zu gehen, dann sprach sie: Gott verhüte, daß Ihre Behauptung wahr sei! Ich kann nicht glauben, daß Jenny sich so vollkommen über ihre Gefühle getäuscht haben könne, und bin ebenso fest von ihrer Liebe zu Reinhard überzeugt, als von der seinen für sie. Indeß ist leider unser Herz tausend befremdlichen Eindrücken zugänglich, und es ist nicht unmöglich, daß sich irgend ein Widerstreit von Gefühlen in der Seele der armen Jenny erhoben hat, den sie mit ihrer leidenschaftlichen Weise gewaltsam bekämpfen will und hoffentlich bekämpfen wird. Es ist denkbar, daß ihre Unruhe dadurch entstanden ist, und ich danke Ihnen für das Geständniß, das Sie mir gemacht haben, wie für die Geduld, mit der Sie die Unfreundlichkeit des armen Mädchens ertragen. Nur Eins muß ich Ihnen wie die heiligste Pflicht an's Herz legen: Lassen Sie weder Jenny, noch meinen Sohn es ahnen, daß Sie irgend eine Vermuthung der Art hegen.

Wie können Sie das nur glauben? fragte Therese. Rechnen Sie fest auf meine Verschwiegenheit, um so mehr, als auch Ihres Sohnes Glück davon abhängt, dem ich lebenslang für so Großes verpflichtet bin und für den kein Opfer mir zu schwer fallen sollte.

Die Pfarrerin umarmte sie gerührt. Sie versicherte sie, wie sie ihre Achtung in hohem Grade gewonnen habe, und wie sehr sie ihr die Schonung Dank wisse, mit der sie Jenny behandle. Lassen Sie uns vereint, sprach sie, dahin wirken, Jenny mit sich selbst wieder auszusöhnen und ihr das Glück zu erhalten, das sie und mein Sohn von der Zukunft erwarten. Unsere innigste Anerkennung wird es Ihnen danken, und wenn Sie sich wirklich meinem Sohne verpflichtet fühlen, tragen Sie ihm Ihren Dank jetzt in einer Weise ab, welche ihn für immer zu Ihrem Schuldner macht.

Therese versprach Alles und sie schieden mit den herzlichsten gegenseitigen Versicherungen.

Wie weit Therese bei dieser Unterredung sich selbst über die Beweggründe ihrer Handlungen getäuscht hatte, wie weit sie absichtlich dabei zu Werke gegangen, möchte schwer zu entscheiden sein. Ob sie wirklich an Jenny's Liebe für Reinhard zweifelte, an eine Neigung für Erlau glaubte, ob nur der Wunsch, Reinhard und Jenny vor Reue zu bewahren, allein sie antrieb, der Pfarrerin jenen Bericht zu erstatten, das lassen wir dahingestellt sein. Jedenfalls aber war sie sich der eigensüchtigen Motive, die zweifelsohne in ihrer Seele sich regten, nicht deutlich bewußt, so daß sie die Lobsprüche der Pfarrerin mit ruhigem Gewissen annahm und sich Jenny gegenüber in einer stillen Größe erschien, welche es ihr leichter machte, sich fügsam und nachgebend gegen sie zu betragen.

Ihrem Vorsatz getreu, schwieg die Pfarrerin gänzlich über die Entdeckung, welche Therese ihr gemacht hatte. Jenny that ihr leid, und doch zürnte sie ihr, weil sie nicht daran zweifelte, daß Erlau wirklich einen Eindruck auf Jenny's bewegliche Phantasie gemacht und sie verleitet haben könnte, Reinhard untreu zu werden, wäre Erlau selbst ihr nicht zur rechten Zeit zu Hülfe gekommen. So lieb sie ihre künftige Schwiegertochter hatte, konnte sie sich doch nicht verbergen, was sie stets gedacht und früher auch gegen ihren Sohn geäußert hatte, daß eine Frau mit so unruhigem Geiste, mit solch beweglichen Leidenschaften viel weniger zu Hoffnungen auf ein ruhiges eheliches Glück berechtigte, als z.B. ein Mädchen von Theresens soliden, wenn auch weniger glänzenden Eigenschaften. Sie zitterte bei dem Gedanken, ihr Sohn könne durch irgend einen Zufall von der Neigung seiner Braut für Erlau unterrichtet werden, und fühlte sich sehr beruhigt, als endlich der für die Taufe bestimmte Tag gekommen war und sie die Aussicht hatte, nun mit ihrem Sohne Berghoff auf einige Monate zu verlassen. In dieser Zeit, so hoffte sie, würde Jenny zur Ruhe kommen, ohne daß Reinhard etwas von dem Kampfe in ihrem Herzen zu erfahren brauchte.

Die Eltern beide, Eduard, Joseph, die Pfarrerin, Therese und Clara waren in ernster Haltung in einem Zimmer beisammen, in das freundlich die Strahlen der untergehenden Sonne hineinfielen. Ein runder, mit schwerem Teppich behangener Tisch, auf dem ein silbernes Becken in silberner Schale stand, nahm die Mitte desselben ein. Neben diesem einfach hergerichteten Hausaltar stand Jenny's Lehrer, der würdige Pastor, und erwartete, gleich den Uebrigen, den Eintritt seiner Schülerin. Sie hatte gewünscht, die letzten Stunden vor ihrer Taufe ganz allein zu bleiben, und ihren Bräutigam ersucht, sie erst rufen zu kommen, wenn Alles zu der feierlichen Handlung bereit sein würde.

Nun trat sie an Reinhard's Arm in das Zimmer und Allen fiel die Blässe ihrer schönen Züge auf, als sie sich in die Nähe des Pastors stellte und Reinhard zurücktrat. Nach einer kurzen Anrede des Geistlichen sprach Jenny ihr Glaubensbekenntniß und empfing die Taufe. Sie schien sehr ergriffen zu sein, als das Taufwasser ihre bleiche Stirn berührte. Aber keine Thräne war in ihr Auge gekommen, keine Muskel ihres Gesichtes hatte gezuckt, und nur der bebende Ton der Stimme hatte, während sie das Glaubensbekenntniß ablegte, der Herrschaft ihres festen Willens Trotz geboten.

Jetzt war die kurze Ceremonie vorüber; Jenny war Christin geworden. Mit wahrer Innigkeit zog Reinhard die Geliebte an sein Herz und Thränen der reinsten Freude glänzten in seinen Augen. Doch nur einen kurzen Moment ruhte sie, wie um sich zu erholen und Kraft zu gewinnen, an seiner Brust; dann flog sie, von einem innern Impuls getrieben, zu ihrer Mutter und sank, bitterlich weinend, ihr in die Arme.

Es wäre vielleicht für einen ruhigen Beobachter anziehend gewesen, hätte er während der Taufe in den Seelen der anwesenden Personen die verschiedenen Gefühle zu lesen vermocht, von denen sie bewegt wurden. Jenny's Mutter weinte, weil es ihr vorkam, als trete durch die Taufe ein fremdes Element zwischen sie und ihre Tochter. Eduard und Clara, welche einander gegenüber standen, waren in schmerzliche Gedanken vertieft, und wenn ihre Blicke sich zufällig trafen, wandten sie dieselben schnell von einander ab, als fürchteten sie, die ernste Feier durch die beredte Sprache ihrer Augen zu entweihen. Die Pfarrerin dankte Gott, daß es endlich so weit gediehen sei, und betete inbrünstig, der Herr möge nun auch ferner dies Paar beschützen und alles Störende, das ihnen noch in der nächsten Zukunft drohen könne, gnädig an ihnen vorüberführen. Dieses innere Gebet verhinderte sie, Theresens Unruhe zu bemerken, die keinen Blick von Reinhard und seiner Braut abwendete und, fast ebenso bleich als diese, mit Gewalt in Jenny's Seele lesen zu wollen schien. Joseph aber entging dies ängstliche Spähen Theresens nicht, das ihn ebenso wenig, als Jenny's qualvolle Aufregung befremdete. Er sah finster auf die Scene vor seinen Augen, als auf etwas, das er lange erwartet hatte; nur als Reinhard nach der Taufe die Braut in seine Arme schloß, fuhr er mit der Hand nach dem Herzen, als ob er dort einen flüchtigen Schmerz empfinde.

Der Vater allein war vollkommen ruhig und heiter geblieben. Er hatte Wohlgefallen an Reinhard und dessen stolzer, voller Freude; er ließ alle den erregten Empfindungen Raum, sich zu beruhigen, dann war er es, der die Thüren des Zimmers öffnete, in den Garten hinaustrat und die Uebrigen aufforderte, ihn zu begleiten.

Es war drückend warm im Zimmer geworden, denn die Sonne brannte auf die Scheiben der geschlossenen Fenster. Um so erquickender erschien Jedem die frische Abendluft, welche, von dem Duft der prächtigen Orangenblüthen balsamisch durchzogen, ihnen entgegenströmte. Reinhard war einer der Ersten, die der Aufforderung des Vaters folgten. Er verlangte sehnlichst, mit seiner Braut allein zu sein, und wandte sich mit ihr, sobald es thunlich war, einem entlegenern Theile des Parkes zu. Dort angekommen, setzten sie sich nieder unter den Schatten einer mächtigen, von Epheu grün umrankten Kastanie und schweigend sah Reinhard lange mit der innigsten Liebe auf Jenny, die, noch sehr bleich und ermattet, sich mit geschlossenen Augen an ihn lehnte und dringend Ruhe zu bedürfen schien. Die Spannung der letzten Zeit hatte, nun die That vollbracht war, nachgelassen und einer weichen Müdigkeit Platz gemacht. Als Reinhard das zarte Mädchen so in seinen Armen hielt, das mit den geschlossenen Augen, den ruhigen, regungslosen Zügen und der weißen Kleidung wirklich einer schönen Leiche glich, fuhr ihm schmerzlich der Gedanke durch die Seele, sie könne sterben, während er sich von ihr trenne, und er werde sie niemals wiedersehen. Er schrak zusammen. Wäre es eine Ahnung? fragte er sich, und eine fast kindische Furcht ließ ihn die Möglichkeit wähnen, die Geliebte könne gerade jetzt in seinen Armen gestorben sein. Behutsam küßte er plötzlich Jenny's lange Wimpern, indem er sie mit den zärtlichsten Worten bat, nur einen Laut zu sprechen, ihm nur zu sagen, daß sie lebe, daß sie sein Glück mit ihm fühle.

Ja, ich lebe, Geliebter! antwortete sie auf seine Frage und schlug lächelnd die Augen zu ihm empor. Ich lebe! Und ob ich Dich liebe? O! Gott weiß es, wie ich davon in dieser Stunde Zeugniß gegeben habe. Ich liebe Dich wie mein Leben, wie meine Seele – nein, mehr als meine Seele. Ist es so recht? fragte sie und lehnte sich wieder an ihn, nachdem sie sich während des Sprechens aufgerichtet und die Hände fest ineinander gefaltet hatte. Aber warum fragst Du mich erst, ob ich Dich liebe? fuhr sie nach einer kleinen Pause fort.

Weil ich den Ton Deiner Stimme hören wollte, mein süßes Leben. Du sahst so bleich und so verklärt aus, daß ich fürchtete, Du könntest die Erde verlassen und aus meinen Armen in den Himmel zurückkehren, von dem Dein Antlitz ein so treues Bild war.

Ach! hätte ich so hinüberschlummern können, seufzte Jenny, so im vollen Besitz Deiner Liebe.

Als ob diese Liebe Dir jemals fehlen könnte, rief Reinhard fast entrüstet aus. Siehe, Jenny, einst gab es eine Zeit, in der ich an Dir, an Deiner Liebe zweifelte, Dich fliehen und vergessen wollte. Das ist Alles nicht mehr möglich, und seit Du durch Deine Liebe mich zum Herrn über Dein Geschick gemacht, bin ich Dir zu eigen geworden, mehr als irgend einem Menschen. Du weißt es, sagte er, immer wärmer werdend, ich würde vor keinem Könige knien, kein Weib hat mich jemals zu seinen Füßen gesehen, ich glaubte, nur vor Gott mich beugen zu können – und nun knie ich vor Dir, und bekenne Dir, daß ich Dich fußfällig bitten könnte, mich zu lieben, mir treu zu bleiben, wenn ich daran zweifeln könnte, weil in Dir allein das ganze Glück meines Lebens beruht.

Er war wirklich vor ihr niedergesunken und hielt sie mit seinen Armen umfaßt, während seine Augen an den ihren hingen. Schöner, hingebender hatte sie ihn nie gesehen, glücklicher hatte sie sich nie gefühlt, und doch stieg eben in diesem Augenblicke der Zweifel in ihr auf, ob Reinhard sie mit dieser Innigkeit lieben, ob seine Neigung nicht wanken würde, wenn er einst erfahren sollte, wie sie ihn getäuscht, um sich seine Liebe zu bewahren, um die Seine zu werden.

Sie drückte ihn voll Leidenschaft an ihre Brust, und ihm zärtlich und fest ins Auge blickend, sagte sie: Versprich mir, dieser Stunde immer zu gedenken, wie ich ihrer nie vergessen werde, und wenn einst ein Tag käme, an dem Du irre an mir würdest, an dem ich Dir Deiner Liebe weniger würdig schiene – dann, aus Barmherzigkeit, dann denke an diese Stunde, dann laß mich Dich daran erinnern und eine Stütze in dieser Erinnerung bei Dir finden!

Was bedeutet das? fragte Reinhard verwundert, wie kannst Du glauben, jemals eines andern Fürsprechers bei mir zu bedürfen, als meiner Liebe zu Dir?

Das gebe Gott! rief Jenny. Aber wenn Du mich einst schwach und tadelnswerth finden, wenn Du mich deshalb weniger lieben, mich von Dir weisen solltest, dann möge Deine Neigung mein treuer Schutz sein; sie möge Dir deutlich machen, daß ich aus

Liebe kein Opfer scheute, daß ich Alles erdulden wollte, Alles! Nur Dir entsagen – das konnte ich nicht, das werde ich niemals können, dazu fehlt mir die Kraft.

Ich verstehe Dich nicht, sagte Reinhard, vergebens einen Sinn in diesen Reden suchend, der in irgend einem Zusammenhang mit ihren Verhältnissen stehen konnte, aber das schwöre ich Dir, ich werde nie an der Lauterkeit Deiner Seele, an der Reinheit Deines Herzens zweifeln; Du sollst in mir alle Liebe finden, die Dir gebührt, und auch Nachsicht, wenn es möglich wäre, daß Du sie jemals brauchtest; denn wie sollte ich Dir nicht Alles verzeihen, so lange Deine Liebe mir bleibt!

Schwöre mir das, Geliebter, flehte sie mit einer Angst, als ob sie fürchtete, er könne seine Meinung ändern.

Ich schwöre es Dir! antwortete Reinhard und reichte ihr seine Hand, welche sie lange festhielt, dann leidenschaftlich an ihre Lippen drückte und mit den Worten: Nun bin ich ruhig, nun ist es gut! endlich wieder losließ.

Wenige Tage nach Clara's erstem Besuch in Berghoff war William zurückgekehrt. Da er den Tag seiner Ankunft nicht bestimmt angegeben, fand er zufällig weder seine Tante noch Clara zu Hause, und wurde von dem Diener zu Herrn Horn in das Comptoir gewiesen, mit dem Bemerken, Frau Commerzienräthin würde sehr überrascht sein, ihn schon zu finden, da man seine Ankunft heute noch nicht erwartet hätte.

Nicht erwartet zu werden von Personen, nach denen man sich gesehnt hat, gehört zu den peinlichsten Gefühlen, die uns nach längerer Trennung von denselben berühren können. Tausendmal hatte er es sich vorgestellt, während er in seinem Wagen einsam und rasch dahinflog, wie die Tante und Clara ihm entgegeneilen und er mit dem Willkomm zugleich den Brautkuß von den Lippen seiner Cousine küssen werde. Statt dessen empfing ihn sein Onkel zwar freundlich, aber durch Geschäfte zerstreut, in denen er ihn unterbrochen hatte, und mit so eiligen Fragen nach dem Befinden seines Vaters, nach seiner Reise und den Aussichten für das nächste Handelsjahr in London, daß der junge Mann wohl merken konnte, wie gern sein Onkel ihn abzufertigen wünsche. Er zog sich also bald zurück und begab sich in die Zimmer der Damen, um dort die Heimkehr derselben zu erwarten.

Eine eigenthümliche Empfindung beschlich ihn, als er sich wieder in den Räumen befand, aus denen er, von Furcht und Hoffnung bewegt, geschieden war. Gleich nach seiner Ankunft in London hatte er der Commerzienräthin geschrieben und einen kurzen, herzlichen Brief für Clara beigelegt, den sie ihm beantwortet, ohne eigentlich seiner Werbung zu gedenken, indem sie ihm hauptsächlich ihre Theilnahme an der Krankheit seines Vaters, ihr Bedauern über seine plötzliche Abreise unter so traurigen Umständen ausdrückte, und die Hoffnung äußerte, daß dennoch Alles sich zum Besten und nach ihren Wünschen fügen werde. William selbst gehörte nicht zu den Menschen, welche es lieben, sich mündlich oder gar schriftlich über ihre Gefühle auszusprechen; die Zurückhaltung seiner Cousine überraschte ihn deshalb nicht. Sie wußte, daß er sie liebe; die Tante hatte ihm die Hand ihrer Tochter zugesagt, hatte ihm die Versicherung gegeben, daß Clara seine Neigung erwidere, und da diese sich nicht dagegen erklärt hatte, las er mit fröhlichem Vertrauen aus den wenigen und flüchtigen Briefen, welche er von ihr erhielt, Alles das heraus, was sein Herz begehrte. Jetzt, wo er jeden Augenblick den leichten Tritt der Geliebten zu hören hoffte, wo er ihrer mit lebhafter Ungeduld harrte, fiel es ihm auf, wie wenig Clara bis jetzt dazu gethan hatte, ihn ihrer Liebe oder nur der Zustimmung zu seinen Ansprüchen zu versichern. Er setzte sich sinnend auf den Platz nieder, den er so häufig Clara gegenüber an ihrem Arbeitstische eingenommen hatte. Ein Nähkästchen, welches Eduard in einer Verloosung gewonnen und in William's Beisein Clara geschenkt hatte, erkannte er wieder. Es war schon ein wenig abgenutzt und mußte eben gebraucht sein, denn es enthielt außer verschiedenen Geräthschaften für weibliche Arbeit eine Visitenkarte des Doctor Meier, auf welche mit Bleistift das Datum eines der letzten Tage und die Worte geschrieben standen: Bedauert, die Einladung der Frau Commerzienräthin Horn für heute nicht annehmen zu können. Eine politische Broschüre lag aufgeschlagen neben dem Kästchen; sie gehörte ebenfalls dem Doctor Meier, wie die von seiner Hand geschriebenen Anmerkungen in derselben verriethen. Von all jenen eleganten Kleinigkeiten, die William seiner Cousine geschenkt, schien sie keinen Gebrauch zu machen, denn sie standen in kalter Ordnung neben einander auf einer der Etagèren aufgerichtet, wo sie nur die Hand des Hausmädchens gesäubert und Clara's Auge vielleicht niemals getroffen haben mochte. Das that William wehe und machte ihn unmuthig und nachdenkend, so daß er fast erschrack, als er endlich die Stimme seiner Tante hörte.

Eilig stand er auf und ging den Damen entgegen. Mit einem: Willkommen, mein Sohn! umarmte ihn die Commerzienräthin und, gegen Clara gewendet, fügte sie hinzu: Nun, da ist er! Ich will wie eine ächte Romanmutter, die ich Euch immer war, den zärtlichen Erguß Eurer Herzen nicht stören und erwarte Euch erst in einer halben Stunde in meinem Zimmer.

Es ging aber der sonst so klugen Frau, wie allen sehr förmlichen, gemessenen Leuten, die, wenn sie einmal unbefangen und herzlich scheinen wollen, meist völlig aus der Rolle fallen und die ungeschicktesten Verstöße begehen. Clara und William standen sich verlegen gegenüber, beide gepeinigt durch die unvortheilhafte Lage, in der sie sich befanden. William hatte statt einer zärtlichen Braut, die ihn liebend begrüßte, sehnsüchtig nach ihm verlangte, ein Mädchen vor sich, das ihn mit scheuer Zurückhaltung behandelte und offenbar eher erschreckt, als erfreut durch seine Anwesenheit war. Er fand Clara verändert, und um nur aus dem peinlichen Schweigen herauszukommen, fragte er: Warst Du krank, mein Clärchen? Du bist so bleich, so still. Und freut es Dich denn gar nicht, daß wir beisammen sind?

O gewiß, lieber Cousin! antwortete sie, es freut mich von Herzen, daß Dein Vater hergestellt ist und daß Du zu uns zurückkehren konntest.

Lieber Cousin? und weiter Nichts? rief William scherzend, Mein Clärchen, das klingt doch wirklich zu cousinenmäßig, und selbst eine Cousine hätte mir längst ihren Mund statt der Hand zum Willkomm reichen müssen. Er schloß sie in seine Arme und küßte sie, trotz ihres Widerstrebens, herzlich. Ah, rief er, das ist ein ander Ding, nun lebe ich erst wieder! nun weiß ich, daß ich hier bin und wozu ich wieder hier bin. Wenn Du wüßtest, Clärchen, wie meine Eltern sich freuen, Dich bald als Tochter zu begrüßen! Mein Vater will, wenn seine Kräfte es erlauben, selbst bei unserer Hochzeit gegenwärtig sein, und ich habe ihm versprochen, daß wir auf ihn warten, wenn er sich ein wenig mit seiner Erholung beeilt.

Und wie weit ist diese vorgeschritten? fragte Clara, froh, das Gespräch von der bisherigen Richtung ablenken zu können. William aber deutete diese Frage nach seinem Sinne und antwortete tändelnd: So weit, mein Fräulein, daß Sie ihr Hochzeitskleid bestellen und Ihr Reisekostüm anordnen müssen; denn so lieb mir Deutschland und seine Sitten geworden sind, nach der Trauung geht es fort, und unsern Honigmonat verleben wir in England, bei uns auf dem Lande.

In der Freude seines Herzens bemerkte William nicht, wie er ganz ausschließlich die Kosten dieser Unterhaltung trug, während Clara mit schlecht verhehltem Bangen seinen Worten zuhörte und nur dann und wann eine gleichgültige Frage dazwischen warf, bis das Eintreten ihrer Mutter sie befreite.

Natürlich war eine der ersten Fragen, welche die Commerzienräthin an ihren Neffen richtete, nach dem Ergehen ihres Sohnes, weil dieser die Zeit seiner Heimkehr von Monat zu Monat gegen seines Vaters Wünsche hinausgeschoben hatte.

Ferdinand ist gesund, berichtete William; fügte aber mit einer gewissen Zurückhaltung hinzu: ich zweifle jedoch, ob er freiwillig sobald zurückkehrt, als Sie es wünschen, liebe Tante.

Und was ist es, was ihn davon abhält? Was fesselt ihn so sehr?

Eine Schwäche, falls man eine Leidenschaft so nennen darf, mit der man Nachsicht haben müßte, wenn sie einem würdigeren Gegenstande zugewendet wäre.

Die Commerzienräthin gab ihrer Tochter ein Zeichen sich zu entfernen, dann nöthigte sie William, sich zu ihr zu setzen, und verlangte, daß er ihr rasch und unumwunden sage, was sie wissen müsse. Die Angst der Mutter machte William vorsichtig. So schonend als möglich theilte er ihr mit, wie Ferdinand gleich bei seiner Ankunft in England die Bekanntschaft einer schönen aber übel berufenen Frau gemacht habe, welche seine Geliebte geworden sei und ihn in seinem Hange zur Verschwendung bestärke, nachdem sie ihren frühern Geliebten, einen jungen Mann vom Stande, ruinirt und verlassen habe.

Sie hat Ferdinand vorgespiegelt, erzählte William, um seinetwillen und nur aus Liebe für ihn mit ihrem ersten Verehrer gebrochen zu haben, der, wie sie behauptet, ihr die Ehe versprochen hatte, und Ferdinand ist in einer unglücklichen Stunde so thöricht gewesen, ihr schriftlich eine eben solche Zusicherung zu geben, die er später in Gegenwart ihrer und seiner Bekannten wiederholt hat, und auf deren Erfüllung sie jetzt dringt, ohne von irgend einem Vergleich oder einer Abfindung hören zu wollen.

William hielt inne, weil er sah, wie schwer die Nachricht seine Tante traf.

Nur weiter, weiter! bat sie, als sie das Zaudern ihres Neffen bemerkte. Hältst Du es für möglich, daß mein Sohn ehrlos genug sein könnte, wirklich an eine Heirath mit einer solchen Frau zu denken? daß er mir, seiner Mutter, eine solche Frau zur Tochter aufzudringen denkt?

Ich hoffe, antwortete William, daß es Ihren Ermahnungen gelingt, ihn davon zurückzubringen, was bis jetzt freilich weder meinem Vater, noch mir gelungen ist.

Er muß zurück, noch heute schreibe ich ihm, rief die Commerzienräthin wie außer sich, er soll und muß gehorchen.

Das wird er nicht, liebste Tante, bemerkte William, und Sie würden sich, falls er Ihnen sogar gehorchte, nur der Unannehmlichkeit aussetzen, diese lästigen Verhältnisse in Ihre Nähe zu ziehen; denn ich zweifle keinen Augenblick, daß jene Frau ihm auch gegen seine Erlaubniß hieher folgen und hier auf die Erfüllung seines Wortes dringen würde. Darum haben Sie Geduld, schreiben Sie ihm, daß Sie um das Verhältniß wissen, daß Sie es mißbilligen; aber vermeiden Sie eine Strenge, welche ihn leicht zu offenem Widerstand, zu unüberlegten Schritten treiben könnte, da er sie von Ihnen nicht gewohnt ist. Vielleicht wäre es sogar besser, Sie überließen es dem Onkel einzuschreiten, obgleich mein Vater mir rieth, Ihnen zuerst die Mittheilung zu machen.

Das war gut, war klug, sagte die Commerzienräthin, denn Dir darf ich es bekennen und Du weißt es vielleicht selbst, daß niemals ein gutes Vernehmen zwischen Ferdinand und seinem Vater herrschte. Männer vergessen es leicht, daß sie einst selbst jung und der Nachsicht bedürftig gewesen sind, und – fuhr sie fort, plötzlich umgestimmt durch den Gedanken, ihr Liebling Ferdinand könne irgendwie den Tadel seines Vaters auf sich ziehen – vielleicht ist es mit Ferdinand so schlimm nicht, als wir glauben. Deshalb versprich mir, seinem Vater nichts zu sagen, bis ich selbst eine Antwort von meinem Sohne erhalten haben werde.

William versprach das, aber die Kränkung, die ihr Stolz erlitten hatte, der Schreck und die Unruhe, die sie empfunden, waren so lebhaft gewesen, daß ihre gewohnte Selbstbeherrschung sie verließ und sie von nervösen Zufällen ergriffen wurde, welche sie nöthigten, ein paar Tage ihr Zimmer zu hüten und ihr Clara's Pflege und Wartung unentbehrlich machten.

Dadurch bekam William seine Braut, denn als solche betrachtete er die Cousine, wenig nur zu sehen. Trotzdem mußte ihm ihr Betragen auffallen, das offenbar zurückhaltender und befangener war, als sie sich ihm jemals gezeigt hatte. Er konnte nicht begreifen, weshalb sein Onkel mit keinem Worte seiner Verlobung gedachte, er sah, daß man sie wie ein Geheimniß behandelt haben müsse, und obgleich dieses gewissermaßen durch die Umstände entschuldigt werden oder selbst geboten sein konnte, fand er die strenge Beobachtung der Etikette unter so nahen Verwandten, die alle einig und glücklich über diese Verbindung waren, übertrieben. Er nahm sich vor, sobald die Commerzienräthin wieder wohl und sichtbar sein würde, auf die Bekanntmachung seiner Verlobung mit Clara zu dringen, weil ihm seine jetzige Stellung lästig war, und er hoffte, die ungewöhnliche Schüchternheit seiner Braut werde sich von selbst geben, wenn ihr beiderseitiges Verhältniß zu einander kein Geheimniß mehr sei.

Am zweiten Abende hatte sich denn auch der Zustand der Mutter so weit gebessert, daß Clara sie auf ihren ausdrücklichen Befehl verlassen mußte, um sich ihrem Bräutigam nicht unnöthig zu entziehen, der, innig erfreut, sie wieder zu haben, ihr den Vorschlag machte, mit ihm nach Berghoff zu fahren. Er wünschte, Clara möge sich nach den in der Krankenstube ihrer Mutter verlebten Tagen in freier Luft erholen und zugleich mit ihm die befreundete Familie besuchen, von der er noch Niemand gesehen hatte. Clara lehnte aber Beides ab und bat William, ihr in ihr Zimmer zu folgen, da sie ihn allein und gleich zu sprechen habe.

Als sie sich in demselben allein mit ihm befand, sagte sie: Ich weiß wirklich nicht, lieber William, wie ich es machen soll, Dir zu sagen, was Du doch erfahren mußt. Du bist mir mit so herzlichem Vertrauen entgegen gekommen, so gut, so freundlich gegen mich gewesen, daß ich Dir nie genug danken kann. Sie stockte; William sah sie verwundert an und sagte: Ist denn das Versprechen, die Meine zu werden, nicht der schönste Dank, den meine Liebe von Dir begehrt?

Das ist es eben, fiel Clara ein, was mich beunruhigt. Glaube mir, ich erkenne Deine treue Anhänglichkeit mit tiefer Beschämung, ich achte Dich von Herzen –

Aber Du liebst mich nicht, rief William, sage es kurz, Clara! Du schlägst meine Hand aus, weil ich Dir gleichgültig, oder wohl gar zuwider bin.

Nein, das nicht; gewiß, das nicht. Ich habe Dich lieb, William, von Herzen lieb, ich bin überzeugt, daß einer Frau ein schönes Loos an Deiner Seite werden muß – aber ich kann Deine Frau nicht werden.

So liebst Du einen Andern? fragte William heftig und stand auf.

Ein leises, kaum hörbares Ja von Clara's Lippen gab ihm darauf Antwort. Er trat erschreckt zurück. Dann blieb er lange schweigend vor Clara stehen und fragte endlich, mühsam seinen Schmerz bekämpfend: Und weiß der Glückliche, daß Du ihn liebst? Verdient er das Glück, das er mir raubte?

Er weiß es, antwortete Clara, aber glücklich ist er nicht und bin ich nicht, und können wir nie werden.

Jetzt verstand er sie; und im Tone des Vorwurfs fragte er: Und das erfahre ich erst jetzt, nachdem ich seit lange an Deine Liebe geglaubt, auf Deine Hand gerechnet hatte? Wie durftest Du so an mir handeln? Wie konnte Deine Mutter mir so zuversichtlich ihr Wort für Dich geben?

Vergib mir, William, bat Clara, wenn ich Dir verschwieg, was wir einander nur gestanden, um es für ewig zu vergessen. Niemand weiß davon, und von Dir, von Deiner Großmuth erflehe ich es als die höchste Gunst, daß Du selbst dem Ansprüche an meine Hand entsagst und mir beistehst, die Verzeihung meiner Mutter zu erlangen. Sie wird unerbittlich darauf dringen, daß ich ihr Wort löse und Dir meine Hand gebe, die Du nicht begehren wirst, da Du jetzt Alles weißt.

William hatte sich niedergesetzt und sah düster sinnend vor sich nieder. Die widersprechendsten Gefühle wogten in seiner Brust. Ein paarmal war es, als ob er seinen Gedanken Worte geben wolle, dann aber unterdrückte er sie wieder, wie wenn er das rechte Wort noch nicht gefunden hätte, bis er endlich aufstand, Clara die Hand reichte und sagte: Du siehst wohl, daß ich darauf nicht vorbereitet war, mich nicht darein finden kann; denn es fällt schwer, so plötzlich von seinen liebsten Hoffnungen zu scheiden. Darum fordere heute keinen Entschluß, kein Versprechen von mir; nur darauf nimm mein Wort, Niemand, auch Deine Mutter nicht, soll Dich zu einem Schritte zwingen, der mich nicht glücklich machen kann, wenn Du ihn nicht freiwillig thust.

Guter, edler Mann! rief Clara dem Enteilenden nach, der sie nach seinen letzten Worten verlassen hatte, um Eduard aufzusuchen und sich mit diesem zu erklären.

Er traf den Doctor glücklicherweise in der Stadt und zu Hause, wo er in den jetzt einsamen Gängen des Gartens umherging und schnell William entgegeneilte. Sie reichten sich die Hände zum gewohnten Gruß, aber plötzlich zog Hughes seine Hand zurück und Eduard, die Absichtlichkeit dieser Handlung bemerkend, sagte: Sie kommen von Ihrer Cousine!

Ich komme von ihr und weiß Alles, antwortete der Andere. Was haben Sie mir darauf zu sagen?

Einen Augenblick bedurfte Eduard, um sich zu sammeln, dann sprach er mit sicherer Stimme: Wir Beide, denke ich, können auch in dieser Angelegenheit, die uns gleich nahe berührt, offen zu Werke gehen, weil sie dem Einen so heilig ist, wie dem Andern. Es wäre unwahr, wenn ich mich einer Großmuth rühmen wollte, die ich nicht in mir fühlte. Ich liebe Clara, das wissen Sie, und würde Alles daran gesetzt haben, sie zu besitzen, wäre es möglich für mich gewesen, ohne meine Ehre zu opfern. Nur nachdem ich alles Mögliche versucht, vergeblich versucht habe, fügte ich mich widerstrebend in den Gedanken, Clara zu entsagen.

Und das erzählen Sie mir? mir, dessen Ansprüche an Clara Sie kannten, mir, der Sie für seinen Freund hielt?

Sie irren! entgegnete der Doctor. Ich kannte Ihre Ansprüche nicht, aber ich ahnte, daß Clara Ihnen bestimmt und theuer sei, ich wußte fast gewiß, daß meine Hoffnung sich nur von meinen Wünschen täuschen ließ, und dennoch kämpfte ich vergebens gegen eine Neigung an, die Clara errieth und theilte, so sehr ich sie ihr zu verbergen strebte. Der Kampf um Liebe, um ein Weib ist ein unerbittlicher Kampf, ein Kampf auf Leben und Tod. Es gibt kein Drittes. Und wenn zwei Unglückliche auf dem Meere schiffbrüchig umhergetrieben werden, wenn ein letztes Brett Beide von sicherm Verderben trennt, wenn Einer untergehen muß; werden Sie Den verdammen, der, um sich zu retten, den Andern im unwillkürlichen Trieb der Selbsterhaltung hinunterstößt, auf die Gefahr hin, ihn sinken zu sehen?

Ihr Gleichniß mag richtig sein, versetzte William bitter; ich bin nur leider nicht in der Stimmung, mich mit Gleichnissen abzufinden, und muß Sie deshalb bitten, mir unumwunden zu erklären, wie Sie in Betreff meiner Cousine jetzt zu handeln denken. Eduard wollte heftig werden, aber er bezwang sich und antwortete mit möglichster Ruhe: Ich handle, wie Clara es von mir gefordert, wie ich es vor mir selbst verantworten kann, und ich bitte Sie, zu bemerken, daß nur die Rücksicht auf Ihr gekränktes Gefühl und auf die Ansprüche, welche Sie an Clara zu haben glauben, mich zu irgend einer Erklärung veranlaßt, die Sie in diesem Tone von mir zu fordern nicht berechtigt sind. Nachdem ich jede Hoffnung verloren hatte, mir Clara zu gewinnen, und ihr im ersten Schmerz darüber meine Liebe gestand, wollte ich für immer von ihr scheiden; und ich sagte ihr das schriftlich. Sie selbst befahl mir zu bleiben, obgleich auch sie von der Hoffnungslosigkeit unserer Liebe vollkommen überzeugt war. Ich blieb, weil sie es wünschte, weil sie die Entsagung, zu der wir verdammt sind, leichter zu tragen hoffte, wenn wir uns nicht plötzlich und gewaltsam trennten. Seitdem habe ich sie nur selten und niemals allein gesprochen; ich habe mir keine Annäherung erlaubt, ich wage auch nicht, den kleinsten Anspruch an Clara zu machen, weil ich leider ihr nichts bieten, nichts sein darf, was mich dazu ermächtigte. Ich weiß, man wird darauf dringen, daß Clara sich verheirathet. Schwer wird mir der Gedanke, sagte er, und seine Festigkeit wankte so sehr, daß seine Stimme zitterte, es wird mir schwer werden, die Geliebte als das

Weib eines Andern mir vorzustellen, sehr schwer! Dann sammelte er sich wieder, reichte William die Hand und sagte: Aber meine Hand darauf, ich werde sie ruhiger und lieber in Ihren Armen, als in denen jedes andern Mannes sehen, denn auch Sie sind mir werth und Sie verdienen ein Mädchen wie Clara, weil Sie es zu würdigen wissen.

William war von des Doctors sichtbarem Schmerz und seiner Offenheit überwunden. Er schlug in die dargebotene Rechte und sagte: Sie wissen es nicht, wie sehr ich Clara liebe, aber gerade darum möchte ich nicht, daß sie mir mit Widerstreben folgt, ich will nicht, daß der Gedanke, sie hätte doch vielleicht die Ihre und mit Ihnen glücklicher werden können, wenn ich nicht dazwischen getreten wäre, jemals von meiner Frau gedacht werden soll. Darum überlegen Sie selbst: Gibt es eine Möglichkeit, ein Mittel, durch das Sie Clara's Hand erlangen können, so trete ich zurück.

Ich habe keine Aussicht, keine, antwortete Eduard schmerzlich, aber bestimmt, als die Emancipation unsers Volkes, die noch in weiter Ferne liegt, und auch dann stehen mir die Ansichten von Clara's Eltern entgegen. Clara selbst hat mir jede Hoffnung genommen und glaubt an keine.

Das genügt mir! rief William mit einer Freude, welche deutlich hervorbrach, obgleich er sie aus Zartgefühl vor dem Freunde zu verbergen trachtete.

Eduard saß in sich gekehrt und wortlos, und sein Freund ehrte, ebenfalls schweigend, diese Todtenfeier seines Herzens. So verging eine lange Zeit, bis William sich erhob und, indem er sich zum Fortgehen anschickte, Eduard Lebewohl sagte.

Sie gehen schon? fragte dieser, wie aus schwerem Traum erwachend, und sah, nachdem sie sich mit einem Händedruck getrennt, dem rasch Dahineilenden lange nach. Dann, als er ihn aus dem Gesichte verloren hatte, rief er: Er geht zu seiner Braut! und wie ein Dolchstoß zuckte die Gewißheit durch sein Herz. Schwere Tropfen fielen aus seinen Augen nieder. Sie galten der verlornen Geliebten.

Die Commerzienräthin war von der Sorge um ihren Sohn völlig hingenommen. Sie schrieb ihm, daß sie durch ihren Schwager und durch William von dem Grunde unterrichtet sei, der ihn abhalte, nach Deutschland zurückzukehren. Sie beschwor ihn, sich loszureißen, kein Opfer an Geld zu achten, um sich von einer Frau zu befreien, deren wahre Absicht ihm nicht verborgen sein könne, und war unvorsichtig genug, ihm zu diesem Zweck eine immerhin beträchtliche Summe aus ihrem Privatvermögen anzuweisen, damit sein Vater gar nichts von diesem Verhältniß zu erfahren brauche. Was die aufrichtige Besorgniß einer Mutter, die Furcht vor üblem Aufsehen, einer so stolzen Frau nur einzugeben vermochten, das stellte sie ihm in den beredtesten Worten vor, und harrte angstvoll und ungeduldig seiner Antwort. Doch der erste Termin, der sie bringen konnte, verging und kein Brief von Ferdinand erschien. In dieser peinlichen Ungewißheit traten alle übrigen Angelegenheiten in ihren Augen zurück und selbst von Clara's Verlobung war die Rede nicht. Die Commerzienräthin nahm dies Verhältniß als längst entschieden an; sie sah William und Clara oft und freundlich beisammen, das genügte ihr, und jetzt an irgend eine gesellschaftliche Rücksicht wie die Bekanntmachung dieser Verbindung zu denken, war sie nicht gestimmt.

Für William und Clara war das eine Erleichterung. Er hätte Clara dem Freunde abzutreten vermocht, wenn sie dadurch glücklich geworden wäre. Da dies nicht möglich war, dachte er nur daran, sie für sich zu gewinnen, denn er war sicher, daß ihr Herz endlich seiner warmen Liebe und seinem festen Willen, sie zu beglücken, nicht widerstehen werde. Er wollte sie durch keinen raschen Schritt drängen; er sprach ihr nicht von seiner Liebe, aber sein schonendes Betragen, seine zarten Rücksichten thaten das um so deutlicher. Unbefangen brauchte er das Recht, welches sein doppeltes Verhältniß zu ihr ihm gab, fast unausgesetzt in ihrer Nähe zu sein. Er las mit ihr, er begleitete sie auf ihren Spaziergängen, und sie konnte es sich nicht verhehlen, daß William's Unterhaltung in ihrer jetzigen Verfassung eine Zerstreuung für sie sei und sie abhalte, gänzlich in den Gram über Eduard's Verlust zu versinken. Eduard hatte sie fast täglich, aber nur flüchtig in dem Zimmer ihrer Mutter gesehen, deren Zustand seine Behandlung nöthig machte. Außerdem hatte er es vermieden, sie zu besuchen. Er brachte die Abende, wenn er konnte, auf dem Landsitz seiner Eltern zu; das Unwohlsein der Commerzienräthin hielt Clara viel zu Hause und beschränkte sie auf die kleinen Ausfahrten und Spaziergänge in Begleitung ihres Vetters.

So waren einige Wochen vergangen, als William, der Clara in ziemlich heiterer Stimmung sah, sich endlich das Herz faßte, mit ihr von seiner Unterredung mit Eduard zu sprechen. Ich bin Dir noch Aufklärung über mein Verhältniß zu Dir und zu Eduard schuldig, sagte er. Daß man sich nicht ohne Kampf entschließt, ein Glück, wie Deine Liebe, hinzugeben, oder auf Deinen Besitz zu verzichten, das glaubst Du mir, denn jetzt am wenigsten würde ich Dir schmeicheln dürfen. Doch hätte ich zu entsagen vermocht, um Dich glücklich mit Eduard zu wissen, den Du liebst, und ich habe das Eduard gesagt.

Clara reichte ihm bewegt die Hand und klagte: Du kannst mir doch nicht helfen, so edel Du auch bist.

Aber lindern kann ich, trösten, fiel er ihr ins Wort, und das vergönne mir. Eduard fühlt wie ich, daß Deine Mutter nicht darein willigen würde, Dich unvermählt zu lassen, auch wenn ich ganz auf Deine Hand verzichtet hätte. Und glaube mir, kein Mann, den man für Dich wählen könnte, wird Dich mehr lieben, als ich, Niemand mit größerm Vertrauen die Zeit abwarten, bis Dein gerechter Schmerz sich gemildert haben und Du im Stande sein wirst, wieder an ein Glück zu glauben, das Dir jetzt unmöglich scheint.

Clara schüttelte schweigend den Kopf, er that, als ob er es nicht bemerke, und fuhr nur noch freundlicher fort: Ich komme Dir vielleicht kalt vor und Du fürchtest Dich vor dieser Ruhe; aber sie kommt aus der Zuversicht, daß Du Dich in die unabwendbare Trennung von Eduard fügen und daß es meiner treuen Liebe gelingen müsse, Dich wieder zu erheitern, Dich froh zu sehen in dem Bewußtsein, einem redlichen Manne das höchste Gut zu sein. Er schilderte ihr, wie sehnsüchtig seine Mutter in ihr die Tochter erwarte, die der Himmel ihr selbst verweigert habe; wie man sie lieben und mit offenen Armen im Hause seiner Eltern empfangen werde, und seine tiefe Rührung zu verbergen, schloß er mit der scherzenden Bemerkung: Du kannst doch vielleicht nicht verlangen, Clärchen! daß ich jetzt, nachdem ich den Eltern die Versicherung gegeben habe, in Dir den größten Schatz des Continents mit nach Hause zu bringen, allein zu ihnen wiederkehren und ihnen sagen soll: Ich war ein eitler Thor, als ich von ihrer Liebe sprach, sie hat mich nicht gemocht.

Unwillkürlich lächelte Clara; da konnte William sich nicht länger halten und, mit aller Fröhlichkeit eines Liebenden aufspringend, nahm er sie in seine Arme, küßte sie und rief: Mag nun daraus entstehen, was da will, das ertrage ein Anderer, wenn man sich Monate lang für den glücklichsten Bräutigam gehalten hat, mit einemmal wieder zum Cousin zu werden. Einen Kuß habe ich glücklich gestohlen, gleichviel, ob als Verlobter oder als Cousin; nun will ich wieder geduldig warten und ruhig Deinen Zorn ertragen.

Und zornig war Clara wirklich über einen Ausbruch, der in so grellem Widerspruch zu seinen Worten stand, daß sie ihn schnell und offenbar gekränkt verließ. Indessen, diese Unterredung blieb doch nicht ohne Wirkung. Gewohnt an verständige Ueberlegung, konnte Clara es sich nicht verbergen, daß William Recht hatte, als er behauptete, ihre Mutter werde auf eine andere Heirath bestehen, wenn es ihr selbst gelänge, sich jetzt von der Verbindung mit ihrem Cousin zu befreien, dessen Betragen ihren aufrichtigen Dank verdiente. Sie sah ein, daß sie und Eduard keine Hoffnung hätten; aber daß Eduard ihrem Vetter das zugestanden hatte, verletzte sie, ohne daß sie ihn anzuklagen vermochte. Sie konnte an Eduard's Liebe, an seinem Schmerz über ihre Trennung nicht zweifeln; sie nannte es recht, daß er sie jetzt vermeide, und doch war sie unzufrieden mit ihm, mit William und mit sich, obgleich sie fühlte, daß Keiner von Allen anders handeln konnte, als er's that. Der Gedanke, von Eduard getrennt zu sein, faßte auf die Weise in ihr Wurzel, ohne daß dadurch William ihr näher rückte, der sich in seiner herzlichen Bewerbung immer gleich blieb und sein Ziel keinen Augenblick aus dem Gesichte verlor, die Neigung der Geliebten zu gewinnen. Er hatte daneben die schwere Pflicht, seine Tante über sein eigenthümliches Verhältniß zu Clara zu täuschen, was um so nöthiger war, als die Commerzienräthin noch immer vergebens auf Antwort von Ferdinand harrte und deshalb gereizt und leicht verletzlich war.

Sie hatte ihrem Sohne zu wiederholten Malen geschrieben, sich endlich an ihren Schwager gewendet und von ihm erfahren, wie Ferdinand gleich nach Empfang ihres Briefes mit seiner Geliebten verreist sei, ohne irgend eine Nachricht zu hinterlassen, wohin er gehe oder wohin man ihm die Briefe von Hause nachsenden solle. Es scheint, bemerkte ihr Schwager schließlich, als ob er aufs Neue in den Besitz einer größern Summe gekommen sei, welche ihm diese Reise möglich macht. Es blieb jetzt der Commerzienräthin keine Wahl, sie mußte sich entschließen, ihrem Manne das Geheimniß zu enthüllen, und die unangenehme Scene, welche die Heftigkeit beider Theile hervorrief, warf die Mutter aufs Neue nieder. Da langte endlich ein Brief von Ferdinand an, aber er war nicht an die Eltern, sondern an William gerichtet und lautete wie folgt:

»Du hast Dich der Mühe unterzogen, ohne daß ich darum bat, meiner Mutter eine Mittheilung zu machen, die ich noch geheim zu halten wünschte. Es scheint, daß dergleichen Vermittlungen Dir Vergnügen machen, und Du wirst es deshalb in der Ordnung finden, wenn ich Dich jetzt ersuche, meine Eltern gefälligst davon zu unterrichten, daß ich mich in der vorigen Woche verheirathet habe und mit meiner Frau nach Paris gegangen bin. Ich werde dort bleiben, so lange die Summe, welche meine Mutter mir geschickt hat, ausreicht, in Paris in der Weise zu leben, an welche meine Frau gewöhnt ist. Danke meiner Mutter, daß sie, wie immer meine Wünsche errathend, auch jetzt meiner Bitte zuvorkam und mir die Mittel gab, schneller zur Ausführung eines Entschlusses zu schreiten, der unwiderruflich war, weil er mein Glück sichert und zugleich die Erfüllung einer Pflicht ist gegen eine Frau, die aus Liebe für mich eine glänzende Zukunft aufgegeben hat. Jeder Versuch, diese Verbindung zu lösen, würde vergebens sein, da sie durchaus nach allen Gesetzen gültig vollzogen ist, und würde nur die Folge haben, daß ich mit meiner Frau früher nach Hause käme, um die nöthigen Schritte dagegen zu thun, obgleich, wie meine Mutter zu schreiben beliebt, die Anwesenheit meiner Frau, welche doch ein Lord D. zu seiner Gemahlin erkoren hatte, ein Schimpf für unsere Familie sein würde. Darüber will ich nicht streiten, da Vorurtheile nicht auf mich wirken, ich ersuche Dich also nur, meinen Auftrag auszurichten. Meinen nähern Freunden habe ich meine Heirath selbst gemeldet. Meine Frau und ich wünschen Dir und Clara bald ein Glück, wie wir es genießen.«

William war erschrocken, obgleich der thörichte Entschluß ihm nicht unerwartet kam. Er wußte, welchen Eindruck diese Neuigkeit auf seine Tante hervorbringen mußte, aber es war nicht möglich, sie ihr zu verheimlichen, da Ferdinand zugleich an seine Freunde geschrieben und damit dies Verhältniß zum Stadtgespräch gemacht hatte.

Die Familie war in der höchsten Aufregung. Der Commerzienrath eiferte und zürnte gegen seine Frau, deren unglückliche Verblendung den Sohn verzogen und, wie diese jetzt selbst gestand, ihm die Mittel zur Ausführung dieser thörichten Heirath gegeben hatte. Clara weinte über das Loos, das ihr Bruder sich bereitet, und mußte doch ihre ganze Aufmerksamkeit auf ihre Mutter wenden, die dieser Brief vollkommen vernichtet hatte. Die Commerzienräthin versicherte, diesen Schimpf nicht überleben zu können; sie gab sich einer so fassungslosen Entmuthigung hin, daß Eduard selbst unruhig über ihren Zustand wurde. Er bat deshalb William und Clara, die Mutter auf irgend eine Weise zu besänftigen, da bei einer Frau ihres Alters und ihrer Constitution die Nervenzufälle, welche sich seit einiger Zeit immer wiederholten und jetzt bedeutend zugenommen hatten, leicht einen traurigen Ausgang nehmen könnten. Anfänglich war jede Vorstellung, jeder Einwand verloren, und erst nach einigen Tagen gelang es William, der leidenschaftlichen Frau einen Trost zu geben, mit der Hindeutung, wie Clara's Liebe und Sorgfalt, die sich jetzt im schönsten Lichte zeige, wohl ein Glück sei, das die Mutter nicht verkennen dürfe. Dadurch bekamen die Ideen der Commerzienräthin plötzlich eine andere Wendung.

Ja, Du hast Recht, mein Sohn, sagte sie, an Clara habe ich mich schwer versündigt, sie habe ich lange nicht genug geliebt. Aber jetzt werde ich vergelten; sie soll jetzt mein Stolz, mein Alles sein, und jetzt gleich soll Eure Verlobung gefeiert werden, damit die Leute nicht glauben, die Schande, die mein Sohn über mich bringt, habe mich ganz niedergebeugt. Sie sollen sehen, daß mir in Clara und in Dir noch große Freude geblieben ist, und daß ich weder so schwach, noch so alt bin, mich von einem Unglück niederwerfen zu lassen. Hole mir Clara herbei, wir wollen die nöthigen Schritte noch heute thun.

Das hatte William nicht beabsichtigt und es setzte ihn in Verlegenheit, um so mehr, als Clara es leicht für ein planmäßiges Werk von seiner Seite halten konnte. Er versuchte also der Tante zu beweisen, wie ein zu gleichgültiges Verhalten bei der Nachricht von Ferdinand's unerwarteter Vermählung mißdeutet werden könne, und beredete sie, nicht jetzt, während sie noch leidend und Clara so betrübt über ihren Bruder sei, ein Fest zu feiern, das mit voller Freudigkeit begangen werden müsse. Dadurch erlangte er einen kurzen Aufschub. Offenbar hatte aber die Aussicht, welche ihr William in Clara's Glück eröffnete, eine günstige Wirkung auf seine Tante gehabt. Sie erklärte, sich wohler zu fühlen, erstand von ihrem Lager und söhnte sich mit ihrem Manne aus, um sich mit ihm über Clara's Mitgift zu verständigen, die sie jetzt ebenso sehr zu erhöhen wünschte, als sie früher auf Beschränkung derselben zu Ferdinand's Gunsten gedrungen hatte. Dies Alles entging Clara nicht. In ängstlicher Erwartung sah sie der Stunde entgegen, in welcher dieser Gegenstand endlich zwischen ihr und ihrer Mutter zur Sprache kommen mußte, und diese Stunde ließ nicht auf sich warten.

Eines Morgens ließ die Commerzienräthin Clara früher als gewöhnlich rufen. Sie hatte ihre Krankenstube verlassen und saß mit einer gewissen Feierlichkeit in ihrem Lehnsessel. Als die Tochter bei ihr eintrat, reichte sie derselben freundlich die Hand, nöthigte sie, sich zu ihr zu setzen, und sagte, nachdem sie einen Augenblick über den Anfang der Unterhaltung nachgedacht hatte: Mein Kind, es ist zwischen uns nicht immer so gewesen, wie es hätte sein sollen; und ich will Dir es gestehen, ich habe Dich verkannt. Ich habe Deine Sanftmuth für Schwäche gehalten, habe Dir auch sonst in meinem Herzen Unrecht gethan, weil ich alle Plane für das Ansehen unsers Hauses nur auf Ferdinand basirte. Er hat meine Hoffnungen betrogen – ich habe keinen Sohn mehr.

Ein nervöses Zittern fuhr trotz der Mühe, mit der sie es verbergen wollte, sichtbar durch ihre Glieder. Clara bat sie, sich zu schonen; sie versuchte ein Wort zu Gunsten ihres Bruders einzulegen und der Mutter vorzustellen, wie seine unbesonnene Handlung vielleicht weniger traurig in ihren Folgen sein würde, als man glaube.

Die Commerzienräthin ließ sie nicht vollenden. Das verstehst Du nicht, sagte sie heftig. Kann denn irgend Etwas die Schmach vertilgen, daß ein Weib wie jenes den Namen unserer Familie, meinen Namen trägt? Fürchte nicht, daß Ferdinand Mangel leiden, daß Dein Vater ihn enterben könne, wie er neulich gedroht. Er soll mehr haben, als er bedarf, mehr, als Lord D. der Person geboten hätte, unter der einzigen Bedingung, daß er unsern Namen ablegt, daß er nie nach Deutschland kommt, daß ich nie wieder von ihm und von dem Frauenzimmer Etwas höre. Für mich ist Ferdinand todt, ich habe keinen Sohn mehr, wiederholte sie noch einmal.

Während dieser Rede war sie immer heftiger geworden und brach zuletzt in krampfhaftes Weinen aus, das sie zu erleichtern schien. Auf Dich allein ist nun meine Zukunft angewiesen, sagte sie. Deine Söhne sollen die Erben dieses Hauses werden und William hat mir versprechen müssen, daß sie unsern Namen neben dem Euren führen sollen. Morgen muß der Ehecontract aufgenommen werden und sehr bald soll Eure Hochzeit sein. Ich würde nicht Ruhe haben, ehe ich nicht die einzige Angelegenheit beendet habe, die mir auf Erden noch Freude machen kann, und daß Du mir diese letzte Freude machst, das wird Dir Segen bringen. Gott gebe, Du würdest eine glücklichere Mutter, als ich.

Sie fiel ganz erschöpft in die Kissen des Sophas zurück, Clara stand sprachlos an ihrer Seite, bemüht, sie durch den Geruch stärkender Essenzen zu beleben. Sie hatte sich vorgenommen, ihrer Mutter zu sagen, daß sie William nicht liebe und ihn nicht heirathen könne, und hatte sich gefaßt gemacht, den heftigen Zorn derselben mit Ergebung zu tragen. Jetzt aber, als die Mutter vor ihr lag, die stolzen Züge ganz gebrochen von der Macht des Leidens, fehlte ihr der Muth, sie durch eine entschiedene Weigerung noch mehr zu betrüben. Nur um Aufschub wollte sie fürs Erste bitten und that es, indem sie der Commerzienräthin vorstellte, wie ihr leidender Zustand keine Aufregung gestatte und wie William gern bereit sein würde, zu warten, bis die Mutter wieder ganz wohl und kräftig sei. Aber auch davon wollte diese nichts hören, und als in diesem Moment Eduard in das Zimmer trat, um seinen täglichen Morgenbesuch zu machen, richtete die Commerzienräthin sich lebhaft mit der Frage empor: Sagen Sie, lieber Doctor, glauben Sie, daß Freude meinen Nerven schaden könne?

Im Geringsten nicht, antwortete er unbefangen; ich glaube vielmehr, daß Erheiterung Ihres Gemüths mehr zu Ihrer Genesung beitragen würde, als irgend eine Arzenei.

Also haben Sie nichts dagegen, wenn wir morgen die Verlobung meiner Tochter feiern?

Eduard schwieg betroffen; Clara sah ihn mit flehenden Blicken an, ihr Athem stockte; denn von dieser Antwort hing ihre Zukunft ab. Die Commerzienräthin schien aber zu glauben, ihr Arzt überlege, ob ihre Anwesenheit in größerer Gesellschaft zulässig sei, und sagte: Ich spreche ja von keinem großen Feste, nur im engsten Kreise wollen wir die Verlobung vor sich gehen lassen. An solche Feste, wie Ihre Eltern bei Jenny's Verlobung veranstalteten, darf ich jetzt freilich nicht denken, auch wird Clara zur Entschädigung in dem Hause ihrer Schwiegereltern Glanz und Feste in Ueberfluß finden – deshalb soll Alles morgen in Stille vor sich gehen und dagegen dürfen Sie keine Einwendungen machen.

Nein, gewiß nicht! Ich darf keine Einwendungen dagegen machen! antwortete er mit einem Seufzer und blickte auf Clara, die sich, unfähig seinem Blicke zu begegnen, an einen Stuhl lehnte, um nicht ihrer Bewegung zu unterliegen.

Kaum aber hatte die Commerzienräthin Eduard's Erlaubniß erhalten, als sie die Klingel zog und dem Diener befahl, William zu ihr zu bitten. Eduard hielt die Hand der alten Dame noch in der seinen, und richtete eine Frage über ihren Zustand an sie, als William schon dem Ruf der Tante Folge leistete.

Gleich, gleich, Doctor! unterbrach sie ihn, seien Sie nicht böse. Aber Sie selbst gestanden mir, Freude sei meine beste Arznei, darum muß ich William sagen, daß Sie mir die Erlaubniß gegeben haben, morgen die Verlobung der beiden Lieben feiern zu dürfen.

Eduard! rief William. Doch ehe er noch ein Wort hinzufügen konnte, sprang Eduard auf und wollte Clara zu Hülfe eilen, die, unfähig sich länger zu beherrschen, bleich und matt der Thür zuwankte. Plötzlich blieb er stehen und sagte rasch, aber mit einer Selbstbeherrschung, die Jeden täuschen mußte, der die Verhältnisse nicht kannte: Ihre Braut ist unwohl, William, begleiten Sie sie.

In demselben Augenblick war William auch an Clara's Seite, ihre letzte Kraft verließ sie, er umfing sie stützend mit seinen Armen, und in Eduard's und in ihrer Mutter Gegenwart weinte sie heiße Thränen über ihr verlorenes Liebesglück an ihres künftigen Gatten Brust.

Noch am Abende fuhr Eduard nach Berghoff hinaus. Clara ist mit William verlobt, sagte er, nachdem er sich mit den Seinen begrüßt hatte.

Das freut mich sehr, antwortete sein Vater und drückte Eduard die Hand, während die Frauen ihn um nähere Mittheilungen baten. Mehr wurde zwischen Vater und Sohn nie wieder über eine Angelegenheit gesprochen, welche früher zwischen ihnen der Gegenstand lebhafter Erörterungen, banger Besorgniß und schweren Kampfes gewesen war.

Eduard fuhr nach wie vor an jedem Morgen in das Haus der Commerzienräthin, so lange ihre Gesundheit seine Pflege erforderte; nur Zeuge von Clara's Verlobung zu sein, hatte er unter einem Vorwande verweigert, und William und Clara wußten ihm dies Dank. Die ersten Tage, an denen er das neue Brautpaar sah, bedurfte es seiner ganzen Kraft, um äußerlich eine Fassung zu erzwingen, die ihm in seinem Geiste noch fehlte. Aber William stand ihm wie seiner Braut in edler Weise bei. Er selbst begleitete bald darauf Clara nach Berghoff und mit einer Gewandtheit, die aus dem feinsten Schicklichkeitsgefühl und einem wohlwollenden Herzen entsprang, wußte er Eduard und Clara vor jeder zu schmerzlichen Berührung zu bewahren.

Während die Damen sich mit einer Unterhaltung über die in beiden Häusern nöthig gewordenen Ausstattungen für die Bräute beschäftigten, zog William seinen Freund mit sich und sagte: Lieber Eduard! Clara hat gegen mich das Verlangen geäußert, Sie noch einmal allein zu sprechen, und ich hatte ihr zugesagt, ihr dazu Gelegenheit zu geben. Später bin ich anderer Meinung geworden, ich habe Clara gebeten, der Erfüllung dieses Wunsches zu entsagen. Sie werden mir zugeben müssen, daß es für uns Alle besser ist, wenn wir uns so schnell als möglich über eine Zeit fortzuhelfen versuchen, die an schmerzlichen Eindrücken nur zu reich ist. Deshalb habe ich meine Tante überredet, unsere Hochzeit zu beschleunigen. In vierzehn Tagen spätestens soll sie vollzogen werden.

Ich billige Ihre Ansicht vollkommen und danke Ihnen für Alles, was Sie thun, Clara's Gefühle zu schonen, antwortete der Doctor.

Und nun Eduard! sagte William, noch eine Bitte. Ich habe Sie seit unserm ersten Begegnen für einen seltenen Mann gehalten; weil Sie der sind, lassen Sie es mich nicht entgelten, daß ich glücklicher bin als Sie. Ich werde bald eine Frau haben, die ich liebe – soll ich deshalb den Freund verlieren, den ich gewonnen zu haben glaubte?

Nein, bei Gott! das sollst Du nicht! rief Eduard, hingerissen von William's Worten. Glaube mir, William! daß ich Dich aus Grund der Seele achte; aber wundre Dich nicht, wenn mir jetzt, wo ich von den Hoffnungen meiner Vergangenheit so plötzlich scheide, Gegenwart und Zukunft noch umwölkt erscheinen; wenn ich keinen andern Gedanken habe, als wie groß das Glück war, auf das ich verzichten mußte. Dir vertraue ich dies Glück an, und könnte mich Etwas trösten, so wäre es das Bewußtsein, Clara an Dich, an den Würdigsten verloren zu haben.

Arm in Arm kehrten sie zu den Uebrigen zurück, sie fanden Steinheim in der Familie, der eben dazu gekommen war. Ich schwöre Ihnen, sagte er, ich wäre längst einmal hieher gekommen, wenn die fatale Hitze mir nicht eine vollkommene Nervenabspannung zu Wege brächte; besonders da die Stadt so still und einsam ist, wie Pompeji vor der Ausgrabung.

So bringen Sie uns keine Neuigkeiten mit, und wir Landleute wissen mehr als Sie. Denken Sie nur, der räuberische Engländer entführt uns Clara schon in der nächsten Woche! bemerkte Jenny.

Ja! dann hat er ein Recht, stolz zu sein, weil wir dann das Einzige an ihn verlieren, um das England uns beneiden mußte, rief Steinheim, Posa's Worte parodirend, indem er sich gegen Clara tief verneigte.

Die Hitze macht Sie nicht galanter, sagte Jenny lächelnd, denn Sie vergessen, daß William mich nicht ebenfalls mitnimmt, sondern daß ich hier bleibe, um mich an Ihnen für Ihren Mangel an Galanterie zu rächen.

Gehört die Rache auch zu den christlichen Tugenden einer Frau Pfarrerin? fragte Steinheim, und da Jenny, gegen sein Erwarten, nichts darauf erwiderte, sondern die Frage fallen ließ, wendete er sich zu den Herren, die, seitwärts stehend, mit einander sprachen. Bald aber kehrte er wieder zu den Damen zurück, weil, wie er behauptete, da, wo die Männer säßen, ein furchtbarer Zugwind wehe, von dem man in dieser Witterung den Tod haben könnte. Man lachte ihn aus, und doch war er heute Clara willkommen. Seine Anwesenheit, seine Unterhaltung, auch wenn sie, wie fast immer, nur sein »Ich« betraf, zogen die Aufmerksamkeit von ihr ab; und je größer der Zirkel wurde, um so ungestörter konnte sie sich in die Erinnerung alles Dessen versenken, was sie in diesem Kreise erlebt hatte, und was sich heute unwillkürlich ihrem Geiste aufdrängte.

Sehen wir Sie vor Ihrer Hochzeit noch? fragte die Hausfrau sie, als sie später schieden.

O, gewiß! antwortete Clara, ich komme noch Abschied von Ihnen Allen zu nehmen, da wir gleich nach der Trauung abreisen. Denken Sie unser, wenn wir nicht mehr hier sein werden! bat sie mit kaum unterdrücktem Weinen, und ihr Blick traf Eduard, der ihn nur zu wohl verstand. William aber machte der stummen Scene schnell ein Ende und führte seine Braut davon.

Die Trauung des neuen Ehepaares war vorüber; die junge Frau in Reisekleidern war des Augenblickes gewärtig, in dem die Diener melden würden, daß Alles zur Abreise bereit sei. Die Gäste hatten sich entfernt, nur Jenny und Eduard waren noch geblieben. In sich gekehrt sah dieser kaum, was um ihn vorging; er wünschte, der schwere Kampf des Scheidens wäre an Clara und ihm bereits vorüber. Die Commerzienräthin sprach mit ihrem Schwiegersohne und empfahl ihm die dringendste Vorsicht für die junge Frau, welche Hand in Hand mit ihrem Vater da saß, der in ihr seine einzige Freude verlor.

Da trat ein Diener herein und wie ein elektrischer Schlag durchzuckten Jeden die einfachen Worte: Der Postillon hat angeschirrt!

Weinend schieden die Eltern von der einzigen, schönen Tochter; weinend sank sie Jenny in die Arme und wollte, sich gewaltsam losreißend, an Eduard vorüber, ihrem Manne folgen. Dieser aber hielt sie zurück. Und Eduard? sagte er leise mahnend, und führte sie selber zu dem Freunde hin. Das war mehr als sie ertragen konnten, aber William hatte vorausgesehen, was er ihnen damit that, was er ihnen damit leistete und gewährte.

Jetzt in der Stunde der Trennung bedurfte es keines Geheimnisses, gab es keine Entweihung für diese reine Liebe mehr. Eduard zog die Geliebte, William's Frau, tief erschüttert, an sein Herz, und drückte einen langen Kuß auf ihre Stirne. Gott segne Sie! rief er, und schloß dann auch William noch einmal in seine Arme. Gott segne Euch! Er konnte nicht weiter sprechen. Ueberrascht, aber mit ehrendem Schweigen, sahen es der Vater, sah die Mutter es.

Leben Sie wohl, Eduard! Ihnen vermache ich meine Eltern, sagte Clara kaum hörbar, stehen Sie ihnen bei! – Und nun erst nahm William ihren Arm und führte sie zu dem Wagen, der sie bald den Augen der nachsehenden Freunde entzog.

Nach Clara's Abreise schien Eduard sich plötzlich zu ermannen. Ein Leben, das ihm keine Freude bot, wollte er für Andere nützen; nicht umsonst hatte er seine Hoffnung geopfert und der Geliebten entsagt. Er fing an wieder vorwärts zu blicken, mit neuem Eifer seine medizinischen Studien und die Bestrebungen aufzunehmen, die er im Verein mit gleichgesinnten Männern schon früher für die Befreiung seiner Glaubensgenossen gemacht hatte. So hatte der Vater ihn zu finden erwartet, und das erhabenste Verhältniß bildete sich immer schöner zwischen ihnen aus, denn auf die rasche Thätigkeit des Sohnes übten die Ruhe und Weisheit des Vaters den segensreichsten Einfluß. Seit Eduard ganz von der Leidenschaft für Clara beherrscht, nur dieser und dadurch sich selbst gelebt, war er auch mit Joseph und Steinheim weniger zusammengekommen; sie nahmen den Rückkehrenden nun mit Freuden wieder auf. Jetzt erst erfuhren sie auch, welche Forderung Eduard an die Regierung gestellt, und die abschlägige Antwort, die ihm geworden, und Beide erriethen leicht, was ihn bewogen hatte, jene Angelegenheit so heimlich zu betreiben.

Wir müssen mit unermüdlicher Beharrlichkeit den Weg verfolgen, sagte Eduard, den wir für den rechten halten. Es kommt nur darauf an, daß wir ausharren, nicht verzagen und immer wieder kommen, so oft man uns auch abweist.

Das werden sie jüdische Unverschämtheit nennen! bemerkte Joseph.

Mögen sie es immerhin. Nur in der Beharrlichkeit liegt Hoffnung, nur wenn wir unablässig dagegen stürmen, können die Verschanzungen fallen, hinter denen sie uns unsere Rechte vorenthalten; und fallen müssen sie. Unser Recht muß uns werden.

»Und wär' es mit Ketten an den Himmel geschlossen!« unterbrach ihn Steinheim, der selbst bei einer so ernsten Unterredung, die ihm sehr am Herzen lag, seine üble Angewohnheit nicht überwinden konnte. Glücklicherweise war man so sehr daran gewöhnt, daß Niemand es weiter beachtete. Auch Joseph und Eduard hörten nicht darauf, sondern überlegten lange, ob man jetzt, nachdem Eduard's persönlicher Wunsch abschlägig beschieden worden, dieselbe Bitte für die Juden im Allgemeinen bei der Regierung wagen solle. Sie stritten hin und her und kamen endlich überein, daß Eduard sich nach Jenny's Hochzeit, die nicht allzu fern mehr war, selbst nach der Residenz begeben und versuchen möchte, was dort zu erreichen sein würde. Nach diesem Beschlusse verließ Steinheim die Andern, und Eduard, der erst jetzt wieder auf seine Umgebung aufmerksam zu werden anfing, sagte zu Joseph: Da wir

Jenny's Hochzeit erwähnen, sage mir, Du, der Du meine Schwester nie aus den Augen verloren hast, was quält Jenny? liebt sie Reinhard nicht? scheut sie sich vor dem Leben auf dem Lande? oder was geht sonst mit ihr vor? Ich finde sie geistig in einer Weise verändert, die mich um so mehr überrascht, als sie mir bis jetzt gänzlich entgangen war.

Du hast Recht! sagte Joseph, aber wir können ihr nicht helfen, sie quält sich selbst, und ich weiß nicht, wie das enden wird.

Wie meinst Du das? fragte Eduard bestürzt.

Ich bin überzeugt, Jenny ist ohne allen Glauben an die christlichen Dogmen Christin geworden, und der Gedanke, einen Meineid geschworen zu haben, peinigt und verfolgt sie mit einer Gewissensangst, vor der sie sich nicht zu schützen weiß.

Wär's möglich? – Sollte es Das sein? Was bringt Dich auf die Vermuthung?

Jenny's ganzes Wesen und vor Allem eine Unterhaltung, die ich vor einigen Tagen mit ihr hatte. Sie brachte absichtlich das Gespräch auf Religionsverschiedenheit und gestand mir, jetzt, da sie Christin geworden wäre, käme sie sich manchmal wie ausgeschlossen oder verstoßen von den Ihren vor. Es sei ihr, als wenn sie nicht mehr wie sonst zu den Eltern gehöre, obgleich sie sich doch Reinhard durch die Taufe nicht näher gebracht fühle. Sie fragte mich, was ich von dem Eide denke? ob ich überhaupt glaube, daß alle sogenannten Sünden auch Sünden vor Gott seien? und sie äußerte sich überhaupt in einer Art, die mir bei ihrem Geiste lächerlich und kindisch erschienen wäre, wenn ich nicht darin eine vollkommene, innere Verwirrung, einen Zwiespalt gefunden hätte, der mir herzlich leid that. Zuletzt sagte sie mir, sie könne den Gedanken nicht fassen, nicht mit ihren Eltern auf demselben Kirchhofe zu ruhen. Ich stellte ihr vor, das sei eine Thorheit; auch wir, obgleich noch Juden, könnten leicht fern von allen Freunden eine Ruhestatt finden, und es sei gewiß höchst gleichgültig, wo man uns begraben würde. Sie aber blieb dabei, es wäre ihr schrecklich, und war überhaupt in einer Stimmung, in der jeder Vernunftgrund fruchtlos bleiben mußte.

Das arme Kind! rief Eduard, was kann man für sie thun?

Wir müssen sie sich selbst überlassen. Ich bin überzeugt, daß sie den Ausweg finden wird. Das muß man abwarten und ich hoffe, sie findet ihn bald, besonders, wenn irgend ein äußerer Anlaß ihrer Unentschlossenheit zu Hülfe käme und sie veranlaßte, sich offen darüber zu erklären, wo eigentlich die Quelle ihres Leidens liegt.

So laß uns gemeinschaftlich über sie wachen, bat Eduard, damit wir den rechten Augenblick nicht verfehlen, wenigstens Jenny glücklich zu machen, da wir es nicht geworden sind.

Leidensgefährte! – sagte Joseph mit einer Miene und einem Tone, die ein eigenthümliches Gemisch von Spott und Schmerz ausdrückten. Wir wollen sie behüten, so gut es geht, aber ich fürchte, auch ihr ist nicht zu helfen!

Und leider war Joseph's Vermuthung nur zu richtig. Je glücklicher sich Jenny in Reinhard's Liebe fühlte, um so mehr demüthigte sie der Gedanke, unwahr gegen ihn zu sein. Von frühster Kindheit an hatte man ihr die Lüge als etwas so Unedles, so Verächtliches dargestellt, daß sie sich nur mit Entsetzen zu gestehen vermochte, wie tief sie sich in dieselbe verwickelt habe. Der Zustand ihrer Seele möchte für Denjenigen, der ihn nicht von selbst versteht, schwer zu beschreiben sein. Sie fühlte sich dem Elemente, in dem sie geboren, der Atmosphäre, in der allein sie athmen konnte, entrissen. Man hatte sie gelehrt, wahr gegen sich selbst, gegen jeden Andern zu sein, und Recht und Wahrheit waren die Sterne gewesen, auf die man von jeher ihr Auge gelenkt. Gott ist die Wahrheit, das Recht, das Gute und das Schöne, hatte ihr Vater ihr stets gesagt, und so lange Du das Recht thust, so lange Du wahr bleibst, bist Du Gottes Kind und mein liebes Kind! – Stundenlang konnte die Erinnerung an diese freundlichen Worte, bei denen sie sich sonst so glücklich gefühlt, sie jetzt quälen. Nachdem sie damit angefangen hatte, unwahr gegen sich selbst zu sein, hatte sie durch eine damals unfreiwillige Selbsttäuschung von ihrem Vater die Erlaubniß erlangt, zum Christenthume überzutreten, an das sie zu glauben wähnte. Als aber der Zweifel in ihr erwachte; als sie mit aller Anstrengung und dem Aufwande von tausend Scheingründen in sich die Lehren Reinhard's und des Pastors zu begründen strebte; da, sagte sie sich jetzt, da habe sie gewußt, daß sie niemals werde glauben können, was sich gegen ihre Vernunft sträube; und daß sie dennoch, trotz dieser innern Gewißheit, Christin geworden sei, daß sie ihren Vater, Reinhard und sich selbst habe hintergehen wollen, das war ein Verbrechen, um dessentwillen sie sich verächtlich vorkam, eine Sünde, die sie sich nicht vergeben konnte. Aber was ist Sünde? fragte sie sich dann wieder. Wenn ich Reinhard nicht anders glücklich machen konnte als durch eine Unwahrheit; wenn ich selbst ohne sie elend werden mußte, kann Gott ein Unrecht strafen, das aus großer Liebe begangen wurde? Einen Augenblick fühlte sie sich dann frei und gerechtfertigt durch die Liebe; durch den Kampf, den es sie gekostet, aus Liebe gegen ihre Ueberzeugung zu handeln.

Sie hatte aus Liebe ein Opfer gebracht, das ihr schwer geworden war, sie hatte sich selbst überwunden – das war es ja gerade, was Gott von uns verlangt – und diese Idee gab ihr Ruhe, bis sie sich gestand, daß auch dies wieder eine Unwahrheit sei. Nicht nur um glücklich zu machen, sondern um es zu werden, war sie Christin geworden; es lag Selbstsucht auch in dieser Handlung, und die Bemerkung, daß es ihr fast zur Gewohnheit geworden, sich nach ihrem Bedürfniß selbst zu täuschen, vermehrte ihre Seelenpein in einem Grade, der ihr jedes ruhige Urtheil raubte. Eine Furcht vor der Strafe Gottes bemächtigte sich ihrer Seele, und sie, die nicht an die mystischen Lehren des Christenthums zu glauben vermochte, überließ sich fast willenlos dem Aberglauben des alten Testaments, das Gott einen Rächer nennt, das Böse strafend bis in das fernste Glied. Auch Reinhard, sagte sie sich, ziehe ich mit in mein Verderben; auch ihn wird der Strudel erfassen, wenn ich ihm nicht mehr verbergen kann, daß ich nicht glaube. Was soll er dann beginnen? Er wird mich lieben und mir doch nicht verzeihen können! Auch er wird in den heillosen Kampf zwischen seiner Liebe und seinem Glauben gerathen; auch auf sein theures Haupt werde ich das Elend herabbeschwören, das mich nicht ruhen läßt, und das wird die erste Strafe sein, mit der Gott meine Sünden rächt.

In dieser Verfassung ihrer Seele vermehrten die Briefe des Geliebten ihr Leiden. Sie sprachen ihr warme Liebe und ein volles unbedingtes Vertrauen aus. Er schilderte ihr das Glück einer Ehe, wie er sie an ihrer Seite erwarte, die, auf gleichen Ansichten, gleicher Ueberzeugung gegründet, in gemeinsamem Streben nach Vollkommenheit, den Himmel auf Erden bieten müsse; und meldete ihr endlich voller Freude, daß der Tag zu seiner Ordination bestimmt sei und er, sobald ihm diese Weihe geworden, zurückkehren werde, um sie heimzuführen. Seine Mutter, die seiner Ordination beizuwohnen wünsche, sei bereits bei ihm und werde mit ihm zur Hochzeit nach Berghoff kommen. Dann wünsche er vor derselben mit Mutter und Braut das Abendmahl zu nehmen, was Jenny bisher noch nicht empfangen hatte, und bald nach der Hochzeit abzureisen, während seine Mutter in der Stadt bleiben würde, um sie die Tage des ersten Beisammenseins ganz ungestört und allein genießen zu lassen.

Jenny's Herz schlug freudig der langersehnten Nachricht entgegen, sie drückte das Blatt an ihre Lippen. Vor der sichern Hoffnung auf die nahe Vereinigung mit dem Geliebten war für einen Augenblick jeder andere Gedanke aus ihrer Seele geschwunden; und sie begann den Brief nochmals zu lesen, um nur keines der Worte zu verlieren, welche sie so glücklich machten. Da fiel ihr Blick auf die Stelle: Ich wünsche noch vor unserer Hochzeit mit Dir das Abendmahl zu nehmen, und auch auf diese Weise in die heiligste, innigste Gemeinschaft mit Dir zu treten, die Du bald als mein geliebtes Weib, unauflöslich, untrennbar mit mir verbunden, mein sein wirst.

Ihrer Hand entsank das Blatt, jetzt war der Augenblick gekommen! Zum zweiten Mal, wie bei der Taufe, ein Spiel zu treiben mit Dem, was Reinhard das Heiligste auf der Welt war, das vermochte sie nicht. Dies, das fühlte sie, dies war der entscheidende Moment, in welchem sie entweder sich durch einen gewaltsamen Entschluß in ihrer eigenen Achtung wieder herstellen und ihr Gewissen in Bezug auf Reinhard beruhigen, oder sich mit geschlossenen Augen in ein Labyrinth stürzen mußte, in dem sie und der Geliebte untergehen konnten.

Der Kampf war ernst und schwer, aber die Wahrheit siegte, und aufgelöst in Schmerz schrieb sie nach durchwachter Nacht, als schon das helle Tageslicht in ihre Fenster schien, folgenden Brief an Reinhard:

Geliebtester! Wie viel glücklicher wären wir Beide, wenn statt dieses Briefes die Nachricht in Deine Hände käme, Deine Jenny sei gestorben. Du würdest weinen, mein Reinhard! Du würdest um mich trauern, mein Andenken lieben, wie Du mich liebst, und ich wäre, erhoben von diesem Gedanken, geschieden und hätte Ruhe. Warum konnte ich nicht sterben, als Du mich das letzte Mal in Deine Arme schlossest, als Deine Liebe mich so beglückte? Denkst Du daran, wie ich es wünschte, wie ich es Dir sagte, weil ich schon damals ahnte, daß ein Augenblick, wie der jetzige, mir bevorstehen könnte?

Bei der Erinnerung an jene Stunde beschwöre ich Dich, bei der Liebe und Nachsicht, die Du mir damals gelobt hast, stoße mich jetzt nicht von Dir, mein Geliebter! Du, der mich fast seit meiner Kindheit kennt, den ich liebte, seit ich ihn zuerst sah. Du bist mein Lehrer gewesen und kennst meine Seele; Du weißt, daß mein Geist ebenso heiß nach Wahrheit dürstet, als mein Herz Liebe verlangt. Darum kannst Du mich verstehen, darum mußt Du Mitleid mit mir haben, wenn ich Dir sage, daß ich Dich mehr als die Wahrheit liebe, daß ich meine Ueberzeugung zwingen wollte, sich meiner Liebe zu fügen. Ich vermag es nicht länger.

Von Augenblick zu Augenblick zögere ich, Dir ein Bekenntniß zu machen, von dem ich fürchte, daß es Dich tief betrüben, mich in Deinen Augen heruntersetzen könne. Ich möchte Dich an all

die Liebe erinnern, die uns vereint, an das Glück, das wir gemeinsam erhoffen, damit sie Dir vorschweben, wenn ich Dir Alles gesagt
haben werde.

Ich glaube nicht, daß Christus der Sohn Gottes ist; daß er aufer-
standen ist, nachdem er gestorben. Ich glaube nicht, daß es seines
Todes bedurfte, um uns Gottes Vergebung und Nachsicht zu erwerben. Die Dreieinigkeit, die er lehrte, ist mir ein ewig unverständli-
cher Gedanke, der keinen Boden in meiner Seele findet. Ich glaube
nicht, daß es ein Wunder gibt, daß Eines geschehen kann, außer
den Wundern, die Gott, der Eine, einzig wahre, täglich vor unsern
Augen thut. Und selbst zu Christus, des erhabenen, göttlichen
Menschen Erinnerung kann ich das Abendmahl nicht nehmen,
mich nicht zu einer Ceremonie entschließen, die mir wie eine un-
heimliche Form erscheint, während Du die innigste Verbindung
mit Gott darin feierst.

Ich kann nicht anders! Diese Ueberzeugung ist stärker als meine
Liebe, als ich! Nach furchtbarem Kampfe wurde ich Christin; denn
schon vor der Taufe war die Wahrheit in mir Herr geworden über
eine Täuschung, die ich mit der Angst der Verzweiflung in mir zu
erhalten strebte, um Deinetwillen! Lügen kann ich nicht länger,
aber auch glauben kann ich nicht – kein Ausweg ist möglich; und
mit dem Gefühl der tiefen Liebe, die ewig wahr und unverändert
in mir ist, werfe ich mich an Deine Brust. Du sollst mir sagen, wie
ich Frieden mache zwischen Liebe und Glauben, wie ich mich
wiederfinde in dem Gewühl des Kampfes.

Wenn Du mich liebst, habe Mitleid mit mir, komme bald,
komme gleich und laß mich aus Deinem Munde die Worte hören,
die meiner Seele allein Ruhe geben können. Sage mir, daß Du mich
lieben kannst, wenn ich auch nicht an Christus glaube, wie Ihr es
verlangt. Ihr sagt, er sei die Liebe – nun, dann ist er mit mir, denn
ich liebe Dich, wie je ein Mensch zu lieben vermochte; ich kenne
kein Glück als Deine Liebe. Schreibe mir nicht! Das dauert zu
lange, komme selbst, damit ich Dich sehe und in Deinen Augen
die Antwort finde, die langsam aus todten Lettern zu lesen, eine
Qual wäre, die Du mir ersparen wirst, weil Du mich liebst. Ja! ich
weiß, daß Du mich liebst. Mit dem Glauben, sage ich Dir, auf
Wiedersehen! Geliebter, Lehrer, Freund, mein Alles auf der Welt!
Laß mich nicht lange auf Deine Ankunft warten, jetzt, wo jede
Minute mir zu Jahren wird, bis ich Dich sehe!

Nachdem sie diesen Brief gefaltet und der Diener ihn besorgt
hatte, schien es ihr, als hätte sie nichts von Dem gesagt, was sie
eigentlich gedacht. Sie wollte ihn zurück haben, es anders sagen,

nochmals überlegen. Sie warf sich vor, zu rasch gehandelt zu haben, sie befahl dem Diener, sich zu beeilen und Alles aufzubieten, um ihr diesen Brief zurückzubringen. Aber vergebens. Die Post war abgegangen, kein Widerruf war möglich. Nun, so mag Gott sich meiner erbarmen! rief Jenny und stürzte weinend zu ihren Eltern, die jetzt durch sie das Geschehene erfuhren und, mit ihr leidend, Alles aufboten, ihr Ruhe und Trost zu geben. Zärtlich, nur für den Augenblick besorgt, versicherte ihre Mutter, Jenny könne doch unmöglich daran zweifeln, daß Reinhard sie liebe, und sie hege das Vertrauen, ein so aufgeklärter Mann werde an seiner Braut wegen einer Meinungsverschiedenheit nicht irre werden. Sie erinnerte sie, wie duldsam sich Reinhard und die Pfarrerin gezeigt, noch ehe von irgend einem Verhältniß zu Jenny die Rede gewesen, und sprach die feste Ueberzeugung aus, Reinhard in wenigen Tagen hier und Jenny glücklich zu sehen. Und doch weinte sie mit der Tochter, denn ihr Herz war fern von den Hoffnungen, mit denen sie diese zu beruhigen strebte.

Täusche Jenny nicht mit Erwartungen, die sich nicht erfüllen werden, oder ich müßte Reinhard nicht kennen, sagte der Vater. Ich fürchte, er kommt nicht.

Gott im Himmel, was habe ich gethan! rief Jenny.

Was ich Dir zu thun gerathen hätte, antwortete ihr Vater, hätte ich Deinen Zustand früher schon gekannt. Du durftest nicht daran denken, in eine Ehe zu treten, der nach Reinhard's Ansicht das innere Bindungsmittel fehlte. Du durftest namentlich ihn nicht täuschen über Deine Gesinnung. Jetzt hast Du Deine Pflicht erfüllt und Du wirst in dem Bewußtsein, das Rechte gethan zu haben, Kraft finden, auch das Schwerste zu ertragen.

Jenny war trostlos. Sie wollte einen zweiten Brief schreiben. Kannst Du etwas von Dem widerrufen, was Du in dem ersten gesagt? fragte der Vater. Sie mußte zugeben, das sei ihr nicht möglich. So schreibe auch nicht, bedeutete er sie.

Dann verlangte sie, gleich jetzt zu Reinhard zu reisen. Sie wollte ihn sprechen, alle seine Einwendungen besiegen, aber auch Das erklärte ihr Vater für unthunlich. Sieh, mein geliebtes Kind, sagte er, Du bist nun leider einmal in einen Kreis von Widersprüchen gerathen, aus denen nur ein gewaltsamer Ausweg möglich sein wird. Reinhard ist duldsam gegen den Andersgläubigen, aber seine Frau will er nicht nur dulden, er will sie lieben, sie soll ein Theil seines Ich's werden. Das kannst Du nicht, wenn Du in Dem, was einmal der Mittelpunkt seines Wesens ist, so vollkommen von ihm abweichst. Selbst wenn er sich überwinden und schweigen wollte, würde schon die Nothwendigkeit, gegen seine Frau auf seiner Hut zu sein, mit ihr nicht über seine heiligsten Interessen sprechen zu können, eine Störung Eures Glückes werden, abgesehen davon, daß Deine Gesinnung gerade zu seinem Beruf in einem noch schrofferen Widerspruche steht.

Innig zog er sein leidendes Kind in seine Arme, aber er versuchte nicht, es zu trösten. Blicke fest in Dein Inneres, sagte er, dort wirst Du Quellen des Trostes finden, die uns nie fehlen, wenn ein Schmerz uns trifft, ein Unglück uns droht, das wir nicht selbst verschuldet haben. Wir Alle leiden mit Dir und Gott wird Dir beistehen.

Eine tiefe Trauer schien über dem Hause zu liegen. Jeder fürchtete, Jenny auf irgend eine Weise zu verletzen, ihr wehe zu thun. Man wollte sie schonen, sie die ganze Größe der Liebe fühlen lassen, die man für sie empfand, und selbst Therese, der die obwaltenden Verhältnisse kein Geheimniß bleiben konnten, hatte wahres Mitleid mit Jenny, die sich in stiller Ergebung zu fassen versuchte, was bei ihrem lebhaften Charakter um so rührender erschien.

Ebenso traurig sah es bei Reinhard und seiner Mutter aus. Ihn hatte Jenny's Brief wie ein Blitzstrahl aus heiterm Himmel getroffen, und er war Anfangs keiner Empfindung, keines Gedankens mächtig gewesen. Nur das Bewußtsein, daß ihm ein großes entsetzliches Unglück widerfahren sei, stand klar vor seiner Seele. Wie war das möglich, wie hatte das geschehen können? fragte er sich und saß in starrer Betäubung da, bis die Pfarrerin hinzukam und mit Schrecken den Ausdruck schweren Kummers in den Zügen ihres Sohnes erblickte. Sie fragte, was ihm geschehen sei? Statt aller Antwort reichte er ihr Jenny's Brief. Brauchen wir zu sagen, wie er auf sie wirkte? – Sie setzte sich neben ihrem Sohne nieder und ergriff seine Hand. Sie konnten Beide keine Worte finden.

Das also ist das Ende alles meines Hoffens! rief Reinhard endlich und versank wieder in sein früheres Brüten. Und Jenny, fügte er dann hinzu, was wird aus ihr mit ihrem heißen Herzen?

Das ist meine kleinste Sorge! Für Jenny wird der Trost sich finden! meinte die Pfarrerin bitter. Denn kaum hatte sie sich von dem ersten Schrecken erholt, als ihr mit erneuerter Deutlichkeit Theresens Behauptung einfiel, Jenny liebe Erlau und habe sich schon lange nicht glücklich in Reinhard's Liebe gefühlt. Die Pfarrerin war eine verständige, welterfahrne Frau, sie war aber auch Christin und Mutter, und tief verletzt in ihrem Glauben und in ihrem Sohne. Unzählige verschiedene Verhältnisse hatte sie im Leben kennen gelernt. Selbst in dem Kreise ihrer Bekannten gab es viele Juden, die zum Christenthum übergetreten waren und glücklich und ruhig in demselben lebten. Warum sollte Jenny allein, die ihr selbst so oft mit wahrer Erbauung von Jesu und seinen Lehren gesprochen, kein Heil zu finden im Stande sein an der Quelle, aus der Segen für die ganze Menschheit geströmt war? Jenny, die obenein Reinhard zum Lehrer gehabt, dessen innige, fromme Ueberzeugung Jeden gewinnen mußte? An diesen Grund von Jenny's Zerrissenheit konnte sie nicht glauben; und that sie es dennoch, dann schauderte sie vor dem Leichtsinne, mit dem das Mädchen einen Meineid begangen hatte. Wer mit den heiligsten Dingen spielen konnte, bot auch dem Gatten keine Sicherheit. Ebenso wie gegen Gott konnte sie sich einst gegen ihren Ehemann versündigen, denn im Grunde war es vielleicht nur Erlau's würdiges Betragen gewesen, das sie abgehalten hatte, schon ihrem Bräutigam untreu zu werden. Der Schmerz über die Leiden ihres Sohnes machte sie ungerecht, und ihre gekränkte Muttereitelkeit gewann so sehr über ihre Vernunft den Sieg, daß sie dem Sohne ihre Zweifel an Jenny's Aufrichtigkeit und ihre ganze Unterredung mit Therese mittheilte.

Kaum aber hatte sie es gethan, als sie das Unheil zu bereuen anfing, das sie angerichtet hatte. Ein Funke, der in eine Pulvermine fällt, kann keine zerstörendere Wirkung hervorbringen, als die Worte seiner Mutter auf Reinhard. Mit tiefer Wehmuth hatte er Jenny's bis jetzt gedacht. Sein Leiden und das ihre hatte er gleichmäßig und vereint empfunden; er hatte sich alle Beredsamkeit der Welt gewünscht, um Jenny eine Ueberzeugung zu geben, welche es möglich machte, ihre Trennung zu verhindern, die für sie in den jetzigen Verhältnissen unvermeidlich wurde. Nun, bei der Erzählung der Mutter, erwachte seine Eifersucht aufs Neue. Sein altes Mißtrauen fing sich zu regen an, und wie eine Furie verfolgte ihn unablässig der Gedanke, das Spielzeug in den Händen eines Mädchens gewesen zu sein, das ihn verwarf, sobald ein neuer Wunsch es gleichgültig gegen den frühern werden ließ. Er hatte Jenny so sehr geliebt, er war bereit gewesen, ihr Alles, selbst seinen Stolz, sein Ehrgefühl zu opfern; zu Almosen von der Hand ihres Vaters hatte er sich um ihretwillen erniedrigen gewollt, und nun er sich am Ziele wähnte, in ihre Hand seine Hoffnungen, seine höchsten Wünsche legte – nun besaß ein Anderer ihr Herz, und sie entzog ihm ihre Hand unter einem Vorwande, der sie in seinen Augen verächtlich machte. Jenny zu verlieren schien ihm ein Glück gegen die Pein, sie nicht mehr achten zu können; sie, in deren junge Seele er selbst den Keim alles Großen und Schönen gepflanzt, die er als eines der schönsten Werke des Schöpfers heilig gehalten hatte.

Würde nur Jemand ihm warnend, beruhigend zur Seite gestanden haben, er hätte sich aus der Verwirrung der Leidenschaften leicht und schnell zurecht gefunden; denn nur zu deutlich hatte ihm, so lange er selbstständig geurtheilt, Jenny's Brief den Zustand ihres Herzens verrathen, und kein Zweifel an der Wahrheit ihrer Worte war in ihm aufgekommen, bis die Mutter seinen Argwohn rege gemacht. In ihrer Entrüstung achtete die Pfarrerin nicht auf die heißen, flehenden Bitten Jenny's, die nichts sehnlicher verlangte, als Reinhard's Eigenthum zu bleiben; der Gedanke allein, Jenny weigere sich, Reinhard's Frau zu werden, sie schlage die Hand ihres Sohnes aus, ihr Sohn sei von seiner Braut abgewiesen, war ihr gegenwärtig und er erbitterte sie um so mehr, als sie Grund hatte, auf den Sohn stolz zu sein, der diese Verbindung wie sein höchstes Glück erstrebt hatte. Geschäftig, ihn zu trösten, hielt sie ihm das Unrecht vor, das man an ihm begehe, und steigerte dadurch sein eignes Leiden so sehr, daß er, von Eifersucht und gekränktem Stolz getrieben, in der ersten Aufregung seines leidenschaftlichen Schmerzes diese Antwort schrieb:

Ein Mädchen, das Seelenstärke genug besitzt, den vertrauenden Mann, der mit glaubensvoller Liebe jeden Zweifel an sie für eine Todsünde gehalten, mit dem heiligsten Eide zu täuschen, wird die Kraft finden, eine Trennung zu ertragen, der mein Männermuth zu unterliegen droht. Wohl ihr, wenn diese Kraft sie auch vor Reue zu bewahren vermag.

Anfänglich sollte das Alles sein, was er ihr sagen wollte, und seine Mutter, welche dies Blatt gelesen, war eilig, es abgesendet zu wissen, weil es gerade so ihrer Gesinnung entsprach. Aber ein anderer Geist, eine unsägliche Traurigkeit kam über Reinhard. Er nahm das Blatt aus den Händen seiner Mutter, öffnete es nochmals und fuhr fort:

Jenny, warum hast Du mir das gethan? Gab es kein anderes Spiel, als das mit meinem Herzen? Ich weiß jetzt Alles, weiß, daß mich mein Argwohn nicht betrog. Du kannst mich nicht mehr täuschen. Alle Bande zwischen uns sind gelöst, mein Gewissen verlangt, daß ich sie zerreiße, aber mein Herz blutet. Ich fühle, daß ich kein Weib die Meine nennen darf, dem der heilige Glaube, welchen zu verkünden ich berufen bin, verschlossen ist. Und doch könnte ich Dich lieben, könnte Dich segnen, wenn Du mir nur die Möglichkeit gelassen hättest, Dich zu achten. Warum sagtest Du mir nicht, daß Du Erlau liebtest, daß nur er Dich beglücken könne?

Für Dich wäre mir das Opfer nicht zu schwer gewesen. Aber Du liebtest ihn und gelobtest mir Treue; Du theilst meinen Glauben nicht und schwörst, daß auch Dich Christus durch seinen alleinseligmachenden Tod mit dem Vater im Himmel vereint. Jenny, wie durftest Du so grausam das Ideal zerstören, das ich in Dir anbetete? Wie konntest Du Deine Seele, dies heilige, Dir von Gott vertraute Pfand, bis zu dieser That versinken lassen? Sage mir nicht, daß Du Dich getäuscht hast, das ist unmöglich, wenn Du es nicht wolltest. Selbst Liebe entschuldigt die Lüge nicht, und diese Lüge ist es, die uns für ewig trennt, denn ich habe unwiederbringlich den Glauben an Dich verloren, in der ich alles Heilige und Wahre liebte. Lebe denn wohl, Du, die ich nimmer vergessen kann, die mir das größte Glück und das tiefste Leid meines Lebens gegeben. Lebe wohl. Ich klage Dich nicht an, denn Du bist unglücklicher als ich, der im Glauben eine Stütze finden wird. O, wollte Gott, daß ich Dir den Glauben geben könnte zum Dank für das Glück, das ich, wenn auch nur durch eine Täuschung, bisher in Deiner Liebe genossen!

So kam der Brief in Jenny's Hände. Sie selbst vermochte ihn nicht zu lesen, ihre Hände zitterten, die Buchstaben schwammen vor ihren Augen. Sie reichte ihrem Vater, der gerade bei ihr war, das Blatt hin und fragte bebend: Kommt er? Sage mir, ob er kommt, ich kann nicht lesen. – Verneinend schüttelte der Vater das Haupt, nachdem er den Brief beendet, und gab ihn der Tochter wieder, die sich gewaltsam zusammennahm, um ihn hastig zu durchfliegen. Eine tiefe Ohnmacht, das einzige Glück, das ihr in dieser Stunde werden konnte, senkte sich auf sie nieder.

Als sie erwachte, las sie wieder und immer wieder den Brief, ohne zu begreifen, wie Reinhard an ihrer Liebe zweifeln könne, oder was der Gedanke bedeute, daß sie Reinhard um Erlau's willen aufopfere. Sie hatte sich gesagt, daß eine Trennung bei Reinhard's Gesinnung denkbar sei, aber für möglich hatte sie sie nicht gehalten, trotz der Andeutungen ihres Vaters. Von dem Geliebten verachtet, ohne Glauben, ohne Hoffnung, mir selbst eine Last, was bleibt mir im Leben? rief sie aus.

Jenny! sagte der Vater verweisend und doch mit unaussprechlicher Liebe, zog seine Tochter in seine Arme und rief auch die Mutter herbei, daß sie Beide mit ihrer Liebe das Kind beschatten möchten vor dem versengenden Strahl des Schmerzes, der sie getroffen.

In tiefem Kummer schwanden Stunden und Tage für Jenny hin; immer erwartete sie, Reinhard werde zur Erkenntniß kommen, er werde bereuen, und wenn auch eine Wiedervereinigung unmöglich sei, werde er dennoch kommen, um sie noch einmal zu sehen, um in Frieden von ihr zu scheiden. Aber vergebens. Und wieder verlangte es sie, dem Geliebten zu schreiben. Sie wollte ihm nur sagen, wie sie Niemanden liebe, als ihn, wie ihr der Argwohn in Bezug auf Erlau unbegreiflich und schmerzlich sei. Sie bat, man möge ihr die Beruhigung gönnen. Aber auch ihr Vater und die Ihren fühlten sich schwer gekränkt durch Reinhard's Betragen gegen Jenny, und der Vater fragte: Erlaubt es Dein Stolz, Dich einem Manne zu nähern, der Dich so verkennt?

Ich fühle keinen Stolz, antwortete Jenny, nur das Bedürfniß nach seiner Liebe, die mein höchster Stolz gewesen ist. Nur seine Achtung will ich mir erhalten. Er soll nicht wie einer Unwürdigen meiner gedenken, er soll mir glauben, daß ich ihn allein geliebt habe, das ist Alles, was ich noch verlange.

Nein, sagte der Vater, wenn Reinhard nur das leiseste Verlangen nach einer Erklärung aussprüche, würde ich jedem Deiner Wünsche in dieser Rücksicht meine Billigung geben. Vor einem Manne aber, der seiner Braut die unwürdigste Wortbrüchigkeit zutraut, und weder an ihre Liebe, noch an ihre Schwüre glaubt, vor dem soll meine Tochter sich mit keiner Bitte um Vertrauen erniedrigen. Mit Reinhard's krankhaftem Ehrgefühl, mit all seinen Forderungen hatte ich Nachsicht, denn er selbst verdiente Achtung und Du liebtest ihn, jetzt indessen scheint es mir fast eine Wohlthat, wenn ein Verhältniß sich löst, in dem Du nimmer glücklich werden konntest, sei es, daß Reinhard so gering von Dir dachte, als er es augenblicklich thut, oder auch, daß Heftigkeit sein Urtheil so ganz verblenden, ihn so ungerecht selbst gegen seine Braut zu machen vermag. Ich fordere es als einen Beweis Deiner Liebe zu mir, daß Du keinen Versuch machst, Dich mit Reinhard zu verständigen, eine friedliche Lösung Eurer Bande herbeizuführen, wenn er es nicht ausdrücklich von Dir verlangt. Du warst Reinhard's Braut, aber Du bist auch meine Tochter; auch die Ehre Deines Vaters muß Dir heilig sein, auch ihr mußt Du ein Opfer bringen können, ja, ich fordere, daß Du es mir bringst.

Und so geschah es. Reinhard und Jenny sahen sich nicht wieder, niemals fand irgend eine Erklärung zwischen ihnen statt, und ein Brautpaar, das mit leidenschaftlicher Sehnsucht nach seiner Vereinigung gestrebt hatte, war plötzlich und auf die schmerzhafteste Weise für immer getrennt.

Still und einsam verlebte man den Sommer in Berghoff, da auch Therese einige Zeit nach diesen Ereignissen zu ihrer Mutter zurückkehrte. Sie behauptete, zu Hause nöthig zu sein, und man sah es nicht ungern, als sie selbst den Wunsch aussprach, die Freunde zu verlassen, weil ihre Anwesenheit Jenny nicht angenehm zu sein schien.

Erst spät im Jahre kehrte man in die Stadt zurück. Jenny hatte sich allmälig wieder in die Verhältnisse einzuleben, die ihr fremd geworden, da ihnen die Beziehung auf Reinhard genommen war.

Und als diesmal der Sylvesterabend erschien, der im vorigen Jahre so glückliche Menschen in ihrem Vaterhause vereinte, war die Familie allein und nahm selbst Steinheim's Besuch nicht an, um Jenny's schmerzliche Erinnerungen zu schonen, wennschon man mit Dank sein Bestreben erkannte, den Freunden, mit denen er die guten Stunden verlebt, auch am bösen Tage ein treuer Gefährte zu sein.

Nahezu acht Jahre waren seit diesen von uns erzählten Vorgängen entschwunden, als im Schatten der Bäume, welche sich auf der Klosterwiese in Baden-Baden erheben, an einem Junimorgen eine Dame ruhig vor ihrem Zeichenbrette saß. Es war eine kleine schlanke Figur. Lange schwarze Locken fielen auf das Papier nieder und verbargen das Gesicht der Arbeitenden; aber man war berechtigt, feine Züge zu erwarten, wenn man von ihrer schmalen Hand und dem zierlichen Fuß auf ihr Gesicht schließen sollte. Ein sechsjähriger, hellblonder Knabe spielte in einiger Entfernung und versuchte vergebens, die Aufmerksamkeit der Dame auf sich zu ziehen. Er kam endlich näher und rief: Sieh hin Tante! dort kommt der Vater mit Graf Walter. – Dann, als die Dame sich erhob, um die Kommenden zu begrüßen, sprang er fröhlich fort und bot den Herren in seinem fremdklingenden Deutsch seinen Willkomm und guten Morgen.

Ist Deine Mutter noch in ihrem Zimmer, Richard? fragte der Vater des Knaben.

Nein! antwortete für ihn die Zeichnerin, die unsere Leser wohl wieder erkannten, nein, lieber Hughes; Clara ist Ihnen mit der Wärterin und Lucy entgegen gegangen, um Ihnen von den neuesten Fortschritten zu erzählen, welche die Kleine gemacht hat. Ich wundre mich, daß Sie ihr nicht begegnet sind. Sie wollte am Goldbrünnlein auf Sie warten.

O, Schade! rief Hughes, daß wir durch die Stadt gingen und sie verfehlten. Ich will sogleich zurückkehren, sie zu holen. Sie bleiben wohl hier bei unserer Freundin, lieber Walter, und erwarten unsere Rückkehr.

Mit dem größten Vergnügen! antwortete der Angeredete, wenn ich das Fräulein nicht in der Arbeit störe!

Ach! die kann ich später beenden, sagte Jenny freundlich. Kommen Sie, Herr Graf, und beichten Sie, warum man Sie in den letzten Tagen gar nicht mehr gesehen hat?

Er that, wie sie von ihm begehrte, und Hughes ging mit seinem Knaben davon, die Mutter und das kleine Schwesterchen zu holen.

Während nun der Graf von seinen Ausflügen und Streifereien in der Umgegend erzählt, sei es uns vergönnt, mit flüchtigen Umrissen den Zeitraum von acht Jahren auszufüllen, der zwischen der ersten und zweiten Hälfte unserer Erzählung liegt.

Der Schmerz über die Trennung von Reinhard hatte Jenny's Seele in ihren innersten Tiefen erschüttert und sie prüfend in ihr eigenes Herz blicken lassen, um dort einen Grund für Reinhard's ihr unerklärliches Betragen zu finden. Es schien ihr leichter, Unrecht zu haben, sich selbst eines Fehlers zu zeihen, als Reinhard eine Schuld beizumessen: denn wahre Frauenliebe klagt lieber sich, als den Geliebten an. Nun ist das menschliche Herz recht eigentlich der Acker, den man nur zu durchwühlen braucht, um die köstlichsten Schätze zu entdecken. Auch Jenny fand deshalb in sich, statt des Unrechts, das sie in ihrem Herzen suchte, die Kraft, das Leben zu ertragen, es trotz seiner Schmerzen zu lieben. Sie gewann es über sich, fremdes Glück und Leid zu dem ihren zu machen und in der Hingebung an Andere, an ihre Freunde, Trost für einen Verlust zu finden, der ihr unersetzlich schien.

Als Herr Meier sie so weit beruhigt und fähig sah, sich durch den Wechsel äußerer Gegenstände zerstreuen zu lassen, machte er den Vorschlag zu einer Reise, die im Beginn des Frühjahrs angetreten wurde. Man ging nach dem südlichen Frankreich, verlebte einen Winter in Paris und besuchte Italien im folgenden Jahre. Hier war es, wo Jenny den Maler Erlau wiederfand, dessen Name aus der Ferne ruhmvoll erklungen war, und dessen treffliche Arbeiten sie in Paris zu bewundern Gelegenheit gehabt hatten.

Das Wiedersehen war ein Augenblick tiefer Bewegung für Beide. Erlau, seinem Vorsatz getreu, hatte außer aller Verbindung mit seinen Freunden gelebt; er wähnte Jenny längst mit Reinhard verheirathet und die Entdeckung des Gegentheils erfüllte ihn mit Hoffnung. Von der Stunde an wurde er Jenny's unermüdlicher Führer in der Wunderwelt, die sich in Italien vor ihren Augen erschloß und die ihren vollen Zauber auf zwei so lebhaft fühlende Menschen auszuüben nicht verfehlte. Aber nicht lange sollte Jenny diese Freude ungetrübt genießen. Sie gewahrte mit Sorge, daß Erlau's Leidenschaft für sie nicht erloschen sei, daß sie jetzt in dem täglichen Beisammensein wieder heftig entbrannte und sich von Hoffnungen nährte, die Jenny nicht zu erfüllen vermochte. Dies veranlaßte die Ihren, auf Jenny's Wunsch Italien zu verlassen, und rief Erlau's Erklärung hervor, daß auch er entschlossen sei, der befreundeten Familie zu folgen und bald in seine Heimath zurückzukehren. Je weniger Jenny dieses erwartet hatte, um so mehr hielt sie es für Pflicht, sich offen und frei gegen Erlau über ihr gegenwärtiges Verhältniß zu erklären. Sie gestand ihm, wie jetzt, kaum genesen von ihrer Herzenswunde, ihr der Gedanke an eine neue Liebe unmöglich sei. Sie beschwor ihn, um seiner und ihrer Ruhe willen, ihr nicht zu folgen. Sie sagte ihm, wie werth er ihr sei, wie sie hoffe, statt seiner Liebe einst seine Freundschaft zu erwerben, und erlangte endlich von ihm das Versprechen, daß er nach England gehen und dort in William's und Clara's Nähe leben wolle, da er versicherte, ohne Jenny jetzt in Italien nicht ausdauern zu können.

So trennten sie sich zum zweiten Male und Jenny kehrte nach einer Abwesenheit von anderthalb Jahren in ihre Heimath zurück. Hier fand sie in den äußern Verhältnissen nur wenig verändert. Ihr Bruder ging ruhig und ernst die Bahn, welche er sich vorgezeichnet hatte. Geschätzt und unermüdlich in seinem ärztlichen Beruf, hatte er zugleich unverwandt das Wohl und den Fortschritt seines Volkes im Auge, dessen freie Entwicklung aber nur dann möglich war, wenn überhaupt eine freie, zeitgemäße Verfassung in seinem Vaterlande Raum fand. Sein eifriges Bestreben, zur Erreichung dieses Zieles beizutragen und, der Gesammtheit nützend, zugleich sein Volk zu erlösen, verband ihn mit vielen Gleichgesinnten aus allen Ständen. Die Besten des Landes erkannten seine Fähigkeit und die große Uneigennützigkeit seines Charakters an; denn die Hoffnung, nach erlangter Emancipation der Juden, für sich selbst Würden und Ehrenstellen zu erwerben, hatte ebenso wenig Einfluß auf ihn, als die Furcht vor jenen Verantwortungen, denen sein kühnes Wort und seine freisinnigen Schriften ihn bereits häufig unterworfen hatten. Ihm genügte sein Bewußtsein und die achtende Anerkennung seiner Mitstrebenden. – Noch immer lebte er in seinem väterlichen Hause. Sei es, daß seine Thätigkeit ihn so ganz hinnahm und ihn sein Alleinstehen nicht fühlen ließ, oder daß er kein Mädchen gefunden hatte, das seine Neigung erregte, er war unverheirathet geblieben.

Den Eltern Clara's, welche sie scheidend seiner Sorgfalt empfohlen, war er ein treuer und geschätzter Freund geworden. Ihm, das wußten sie jetzt, verdankten sie das Glück ihrer Tochter, das in einer vollkommen übereinstimmenden Ehe mit William immer schöner erblühte. In Eduard's Brust schüttete die Commerzienräthin ihren Kummer über das Schicksal ihres Sohnes aus, der unstät Deutschland und Frankreich durchstreifte und, von seiner Frau beherrscht, ein unwürdiges Leben führte. Ferdinand fühlte bereits das Elend und die Schande, in die er sich gestürzt hatte, aber er war zu schwach, die Sklavenketten zu brechen, die ihn entehrten. Auf den ausdrücklichen Wunsch der Horn'schen Familie war Eduard mit ihm in Verbindung getreten, und da es ihm gelungen, Ferdinand's Vertrauen zu gewinnen, gab er die Hoffnung nicht auf, es werde ihm einst möglich sein, den Verlornen seiner Familie wiederzugeben.

Mit herzlicher Freude empfingen Eduard und der treue Joseph die heimkehrenden Lieben. Der Anblick jener Räume, in denen sie so glücklich gewesen und so viel gelitten hatte, erweckte in Jenny's Brust die wehmüthigsten Erinnerungen, und sobald sie sich mit Eduard allein sah, wagte sie, nach Reinhard zu fragen, was sie in ihren Briefen nie gethan hatte. Sie wußte, daß er sein Amt angetreten hatte und die verdiente Liebe und Achtung seiner Gemeinde besaß. Das hatte ihr Therese mitgetheilt, deren Mutter bald nach der Abreise der Meier'schen Familie gestorben war. Seit aber Therese eine Gouvernantenstelle auf dem Lande angenommen, hatte Jenny auf einige Briefe, die sie ihr schrieb und in denen sie ihr die freundschaftlichsten Anerbietungen machte, keine Antwort erhalten. Um so unerwarteter traf sie die Nachricht, Therese habe durch Vermittlung der Pfarrerin jene Stelle, ganz in der Nähe von Reinhard's Wohnort, erhalten, und sich vor wenigen Wochen mit ihm verlobt.

Als Jenny dies erfuhr, zog ein trübes Lächeln um ihren Mund, und Eduard drückte ihr schweigend die Hand. Er und Joseph schienen sich jetzt Jenny's Zufriedenheit gleichsam zum Zweck ihres Lebens gemacht zu haben; und in beglückender Eintracht, in friedlicher Ruhe schwanden der Familie einige Jahre nach ihrer Rückkehr still dahin. Treffliche Männer hatten sich um Jenny werbend ihr genaht, die Wünsche von Jenny's Eltern hatten sie unterstützt, aber kein Erfolg ihre Bemühungen gekrönt. Wagte die besorgte Liebe ihrer Mutter, ihr ja zuweilen Vorstellungen deshalb zu machen, so bat Jenny, man möge Nachsicht mit ihr haben, denn es sei ihr unmöglich, die Wünsche zu erfüllen, die man für sie hege. Ich bin ja zufrieden und glücklich, liebe Mutter! sagte sie dann; ich habe Dich, Vater, Eduard, Joseph und Alles, was nur irgend mein Herz begehrt an Liebe und Schonung. Würde ich das in dem Hause eines Mannes finden, den ich nicht liebte? Und da alle Zumuthungen und Gespräche dieser Art Jenny sichtlich für längere Zeit verstimmten, war es endlich der Vater selbst, der seiner Frau anrieth, nicht in Jenny zu dringen, sondern ruhig eine Zukunft zu erwarten, in der die Erinnerung an Reinhard ihren Einfluß auf Jenny verloren haben und die Vorschläge ihrer Freunde leichter Gehör bei ihr finden würden.

Aber diesen Zeitpunkt sollte die Mutter nicht erleben; ein plötzlicher, schmerzloser Tod entriß sie ihrer Familie. Wie tief der Verlust empfunden wurde, wie er die Engverbundenen nur noch fester aneinander schloß, wie Jeder die Lücke auszufüllen strebte, die dadurch in den Herzen der Andern entstanden war, bedarf kaum einer Erwähnung. Nun stand Jenny allein an der Spitze ihres Hauses, auf sie war ihr Vater gewiesen. Dies Bewußtsein erhob sie in ihren eigenen Augen und tilgte jeden andern Wunsch aus ihrem Herzen, als den, für ihren Vater zu leben und sein Alter zu verschönen. Jene religiösen Zweifel, welche einst das Glück ihrer ersten Jugend untergraben hatten, waren längst und glücklich besiegt. Eigenes Nachdenken und der Beistand der Ihren hatten sie zu dem Standpunkt einer Gottesverehrung geführt, zu dem ihre ganze Erziehung sie hingeleitet hatte. Geistig frei und mit klarstem Bewußtsein, die zärtlichste Tochter, der Trost aller Leidenden und doch wieder die heitere, geistreiche Wirthin ihres gastfreien, väterlichen Hauses, so erschien Jenny, nachdem der Schmerz über den Tod ihrer Mutter sich gemildert hatte. So finden wir sie auch einige Wochen nach ihrer Vereinigung mit Clara in Baden wieder.

Der Wunsch, sich zu sehen, war bei beiden Freundinnen gleich mächtig geworden, doch hatten Umstände mancher Art die Erfüllung desselben bis jetzt unmöglich gemacht und mit wahrer Freude trafen sie nach achtjähriger Trennung in Baden-Baden zusammen. Dort hatte man sich *rendez-vous* gegeben und wollte später gemeinschaftlich in die Heimath der Damen zurückkehren, um Clara's beide Kinder den Großeltern vorzustellen. Anfänglich sollte auch Erlau, der sich ganz in England angesiedelt und dort eine ehrenvolle Stellung erworben hatte, William nach Deutschland begleiten. Die unruhige, rasche Lebhaftigkeit des Jünglings war aber in dem Manne nicht erloschen und er hatte den Wunsch, sein Vaterland und seine Freunde zu sehen, aufgegeben, um sich einer englischen Gesandtschaft nach dem Orient anzuschließen, bei der sein Hang für das Ungewöhnliche volle Befriedigung zu finden hoffen durfte.

Die beiden befreundeten Familien hatten nun, sobald sie in Baden angelangt waren, absichtlich ihre Wohnung außerhalb der eigentlichen Stadt genommen, um allein in dem Besitz des gemietheten Hauses und in der freien, ländlichen Natur zu sein. Man wollte sich selbst leben und Jenny war gar nicht damit zufrieden, als William ihr gleich nach ihrer Ankunft erzählte, wie er in einigen Tagen einen Freund, den Grafen Walter, erwarte, den er ihr als einen Genossen für die Zeit ihres Aufenthalts in Baden ankündigte.

Graf Walter gehörte einer der ältesten Familien Deutschlands an. Wie die meisten Jünglinge seines Standes früh in das Militair getreten, war er mit seinem Regiment in die Vaterstadt Clara's gekommen und in ihrem elterlichen Hause fast mit allen Personen unserer Erzählung bekannt, mit Hughes befreundet geworden. Später hatte er den Dienst verlassen, bedeutende Reisen gemacht und war, um sich zur Uebernahme seiner Güter in landwirthschaftlicher Beziehung vorzubereiten, auch nach England gegangen, wo er aufs Neue mit William und Clara zusammen getroffen war. Auf ihre Bitten war er ihr Gast geworden, so lange er in England verweilte, und noch jetzt rechnete er die Zeit, welche er mit ihnen, theils in London, theils in ihrem Landhause verlebt hatte, zu den anmuthigsten Erinnerungen seines genußreichen Lebens. Nichts konnte ihm also willkommener sein, als die zufällige Begegnung mit jenen Freunden an den Ufern des Rheines; und unabhängig, wie er es in jeder Beziehung war, ließ er sich bereitwillig finden, den Sommer mit ihnen in Baden zuzubringen.

Jenny hatte er früher nur flüchtig gesehen, aber obgleich er sie nicht näher kannte, erinnerte er sich dunkel, von ihrer Liebe zu einem jungen Theologen sprechen gehört zu haben. Jetzt hatte er von Clara, auf sein Anfragen, nähere Auskunft über Jenny und die Lösung jenes Verhältnisses erhalten und war, durch Clara's und William's Erzählungen, gespannt auf die Bekanntschaft eines Mädchens geworden, an dem beide Gatten mit solcher Liebe hingen. Trotz der günstigen Vorurtheile aber fand er doch in Jenny bald noch mehr, als er erwartet hatte; und sie sowohl als ihr Vater wußten es William sehr bald Dank, den Grafen für ihren kleinen Kreis gewonnen zu haben, da auch ihnen der Umgang des hochgebildeten Mannes große Freude gewährte.

Nachdem Walter an jenem Morgen Jenny den verlangten Bericht abgelegt, bat er um die Erlaubniß, die Arbeit zu besehen, mit der sie sich beschäftigt hatte, als er ankam. Bereitwillig nahm sie ihr Skizzenbuch wieder vor und zeigte ihm eine Gruppe von Bäumen, die sie am Tage vorher in der Nähe des kleinen Wasserfalls entworfen hatte.

Ich kann es nicht ausdrücken, sagte Jenny, wie ich diese schönen, großen Bäume liebe. Sie geben mir immer ein Bild unsers Lebens, das fest in der Erde gewurzelt, doch sehnsüchtig himmelan strebt; und in dem Spiel der sonnenbeschienenen Blätter liegt außerdem für mich ein hoher Genuß. Die schönsten Träume meiner Kindheit, die rosigsten Märchen gaukeln an mir vorüber, und alle Wunder der Feenwelt scheinen mir möglich, wenn ich das flüsternde Kosen der Blätter höre.

Das ist eine ächt deutsche Empfindung, bemerkte Walter, die ich vollkommen begreife und mit Ihnen theile. Ich bin so glücklich, in meinem Park die herrlichsten Eichen zu besitzen, und weiß meinen Voreltern Dank, die mir jene Bäume gepflanzt. Auch für mich sind sie eine Quelle immer neuen Genusses, wie die ganze Natur, die uns umgibt. Sie schreitet mit uns fort, sie lebt mit uns, sie hat Antwort für unsere Fragen, und es ist für mich das Zeichen eines wahren Dichters, wenn er die Sprache versteht, welche die Natur in seinen Tagen zu den Menschen spricht.

Glauben Sie denn, fragte Jenny, daß die Einwirkung der Natur auf das Gemüth des Menschen nicht zu allen Zeiten dieselbe blieb?

In so fern gewiß, antwortete der Graf, als sie immer die höchsten, heiligsten Empfindungen seiner Seele anregt. Aber je nachdem diese Gefühle sich im Laufe der Zeiten ändern, wechselt auch der Eindruck, den sie auf uns macht. Der heitre Grieche sah in den schönsten Bäumen seines Waldes liebliche Dryaden, die ihn mit Liebe umfingen. Dem deutschen Mittelalter predigten sie den Ernst, der auch in den düstern Domen gelehrt wurde, sie sprachen ihm von dem Kreuz, das aus ihrem Holze gezimmert worden ...

Und uns? fragte Jenny lebhaft.

Uns weisen sie hinauf in die Region der Klarheit, uns predigen sie Freiheit und Licht mit ihren himmelan strebenden Zweigen, sagte Walter mit schöner Erhebung, und eben deshalb hoffe ich, wir werden nun endlich auch eine Menge veralteter, stereotyp gewordener Bilder los werden, von denen viele mir geradezu verkehrt erscheinen und schädlich wirken.

Verkehrt? wiederholte Jenny, wie meinen Sie das? und welche Bilder rechnen Sie dazu?

Walter sann einen Augenblick nach, dann sagte er: Um gleich eines der gewöhnlichsten zu nennen: Das Bild des Baumes und des Schlingkrautes für die Ehe. Sie glauben nicht, wie müde ich dieser starken Eichen bin, an die sich zärtlich der Epheu anschmiegt; der

Ulmen, an denen die Rebe sich vertrauend emporrankt. Leider ist es in vielen Ehen so wie in dieser Naturerscheinung. Es gibt Bäume und Männer genug, die in angebornem Naturtrieb hoch und kühn emporstreben und sich von einer kümmerlichen Pflanze umrankt finden, die weder sie zurückzuhalten noch sich aufzuschwingen und zu gedeihen vermag in einer Höhe, für die sie nicht geschaffen ist! Aber schlimm genug, daß es so ist, und kein Dichter dürfte dies Bild brauchen, wenn er das Ideal schildern will, das von dieser innigsten Vereinigung in uns lebt. Das Gleichniß ist falsch! schloß er und sah verwundert auf Jenny, die, während er gesprochen, den Stift aufgenommen hatte und mit dem größten Eifer zeichnete. Nach einigen Minuten reichte sie dem Grafen, der über ihre scheinbare Zerstreutheit ein wenig verletzt und schweigend neben ihr saß, ihre Zeichnung hin und fragte: Und so, Herr Graf! befriedigt dieses Gleichniß Sie?

Sie hatte mit kunstgeübter Hand eine vortreffliche Skizze entworfen. Zwei kräftige, üppige Bäume standen dicht nebeneinander, frisch und fröhlich emporstrebend, mit eng verschlungenen Aesten. Darunter las man die Worte: »Aus gleicher Tiefe, frei und vereint zum Aether empor!«

Walter betrachtete das kleine Bild mit Freude; sah dann mit einem Ausdruck hoher Bewunderung in Jenny's glühendes Gesicht und sagte: So vermag man nur das wiederzugeben, was tief empfunden in uns selbst lebt. Schenken Sie mir dies Blatt, als Zeichen, wie unsere Gesinnung in dieser Beziehung übereinstimmt. Ich bitte, lassen Sie es mir!

Nein! antwortete Jenny, wenn Ihnen die kleine Zeichnung gefällt, wenn sie Ihnen richtig scheint, werden Sie es natürlich finden, daß ich sie meinen schönen Vorbildern zueigne; daß ich sie Clara gebe, welche eben mit ihrem Manne und den Kindern über die Brücke kommt. Auch mein Vater ist mit ihnen! Lassen Sie uns ihnen entgegengehen.

Es war ein gar erfreulicher Anblick, die Familie zu sehen, als sie über die Wiese dahinschritt. William nun gegen das Ende der dreißiger Jahre, war ein Bild selbstbewußter, kräftiger Männlichkeit geworden. Er und die blühend schöne Mutter führten die kleine Lucy in ihrer Mitte, die seit einigen Tagen die ersten Versuche machte, auf den eigenen Füßchen fortzukommen, und mit aller Gewalt dem Bruder nachlaufen wollte, der fröhlich jubelnd voransprang. Man konnte kein anmuthigeres Bild ehelichen Glückes finden und Walter's Augen suchten Jenny, die plaudernd am Arme ihres Vaters hing und nur allein mit ihm beschäftigt war.

Nachdem man sich niedergelassen und eine lange Zeit mit den lieblichen Kindern vertändelt hatte, sagte William zu Walter: Ich habe gewünscht, daß wir alle beisammen wären, ehe ich Ihnen einen Plan enthülle, den ich schon seit einigen Tagen in mir ausgebildet habe. Ich wollte Ihnen vorschlagen, jetzt, wie einst in England, unser Hausgenosse zu werden, um die flüchtige Zeit unsers Beisammenseins recht zu genießen. Sie finden Raum genug bei uns und sollen durchaus nicht genirt sein. Auch für Ihre Dienerschaft, Ihre Equipage ist hinreichend Platz, und wie sehr es mich erfreuen würde, Sie wieder einmal als meinen Gast zu sehen, bedarf keiner Versicherung.

Der Vater vereinte seine Bitte mit William's, und ohne lange zu überlegen, nahm Walter den Vorschlag unbedingt und mit sichtlichem Vergnügen an. Man machte Entwürfe, wie man sich einrichten wolle, um so viel als möglich mit einander zu sein und doch Jedem die nöthige Ruhe und Freiheit zu gönnen, ohne welche auf die Länge kein behagliches Dasein denkbar ist; und man trennte sich erst, nachdem man übereingekommen war, Walter solle noch im Laufe des Tages sein Hotel verlassen, um sich gleich heute bei seinen Freunden einzurichten.

Als er fortgegangen war, bemerkte Jenny: Mir hat die Art sehr gefallen, mit der Walter William's Erbieten annahm. Ein Anderer hätte vielleicht Einwendungen gemacht, das Bedenken geäußert, er könne beschwerlich sein, und zuletzt sich in Danksagungen erschöpft, wenn er die Einladung angenommen hätte. Von dem Allen that er nichts. Er dachte offenbar im ersten Augenblick nur daran, ob es ihm selbst zusagend sei; dann, als er sich davon überzeugt hatte, sagte er, ohne weitere Umstände: Ich komme mit großer Freude, wenn Sie mich haben wollen! und doch lag gerade in dieser Einfachheit für mich etwas besonders Angenehmes.

Das ist es auch! bestätigte der Vater. Es spricht sich darin ein festes Zutrauen zu dem Freunde und zu sich selbst aus; die Ueberzeugung, er wisse, wie willkommen er seinen künftigen Wirthen sei, und die Versicherung, er sei ihnen gern verpflichtet. Ueberhaupt charakterisirt sich ein edles Gemüth, ein freier, durchgebildeter Sinn am meisten in der Art, mit welcher man Dienste empfängt und Gefälligkeiten annimmt. Sie auf eine schickliche Weise zu leisten, erlernt Mancher.

Ach! auch das ist nicht jedes Menschen Sache! wandte William ein. Wie oft erdrückt man uns mit der Art, in der man sich uns dienstwillig und gefällig zeigt!

Eben weil man es nicht ist! erwiderte der Vater. Weil man sich das für eine Tugend, für eine Pflichterfüllung, oder gar für ein Opfer auslegt, was dem wohlwollenden Sinne ganz einfach und natürlich erscheint. Wer bereit ist, Andern zu dienen und gefällig zu sein, wer empfunden hat, wie viel Freude darin liegt, der gönnt diesen Genuß auch den Uebrigen und nimmt Hülfsleistungen und Gefälligkeiten so gern und unbefangen an, als er sie erzeigt. Er weiß, daß Geben seliger sei als Nehmen, und daß die Befriedigung des Gewährenden gewiß ebenso groß ist, als die des Empfangens. Darum habe ich Vertrauen zu Personen, die mit guter Art anzunehmen verstehen, ohne den innerlichen Vorbehalt, durch einen Gegendienst bald möglichst quitt zu werden oder zu vergelten. Dies Vertrauen hat mich fast niemals betrogen und findet in Walter auf's Neue seine Bewährung. Damit aber auch er sich nicht getäuscht finde, lassen Sie uns selber danach sehen, daß Alles für ihn bereit sei, wenn er kommt.

So sehr Jenny und Clara sich ihres Wiedersehens erfreuten, so lieb sie einander waren, so konnte es Beiden doch nicht verborgen bleiben, daß es ihnen eigentlich an jenen gemeinsamen Berührungspunkten fehle, welche die Basis der Freundschaft machen. Sie hatten im Ganzen nur wenig Monate zusammen verlebt, eine Reihe von Jahren war seitdem verflossen, und trotz eines fleißigen Briefwechsels waren sie einander in ihrer gegenwärtigen Entwicklung fremd, und wußten sich nicht recht ineinander zu finden. Wie Clara's ganze Erscheinung Glück und Zufriedenheit ausdrückte, wie jeder Zug die Wonne aussprach, welche sie als Gattin und Mutter empfand, so zeigte sich auch in ihrer geistigen Richtung eine gewisse Ruhe, ein abgeschlossenes Begnügen. Sie hatte die höchsten Schätze des Lebens erreicht und, obgleich sie für die Außenwelt nicht abgestorben war, interessirte sie dieselbe doch eigentlich nur in so weit, als sie William berührte und mit seinen Wünschen und Ansichten zusammenhing; denn sie lebte eigentlich nur in ihrem Manne und in ihren Kindern. Jenny hingegen wollte, durch Eduard daran gewöhnt, Theil nehmen an allem Großen und Wichtigen. Mit weiblicher Schwärmerei hing sie an den Planen und Hoffnungen Eduard's, nicht um seinetwillen allein, sondern weil sie auch die ihren geworden waren. Geistige und künstlerische Beschäftigungen füllten die größte Zeit ihres Tages aus, und mit ihrer gewohnten Lebhaftigkeit strebte sie nach neuen Kenntnissen, nach höherer, vielseitiger Ausbildung der Anlagen, die sie ungenützt in sich fühlte.

Mit schmerzlichem Lächeln sah Clara auf diese Richtung ihrer Freundin hin. Sie glaubte in sich die Erfahrung gemacht zu haben, daß bei Frauen die lebhafte Theilnahme an den Erscheinungen der Außenwelt ein Zeichen innerer Unbefriedigung sei, ein Ersatz, mit dem sie sich für ein Glück entschädigen, das ihnen nicht geworden ist. Jenny hingegen erschien Clara's Wesen als eine Entsagung, die sie bewunderte, ohne zu glauben, daß sie selbst im Stande wäre, sich zu solcher freiwilligen Selbstbeschränkung zu entschließen.

Bei so verschiedenen Ansichten ward eine gegenseitige Schonung derselben zur Pflicht, und da die ersten Versuche sich zu verständigen, ohne Erfolg geblieben waren, vermied man es darauf zurückzukommen, und Jenny war nahe daran, ihr Beisammensein mit Clara etwas einförmig zu finden, als durch Walter's tägliche Anwesenheit eine erwünschte Abwechselung in ihr Leben kam.

Er war schon nach wenig Tagen ihr steter Begleiter bei den Spaziergängen, zu denen die Umgegend Baden's so unwiderstehlich lockt. Vor ihm durfte sie sich sorglos in ihrer eigenthümlichen Denkweise gehen lassen, und Walter, der dadurch Jenny's hohen Werth täglich mehr erkennen und schätzen lernte, äußerte nach einiger Zeit gegen William und Clara, wie anziehend und bedeutend Jenny ihm erscheine.

Und nicht auch schön? fragte Clara.

Sehr schön! antwortete der Graf, und um so fesselnder, als man ihren Augen anzusehen glaubt, daß sie schon geweint, ihrem Munde, daß er schon vor Schmerz gezuckt hat. Solch feucht verklärten Augen gegenüber fühlt man den Beruf zu trösten, zu vergüten, und so heiter Jenny auch erscheint, ist mir doch immer, als hätte die Zukunft bei ihr noch Vieles gut zu machen, als müsse sie durch Glück für früheres Leid entschädigt und belohnt werden.

Das klingt sehr warm, lieber Graf! sagte William scherzend, und fast, als ob Sie nicht abgeneigt wären, die Entschädigung zu übernehmen. Hüten Sie sich vor den feucht verklärten Augen.

Sie thun mir Unrecht, entgegnete Walter, wenn Sie meinen Worten irgend einen andern Sinn unterlegen. Daß ich unsere Freundin so lebhaft schätze, ohne sie zu lieben, das gerade macht mir ihren Umgang werth und erhöht den Reiz, den ihr scharf ausgeprägter Charakter, ihr selbständiges Wesen für mich haben.

In dem Augenblick kam der kleine Richard herbei und rief: O kommt doch die Tante sehen, kommt doch Alle an das Fenster!

Man folgte ihm, wohin er zeigte, und erblickte Jenny, die eine junge blasse Frau der niedern Stände unterstützte, während sie das Kind derselben auf dem Arme trug. Walter flog die Treppe hinab, um ihr beizustehen; denn es war Mittag, die Sonne brannte heiß und Jenny schien erschöpft von der ungewohnten Anstrengung.

Führen Sie die Frau in's Haus, sagte Jenny, als Walter dazu kam, aber behutsam. Das Kind behalte ich.

Der Graf erfüllte ihren Wunsch, und nachdem man für die arme Kranke gesorgt hatte, erzählte Jenny, wie sie dieselbe ohnmächtig am Wege gefunden, sie durch ihre Bemühungen in's Leben gerufen und mit unsäglicher Anstrengung bis hieher gebracht habe, da jetzt in der Mittagsstunde Niemand die Straße gekommen sei, den sie um Hülfe hätte bitten können.

Nicht Ein Mensch war zu sehen, sagte sie. Ich blickte nach allen Seiten, ich rief so laut ich konnte und der unerträglichste Stutzer wäre mir ein hülfreicher Götterbote gewesen, wenn er in dem Augenblicke erschienen wäre.

Es ist besser so! meinte Clara. Du hast die arme Frau glücklich hieher gebracht und bist allen Bemerkungen entgangen, die man darüber leicht gemacht hätte.

Zu diesen bot wohl eine so einfache Handlung keinen Anlaß, sagte Jenny unbefangen. Ich konnte doch unmöglich die Frau allein und hülflos liegen lassen, bis ich von hier oder aus der Stadt Beistand geholt hatte. Zudem hätte ich das schreiende Kind doch mit mir nehmen müssen und endlich weißt Du, liebes Clärchen, daß mir die Urtheile der Menge sehr gleichgültig sind, wenn ich Das, was ich thue, vor mir und meinem Vater verantworten kann.

In Jenny's Worten, in ihrem ganzen Wesen lag in diesem Moment so viel Natürlichkeit und doch ein so edler Stolz, daß Walter sie mit Entzücken betrachtete, obgleich auch ihm der Gedanke unangenehm gewesen, man hätte Jenny bei jenem Samariterdienste beobachtet und sie falsch beurtheilen können. Aber er selber machte sich diese Scheu zum Vorwurf.

Wie wir doch nach allen Seiten hin auf Widersprüche in den Sitten unserer sogenannten civilisirten Welt stoßen! sagte er zu dem Vater, der indeß dazu gekommen war. Wäre eine der Dienerinnen des Hauses der Unglücklichen begegnet, und hätte sich ihrer angenommen, so würden wir das schön und lobenswerth gefunden haben; und nun tadeln wir die Gütige, daß sie nicht unbarmherziger zu sein vermochte, als ihrer Dienerinnen Eine, obgleich der Dienst, den sie leistete, größer war, denn er mußte ihr beschwerlicher scheinen.

Sie billigen also die Handlung meiner Tochter unbedingt? fragte der Vater.

Walter stockte einen Augenblick und meinte dann: Wenigstens hätte ich selbst nicht anders zu handeln vermocht.

Aber Sie würden wünschen, sagte der alte Herr, daß Jenny auf keine zweite Probe der Art gestellt würde, denn wir wollen einmal kein Mädchen von der gewohnten Sitte ihres Standes abweichen sehen. Dennoch ehre ich ein Gefühl, das in solchen Augenblicken rücksichtslos zu handeln vermag, ohne an das, was man davon sagen wird, zu denken; und ich bin vielleicht selbst Schuld daran, wenn Jenny das Urtheil der Leute nicht eben sehr hoch anschlägt. In meinen Verhältnissen war es mir Pflicht, meine Kinder bis zu einem gewissen Grade gleichgültig gegen die öffentliche Meinung zu machen, die wir ein für allemal gegen uns hatten und deren Einfluß auf uns und auf Jeden doch viel größer ist, als wir es glauben wollen.

Clara, die gleich Anfangs ihre Aeußerung bereut hatte und es nun doppelt that, da sie Herrn Meier zu einer Erklärung bewogen, welche er ebenso gern vermied, als Eduard sie suchte, Clara sagte: Versteht mich nur nicht falsch! Ich tadle Jenny nicht. Nur vor der Verderbtheit Derjenigen war mir bange, welche ihr irgend eine unlautere Absicht, ein Schaustellen dabei zur Last legen konnten. Wir Frauen sind so sehr gewöhnt, uns nur innerhalb unseres schützenden Hauses zu denken, daß wir erschrecken, wenn wir uns außerhalb desselben handelnd erblicken.

Entschuldige Dich nicht und mich nicht, Clärchen! sagte Jenny, die bis dahin schweigend einer Unterhaltung zugehört hatte, bei der sie so nahe betheiligt war. Du kennst meinen alten Wahlspruch: »Thue was Du sollst, komme was mag.« Kann ich dafür, wenn ich den Muth dazu von früher Jugend an fühlte? Mit diesen Worten entfernte sie sich schnell, um nach ihrem Schützling zu sehen, und ließ Walter in großer Bewegung zurück. Es war das erste Mal, daß er mit einer jüdischen Familie in nähere Berührung kam und Jenny's Geist und Schönheit, des Vaters maaßvolle Würde zogen ihn um so mehr an, als sie etwas ihm Fremdes und Eigenthümliches besaßen. Er hatte von jeher gewußt, daß Jenny eine Jüdin sei; aber so fern hatte er diesen Verhältnissen gestanden, daß er fast nie daran gedacht, es könne ein edles Unglück darin liegen, Jude zu sein. Jetzt aus des Vaters schlichter Aeußerung tönte ihm, dem Glücklichen, der Schmerzensschrei eines ganzen Volkes entgegen und sein Mitleid mit demselben knüpfte, ihm unbewußt, ein neues Band, das ihn an Jenny fesselte.

Er wenigstens wollte durch sein Verhältniß zu Jenny und ihrem Vater zeigen, daß er frei von den Vorurtheilen sei, durch die, wie er allmälig von Jenny erfuhr, auch sie und die Ihrigen so empfindlich gelitten hatten. Er machte sich es zu einer Ehre, überall ihr Begleiter zu sein, und erklärte frei und offen, wie er ihre und ihres Vaters Gesellschaft dem Umgang mit vielen seiner Standesgenossen vorziehe.

Dabei ging Walter's Selbsttäuschung so weit, daß er jenes Gefühl, welches ihn zu handeln antrieb, nur für eine Gerechtigkeit, für eine Genugthuung des freien Glücklichen gegen den Unterdrückten hielt. Er glaubte nur seiner politischen Ueberzeugung, seiner Achtung vor den Menschenrechten zu folgen, die ritterliche Pflicht eines Edelmannes zu erfüllen, indem er durch sein Beispiel gegen ungerechte Vorurtheile kämpfte.

Einem Onkel, der durch Bekannte von Walter's Verhältniß zur Meierschen Familie unterrichtet war und mit einiger Unruhe desselben gegen ihn erwähnte, schrieb er in dieser Zeit:

»Sie haben mich gewöhnt, mein theurer Onkel! die Besorgnisse und Vorwürfe zu verstehen, die Ihre schonende Liebe für mich zwischen die Linien schreibt, um mir jede unangenehme Empfindung zu ersparen. So lese ich hinter dem wohlwollenden Rath, in die Heimath zurückzukehren und nicht wieder so gar lange von meinen Besitzungen fern zu bleiben, die Besorgniß, ich könnte nicht allein in diese Heimath einziehen, sondern eine Gattin mit mir bringen, die Ihnen, dem ehemaligen Vormund, dem väterlichen Freunde, nicht willkommen wäre, so gern Sie mich übrigens verheirathet und unser altes Geschlecht fortgepflanzt wüßten.

Fürchten Sie nichts! Meine Freundschaft für den Kaufmann Meier und für seine Tochter ist allerdings eine lebhafte und, wie ich denke, dauernde; indeß ist mir der Gedanke, dieses treffliche Mädchen zu heirathen, vollkommen fremd. Sie wissen, und ich glaube das fürchten Sie gerade, daß kein Vorurtheil mich abhalten könnte, ein bürgerliches Mädchen, das ich liebte, zur Gräfin Walter zu machen: doch ich liebe Jenny Meier nicht, so sehr ich mich ihrer Freundschaft, ihres Umganges erfreue. Es ist wahr, sie ist schön und liebenswürdig in hohem Grade, aber eine gewisse Jugendlichkeit, das weiblich Weiche fehlt ihr, das man an Mädchen ungern vermißt. Sie weiß mit Sicherheit, daß sie gefällt, es ist ihr lieb, ohne daß sie Anspruch darauf macht; und sie würde, wie mich dünkt, nicht das Geringste dazu thun, die Meinung oder Gunst eines Mannes zu erwerben. Gefällt sie, ist's ihr recht, wenn nicht, so gilt's ihr gleich. Gestehen Sie, das ist eigentlich nicht die Art, welche wir an einem Mädchen lieben. Es liegt etwas Männliches darin, das interessant ist, das den Umgang sehr erleichtert, unser Vertrauen, unsere Freundschaft erweckt, aber Liebe erzeugt es nicht.

Ich traf mit dieser Familie ganz zufällig durch die Vermittlung eines gemeinsamen Freundes zusammen und nahm mit Dank das Erbieten desselben an, seine und ihre Wohnung zu theilen. Dies veranlaßte vermuthlich jenes Gerücht meiner Verlobung mit einer Jüdin, das Sie erschreckt hat. Für diesmal, das sehen Sie, sind Sie der Sorge ledig, mich eine Heirath schließen zu sehen, die so stark gegen Ihre aristokratischen Ansichten verstoßen würde. Was die Zukunft bringt, dafür kann ich nicht einstehen. Doch ohne Scherz! Sie wissen, wie ich darüber urtheile, und habe ich je den Beruf gefühlt, mit allen Waffen kämpfend gegen Vorurtheile aufzutreten, so war es nach manchen Mittheilungen, die mir Fräulein Meier über ihre Jugend und die Verhältnisse ihres Bruders machte, der auch Ihnen dem Namen nach bekannt sein muß. Jene Vorurtheile, das sind die Drachen unserer Tage, die zu vertilgen, Ritterpflicht wäre; und so viel an mir ist, will ich beweisen, daß ich noch ein Ritter bin, wie jener St. Georg, der den Lindwurm tödtete. Es würde Sie selbst ergreifen, wenn Sie Jenny mit Stolz von dem Unglück sprechen hörten, das sie mit Tausenden theilt und für Alle empfindet; denn obgleich sie lange zum Christenthum übergetreten, ist sie von Grund der Seele Jüdin geblieben. Sie gesteht das frei und es macht sie mir um so interessanter, wie denn ihr ganzes Wesen mir eine neue Erscheinung, ein Räthsel ist, das mich anmuthig beschäftigt. In ihr vereinen sich der Geist und der Muth eines Mannes mit einem Frauenherzen, und es überrascht mich oft, daß doch zuletzt, trotz aller männlichen Klarheit, irgend eine liebenswürdige weibliche Schwäche oder ein lebhaftes Gefühl den Sieg über all ihren Verstand erringen.

Sie sehen aus der Weise, in der ich ruhig ihren Charakter zu zergliedern vermag, daß mein Herz ganz frei ist. Selbst der geübteste Anatom vermöchte das nicht, wenn das Klopfen des Herzens ihm die Hand unsicher macht, wie viel weniger ich. Also unbesorgt, mein väterlicher Freund! Finden Sie mir in unsern Kreisen eine liebenswürdige Gattin und ich will mich nicht länger sträuben, mir Ketten anlegen zu lassen, die sehr beglückend sein können, wie ich hier an meinem Freunde und seiner schönen Frau bemerke.«

Tage und Wochen schwanden auf die anmuthigste Weise dahin. Walter überließ sich immer mehr dem steigenden Interesse, das ihn an Jenny fesselte und ihm ihren Umgang zu einem Bedürfniß machte, auf das er nicht mehr wohl verzichten konnte, und auch ihr war Walter bereits seit lange ein werther Freund geworden. Da entzog die Ankunft einer Freundin, der Geheimräthin von Meining, Jenny auf einige Tage der Gesellschaft ihrer Hausgenossen.

Frau von Meining, nur wenige Jahre älter als Jenny, war an einen bejahrten Mann verheirathet, der in Berlin als Arzt eine bedeutende Stellung einnahm. Dort hatte Jenny sie kennen gelernt und ein unbedingtes Vertrauen zu ihr gefaßt, das durch den hohen sittlichen Werth jener Frau vollkommen gerechtfertigt wurde. Fast jeden Sommer pflegte die Geheimräthin in Baden zu leben, wo sie eine Besitzung hatte, während ihr Mann seinem fürstlichen Herrn auf dessen Reisen folgte, und die Aussicht, Jenny zu treffen, hatte sie um so mehr bestimmt, auch in diesem Jahre ihren Lieblingsort wieder zu besuchen. Leider aber war sie diesmal unpaß in Baden angelangt, und eine große Reizbarkeit der Nerven nöthigte sie, sich für's Erste der Gesellschaft fern zu halten und sich allein auf Jenny zu beschränken, die mit Freude ihre Zeit zwischen der Geheimräthin und den Ihrigen theilte.

Willig ließ man sie darin gewähren; nur Graf Walter konnte sein Mißvergnügen über Jenny's häufige Abwesenheit nicht verbergen und äußerte eines Abends gegen den Vater, wie er sich die Abwesenheit einer so liebenswürdigen Tochter nicht gefallen lassen würde. Clara lachte darüber und der Vater bemerkte: Sie werden auch uneigennützig werden, mein Freund, wenn Sie das Glück empfunden haben werden, das man in der Zufriedenheit seiner Kinder genießt. Uebrigens muß man auch der armen Leidenden die kleine Zerstreuung gönnen, die meiner Tochter Gesellschaft ihr gewährt.

Aber heute bleibt Fräulein Jenny doch ungewöhnlich lange dort, sagte Walter, als man Anstalten machte, sich für den Abend zu trennen, ohne Jenny's Rückkehr zu erwarten.

Meine Tochter hat den Wagen erst nach elf Uhr bestellt. Die Geheimräthin leidet an Schlaflosigkeit und Jenny wollte versuchen, ob es ihr nicht gelänge, sie durch leises, gleichmäßiges Vorlesen oder auf irgend eine andere Weise in Schlaf zu wiegen. Ich wünsche der liebenswürdigen Frau und Euch eine gute Nacht.

Mit den Worten entfernte sich der Vater; auch Clara und William zogen sich zurück und ließen Walter allein. Es war ihm zu früh, sich zur Ruhe zu begeben. Er ging hinab ins Freie, um noch eine Stunde der Kühlung zu genießen, denn er fühlte sich mismüthig, unruhig und in großer Spannung. Ihm war, als stehe er am Vorabende einer neuen Epoche seines Lebens, als erwarte er etwas, oder als müsse ihm heute irgend ein besonderes Ereigniß begegnen.

Und wenn er sich fragte, was ihn so bewege, worauf er so sehnsüchtig harre: dann mußte er sich bekennen, daß er es selbst nicht wisse. Vergebens versuchte er diesen Zustand zu bekämpfen, und um endlich, wie er glaubte, eine körperliche Erregtheit durch Ermüdung abzustumpfen, ging er rastlos und schnell vorwärts. So befand er sich nach kurzer Zeit am Ausgange der Lichtenthaler Allee, in der Nähe des Hauses, in welchem Frau von Meining wohnte. Die Meiersche Equipage hielt vor ihrer Thüre. Die Fenster der Geheimräthin waren matt beleuchtet. Zerstreut blieb Walter eine Weile stehen, sah zu den Fenstern empor und schickte sich dann plötzlich zur Rückkehr an. Kaum aber hatte er ein paar hundert Schritte gemacht, als er sich auf eine der Bänke warf, die sich in der Allee befinden, und in ein tiefes Hinträumen versank, aus dem ihn dennoch der Fußtritt jedes Vorübergehenden emporschreckte. Allmälig wurde die Allee einsamer. Die Uhr des Nonnenklosters in der Stadt schlug zwölf. Bald darauf hörte er das Rollen von Rädern, er fuhr auf und blickte nach der Gegend, woher der Ton zu kommen schien. Aber täuschte er sich nicht? Ein weißes Kleid schimmerte glänzend aus der Dunkelheit empor. er eilte der Gestalt entgegen, sein Herz schlug hörbar – Jenny stand vor ihm.

Sie hier, Graf Walter? sagte sie überrascht, doch freundlich, und legte ihren Arm in den des Grafen, der ihn ihr schweigend bot.

Wer es nicht empfunden hat, wie viel Vertrauen in der Art liegen kann, mit dem eine Frau sich auf den Arm eines Mannes lehnt, der wird nicht begreifen, wie Walter sich so glücklich fühlte, als Jenny's Arm jetzt in dem seinen ruhte. Denn es gibt gewiß nichts Gleichgültigeres, als die Sitte, einer fremden Dame den Arm zu bieten, und doch fast nichts Süßeres, als wenn diese gleichgültige Sitte unter Personen zur traulichen Gewohnheit wird, die es noch selbst nicht wissen, wie nahe sie schon zu einander gehören.

Was unverstanden wie eine dunkle Ahnung in Walter geschlummert hatte, das fühlte er plötzlich als unwiderstehliche Wahrheit. Er hatte Jenny immer schon geliebt und jetzt, da sie freundlich und doch sorglos, als müsse es so sein, seinen Schutz und seine Stütze annahm, jetzt ging die Sonne der Liebe siegreich in seinem Bewußtsein auf und er fragte sich: Warum erst jetzt?

Schweigend legten sie eine Strecke des Weges zurück, denn Walter vermochte nicht zu sprechen vor freudiger Bewegung, und Jenny fühlte sich so geborgen unter dem Schutze dieses Mannes, so zufrieden in dem Gedanken an die Erleichterung, die sie ihrer Freundin verschafft hatte, daß sie sich willig jener weichen Ruhe überließ, zu der die schöne Sommernacht verführerisch einlud.

Allmälig aber wurde ihr Walter's Schweigen peinlich. Es war als ob seine Stimmung sich ihr mittheilte, sie fühlte sich beklommen, geängstigt, und um nur eine Veränderung in diese Lage zu bringen, sagte sie: Es war so schwül in den Zimmern der Frau von Meining, daß ich dringend die Nothwendigkeit fühlte, mich abzukühlen, und deshalb mit unserm alten Diener den Fußweg einschlug. Die Nacht ist heut' so schön.

O, unaussprechlich schön! wiederholte Walter und die frühere Stille trat wieder ein. Jenny's Unruhe stieg dadurch von Minute zu Minute. Sie bildete sich endlich ein, um sich Walter's Schweigen und ihre Unruhe zu erklären, ihrem Vater sei irgend ein Unglück begegnet und man habe ihr Walter entgegengeschickt, sie davon in Kenntniß zu setzen. Wie ging es meinem Vater, als Sie ihn verließen? fragte sie besorgt.

Er war wohl und munter, und hatte sich zur Ruhe begeben, ehe ich fortging, antwortete der Graf, und Jenny, als sie in diesem Augenblick ihre Wohnung erreichten, machte ihren Arm aus dem des Grafen los und sank aufathmend auf den Sitz vor ihrer Thüre nieder. Sie hätte weinen mögen, so gepreßt war ihr das Herz. Sie wollte aufstehen und noch in das Zimmer ihres Vaters gehen, um sich zu überzeugen, daß er wohl sei, und war doch so beklommen und so bang bewegt, daß sie kein Glied zu rühren vermochte. Dem Grafen mußte es eben so ergehen, er setzte sich schweigend zu ihr nieder.

Es war still um sie her; nur das Rauschen der Blätter, das leise Rieseln des Oelbaches tönten an ihr Ohr. Balsamisch drang der Duft des frisch gemähten Grases von den Wiesen empor und Jenny's Seele fand Ruhe und Frieden in dieser feierlichen Stille, der sie sich mit Wonne hingab. Da tauchte plötzlich ein lichter Schein am nördlichen Horizonte auf, hell und immer heller, so daß der ganze Himmel davon durchleuchtet und verklärt schien, während ein Lichtmeer den Ursprung der herrlichen Erscheinung bezeichnete. Einzelne Strahlen schossen blitzschnell gegen den Zenith empor, im wechselnden Farbenspiel und mit ganz überirdischer Pracht; dann verschwammen sie wieder in dem Lichtmeere und neue, ebenso glänzende Flammenstreifen tauchten daraus hervor. Es war das schönste Nordlicht, das man seit lange gesehen hatte und bewundernd hingen Jenny's Blicke an dem erhabenen Anblick. Ihre Hände falteten sich unwillkürlich und mit bebender Stimme sagte sie: Und sie sprechen von Offenbarung! Als ob es eine göttlichere, unwiderstehlichere geben könnte, als diese. Wer sollte nicht glauben an Den, der in solchen Zeichen zu uns spricht? Das ist

Gott! Das ist der Gott, den ich anbete, und der keines Mittlers, keiner sinnverwirrenden Lehren von Kreuz und Blut und Tod bedarf, um uns fühlen zu lassen, daß sein die Macht und Er die Liebe ist.

Thränen der Begeisterung flossen aus ihren Augen. Kein Gedanke, als die anbetende Verehrung, die tiefste Demuth vor Gott war in ihrer Seele, als Walter mit einem Ausruf von Entzücken sich vor Jenny niederwarf und ihre gefalteten Hände an seine glühenden Lippen preßte. Erschreckt und unangenehm durch diese leidenschaftliche Berührung in ihrer Andacht gestört, stand Jenny auf und sagte mit einem Tone des Vorwurfs: Entweihen Sie die Stunde nicht. Knien Sie nicht vor dem Geschöpf, wenn der Schöpfer selbst Sie einer solchen Offenbarung würdigt! Und sie schritt rasch in das Haus, an dessen Thüre ihr Diener ihres Eintritts wartete.

Bestürzt sah Walter ihr nach. Sein Herz hatte voll grenzenloser Liebe verlangt, sich in dieser feierlichen Stunde der Geliebten für immer zu eigen zu geben, und im Uebermaß des Gefühls war er vor sie niedergesunken. Wie sie in dem Phänomen, so betete er in ihr die Macht des Schöpfers an, und kalt und tadelnd hatte sie ihn von sich gestoßen. Er warf es sich vor, wie ein blöder Träumer vor Jenny gestanden zu haben, statt von ihr wie ein Mann ihre Hand und ihr Wort zu fordern. Jetzt, sagte er sich, jetzt könnte sie mein sein. Ich könnte meine Lippen auf die ihren drücken, den Schlag ihres Herzens an dem meinen fühlen, wissen, daß sie mein ist für immer – daß sie mich liebt ....

Walter hielt inne. Daß sie ihn liebte, dafür hatte er keinen, gar keinen Beweis, und doch glaubte er an ihre Liebe. Eine Liebe wie die seine konnte nicht unerwidert bleiben, sie mußte Gegenliebe finden. Diese Hoffnung gab ihm Muth; und voll Vertrauen auf einen glücklichen Ausgang wollte er am nächsten Morgen Jenny seine Liebe gestehen und von ihrem Vater die Hand seiner Tochter fordern.

Doch nur zu oft vernichtet der Morgen die Hoffnungen des vorigen Tages. Als Walter das Zimmer betrat, in dem man sich zu versammeln pflegte, sah er an den verstörten Zügen der beiden Damen, daß ihre Ruhe erschüttert, ein unangenehmes Ereigniß hereingebrochen sein müsse. Clara schien geweint zu haben und schüttelte traurig das Haupt, als Herr Meier tröstend sagte: Sie sollten froh sein, mein Kind, daß dies Verhältniß nun endlich zu einer Entscheidung gekommen ist. An den augenblicklichen Schmerz darf man nicht denken, wo eine lange und hoffentlich bessere Zukunft gewonnen werden soll.

Um nicht zu stören, verließ der Graf das Zimmer und ging zu William, den er schreibend fand. Von ihm erfuhr er, wie vor einer Stunde ein Brief Eduard's an ihn angekommen sei, der diese allgemeine Aufregung verursacht hatte. Er schrieb ihm:

Mein Freund, mache Dich gefaßt, eine Mittheilung zu hören, die, obgleich erwünscht in ihren Folgen, doch für den Augenblick ihr Betrübendes hat. Ferdinand ist bei mir, aber er ist krank und sehr zu beklagen.

Vorgestern in der Nacht schellte man an meiner Thüre. Man öffnete und kam, mich zu wecken, weil ein Kranker nach mir begehre. Gleich darauf trat der Fremde bei mir ein und ich fragte, wohin man mich verlange, wer erkrankt sei? Ich selbst bin krank zum Sterben und ich wollte, ich wäre todt, antwortete der Unbekannte. Ich sah ihn prüfend an. Eine verfallene Gestalt, verfallene Züge und wenig, fast ergrautes Haar – obgleich der Mann so alt nicht schein, um diesen gänzlichen Verfall zu rechtfertigen. Sie kennen mich nicht mehr, oder wollen Sie mich nicht kennen? fragte er höhnisch. Aber ich hatte ihn bereits erkannt, trotz der fast unglaublichen Veränderung in seinem Aeußern. Es war Ferdinand.

Ich nöthigte ihn, sich niederzusetzen. Ich fragte nach seiner Frau. Nennen Sie das Weib nicht! rief er und sein Gesicht zuckte krampfhaft. Mit dem Wenigen, das man mir als Almosen hinwarf, vermochte sie sich nicht zu begnügen. Ihre Vorwürfe, ihre Ansprüche brachten mich zur Verzweiflung. Ich war krank, ein Fieber nahm mir die Besinnung und diesen Zeitpunkt benutzte sie, mir Alles zu rauben, was ich noch besaß, und mich zu verlassen. Ich hatte ja nichts mehr zu verschenken, zu verschwenden! sagte er, und wieder flog das krankhafte Zittern durch seine Züge.

Ich sah, daß seine körperliche Erschöpfung aufs Höchste gestiegen war, und redete ihm zu, die Nacht bei mir zu bleiben, zu ruhen; wir könnten das Nöthige dann am Morgen überlegen. Er betrachtete mich mit einem Mißtrauen, das mich befremdete, da er mich doch aufgesucht hatte, und sagte: Wollen Sie erst von der Familie Horn Verhaltungsbefehle holen? Nun wußte ich, wie ihm beizukommen war. Es gelang mir, ihn zu beruhigen. Ich ließ eine Mahlzeit auftragen, denn er bedurfte dringend einer Erquickung. Mit gieriger Hast griff er nach den Speisen und brach dann, als er sich gesättigt hatte, in ein lautes Weinen aus. So komme ich in meine Heimath zurück! rief er und fing darauf an, mir zu erzählen, wie er seit gestern fast keine Nahrung zu sich genommen, den Postwagen nicht verlassen hätte, aus Scheu, hier in der Nähe seiner Vaterstadt Bekannten zu begegnen. Auch hatte ich kaum, wovon eine Mahlzeit zu bezahlen, sagte er. Sie hat mir Alles genommen, ehe sie mich verließ. Als ich zum Bewußtsein erwachte, war ich allein, ein Bettler. Seit Monden war unser Credit erschöpft, Niemand wollte uns mehr borgen. Ich erfuhr, daß sie einem Russen gefolgt war, der ihr lange nachgestellt hatte und ihr glänzendere Aussichten versprach, als sie bei mir erwarten konnte. Ein Ring, den ich nie abgelegt und den ich jetzt verkaufte, bot mir die Mittel, sie zu verfolgen – doch bald sah ich die Thorheit dieses Unternehmens ein. Ich mag sie nicht wiedersehen. Eine unbezwingliche Sehnsucht trieb mich hieher. Ich will hier sterben, wo ich geboren und jung gewesen bin.

Erschöpft fiel er in den Sopha zurück, und da ich absichtlich schwieg, schlief er bald ein, obgleich er heftig fieberte. Seitdem hat sich unverkennbar ein nervöses Fieber heraus gebildet und die Krankheit ist im Steigen. Er hat nur wenige klare Augenblicke, in seinen Phantasien aber spricht er mit dem tiefsten Haß von seiner Mutter, der er sein Unglück zuzuschreiben scheint. Wenn nicht besondere Zufälle dazwischen treten, hoffe ich auf seine Herstellung. Indessen halte ich es für rathsam, den Eltern die Anwesenheit Ferdinand's zu verbergen, bis er körperlich und geistig im Stande ist, ein Wiedersehen mit ihnen zu ertragen. Jetzt, da die Trennung von seiner Frau erfolgt ist, wird es uns ein Leichtes sein, ihn allmälig seinen Eltern und seinen früheren bürgerlichen Verhältnissen wieder zu geben.

Beruhige Deine Frau deshalb und sage ihr, daß es ihm an der Pflege und Sorgfalt, die sein Zustand erfordert, nicht fehlen soll. Ich bürge dafür und hoffe, Dir bald tröstlichere Nachrichten geben zu können.

Mit der Entschlossenheit, die William's ganzes Wesen charakterisirte, erklärte er gleich nach Lesung dieses Briefes sich bereit, nach Clara's Vaterstadt zu reisen, um nicht Eduard allein die Sorge für den Unglücklichen aufzubürden, und unter strömenden Thränen beschwor ihn seine Frau, sie mit zu nehmen, es ihr zu vergönnen, daß sie selbst die Pflege des Bruders übernehmen und seine Rückkehr in das väterliche Haus einleiten könne. Auch dazu war William geneigt, nur die Unmöglichkeit, mit den Kindern eine so schleunige Reise zu machen, wie sie hier erforderlich war, schien ihren Wünschen ein Hinderniß in den Weg zu legen, bis Jenny mit ihres Vaters Zustimmung sich erbot, die Kinder unter ihre Obhut zu nehmen und mit sich nach Hause zu bringen. So ward es beschlossen, noch an demselben Nachmittage abzureisen, und in trauriger Stimmung sah Clara der Stunde entgegen, in der sie zum ersten Mal sich von den Lieblingen ihres Herzens trennen sollte, während William und Jenny ihr Muth zusprachen und das Nöthige besorgten.

Natürlich mußten Walter's persönliche Wünsche vor diesen Ereignissen in den Hintergrund treten. Jenny schien des vorigen Abends vergessen zu haben. Sie war eifrig um Clara bemüht und gönnte sich nicht eher Ruhe, bis sie die Freundin wohlversorgt auf dem Wege in die Heimath wußte. Dann ließ sie die Kinder in ihre Zimmer bringen, richtete sie dort gehörig ein und traf endlich zur Theestunde mit dem Grafen und ihrem Vater zusammen.

Jetzt erst fühlte sie, wie sich seit gestern ihr Verhältniß zu Walter geändert hatte. Sie wußte nun, daß er sie liebte, und obgleich er ihr sehr werth war, war ihr seine Liebe nicht willkommen. Sie konnte den rechten Ton für die Unterhaltung nicht finden, wurde zerstreut, dann verdrießlich, daß sie sich so wenig zu beherrschen wisse, und entfernte sich unter dem Vorwande, Frau von Meining ihren Besuch zugesagt zu haben.

Walter, dem Jenny's befangenes Wesen, ihre Zurückhaltung nicht entgangen war, glaubte sie durch sein leidenschaftliches Betragen verletzt und benutzte ihre Abwesenheit dazu, ihrem Vater seine Bitte um Jenny's Hand auszusprechen, um sich dann auch gegen sie zu erklären und in seiner Liebe eine Entschuldigung für den Ungestüm zu finden, mit dem er sie gestern erschreckt hatte.

So oft der Vater auch in gleicher Lage gewesen war, so sehr überraschte ihn Walters Antrag. Er fragte, ob der Graf die Liebe seiner Tochter besitze?

Ich glaube mit Zuversicht, daß mir ihre Freundschaft und Achtung gewiß ist, ich hoffe, ihre Liebe zu erwerben, antwortete Walter.

Und ist Ihre Familie von dem Schritte unterrichtet, den Sie thun wollen, lieber Walter?

Nein, aber Sie wissen, daß ich unabhängig und Herr meiner Handlungen bin.

Indem Sie mir diese Erklärung geben, sagte Herr Meier, gestehen Sie mir zu, daß Sie die Meinung der Ihrigen gegen sich haben würden. Das fürchte ich selbst, und ich wünschte, ich könnte Ihre Werbung ungeschehen machen. Ich weiß nicht, ob Jenny Sie liebt, noch wenigstens ist sie, wie ich hoffe, frei genug, eine Trennung von Ihnen zu ertragen; darum folgen Sie meinem Rathe, Herr Graf, benutzen Sie William's Abreise, uns gleichfalls zu verlassen, und geben Sie einen Wunsch auf, dessen Erfüllung Ihnen und uns leicht Kummer machen könnte.

So verweigern Sie mir Jenny's Hand? fragte Walter erbleichend und setzte mit einem Ton, dem man den gekränkten Stolz anhörte, hinzu: Darauf war ich nicht vorbereitet.

Ruhig nahm der Vater des Grafen Hand und zog ihn zu dem Sitze nieder, von dem er aufgestanden war.

Verstehen Sie mich nicht falsch, sagte er. Ich glaube Ihnen durch mein Betragen gegen Sie, gezeigt zu haben, daß ich Sie achte, Sie für einen edlen Menschen halte. Sie selbst wissen, daß Ihre Stellung in der Welt den Ansprüchen des ehrgeizigsten Vaters genügen müßte. Aber die gräflich Walter'sche Familie könnte vielleicht die Tochter eines Juden nicht der Ehre würdig erachten, welche Sie ihr mit Ihrer Wahl erzeigen. Davor möchte ich mein Kind bewahren und Sie vor der schweren Pflicht, Ihre Frau gegen die Vorurtheile Ihrer Familie und Ihrer Standesgenossen zu schützen.

Und glauben Sie, daß mir dazu der Wille oder die Kraft fehlt? fragte Walter. Glauben Sie, daß Jenny's persönlicher Werth nicht die Einwendungen besiegen würde, die mein Onkel gegen diese Verbindung machen könnte? Er ist der Einzige, dessen Meinung mir Etwas bedeutet, dessen Ansichten ich schonen möchte, und er wird den Schritt billigen, wenn er Jenny kennt und meine Liebe für sie. Ich war glücklich, seit ich denken kann, ich habe Alles, was das Leben schön macht, nur eine Gattin fehlt mir, mein Glück zu theilen. Da führt ein günstiges Geschick mir Jenny zu. Ich liebe sie, ich möchte Ihrer Hand mein höchstes Gut verdanken, und Sie verweigern es mir, weil Sie mich von Vorurtheilen nicht frei glauben, die man in unsrer Zeit kaum noch der Unbildung verzeiht.

Wollte Gott, es wäre so! sagte der Vater ernst, dann sollte mir kein Gatte willkommener für Jenny sein, als Sie; Keinem würde ich meine Tochter mit größerer Zuversicht vertrauen als Ihnen. Diese Erklärung muß Ihnen für meine volle Achtung bürgen. Bei den Worten reichte er dem Grafen seine Hand, der sie herzlich drückte. Was aber nun Ihren Antrag und Ihr Verhältniß zu Jenny betrifft, darin folgen Sie mir. Es gilt das Glück meiner Tochter und das Ihre. Trauen Sie mir, der ich die Welt und die Menschen länger kenne, als Sie. Ich betrachte Sie für frei von jeder Verpflichtung gegen uns. Uebereilen Sie nichts. Lassen Sie sich Zeit, die Ansicht Ihres Onkels zu hören, prüfen Sie selbst die Meinung des Kreises, dem Sie angehören, und wenn Sie dann Ihren Wunsch noch hegen, wenn Jenny damit einverstanden ist, will ich von Herzen einen

Bund segnen, der in Bezug auf Sie schon jetzt meine vollkommenste Zustimmung hat. Sind Sie damit zufrieden? fragte er.

Muß ich nicht? antwortete der Graf, der sich nur ungern in den Gedanken fand, sein Ziel so weit hinausgeschoben zu sehen, obgleich er fühlte, daß der Vater seiner Denkart nach nicht anders handeln konnte, und ihn deshalb nur um so höher schätzte. Aber nur mit Widerstreben verstand er sich dazu, sich gegen Jenny nicht zu erklären, bis er seinen Onkel von seiner Absicht in Kenntniß gesetzt und dessen Antwort erhalten haben würde, und er verließ den Greis, um seinem Onkel schreiben zu gehen. Auch Herr Meier zog sich zurück, um Eduard seinerseits von dem Geschehenen zu benachrichtigen. Er machte ihn auf die glänzenden Verhältnisse, auf den trefflichen Charakter Walter's aufmerksam und sagte: Dennoch widerstrebt meine innere Ueberzeugung dieser Verbindung fast eben so sehr, als einst der mit Reinhard, mit dem Unterschiede, daß jetzt meine Besorgniß den Verhältnissen gilt, während sie bei Reinhard den Charakter des Mannes betraf. Niemand ist so gleichgültig gegen das Urtheil der Menschen, daß Lob oder Tadel seiner Umgebung ihn kalt ließe, und es könnte für Jenny's Glück eine harte Probe werden, wenn sie es erleben müßte, Walter's Entschluß von seinen Standesgenossen getadelt und ihn dadurch verletzt zu sehen. Ihre erste Verlobung brachte sie in geistiger Beziehung in einen traurigen Conflict, diese könnte sie in ein schwer zu überwindendes Mißverhältniß zu den äußern Umständen versetzen, und sie leicht ebenso unglücklich machen, als jene. Wie ich Jenny beurtheile, fühlt sie das selbst und hat Scheu vor Walter's unverkennbarer Neigung, weil sie sich nicht den Muth zutraut, seiner Liebe und seiner Werbung zu widerstehen. Bei Walter's persönlichen Eigenschaften und seiner Stellung in der Welt würde das vielleicht jedem Mädchen schwer, da keines von Eitelkeit frei und Walter ganz der Mann ist, Liebe und Zutrauen zu erwecken. Doch bin ich überzeugt, daß diese Heirath früher oder später zu Stande kommt, und theile Dir diese Nachricht mit als Etwas, das ich nicht gern sehe, aber nicht zu hindern vermag. Deinen Ansichten dürfte das Verhältniß willkommen sein. Gott gebe, daß meine Besorgniß mich trüge und Jenny so glücklich werde, als sie es verdient.

In seiner Ansicht von Jenny's Scheu vor der Bewerbung Walter's und ihrem Mißtrauen gegen sich selbst hatte ihr Vater sich wirklich nicht getäuscht. Jenny war zu sehr an Huldigungen gewöhnt und nicht mehr jung genug, um in jeder Annäherung eines Mannes Liebe zu erblicken. Gerade deshalb hatte sie sich in ihrem Verhältniß zu Walter, in seiner Gesellschaft um so behaglicher und freier gefühlt, als sie mit Sicherheit glaubte, hier keinen andern Ansprüchen zu begegnen, als denen, welche man einem geachteten Freunde willig zugesteht. Jetzt war ihr plötzlich die Ueberzeugung des Gegentheils geworden und mit ihr das Bewußtsein, daß sie durch Walter's Liebe manchem neuen Kampfe ausgesetzt werden könnte: sei es, daß er ihre Hand verlange, oder aus Rücksicht auf seine weltliche Stellung darauf verzichte. Verstimmt gemacht durch diese Gedanken, langte sie, während Walter die Unterredung mit ihrem Vater hatte, bei Frau von Meining an, die in Jenny's beweglichem Gesicht die Spuren einer innern Unruhe leicht bemerkte. Sie fragte um die Ursache derselben, obgleich Jenny anfangs die Thatsache leugnete, und erst nach freundlichem Bitten und Dringen von Seiten der Geheimräthin sagte Jene:

Ich habe die Entdeckung gemacht, die Liebe eines Mannes zu besitzen, an die ich nie gedacht habe, und das ist mir unangenehm.

Die Geheimräthin sah sie verwundert an, lächelte dann und meinte: Das heißt, Du bemitleidest ihn, weil Du diese Liebe nicht erwiderst und er Dir nicht gefällt. Das kommt wohl vor im Leben und sollte Dir nicht so neu sein, Dich so sehr zu verstimmen.

Im Gegentheil, antwortete Jenny, er ist mir lieb und werth, und gerade darum thut es mir so wehe.

Jenny, sagte die Geheimräthin plötzlich ernsthaft geworden, ich will kein Vertrauen erzwingen, wenn Du nicht geneigt bist, es mir zu gewähren. Nur das Eine sage mir, mich zu beruhigen: Ist der Mann, der Dich liebt, verheirathet, oder sonst in einer Weise gebunden, die Deine Unruhe erregt? Nur die Eine Frage beantworte mir.

Nein, nein! rief Jenny, über den feierlichen Ernst ihrer Freundin lächelnd, Er ist frei und unumschränkter Herr seines Willens; ich zweifle nicht, daß er mir seine Hand anträgt, aber das ist es, was ich fürchte und was mein Vater ungern sehen wird.

So ist er arm und seine Stellung der Deinen all zu ungleich? fragte Frau von Meining.

Kennst Du meinen Vater und mich so wenig, entgegnete Jenny im Tone des Vorwurfs, zu glauben, daß dergleichen uns irren könnte? Nein, im Gegentheil, es ist Graf Walter, der mich liebt, und dessen Liebe ich befürchte.

Walter! rief die Geheimräthin erfreut und setzte dann hinzu: Du bist unwahr gegen Dich oder mich. Walter's Liebe kann Dir nicht unwillkommen sein, denn gleichgültig ist er Dir nicht.

Das habe ich auch nicht behauptet, antwortete Jenny. Aber ich habe durch meine Verlobung mit Reinhard so viel gelitten, mich so an das ruhige Glück gewöhnt, welches ich jetzt genieße, daß ich vor dem Gedanken zittere, neuen Stürmen ausgesetzt zu sein. Ich habe in der Liebe meines Vaters und meiner Brüder – denn auch Joseph ist mir ein Bruder – in der Kunst mir eine Welt geschaffen, in der ich Freude finde und sie den Andern bereite. Nenne es Feigheit oder Selbstsucht, wie Du willst, ich mag aus diesem sichern Hafen mich nicht aufs Neue in das Meer des Lebens wagen. Ich will nicht heirathen.

Und wenn Dein Vater stirbt?

Dann leben mir die Brüder …,

Die wahrscheinlich Deinen Entschluß nicht theilen, fiel ihr die Geheimräthin ins Wort, die sich verheirathen würden, wenn Du Dich Ihnen durch einen vernünftigen Entschluß entzögest und so ihr und Dein Bestes fördertest. Wie viel hundert Mal hast Du mir über die hohe Ansicht gesprochen, die Du von der Ehe hegst! Wie erhaben hast Du mir Walter's Idee davon geschildert, als Du mir neulich von der Unterhaltung erzähltest, die Du über diesen Gegenstand mit ihm gehabt hast. Also Gleichnisse zeichnen kannst Du, aber im Leben sie durch Dich zu verwirklichen, stehst Du an!

Sie war ganz erhitzt durch den Eifer, mit dem sie gesprochen hatte, lehnte sich in ihren Sessel zurück und sagte lächelnd, da Jenny nachdenkend schwieg: Wie sich doch Alles im Leben wiederholt. Meine Tante würde eine Freude haben, könnte sie sehen, wie ich jetzt an Dir die Ermahnungen probire, die sie mir gemacht hat, ehe ich mich verheirathete. Ich denke aber, sie finden bei Dir ein so williges Ohr, als bei mir, und nehmen auch ein so glückliches Ende.

Das sagst Du, Clementine, rief Jenny, Du, die mir selbst erzählt, welchen Kampf Du noch nach Deiner Hochzeit zwischen Pflicht und Liebe bestanden hast.

Clementine strich mit der Hand über die hohe, zarte Stirn und sagte mit unbeschreiblicher Weichheit und Demuth: Ich halte Dich nicht für schwächer als mich. Was ich vermochte, mußt Du auch vermögen. Du sollst es auch kennen lernen, das Glück, seine Neigung dem Glücke eines Andern zu opfern, und darin ein neues, besseres Glück zu finden. Dann nach einer Pause fuhr sie fort: Uebrigens, was will ich denn? Von dem Opfer einer Neigung ist ja hier die Rede nicht! Du liebst keinen Andern; Du bist frei und Walter ist Dir werth. Was drückt und ängstigt Dich also?

Der Gedanke, man könne mir ehrgeizige Motive unterlegen, sagte Jenny lebhaft, wenn ich Walter's Hand annehme; und – daß ich es Dir gestehe – die Möglichkeit, er könne es einst bereuen, eine Bürgerliche, eine Jüdin, geheirathet zu haben, wenn irgend ein Ereigniß ihn unangenehm daran erinnert. Ich mag nicht, wie Walter es in jenem Gleichniß nannte, die kümmerliche Pflanze sein, die sich zu einer Höhe emporrankt, für die sie nicht geboren ist. Liebte ich Walter, vielleicht wäre ich dann schwach genug, meine Vernunft zu verleugnen; jetzt nimmermehr! Mag Walter sich eine Gefährtin wählen, die ihm gleich ist an Vorzügen des Ranges und der Geburt, die mit ihm auf gleicher Höhe erwuchs. Ich will keinem Menschen Etwas verdanken, das er jemals bereuen könnte, mir gegeben zu haben.

Aus der Hand eines geachteten Gatten entehrt keine Gabe und er bereuet sie nicht, wenn er sie, wie Walter Dir, mit ruhiger Ueberzeugung darbringt, sagte Clementine, die es fühlte, daß hier der Punkt läge, von dem Jenny's Weigerung gegen Walter's Wünsche ausging. Auch sie kannte Walter und, erfreut durch den Gedanken, ihn und Jenny verbunden zu sehen, wünschte sie wo möglich dazu beizutragen. Darum vermied sie es für diesmal, Jenny auf dieser für sie empfindlichsten Seite anzugreifen und bemerkte ablenkend: Und das ist doch der einzige Grund, der Dich besorgt machen kann!

Nein! antwortete Jenny, auch in mir sind Gründe dagegen. Mir fehlt die Fähigkeit, mich in dem Leben eines Andern aufgehen zu lassen. Meine Existenz ist eine fest bestimmte, in sich abgeschlossene. Ich habe mich an eine gewisse Freiheit gewöhnt, die ich nicht mehr entbehren kann und die ich in der Ehe doch aufgeben müßte. Vor Allem aber, wie ich Reinhard liebte, kann ich nicht wieder lieben. Mir fehlt die Jugendlichkeit, die Frische des Herzens, das fühle ich tief. Ich kann so nie wieder lieben!

So liebe Walter anders! wandte Frau von Meining ein. Auch Du bist sicher nicht das erste Mädchen, das ihn die Liebe kennen lehrt. Er ist ein Mann, der in der Schule des Lebens und des Hofes seine Prüfungen bestand. Den ruhigen Mann reißt keine Leidenschaft blindlings hin; was er thut, hat er überlegt, was er verspricht, will und wird er halten. Und was die Frische des Herzens betrifft, so ist es mit der Liebe, wie mit dem Menschen überhaupt. Die Geschlechter gehen und kommen, jedes hat die Erfahrungen des vorigen für sich, sie gleichen sich fast alle und doch – hat jedes neue Geschlecht seine Thorheit und seine Weisheit, seine Jugend, seine Blüthe, nach seiner Individualität; eine Blüthe, die rein und schön ist, obgleich sie erst auf der Asche der geschiedenen Generation erwuchs. Darum Muth, mein Herz! Den falschen Stolz besiege und im Uebrigen vertraue der Liebesfähigkeit und der Liebesbedürftigkeit des Frauenherzens.

Eine innige Umarmung beendete diese Unterhaltung, die in Frau von Meining den Entschluß hervorrief, sich so bald als es ihr möglich sein würde, der Gesellschaft anzuschließen, um Jenny und Walter schnell an ein Ziel zu bringen, das ihr für Beide so glückversprechend schien. Diese freudige Hoffnung that für die Anregung ihrer Nerven mehr, als irgend eine Arzenei vermochte, und schon am nächsten Tage nahm sie zum ersten Male Walter's Besuch an, der fast täglich in ihrer Wohnung gewesen war, um sich nach ihrem Ergehen zu erkundigen.

Zwei Gefühle waren es besonders, die Jenny beunruhigten und sie bewogen, sich von Walter zu entfernen: Die Furcht, welche sie Frau von Meining gestand, vor einer Verbindung, die man gerade in den Kreisen eine Mißheirath nennen würde, in denen sie als Walter's Frau zu leben bestimmt war, und, was sie nur sich selbst bekannte, Scham vor sich selbst, daß sie einer zweiten Neigung fähig sei, die sich entschieden zu Walter's Gunsten in ihr geltend machte. Trotz ihres klaren Verstandes besaß Jenny die Schwärmerei eines tieffühlenden Herzens und hatte mit Treue das Andenken des Geliebten ihrer Jugend in sich gepflegt, bis sich nach Reinhard's Verheirathung der Gedanke in ihr ausgebildet, sie habe jetzt keinen Anspruch mehr an Liebesglück zu machen, ihr Leben sei in der Beziehung beendet.

So hatte sie sich seit Jahren mit der Idee: »entsagt zu haben« wie mit einem Wittwenschleier geschmückt, den sie jetzt abzulegen sich nicht entschließen konnte. Sie fühlte ihre wachsende Neigung für den Grafen, aber sie kämpfte dagegen, wie gegen ein Unrecht, weil sie sich scheute, den Ihrigen zu sagen: Ich liebe wieder! und weil sie doch zu wahrhaft war, um eine Verbindung mit Walter, die sie trotz aller Bedenken wünschte, für eine bloße Verstandsheirath auszugeben, was außerdem kränkend für ihn gewesen wäre.

Nach Jahren innern Friedens mit sich selbst machte dieser Zwiespalt ihrer Seele ihr doppelte Unruhe und gab ihr einen Anstrich von Kälte, die Walter irre an ihr zu machen drohte; da ohnehin die Sorge für Clara's ihr anvertraute Kinder ihr einen Grund gab, den Grafen weniger zu sehen, als es früher der Fall gewesen war. Dadurch trat eine Art von Spannung zwischen Walter und Jenny ein, von der Beide gleich viel zu leiden schienen, bis es Frau von Meining gelang, des Grafen Vertrauen zu gewinnen. Sie bat ihn Geduld zu haben, Jenny Zeit zu lassen, bis sie sich selbst klar geworden sei: Glauben Sie, lieber Graf! sagte sie, je deutlicher in uns Frauen das Bewußtsein von der Heiligkeit der Ehe wird, je langsamer entschließt man sich, den Schritt zu thun. Jenny steht jetzt bang und zögernd auf der Schwelle des Tempels, die sie vor zehn Jahren leichtherzig und sorglos überschritten haben würde. Lassen Sie sich dadurch nicht irren! Ich würde es für unrecht halten, Jemand zu einem Entschlusse hin zu drängen, zu dem er keine Neigung hat, oder dem seine Eigenthümlichkeit widerstrebt. Jenny wird aber nur durch ein von ihr mißverstandenes Gefühl gehindert, ihr Glück und das Glück eines Mannes zu gründen, den sie hoch und werth hält. Da muß man aus Freundschaft ein Uebriges thun und die Gute gelinde dazu zwingen, glücklich zu sein und zu beglücken.

Das ist ein hartes Wort! bemerkte Walter, und selbst Jenny's Hand möchte ich weder der Ueberredung noch dem Zwang verdanken.

Aber Sie sind damit zufrieden, wenn Jenny sich und Ihnen gestehen lernt, daß ihre eigene Neigung sie zwingt, die Ihre zu werden? fragte Frau von Meining freundlich.

Wenn Sie Jenny davon überzeugen könnten, erwiderte Walter, wie würde ich es Ihnen danken!

Lassen Sie das, mein Freund! wandte die Geheimräthin ein. Ich bleibe Ihnen verpflichtet und mein Mann wird es Ihnen Dank wissen, daß Sie mich aus meiner Abspannung befreiten, indem Sie mir Gelegenheit gaben, an Ihnen und meiner Freundin ein gutes Werk zu üben. In wenig Tagen denke ich Jenny in ihrer Wohnung selbst aufzusuchen und rechne dann auf Ihre Begleitung.

Heute ist ein wahrer Glückstag, sagte Jenny zu Frau von Meining, als dieselbe an einem heitern Morgen in Walter's Begleitung zum ersten Male Jenny besuchte und mit ihr unter dem Schatten der Bäume saß. Du scheinst den letzten Rest von Schwäche von Dir geworfen zu haben und auch meine arme Kranke ist heute so wohl, daß ich es wagen konnte, sie gehörig um ihre Verhältnisse zu fragen.

Und was haben Sie erfahren? fragte Walter, den die Frau interessirte, weil Jenny Theil an ihr nahm.

Eigentlich nicht viel mehr, als mein Vater schon durch die Behörde wußte. Es ist eine von den traurigen Geschichten, die sich leider täglich wiederholen. Sie ist die Tochter eines Handwerkers aus Gernsbach und kam gewöhnlich während des Sommers nach Baden, um in einem Hause auszuhelfen, in dem man Wohnungen vermiethet. Hier hat sie einen armen Jägerburschen kennen gelernt und ihn gegen den Willen ihres Vaters geheirathet, der sie einem wohlhabenden, aber sehr alten Bürger in Gernsbach bestimmt hatte. Ein unglücklicher Fall auf der Jagd, in Folge dessen das Gewehr losging, raubte ihrem Mann im Herbst das Leben, lange ehe ihr Kind geboren wurde. Im Winter gab es kein Verdienst für sie und in die bitterste Armuth versunken, aus Mangel erkrankt, ist sie nun schwach und elend nach Gernsbach gegangen, um dort das Mitleid ihres Vaters anzuflehen. Der aber hat sie und ihr Kind mit Verwünschungen von sich gestoßen, sie hat hierher zurückkommen und Arbeit suchen wollen, als sie auf dem Wege zusammenbrach, wo ich sie fand. Sie sagte mir, daß ihr Vater kein anderes Kind hätte, als sie, und wohl die Mittel, für sie zu sorgen. Aber er hätte gehofft, mit dem Gelde des reichen Schwiegersohnes sein Gewerbe zu vergrößern und selbst ein reicher Mann zu werden, und daß sie ihn um diese Hoffnung betrogen, werde er ihr nicht vergessen und verzeihen.

So muß man hier für sie sorgen! meinte Frau von Meining.

Sie selbst verlangt nichts mehr, als die Mittel, sich durch einige Pflege Kräfte zu erwerben, um wieder arbeiten zu können, sagte Jenny. Wie sie mir erzählt, hätte ihr Vater sie, ohne das Kind, wohl zu sich genommen, weil er hoffte, jener Bürger würde sie auch jetzt noch heirathen, wenn sie sich von ihrem Kinde trenne. Das aber will und soll sie natürlich nicht und so meint mein Vater, man müsse einen der nächsten Tage dazu benutzen, nach Gernsbach zu fahren und versuchen, ob man nicht durch ein Jahrgeld, das man an das Leben des Kindes knüpft, den Vater vermögen könne, Tochter und Enkel bei sich aufzunehmen, wo sie am Ende doch am besten untergebracht sein würden.

Walter stimmte dieser Ansicht bei und man verabredete eben einen Tag für diese Fahrt, als ein Mann von etwa vierzig Jahren mit einer jungen Frau am Arm sich dem Platze näherte, auf dem die Gesellschaft vor dem Hause saß. Ein Diener trug ihnen, trotz des schönen Wetters, einen Männerüberrock und einen kleinen Teppich nach.

Steinheim! rief Jenny, als sie ihn erkannte, und stand auf, ihn und seine Begleiterin zu begrüßen: Vielmals willkommen!

»Erneute Huldigung gestatte mir!« sagte Steinheim, ihr mit steifer Galanterie die Hand küssend, und vergönnen Sie mir zugleich, Ihnen meine Frau vorzustellen und sie Ihrer Freundschaft zu empfehlen.

Madame Steinheim war ein sehr hübsches, siebzehnjähriges, höchst schüchternes Wesen, das zu ihrem Manne wie zu einer Gottheit emporsah und sich nicht der Ehre werth zu fühlen schien, ihm anzugehören. Steinheim war sehr stark geworden und pflegte sein Aeußeres und seine Gesundheit noch mit der alten übertriebenen Vorsicht. Die junge Frau, welche diese seine alte Schwäche noch nicht zu kennen schien, stand ihm darin mit ängstlicher Sorgfalt bei.

Nachdem Jenny die Angekommenen mit ihren Freunden bekannt gemacht hatte, fragte sie Steinheim, was ihn, den abgesagten Feind alles Reisens, zu dem Entschluß gebracht habe, sich dennoch auf den Weg zu machen und eine Häuslichkeit zu verlassen, die jetzt erst wahren Reiz für ihn haben müsse.

Ich bin mir selbst ein Räthsel! antwortete er, und mir scheint, daß mit dem Liebesfrühling, der so urplötzlich in meiner Brust erwachte, ein ganz neues, junges Leben für mich begonnen hat. »Ein unbegreiflich holdes Sehnen trieb mich durch Wald und Wiesen hinzugehn.« Ich wünschte meiner Frau zu zeigen, wie schön die Welt sei und konnte mich der Gefahr, die das Reisen für meine Gesundheit hat, jetzt leichter aussetzen, da Hannchen – er wies dabei auf seine Frau – mit dankenswerther Sorgfalt über mir wacht. Aber findest Du nicht, sagte er, sich unterbrechend, daß der Fußboden hier feucht ist, mein lieb' Schätzchen?

Das liebe Schätzchen bejahte es, und nach einer leichten Entschuldigung gegen die Damen, ließ Steinheim den Teppich unter seine Füße breiten und zog den Ueberrock an, wobei der Diener und seine Frau ihm behülflich waren. Dann fragte er nach William und Clara, von deren Anwesenheit in Baden er durch Eduard gehört hatte, während ihre Abreise ihm fremd war, denn auch er war schon längere Zeit auf der Reise und vom Hause entfernt. Er erkundigte sich, wem die Kinder gehörten, die seitwärts unter Obhut der Wärterinnen sichtbar waren. Man rief Richard herbei, ließ Lucy bringen und auch das hübsche, nun sauber gehaltene Kind der armen Frau, wobei die Verhältnisse derselben nochmals flüchtig besprochen wurden.

Da sieht man, sagte Steinheim, wie tief das Gefühl für Standesunterschiede im Menschen begründet ist, das man einen leeren Wahn schilt. »Doch dieser Wahn ist uns ins Herz gelegt, wer mag sich gern davon befreien«, besonders, wenn es darauf ankommt, eine Ehe zu schließen, in der vollkommene Gleichheit der Verhältnisse die erste Bedingung zum Glücke ist?

Hätte Steinheim absichtlich eine Aeußerung machen wollen, die für alle Anwesende gleich verletzend wäre, er hätte keine bessere finden können. Seine Frau und Frau von Meining waren Beide wohl um zwanzig Jahre jünger, als ihre Männer, und welch unangenehmen Eindruck Jenny und Walter durch die Behauptung empfingen, bedarf keiner Erwähnung. Steinheim fühlte aber davon nichts, da er die Verhältnisse der einzelnen Personen nicht kannte und fuhr, immer nur mit sich beschäftigt, fort: Es hat eine Zeit gegeben, in der ich auch an ein Verschmelzen der Stände, wo möglich gar an eine gleichmäßige Vertheilung der Güter dachte und, von Eduard's Ueberspanntheit angesteckt, nur von Reformen und von Weltverbesserungen träumte. »Der Traum war kindisch, aber göttlich schön«; ich gestehe es, obgleich ich mich freue, daraus erwacht zu sein.

Und was hat denn Ihre plötzliche Sinnesänderung bewirkt? fragte Walter.

Herr Graf! »die Zeit kommt auch heran, wo wir was Gut's in Ruhe schmausen mögen«, antwortete der Gefragte, sich selbst Beifall lächelnd. Dies Reformiren, Politisiren und dergleichen schickt sich nur für die Jugend, die Nichts zu verlieren und Alles zu gewinnen hat. Zudem trieb der ewige Aerger, in dem solch ein Parteikampf uns hält, mir die Galle in's Blut, raubte mir den Schlaf und hätte mich zuletzt noch um Gesundheit und Leben gebracht, wenn mir nicht endlich die Erkenntniß gekommen wäre, daß es für mich Zeit sei, den Liberalismus Andern zu überlassen und fortan nur mir, der Literatur, die Ansprüche an mich hat, und meiner kleinen Frau zu leben, die mit meinem Entschlusse sehr zufrieden ist. Gestehen Sie, Herr Graf! das ist das Vernünftigste, was man thun kann. Sie, ein Edelmann aus altem Hause, werden es begreiflich finden, daß ich, ein nicht unbemittelter Bürger, das Haupt einer Familie, mich aus Grundsatz zur äußersten Rechten halte und entschieden gegen Alles eifre, was gegen das Bestehende läuft. Der Unterschied der Stände ist ein heiliger und muß aufrecht erhalten werden, wie der des Besitzes und des Glaubens; und nur wenn das geschieht, kehrt sie wieder: »die goldne Zeit, womit der Dichter uns zu schmeicheln pflegt«.

Steinheim glaubte, als er das Schweigen der Gesellschaft, das entzückt aufhorchende Gesichtchen seiner Frau bemerkte, des allgemeinen Beifalls sicher zu sein und warf sich mit der Bravour einer Sängerin, die eine große Arie glücklich beendet hat und nun des

Bravo harrt, in seinen Stuhl zurück. Umsonst! Niemand rief ihm Beifall zu, die Frauen warfen einzelne Worte hin und nur Walter sagte kurz: Ich bekenne Ihnen, daß ich nicht Ihrer Meinung bin! als ob er es nicht der Mühe werth hielt, sich in irgend eine nähere Erörterung einzulassen. Dann ging er schnell zu andern Dingen über, fragte Steinheim nach seinen Reisen, und bald war dieser auf ein neues Steckenpferd gebracht. Er sprach von den Theatern, die er besucht, von der Art, in welcher der berühmte Seidelmann, den Alle kannten, den Nathan dargestellt hatte, und erklärte dieselbe für die vollendetste Schöpfung der Schauspielkunst.

Der Kunst, bemerkte Walter, insofern sie der Natur entgegensteht, denn diese fehlt den Schöpfungen von Seidelmann, mehr oder weniger, fast immer.

»Wo fehlts nicht irgendwo auf dieser Welt? dem dies, dem das«, recitirte Steinheim, und Sie müssen doch eingestehen, daß Lessing's Nathan ein Meisterwerk ist, und daß jener Schauspieler die Absicht des Dichters immer vollkommen begreift und versinnlicht.

In diesem Falle bestimmt nicht! sagte der Graf. Mir scheint, was die Dichtung anbetrifft, Nathan der Weise überhaupt mehr eine großartige Allegorie, ein didaktisches Gedicht, als ein darstellbares Schauspiel zu sein. In dem Bestreben, die positiven Religionsunterschiede als unwesentlich darzustellen, sobald die innere, wahre Religion vorhanden, hat Lessing den einzelnen Repräsentanten der verschiedenen Confessionen ihren nationalen und durch den Glauben bedingten Typus genommen, so daß Saladin, der Templer und Nathan, drei so ganz abweichende Charaktere, eine Art von protestantischer Familienähnlichkeit bekommen. Das thut dem Interesse Abbruch, welches man an ihnen nähme, wenn die Gegensätze schärfer gezeichnet wären. Dazu kommt noch, daß die Ruhe, mit der der Templer, der strenggläubige Christ, sich als den Abkömmling eines Muselmannes, den Bruder einer Jüdin erblickt, etwas Unwahres hat, wie der ganze Schluß, der nicht befriedigt – wenigstens auf der Bühne nicht. Das Schauspiel unterhält den Zuschauer nicht, so herrlich das Gedicht ist, und wird durch den Darsteller noch langweiliger[1].

---

1   Ich würde dies Urtheil nicht wieder haben abdrucken lassen, da ich
     es jetzt als ein falsches erachte – wäre es nicht in den Gang des Ge-
     spräches verwebt und schwer zu beseitigen gewesen.
                                                    Anmerk. der Verf.

Madame Steinheim, die bis dahin fast kein Wort gesprochen, sondern sich mit den Kindern beschäftigt hatte, stimmte dem Grafen schüchtern bei.

»Brutus! auch Du?« rief ihr Mann, und drohte ihr mit dem Finger, in einer Weise, die er für schalkhaft zu halten schien.

Madame Steinheim hat Recht! bekräftigte Walter. Gerade da liegt jenes Schauspielers Fehler in dieser Rolle. Er ist nicht der schlichte, klare Mann, der aus eigener Anschauung Gott, die Welt und den Menschen begriffen hat; nicht der anspruchslose Weise, der sich seiner hohen Weisheit kaum bewußt ist und sie für die natürlichste Erkenntniß hält – sondern ein selbstbewußter Gelehrter, der seine Sentenzen im Kathedertone vorträgt, weil er ihre wichtige Bedeutung fühlt. Deshalb stellt er sich jedesmal in Position, ehe er eine seiner moralischen Behauptungen spricht und der Schein von Demuth, von Schlichtheit, mit dem er sich umgibt, täuscht uns keinen Augenblick. Lessing dachte sich einen Erzvater in heiliger, erhabener Einfalt und jener stellt uns einen Professor des neunzehnten Jahrhunderts vor, der wohl fühlt, daß er tausend Mal gescheuter sei, als sein Auditorium, sich aber hütet, es zu zeigen, weil er weltklug genug ist, Niemand beleidigen zu wollen. Er erscheint feig und arrogant zugleich.

Frau von Meining lächelte und stimmte dem Grafen bei, auch Jenny schien seine Ansicht zu theilen.

»Dergleichen Reden hören sich gut an, doch hat es allerlei Bedenkliches damit!« sagte Steinheim. Vor Allem vergessen Sie nicht, daß Nathan, der Unterdrückte, der verachtete Jude, zu seinem Herrn und Unterdrücker spricht. Das mag die bescheidene, fast furchtsame Weise seines Auftretens bei aller seiner Selbstschätzung entschuldigen.

Im Gegentheil! rief Jenny. Wenn er es fühlt, daß er ein freier Mensch ist vor den Augen des Schöpfers, wenn er die Qual empfindet, unterdrückt, verachtet zu sein, so muß ihn das nur stolzer gegen seinen Unterdrücker machen. Was kann ein Mann wie Nathan fürchten? – Ketten und Gefängniß? Darüber erhebt ihn sein Selbstgefühl; – den Tod? Er hat sein Weib und seine Söhne sterben sehen und Gott getraut, er kann den Tod für sich nicht fürchten. Feigheit ist nur die Schwäche kleiner Seelen; wer sich wie Nathan frei empfindet, fürchtet Niemand und fühlt sich, selbst als verachteter Jude, den Besten gleich!

Sei es, daß Jenny durch Steinheim's frühere Behauptung über die nothwendige Gleichheit in der Ehe verstimmt worden war, oder daß der Ausdruck »verachteter Jude«, den er jetzt gebrauchte, ihr in Walter's Anwesenheit unangenehm gewesen, genug, sie fühlte einen Unmuth in sich, der ihr fast Thränen erpreßte. Mit ungewohnter Heftigkeit hatte sie die letzten Worte gesprochen und stand dann schnell auf, um ihrem Vater entgegen zu gehen. Sie fiel ihm um den Hals und küßte seine Hände: Du weiser Mann, Du armer verachteter Jude! sagte sie so leise, daß selbst ihr Vater die Worte nicht vernahm, der sich begrüßend zu Steinheim wandte, heiter nach Nachrichten aus der Heimath fragte und Alle in die Unterhaltung verwickelte. Nur Jenny war in tiefes Nachdenken versunken. Walter bemerkte es und versuchte vergebens, in ihrer Seele zu lesen, als ein leichter Windstoß durch die Luft fuhr und Madame Steinheim unruhig auf ihren Gatten blickte. Er schlug den Kragen seines Ueberziehers in die Höhe und rief: »Wie ras't die Windsbraut durch die Luft! Mit welchen Schlägen trifft sie meinen Nacken!« Weißt Du, Hannchen! ich fühle ein Schnupfenfieber im Anzuge, und wenn wir dies Baden-Baden nicht bald verlassen, stehe ich für Nichts. Indeß, wenn es Dir hier gefällt ....

Um Gottes willen, nein! sagte die kleine Frau ängstlich, und dann zu den Damen gewandt: Es ist ganz prächtig in Baden und ich hatte gehofft, hier das Badeleben kennen zu lernen, von dem man mir immer erzählt; aber mein Mann hat so erstaunlich reizbare Nerven und meinte gleich, die Luft in diesem engen Thale würde ihm nicht zusagen. Darum wollte ich nur, wir wären schon heraus und in Ems, wo mein lieber Steinheim eine Cur zu brauchen denkt.

Während dieser Rede war Steinheim aufgebrochen, hatte sich fest in seinen Rock geknöpft, seine kleine Frau an den Arm genommen und empfahl sich, Goethe's Worte parodirend, also: ›Wir aber, die wir hier nur Fremde sind und hier nur wenig Augenblicke weilten, wir kehren freudig und entzückt zurück, wenn wir Euch in der Vaterstadt begrüßen. Ihr zählt uns zu den Euren und wir fühlen, welch einen Vorzug uns dies Loos gewährt.‹

Bald war das ungleiche Paar den Blicken entschwunden. Der Diener mit dem zusammengerollten Teppich folgte ihm in gemessener Entfernung auf dem Fuße nach.

Eine größere Gesellschaft hatte sich am Abend bei Frau von Meining versammelt. Es war das erste Mal, seit sie in Baden lebte, und sie hatte es Herrn Meier und Jenny zur Pflicht gemacht, von der Partie zu sein, da sie dieselben mit einigen Personen bekannt zu machen wünschte, die ihnen fremd waren. Die Gesellschaft war ziemlich belebt, man hatte geplaudert, musicirt und die Geheimräthin forderte Jenny auf, nun auch etwas zu singen. Bereitwillig ging diese aus dem Salon in das Wohnzimmer, in der Hoffnung, unter den dort befindlichen Noten mehrstimmige Sachen zu finden, weil sie glaubte, daß dergleichen unterhaltender sein würde. Die Etagère, auf der die Noten lagen, stand hinter einer Thür, deren geöffnete Flügel Jenny verbargen, so daß sie von einigen Personen, die in der Thür standen, nicht gesehen werden konnte, obgleich kein Wort, das jene sprachen, für Jenny verloren ging.

Was wird man jetzt singen? fragte eine alte Dame, deren Brust ein Stiftskreuz zierte, einen jungen Attachè der österreichischen Gesandtschaft beim Bundestage.

Ich glaube, das Fräulein Meier proponirte mehrstimmige Piecen! antwortete der junge Mann.

Sagen Sie mir, lieber Baron! die Meier's scheinen ja Juden zu sein, wie kommt Frau von Meining und namentlich Graf Walter zu den Leuten? Man sagt, er soll der unablässige Begleiter dieser Familie sein und man hält ihn für extravagant genug, die Vermuthungen, von denen ich eben in dieser Rücksicht hörte, wahr zu machen, sagte die Stiftsdame.

Wie können Sie nur so etwas wiederholen, meine Gnädigste! Graf Walter gefällt sich allerdings darin, der Rotüre gegenüber den Liberalen zu spielen, indeß von der Thorheit, die Sie ihm zutrauen, eine Jüdin zu heirathen, ist er sicher fern. Die Meier ist hübsch und pikant. Die Galanterie eines Grafen wird ihrer Eitelkeit schmeicheln und Sie wissen, die Freiheit des sogenannten Badelebens entschuldigt Manches! schloß lachend der Baron.

Athemlos und wie gelähmt stand Jenny da, den Kopf gegen eine Säule der Etagère gelehnt, als Frau von Meining zu ihr trat, der ihr langes Ausbleiben aufgefallen war. Erschreckt fuhr sie empor, faßte sich aber gleich und sagte anscheinend ruhig: Ich finde die Noten nicht und möchte überhaupt nicht singen, wenn Du mich davon freisprechen wolltest. Aber davon wollte Frau von Meining nichts hören. Mit den freundlichsten Bitten nöthigte sie Jenny, an dem Flügel Platz zu nehmen und wenigstens irgend ein Lied zu singen, um damit der Gesellschaft ihren Tribut zu zahlen. Einen Augenblick schien Jenny nachzudenken, sie mochte um die Wahl eines Liedes verlegen sein, dann war es, als ob ihr plötzlich ein Gedanke käme, sie griff mit sicherer Hand ein paar Accorde und begann Byron's »Mädchen von Juda« zu singen, das von Kücken so meisterhaft komponirt ist. Ihre starke, metallreiche Stimme schien von dem Zorn in ihrer Brust einen neuen Zauber zu gewinnen, die tiefste Trauer klang aus ihren Tönen und als sie die zweite Strophe mit den Worten endete: »O Vaterland süß, o Vaterland mein! wann wird dir Jehovah ein Rachegott sein?« wagte Niemand zu athmen und Alle standen wie festgebannt und beherrscht durch die Gewalt des Zornes, der in diesen Tönen zu Gott rief und von ihm Rache erflehte. Dann ging der Gesang wieder zu wehmüthiger Klage über, Jenny's Stimme wurde weicher, bis sie nochmals mächtig erklang in den Worten: »in Knechtschaft des Feindes der Jude verlacht«, und endlich matt in dem Wunsche erstarb: »O Vaterland süß, o Vaterland mein! könnt ich nur im Tode vereinet dir sein.«

Die Röthe der Begeisterung, die während des Singens Jenny's Wangen gefärbt hatte, war gegen das Ende des Liedes gewichen. Ruhig, aber angegriffen, stand sie vom Instrumente auf. Kein lautes Zeichen des Beifalls war zu hören, in Vieler Augen standen Thränen; Andre sahen sich befremdet an. Sie schienen dunkel zu ahnen, daß ihnen hier, wo sie flüchtige Unterhaltung zu finden gehofft, eine Wahrheit entgegengetreten war, vor der sie erschraken, wie vor einem Gespenste, das plötzlich am hellen Tage in die Reihen der Lebenden tritt. Selbst Walter und Frau von Meining waren überrascht. So hatte der Graf Jenny niemals singen hören; er, der ihre Seele kannte, hätte sie beschwören mögen, ihm die Ursache des Schmerzes zu vertrauen, der sie eben jetzt erschüttert hatte. Er wollte und mußte sie sprechen, aber sie vermied seine Annäherung und verließ bald, nachdem sie gesungen hatte, die Gesellschaft.

Walter begleitete sie aus dem Saale hinaus und benutzte einen Augenblick, in dem ihr Vater im Nebenzimmer von einem Bekannten angeredet wurde, zu der Bitte, Jenny möge ihm heute noch eine kurze Unterredung gestatten, an der sein Glück und seine Hoffnung hänge.

Ihr Glück, Herr Graf, antwortete Jenny, liegt außerhalb meiner Sphäre und Sie täuschen sich, wenn Sie es in meiner Nähe suchen! Glauben Sie mir das, und dringen Sie nicht in mich! Sie reichte ihm bewegt die Hand zum Abschied und ging am Arme ihres Vaters davon.

Jenny's Gesang und ihre ganze Erscheinung waren, während dies in einem der Nebenzimmer geschah, im Saale der Gegenstand der Unterhaltung geworden. Einige priesen ihre Schönheit und Anmuth, andere fanden ihr Auftreten abstoßend und stolz, zu ernsthaft und selbstbewußt für ein Frauenzimmer; und ebenso große Meinungsverschiedenheit herrschte über ihren Gesang.

Die Stimme ist vortrefflich, bemerkte die Stiftsdame, aber es zeigt immer von wenig Erziehung, sich und seine Gefühle so preiszugeben. Ich will gestehen, es mag unangenehm genug sein, dem jüdischen Volke anzugehören, indeß ist es doch nicht unsere

Schuld, daß Fräulein Meier eine Jüdin ist und sich dessen schämt, und ich begreife nicht, mit welchem Rechte sie sich in der Gesellschaft in einer Weise gehen läßt, die für meine Nerven zum Beispiel viel zu stark ist. Ich versichere Sie, sie hat mich völlig krank gemacht!

Viele stimmten ihr bei, schwiegen aber, als Frau von Meining sich dem Kreise näherte, in welchem bald eine leichtere Unterhaltung den Eindruck verwischte, den Jenny's Lied auf die Gesellschaft hervorgebracht. Nur Frau von Meining dachte mit ängstlicher Besorgniß an sie, und ihr entging es nicht, daß auch der Graf bald nach Jenny's Entfernung das Haus verlassen hatte.

Der Abend war schwül und dunkel, als Walter aus den glänzend erleuchteten Zimmern der Geheimräthin in die nächtliche Dämmerung hinausschritt. Er hatte im Laufe des Tages die Antwort seines Onkels erhalten, der es ihm nicht verbarg, wie diese Verbindung mit Jenny entschieden gegen seine Ansichten und seine Wünsche sei. Was ich aber nicht hindern kann, schrieb er, mag ich auch nicht tadeln. Du bist unwiderruflich entschlossen und so wünsche ich von Herzen, daß Du in Deiner künftigen Gattin und in ihrer Liebe Ersatz finden mögest für die schweren, großen Opfer, die Du ihr bringen willst. Sobald Deine Verlobung erklärt ist und Du mit Deiner Braut in unsere Gegend kommst, denke ich Dich zu treffen, um das Mädchen kennen zu lernen, das Dir würdig scheint, den Namen einer Gräfin Walter zu tragen, eine Ehre, um die manche hochgeborne Jungfrau sie beneiden möchte. Fräulein Meier wagt viel, indem sie sich auf diese Höhe stellt, und Du wirst Muth und Energie brauchen, um sie dort zu halten. Aber das gerade reizt Dich! Nun, so geschehe, was geschehen soll, und wir wollen sehen, wie man der Angelegenheit die beste Wendung gibt.

Durch diesen Brief von dem Versprechen gegen Herrn Meier befreit, Jenny seine Liebe noch zu verschweigen, hatte er mit freudiger Bewegung den ganzen Tag eine Gelegenheit gesucht, sie allein zu sprechen. Steinheim's Besuch, ihre darauf folgende Verstimmung hatten es ihm aber unmöglich gemacht, sich ihr zu nähern und ihn genöthigt, sie bei Frau von Meining um jene Unterredung zu bitten, die sie ihm verweigert hatte. Niemand konnte weniger persönliche Eitelkeit besitzen als Walter; indeß war er sich der Vorzüge bewußt, welche ihm seine Geburt und seine Verhältnisse vor vielen Männern gaben. Von Jugend auf hatte man ihm wiederholt, wie er jedes Mädchen durch seine Bewerbung ehre und überall waren die Frauen ihm in einer Weise entgegengekommen, die ihm eine

Bestätigung für jene Behauptung geboten. Jetzt liebte er mit aller Hingebung seiner Seele. Jenny's früheres Betragen hatte in ihm die Hoffnung erweckt, daß sie seine Gefühle theile; er war bereit, sie gegen die Vorurtheile der vornehmen Gesellschaft zu schützen, deren Ansicht er gegen sich hatte, und sie verweigerte sich ihm, obgleich sie seine Liebe kannte.

Voll quälender Ungewißheit kehrte er endlich nach seiner Wohnung zurück; in Jenny's Zimmer brannte Licht und ein Schatten bewegte sich an den Vorhängen hin und her. Auch sie mußte noch wach sein. Das muß anders werden, sagte Walter zu sich selbst. Ich will, so theuer sie mir ist, weder um ihre Liebe betteln, wenn sie mich ihrer unwerth hält, noch ihren Frieden stören. Morgen ist sie mir verlobt, oder ich sehe sie nie wieder! Trotz des männlichen Entschlusses seufzte er, als er nochmals nach Jenny's Fenstern blickte, und eine Thräne verdunkelte seinen Blick. War es der Gedanke, Jenny zu verlieren, oder das Gefühl gekränkten Stolzes, das sie erpreßte? Walter zerdrückte sie schnell, als schämte er sich derselben und ging in das Haus, um auf seinem Lager, das der Schlummer floh, der Geliebten und des kommenden Tages zu denken.

Auch Jenny konnte keine Ruhe finden. In der ersten Empörung ihrer Seele hatte sie, kaum heimgekehrt, sich ihrem Vater in die Arme werfen, ihm das Erlebte mittheilen und ihn beschwören wollen, am folgenden Tage Baden mit ihr zu verlassen. Aber der Gedanke, wie tief die Ueberzeugung ihren Vater schmerzen würde, daß immer wieder der Fluch der Vorurtheile auf seinen Kindern ruhe, daß kein Alter und kein Verhältniß sie davor schütze, nöthigte sie zum Schweigen und scheuchte sie in ihr Zimmer zurück, wo sie sich einsam ihrer Empörung und ihrem Schmerze überließ. Sie konnte sich es nicht verhehlen, sie liebte Walter; nicht mit der stürmischen Glut der Leidenschaft, die sie für Reinhard einst ge- fühlt, sondern mit jener ruhigen Zuversicht, die an der Brust des Geliebten zwar nicht den Himmel jugendlicher Hoffnung, aber eine sichere Zuflucht in allen Stürmen des Lebens erwartet. Sie wußte, wie theuer sie ihm sei, sie konnte sich in den lieblichsten Farben eine Zukunft an seiner Seite denken und hatte ihre Hoffnung, ohne es zu wissen, bereits an diese Zukunft geknüpft. Das fühlte sie an dem Schmerz, den der Gedanke, sich von Walter trennen zu müs- sen, in ihr hervorrief. Aber diese Trennung stand jetzt als Nothwen- digkeit vor ihr. Die Aeußerungen Steinheim's am Morgen und die Unterhaltung, deren Zuhörerin sie am Abend gewesen war, hatten ihr gezeigt, was sie ohnehin fühlte, daß sie Walter, indem sie seine

Hand annehme, in den Kampf verwickle, den sie als Jüdin gegen die Meinung der Menge zu bestehen hatte.

Ich war stark genug, sagte sie, noch ein halbes Kind, meiner Liebe zu entsagen, um Frieden mit mir selbst zu haben, und sollte nicht Kraft besitzen, für Walter ein Gleiches zu thun, für ihn, der mir ein so großes Opfer bringen will? Nein! Den Leidenskelch, der mir vom Schicksal bestimmt ist, will ich allein leeren. Ich will Walter wiedersehen, ich will ihm morgen sagen, daß ich nie die Seine werde, weil ich ihn liebe, und mir wenigstens den Trost erhalten, sein Leben nicht verbittert zu haben.

Man hatte verabredet, am nächsten Tage die Fahrt nach Gernsbach zu machen, um mit dem Vater der jungen Frau, deren Beschützerin Jenny geworden war, Rücksprache zu nehmen, und man wollte in zwei leichten Kaleschen fahren, da die Ungleichheit des Weges einem großen Wagen manche Schwierigkeiten bot. Noch am Abend hatte Jenny's Vater Frau von Meining aufgefordert, einen Platz in seiner Kalesche anzunehmen, und Jenny wußte also, daß sie mit Walter fahren würde. Diese Gelegenheit wollte sie benutzen, sich gegen ihn zu rechtfertigen, und ihm begreiflich zu machen, daß sie scheiden müßten. Auch Walter hatte seine Hoffnungen auf diese Fahrt gesetzt und war unangenehm überrascht, als am Morgen, nachdem die Wagen vorgefahren waren, der kleine Richard Jenny beschwor, ihn mit sich zu nehmen. Anfangs schlug Jenny es ihm ab, aber der kleine Schmeichler schlang seine Arme um ihren Hals und rief weinend: Jenny! Du hast mir's ja gestern versprochen und hast Mama versprochen, daß Du mich immer mitnimmst, und Du sagst, man muß Wort halten. Ich bitte Dich, Tante! nimm mich mit, ich werde ganz artig, ganz artig sein.

Wollte sie die Absicht, mit Walter allein zu sein, nicht verrathen, so war es nicht möglich, dem Knaben die Bitte abzuschlagen, da sie ihm dieselbe wirklich am vorigen Tage zu erfüllen versprochen hatte. Ebenso wenig konnte sie daran denken, ihn in den Wagen ihres Vaters zu weisen, dem die Unruhe des lebhaften Kindes bei solchen Fahrten lästig war. Sie mußte sich also, wenn auch nicht gern, dazu entschließen, Richard in Walter's leichtem Wagen mit sich zu nehmen, der, mit des Grafen muthigen Pferden bespannt, schnell einen so bedeutenden Vorsprung gewann, daß sie den Wagen ihres Vaters bald nicht mehr erblickten.

Der Morgen war prächtig, die schnelle Fahrt durch die wunderschöne Gegend erheiterte Jenny's Seele. Zu jener Unterredung, zu der sie sich die Nacht hindurch mit Kraft und Muth gewaffnet hatte, ließ die Anwesenheit des Knaben es nicht kommen, der bald

Deutsch, bald Englisch sein Entzücken aussprach, nach dem Namen jedes Dorfes fragte, an dem man vorüber fuhr und im Wagen aufspringend mit seiner Schmetterlingsscheere nach den Schmetterlingen haschte, welche fröhlich gaukelnd durch die Lüfte flogen. Sagte man ihm, sich ruhig zu halten, so fiel er Jenny um den Hals, fragte, ob er denn nicht artig sei, versprach, sich gleich besser zu betragen, und war einen Augenblick darauf zu der ausgelassensten Fröhlichkeit und Unruhe zurückgekehrt.

Wie dies fröhliche Kind mit der heitern Natur zusammenpaßt, die uns umgibt, sagte Walter, der mit Vergnügen den schönen kräftigen Knaben betrachtete. Wir sind fraglos Alle erschaffen, um so glücklich zu sein; und wird einst jenseits eine Rechenschaft von uns gefordert, so wird uns sicher jede Stunde, die wir durch unsere Schuld an Glück verloren, als eine Sünde ausgelegt werden.

Es kommt darauf an, erwiderte Jenny, was Sie unsere Schuld nennen, und ob …

Jenny! wie heißt der Fluß? fragte der Knabe, sie unterbrechend, als man eben jetzt eine freie Stelle erreicht hatte und die Murg sichtbar ward, an deren hohem Felsenufer der Weg nach Gernsbach hinführt. Je näher man diesem Städtchen kommt, je steiler werden die Abhänge des Weges. Die ganze Gegend hat einen ernstern Anstrich, man kommt in die Höhen des Schwarzwaldes, die tiefer ins Land hinein bei Vorbach, wo jene bekannten Holzschwellungen statthaben, einen fast schauerlichen Charakter gewinnen.

Jetzt fuhr man an dem linken Ufer der Murg dahin und Jenny konnte sich eines leichten Schwindels nicht erwehren, wenn sie von der Höhe, auf der die Straße gebahnt ist, hinab sah in das dunkle Wasser des Bergstromes, das hart an dem Fuße der steilen Felswand hinfließt. Das ununterbrochene Steigen und Fallen des Weges brachte natürlich auch eine große Abwechslung in der Schnelle des Fahrens hervor, da die Pferde bald langsam eine Höhe hinaufstiegen, bald sie in Eile hinunterliefen, woran Richard eine unsägliche Freude zu finden schien. Endlich hatte man den höchsten Punkt der Straße erreicht, von wo sie sich zu einer Tiefe senkt, welche die Anlegung von Hemmschuhen, auch für das leichteste Fuhrwerk und selbst bei den stärksten Pferden nöthig macht. Der Kutscher stieg ab, um diese Vorkehrung zu treffen und Richard erbat sich die Erlaubniß, zwischen Jenny und Walter auf den Sitz zu steigen, um zuzusehen, wie jener die Ketten losmachte, die Räder in die Hemmschuhe hob und dann zu den Pferden zurückkehrend, dem Diener die Zügel abnahm und vorwärts fuhr.

Laß mich da stehen bleiben, Jenny! sagte der Knabe, und zusehen, wie faul die Räder nun sind! Ach! rief er dann, indem er sich mit der Schmetterlingsscheere in der Hand hinüberbog, als ob er sie antreiben wollte: Ich werde euch laufen lehren!

In dem Augenblick hörte man ein leises Klirren und Richard rief fröhlich: Hei, wie die Dinger nun fortfliegen! Die Kette des einen Hemmschuhes war gerissen, das andere Rad war durch die plötzliche Bewegung des Wagens aus dem Gleise gesprungen und mit fürchterlicher Schnelle flog die Briczka der Tiefe zu, ohne daß die Anstrengungen des Kutschers etwas gegen die Schnelligkeit vermochten, mit welcher der Wagen auf die Pferde eindrang, was sie natürlich zu verdoppeltem Laufe antrieb. Ein Sturz der Pferde, ein Fehltritt nur, und der Wagen, aus der Richtung gekommen, lag zerschmettert am Fuße der Felsen in den Wellen der Murg! Niemand, außer dem jubelnden Knaben, konnte sich es verbergen, wie drohend die Gefahr sei.

Das Kind, das Kind! schrie Jenny, als sie das Unheil bemerkte, und zog mit Walter's Beistand den Knaben zu sich herunter, den sie in Todesangst an sich preßte.

Walter sah unverwandt auf die Pferde hin. Er hatte seinen Arm wie schützend um Jenny gelegt und sagte: Keinen Laut! keinen Schrei! ich beschwöre Sie! Dann zum Kutscher gewandt: Halte die Zügel kurz, sieh nicht zur Seite! halte die Pferde fest, halte sie fest! und wir sind gerettet! Aber so ruhig er sich zu scheinen zwang, seine Stimme bebte, sein Gesicht war todtenblaß, als endlich der Wagen in der Tiefe still stand, als der erschöpfte Kutscher die Zügel hängen und die Pferde stehen und sich verschnaufen ließ.

Walter's erster Gedanke, sein erster Blick galt Jenny. Sie war leblos, aus einer kleinen Stirnwunde blutend, zurückgesunken und ihre Arme hatten den Knaben losgelassen, der sie jetzt weinend umfaßt hielt. Bei der Hast, mit der sie das Kind an sich gedrückt, hatte der eiserne Griff der Schmetterlingsscheere Jenny's Stirne mit so heftigem Schlage getroffen, daß er die Haut zerriß, ohne daß Jenny in der entsetzlichen Aufregung des Momentes die Verwundung oder das herabtröpfelnde Blut bemerkte. Nur des einen Gedankens, das Kind zu retten, das man ihr anvertraut hatte, war sie sich bewußt gewesen, und als mit dem Stillestehen der Pferde die furchtbare Angst von ihr gewichen, war sie, von einer in Seelenleiden durchwachten Nacht schon ohnehin angegriffen, ohnmächtig zusammengebrochen. An eine augenblickliche Hülfe war hier nicht zu denken; kein Haus in der Nähe, und wie weit der zurückgebliebene Wagen noch entfernt sei, ließ sich nicht berechnen. Mit zitternder Hand legte Walter ein Tuch um Jenny's Stirne, nahm die ganz Bewußtlose in seine Arme und befahl dem Kutscher, so schnell als möglich vorwärts zu fahren, um Gernsbach zu erreichen, damit man das Nöthige für Jenny herbeischaffen könnte.

Wie hatte er gewünscht, die Geliebte in seine Arme zu schließen, sie an seiner Brust zu halten! Jetzt war sein Sehnen erfüllt und doch wie anders als er es gehofft! Mit unaussprechlicher Liebe hingen seine Augen an Jenny's bleichen Zügen, er versuchte durch Reiben ihre Hände zu erwärmen, und wer schildert sein Entzücken, als ein leiser Schimmer von Röthe, ein schwacher Athemzug die Wiederkehr des Lebens anzeigten, als Jenny endlich langsam die großen dunkeln Augen aufschlug, den Knaben mit sanftem Lächeln anblickte und dann still weinend wieder an des Grafen Brust sank. Seiner selbst nicht mächtig, drückte er sie an sein Herz und erwärmte mit seinen Küssen ihre kalten Lippen.

Warum weinst Du noch? Warum küßt Dich Graf Walter? fragte der Knabe, ungeduldig das ihm peinliche Schweigen brechend.

Weil Jenny meine Braut ist, weil wir uns freuen, daß wir dem Tode entgangen sind, antwortete ihm Walter, strahlend vor Liebe und Wonne, weil nun ein schönes, glückliches Leben vor uns liegt! Komm, Richard, komm! Du mußt unsere Freude theilen, denn auch über Dir, geliebtes Kind! hat die Hand des Todes geschwebt; komm, küsse auch Deine Jenny, küsse meine Braut!

Und Jenny? Bei des Knaben erster Frage hatte sie sich von Walter's Brust emporgerichtet, beschämt über das Geständniß, welches sie demselben in ihrer Schwäche gemacht, als sie Ruhe suchend, sich an ihn, wie an ihren anerkannten Beschützer lehnte. Jetzt stieg der Gedanke an die Trennung von dem Grafen wie ein düsterer Schatten vor ihrem Geiste auf, sie wendete sich ab von dem Geliebten und barg mit einem tiefen Seufzer das Gesicht in ihren Händen. Aber Walter's Stimme, die Freude und Liebe, die aus seinen Worten klang, machten ihr innerstes Herz erbeben, und als er zärtlich sagte: Du wendest Dich fort von mir? vermochte sie nicht zu widerstehen, reichte ihm beide Hände hin und sagte: Ich habe es gewollt, ich wollte Dich meiden, weil mir Dein Glück theurer ist als meines! Gott will es anders – wir leben noch! so will ich denn auch für Dich leben für und für!

Jenny's Hand in der seinen, Richard auf seinen Knien haltend, so langte Walter vor dem Gasthause in Gernsbach an, wo man ihn schon kannte, da er früher mehrmals auf seinen Streifereien hier eingesprochen war. Er und der Diener halfen Jenny aus dem Wagen, der Graf verlangte nach einem Arzt für sie, aber sie versicherte, daß sie weder eines Arztes, noch irgend eines Beistandes bedürfe. Nur der Kopf ist mir ein wenig schwer, sagte sie, während sie die Binde von der Stirne nahm, mir ist, als hätte ich zu tief und zu lange geschlafen – und wirklich weiß ich kaum, ob ich erwacht bin, oder ob ein schöner Traum mich noch umfängt.

Frau Gräfin sollten doch den Doctor kommen lassen! sagte die geschäftige Wirthin und rief damit eine flüchtige Röthe und ein freundliches Lächeln auf Jenny's Wangen hervor, das Walter unendlich glücklich machte. Arm in Arm harrten sie der Ankunft ihres Vaters, der mit Ueberraschung sie in dieser Stellung sah, und, als er den Vorgang erfahren, als Walter ihn an sein Versprechen erinnert und dessen Erfüllung verlangt hatte, tief bewegt sein Kind segnete, das in so großer Gefahr ihm erhalten war und nun einer glücklichen Zukunft entgegenging.

Herr Meier und Frau von Meining allein genossen der Reize, welche Gernsbach und das schöne Schloß Eberstein schmücken. Walter und Jenny sahen nur sich, und während jene sich der köstlichen Aussicht erfreuten, die man aus den Fenstern jenes Schlosses über das ganze Thal genießt, saß das Brautpaar am Fuße des Berges in dem Schatten einer Laube und Jenny erzählte dem Geliebten, wie sie noch gestern ihn habe beschwören wollen, sie zu verlassen, und wie schwer ihr der Entschluß geworden, weil sie ihn so lieb, so herzlich lieb habe. Alle ihre Besorgnisse sprach sie ihm offen und frei aus, selbst jenes Gespräch der Stiftsdame theilte sie ihm mit, das sie so tief verletzt hatte, und fragte: Wird es Dich nie schmerzen, wenn Du Aehnliches hören müßtest?

Niemals! sagte Walter entschieden. Glaube mir! Habe ich es je als ein Glück empfunden, auf den Höhen des Lebens geboren zu sein, so war es, weil von dieser Höhe aus, mir jene Vorurtheile, die den Sinn der Menge verwirren, stets so gar klein und thöricht erschienen sind, weil dieser Standpunkt unser Thun und Handeln sichtbar und zur Richtschnur für viele Andere macht. Ich bin stolz darauf, Dich, Du Geliebte, mit der Grafenkrone zu schmücken, zu zeigen, daß mir Dein Besitz mehr gilt als alle Würden der Welt; und kein Tadel kann mich verletzen, da ich weiß, daß nie ein herrlicheres Weib unsern alten Namen getragen hat als Du!

Und Dein Onkel? Deine Angehörigen? Werden sie mich willkommen heißen, werden Sie gleich Dir denken? wandte Jenny ein.

Mein Onkel ist ein edler Mann und hat wie ich nicht mit dem Leben zu ringen gehabt; wir fanden unsern Platz bereitet. Darum würdigt er, gleich mir, die Stellung, die das Verdienst unserer Voreltern uns erworben; aber er ehrt auch die Würde Desjenigen, der sich selbst erst seine Welt erschaffen muß. Je freier ein edler Mensch sich selbst empfindet, je weiter wird sein Herz, je lebhafter empört er sich gegen Fesseln, die man den Andern anlegt, gegen Unterdrückung und Unrecht. Mein Onkel billigte meine Wahl nicht, ich gestehe Dir das ein, weil sie die alte Sitte unsers Hauses gegen sich hatte; nun sie unwiderruflich ist und mein Glück begründet, wird er Dich lieben, wenn er Dich sieht, und gerade in ihm wirst Du wie ich ihn kenne, einen Freund und Beistand finden.

In solchen Gesprächen und in fröhlichen Entwürfen für die Zukunft flogen die Stunden vorüber, und der Vater mußte Jenny endlich daran erinnern, welche Absicht sie hieher geführt.

Wie leicht mit Glücklichen zu unterhandeln sei, das hatte der Vater der kranken jungen Frau bald rühmend zu erkennen. Was er irgend verlangte, wurde ihm schnell und gern gewährt. Man kam überein, ihm eine Summe zur Erweiterung seines Gewerbes anzuvertrauen, während man für die Tochter und ihr Kind ein Kapital festsetzte, hinreichend, sie unabhängig von ihrem Vater zu unterhalten, der unter diesen Verhältnissen nicht anstand, der Tochter und dem Enkel sein Haus wieder zu öffnen, in das sie nach wenig Tagen einziehen sollten.

Erst spät am Tage fuhren die Glücklichen nach Baden zurück, wo eine neue Freude ihrer harrte in den Briefen, die aus der Heimat angekommen waren. Wie der Vater es vorausgesehen, hatte Eduard sich der Verbindung Jenny's mit Walter gefreut, von deren Wahrscheinlichkeit Jener ihn benachrichtigt hatte. Er sah darin unwiderleglich den Triumph der Vernunft über die Vorurtheile, deren Bekämpfung sein Lebenszweck geworden, und während diese Heirath Jenny's Glück begründete, gewann sie für Eduard einen Bundesgenossen, der aus Rücksicht auf sein eigenes Interesse und seine eigene Ehre, künftig die Rechte der Juden vertreten mußte, wo sie irgend angefochten wurden. Eduard meldete noch, daß Ferdinand hergestellt und in den Kreis seiner Familie zurückgekehrt sei, was auch ein Brief von William und Clara wiederholte, die Beide in den wärmsten Ausdrücken von dem Danke sprachen, zu dem sie Eduard verpflichtet wären. Sie nannten ihn den Gründer ihres Glückes, eines Glückes, dem jetzt nur die Anwesenheit ihrer Kinder fehle, um ein ganz vollkommenes zu sein, und Clara bat Jenny und den Vater, ihre Abreise von Baden wo möglich zu beschleunigen, weil sie sich nach den Kindern sehnte.

Da nun ohnehin die Zeit, welche Frau von Meining gewöhnlich in Baden zuzubringen pflegte, sich bereits ihrem Ende nahte, so entschied man sich, Clara's Bitte nachzukommen und Baden etwas früher zu verlassen, als man es beabsichtigt hatte.

Ueber der Meier'schen Familie, die wir durch wechselnde Erlebnisse begleitet, schien nun ein günstiges Gestirn in ruhiger Klarheit zu leuchten. Vereint mit Frau von Meining und Walter hatte man Baden verlassen, die Erstere fast bis in ihre Heimat begleitet, und nachdem man die Kinder wohlbehalten in Clara's Arme geführt, hatte Jenny freudigen Herzens an Walter's Seite ihr väterliches Haus betreten. Die vollste Eintracht verband ihre Familie mit der Horn'schen. Eduard schien in dem Glücke seiner Schwester, in der Freundschaft William's und Clara's den fröhlichen Sinn seiner frühesten Jugend wiederzufinden und gab sich von ganzer Seele dem Vertrauen hin, mit dem Walter ihm brüderlich entgegenkam. Männer wie Eduard und der Graf mußten sich leicht verständigen, da ihre Gesinnungen, wenn auch von verschiedenen Punkten ausgehend, sich am Ziele begegneten, und selbst die Ankunft von Walter's Onkel, deren Jenny bisweilen mit Scheu gedacht hatte, trug nur dazu bei, ihr Glück zu erhöhen. Eine gewisse vornehme Zurückhaltung, welche der alte Graf bei der ersten Begegnung mit Jenny und ihrer Familie beobachtete, war vor Jenny's Liebenswürdigkeit und der ruhigen Würde ihrer Angehörigen bald gewichen. Schon nach wenigen Tagen, in denen sie die volle Liebe des alten Grafen gewonnen hatte, sagte er, als er sich Abends mit Walter allein befand: Da es einmal nicht zu ändern ist, bekenne ich Dir, Du hättest schlechter wählen können, als dies Mädchen, die, ihre Geburt abgerechnet, eine wahre Perle unter den Frauen ist. Aber folge mir! heirathe sie bald. Es klingt mir doch nicht angenehm, Deinen Namen immerfort mit dem dieser übrigens wackern Familie vereinigt nennen zu hören. Ist Jenny Deine Frau, so hört das natürlich auf und die Gräfin Walter ist leichter gegen jede Einwendung zu souteniren als das Fräulein Meier. Sage dem lieben Mädchen, daß ich es wohl mit ihm meine und darum die Beschleunigung Eurer Ehe wünsche. Ich denke den Vater schnell zu überzeugen, daß es für Euch das Beste ist, wenn Ihr bald als Mann und Frau auf Deine Güter geht und dort verweilet, bis Alles in die Residenz zurückkehrt, wo ich Euch erwarten will, um bei Eurem ersten Auftreten in unsern Kreisen mit dabei zu sein.

Obgleich die Wichtigkeit, welche der alte Graf auf die Ausführung dieses Planes legte, Walter übertrieben schien, stimmte er doch so wohl mit seinen eigenen Wünschen zusammen, daß er bereitwillig darauf einging, und man erlangte von Herrn Meier das

Versprechen, Jenny's Hochzeit mit Walter schon in den ersten Tagen des Novembers zu feiern. Der Onkel – wie wir den alten Grafen mit Walter nennen wollen – der Onkel selbst machte fast überall den Begleiter und Beschützer der Verlobten, deren Gesellschaft ihm das lebhafteste Vergnügen gewährte. Bisweilen fiel es ihm wohl auf, wie er jetzt ganz außer seinem gewohnten Kreise, in der Mitte einer jüdischen Familie lebe und sich ganz behaglich dabei fühle, dann aber beruhigte er sich mit dem Gedanken, daß es vernünftig sei, gute Miene zum bösen Spiel zu machen, und daß seine Pflicht ihm gebiete, den Schritt, den sein Neffe nun doch gethan habe, gleichsam durch die Anerkennung zu rechtfertigen und zu heiligen, die er der künftigen Gräfin Walter schon jetzt bewies. Er hatte erklärt, bis zur Hochzeit seines Neffen in der Stadt bleiben zu wollen, und unbeschäftigt, wie er es war, betrieb er angelegentlich die Besorgung der Equipagen, des Silbergeräthes und alles Dessen, was sonst noch zur vollständigen Einrichtung des künftigen Haushaltes gehörte; oder er besuchte, da die Jagdzeit begonnen hatte, die Edelleute seiner Bekanntschaft, die in der Nähe ihre Besitzungen hatten.

So war man in die letzten Tage des Oktobers gekommen, als der Onkel, während sie im Meier'schen Hause zu Mittag aßen, seinen Neffen aufforderte, ihm zum Dank für die Mühe, welche ihm die Besorgung der neuen Einrichtung verursachte, auch seinerseits gefällig zu sein und ihn zu einem Freunde zu begleiten, der am nächsten Tage eine Jagdpartie veranstalten wollte, zu der er auch die beiden Grafen eingeladen hatte. Walter antwortete Anfangs ausweichend, aber der alte Herr wollte keine Entschuldigungen annehmen und sagte zu Jenny: Ich bitte Sie, Töchterchen! legen Sie ein gutes Wort für einen alten Onkel ein, der Ihrem Bräutigam einst die erste Flinte in die Hand gab, und sich wieder einmal an den Künsten seines Schülers erfreuen möchte.

Was wollte Walter machen? Er mußte die Einladung des Greises annehmen, dessen bittender Ton sonderbar gegen seine befehlende Haltung abstach, und man stand von der Tafel auf, weil der Graf schon in der Dämmerung auf das Land zu fahren wünschte, um vor der Nacht bei seinen Freunden einzutreffen.

In lebhafte Diskussionen über eine Maßregel der Regierung vertieft, saßen nach dem Mittagsessen die beiden alten Herren, ihren Kaffee trinkend, vor der Flamme eines Kamins, während Walter mit seiner Braut in der Brüstung eines Fensters stand und Eduard und Joseph die neuesten Zeitungen durchflogen.

Ich fahre ungern hinaus! sagte Walter. So sehr ich die Jagd liebe, so wenig sagt mir gerade diese Gesellschaft zu, die mich außerdem ein paar Tage von Dir trennt.

Wie wäre es, fragte Jenny, wenn ich den Onkel bäte, Dich mir und meinem Vater zu lassen, da wir ja doch kaum noch eine Woche bei ihm bleiben?

Nein! laß das, Beste! antwortete der Graf, und am Ende müssen wir diese kleine Trennung, die uns gerade jetzt so unangenehm ist, wie ein Opfer betrachten, das wir den Göttern bringen, damit sie uns nicht beneiden. Wir sind zu glücklich gewesen bis jetzt und haben ja die ganze Zukunft vor uns!

Sage das nicht Walter! bat Jenny; es klingt so sicher und wer ist des nächsten Tages nur gewiß?

Abergläubisches Kind! schalt der Graf, indem er sie an sich zog. Warum sollte das Schicksal, das mich von Jugend auf begünstigte, mir jetzt seine Huld entziehen, da ich sie mit Dir zu theilen denke? Sei nicht bange, Geliebte! und vertraue mit mir meinem alten, wohlbekannten Glück!

Indessen hatte Eduard von der Zeitung aufgesehen und blickte mit Freude auf das Brautpaar hin: Schade, daß die Mutter das nicht sieht! sagte er leise zu Joseph, daß sie nicht sieht, welch eine Zukunft Jenny's harrt, und wie froh der Vater sich in ihrem Glücke fühlt! Wie würde sie Theil nehmen auch an den Hoffnungen, die ich jetzt fester als jemals in mir hege; die vielleicht bald zu schöner Wahrheit werden!

Weißt Du, was noch bis dahin geschieht? entgegnete Joseph in seiner gewohnten Art. Den Todten ist am wohlsten, laß sie ruhn.

Unangenehm durch diese Worte in seiner heitern Stimmung berührt, stand Eduard auf und trat zu dem alten Grafen, der sich eben zum Fortgehen anschickte und Walter aufforderte, ihn zu begleiten. Herzlich nahm dieser Abschied von seiner Braut; es war die erste Tage lange Trennung seit ihrer Verlobung, Jenny geleitete ihn bis in das Vorzimmer hinaus.

Also zwei Tage, Walter! sagte sie, länger bleibst Du nicht fort. Hören Sie, lieber Onkel! Keine Stunde länger borge ich Ihnen Walter und Sie selbst bringen mir ihn wieder! – rief sie den Scheidenden zu.

Auf mein Wort! antwortete der alte Graf, als er mit seinem Neffen davonging.

Es war noch hell am Tage und Walter bat seinen Onkel, da sie noch Zeit hätten, mit ihm in den Laden des Juweliers zu treten, bei dem er den Brautschmuck für Jenny bestellt hatte, der noch einiger Abänderungen bedurfte. Dort fanden sie einen Edelmann, der früher mit Walter in demselben Regimente gedient hatte, und nun nach Jahre langem Aufenthalt an verschiedenen Höfen Europa's nach Deutschland zurückgekehrt war.

Verwundert, die beiden Grafen Walter hier zu sehen, wo sie weder Angehörige noch Besitzungen hatten, fragte Jener, während der alte Graf mit dem Juwelier in ein Nebenzimmer ging, wo Jenny's künftiges Silbergeräth aufgestellt war: Welch ein Zufall führt Sie in diese Stadt, lieber Graf?

Ich bin meiner Braut von Baden-Baden hieher gefolgt, und bleibe bis nach unserer Hochzeit hier!

Sie sind Bräutigam? fragte der Baron, und mit wem?

Meine Braut ist ein Fräulein Meier, die Tochter des Bankier Meier.

Ah, scherzen Sie nicht, ein Judenmädchen? rief der Baron lachend.

Was fällt Ihnen daran auf? fragte Walter herb und scharf.

Oh! Ihre Verhältnisse sind zu gut arrangirt, antwortete Jener noch immer lachend, als daß Sie solche Heirath machen könnten.

Sie hören aber, daß ich sie mache! sagte Walter, heftig auffahrend, und werden gut thun, Ihre Verwunderung auf sich selbst zurückzuwenden, denn ich finde sie unverschämt.

Der Baron wollte in demselben Tone antworten, als der alte Graf mit dem Juwelier in das Zimmer und, ohne die Veranlassung des Streites zu kennen, zwischen sie trat. Keine Scene, meine Herren! – sagte er gebietend, aber leise. Sie wissen, wo Sie sich finden, was braucht es weiter? – Und, indem er dem Goldarbeiter ruhig noch einige Befehle gab, verließ er am Arme seines Neffen den Laden und den zurückbleibenden Baron.

Was hat es da gegeben? fragte er. Der Neffe berichtete aufgeregt, was geschehen sei. Der alte Herr schüttelte das Haupt: Das war es, was ich fürchtete! Dergleichen konnte nicht ausbleiben! sagte er, wie zu sich selbst. Dann zu Walter sich wendend: und was willst Du thun?

Können Sie noch fragen? antwortete dieser. Der Unverschämte soll mir Genugthuung geben für die Beleidigung. Ich eile, einen meiner Freunde aufzusuchen. Ich werde Sie nicht hinausbegleiten, Onkel!

Ruhig, ruhig, Walter! sagte der alte Graf. Ich werde eben so wenig hinausfahren. Die Angelegenheit ist sehr fatal! Aber sie muß ernst und rasch beseitigt werden, darin stimme ich Dir bei. Es ist das Beste, Du weisest jede Vermittelung ab, zeigst gleich jetzt, daß Du in der Beziehung keinen Scherz verstehst, und damit man erfährt, wie Deine Familie die Sache ansieht, will ich selber Deinen Secundanten machen. Das Handwerk ist mir freilich etwas fremd geworden – indeß ich finde mich wohl noch zurecht.

Walter drückte dem väterlichen Freunde die Hand, der seine Unruhe scherzend verbergen wollte, und nahm dankbar sein Erbieten an.

Die Herausforderung ließ auch nicht auf sich warten, und Walter bat seinen Onkel, es so einzurichten, daß sie sich am nächsten Morgen schon treffen könnten. Er selbst wolle seine Angelegenheiten ordnen und den Abend dann bei Jenny zubringen. Aber sein Onkel rieth ihm davon ab. Er stellte ihm vor, daß Jenny ihn nicht erwarte. Wozu eine unnöthige Rührung, sagte er, die sie beunruhigt und Dich aufregt. Ihr jungen Herren der jetzigen Zeit nehmt solche Dinge viel zu schwer. In meiner Jugend war das anders! Doch will ich Dich nicht hindern, Deine Angelegenheiten, wie Du es nennst, zu ordnen. Nur zu Jenny gehe nicht! Du siehst sie ja morgen wieder, sei es, daß Dir ein kleiner Aderlaß zugedacht ist, oder daß Du so davon kommst, und Du gehst ruhiger an die Sache, wenn Du Deine Braut ganz unbesorgt weißt.

Diese Einwendungen überzeugten Walter und er fügte sich ihnen willig.

Jenny schlief am Morgen ruhig, von anmuthigen Träumen gewiegt, als man gegen die Gewohnheit sie aufzuwecken kam. Verwundert fragte sie, was man verlange, da der Eintritt ihres Vaters und Eduard's sie ein unerwartetes Ereigniß ahnen ließen.

Jenny! sagte ihr Vater, kleide Dich schnell an, Du sollst heute zeigen, daß Du die Seelenstärke hast, die wir Dir zugetraut. Walter ist erkrankt und verlangt nach Dir!

Er ist todt! – rief Jenny, überwältigt von dem jähen Schreck.

Nein, er lebt! antwortete Eduard, aber er ist schwer verwundet auf der Jagd, und auf seinen Wunsch hat man ihn hierher gebracht!

Wenig Augenblicke darauf kniete Jenny an dem Lager des Geliebten. Er kannte sie noch, dies bewies der Blick voll Liebe und Trauer, mit dem er sie begrüßte, die matte Bewegung, mit der er seine Hand auf ihr Haupt legte, als sie neben ihm niedersank. Aber der Jammer auf den Gesichtern der Anwesenden, die Ruhe und Unthätigkeit, welche in dem Zimmer herrschten, sagten ihr deutlich, daß hier keine Hoffnung sei, daß sie an einem Sterbebette stehe. Des Grafen müdes Haupt ruhte wieder an ihrer Brust, unverwandt hing ihr Blick an den Zügen des Geliebten, keine Thräne kam in

ihre Augen, keine Klage entschlüpfte ihren Lippen. Ihr stummer
Schmerz beunruhigte die Anwesenden, und mit den Worten: Jenny!
so mußte ich mein Wort lösen! – versuchte der alte Graf, so tief
er selbst gebeugt war, die Unglückliche aus ihrer furchtbaren Ruhe
zu reißen. Aber umsonst! Sie sah den Onkel ihres Bräutigams be-
mitleidend an, reichte ihm die Hand und versenkte ihre Seele
wieder in das regungslose Anschauen des Geliebten.

Eine Stunde furchtbarer Stille war so entschwunden, nur Eduard's
Bestrebungen, dem Verwundeten einige Erleichterung zu schaffen,
unterbrachen die erdrückende Ruhe. Da hörte man plötzlich einen
lauten Athemzug, Walter's Kopf sank vorwärts – er hatte geendet.

Und mit einem Schrei des furchtbarsten Schmerzes fuhr Jenny
nach ihrem Herzen und fiel auf die Leiche ihres Bräutigams nieder.

Am folgenden Tage verkündete die Zeitung: »Gestern fand hier
ein Schuß-Duell zwischen dem Grafen W... und dem Baron W...
statt, dessen Folgen für den Grafen tödtlich waren. Er stand auf
dem Punkte, sich zu vermählen und der Schmerz über seinen
Verlust hat auch der unglücklichen Braut das Leben gekostet. Fa-
milienverhältnisse sollen die Veranlassung zum Streite gegeben
haben!«

Weiter unten las man: »Den plötzlich erfolgten Tod seiner einzigen Tochter Jenny meldet tief betrübt unter Verbittung des Beileides
seinen Freunden und Bekannten R. Meier.«

Bei Fackelschein hatte Graf Walter die Leiche seines Neffen aus
der Stadt führen lassen, um sie selbst in die Gruft seiner Ahnen
nach ihrem Stammschlosse zu begleiten. Jetzt am Morgen standen
drei Männer an einem frisch aufgeworfenen Grabe. Es waren der
Vater, Eduard und Joseph. Sie hatten es von ihren Freunden als
eine Gunst verlangt, daß man ihnen allein die Bestattung der
theuern Geschiedenen überlasse, und Niemand hatte es gewagt,
ihre Trauer zu stören. Hell ging die Sonne an dem heitern Himmel
auf, der freundlichste Herbstmorgen beleuchtete das Grab. Einsam
standen die Ihren auf dem fremden christlichen Kirchhof, auf dem
nun Jenny fern von ihrer Mutter, fern von jedem Blutsverwandten
ruhte. Starr und schweigend sah der unglückliche Vater zur Erde
nieder, die sein Kind bedeckte, als aus Joseph's Brust der Ausruf:
Wozu leben wir noch? herzzerreißend zum Himmel tönte und die
ersten Thränen in die Augen des Vaters lockte.

Da richtete Eduard sich mächtig empor: Wir leben, sagte er, mit
der Begeisterung eines Sehers, um eine Zeit zu erblicken, in der

keine solche Opfer auf dem Altare der Vorurtheile bluten! Wir wollen leben, um eine freie Zukunft, um die Emancipation unsers Volkes zu sehen!

Biographie

1811   *24. März:* Fanny Markus wird in Königsberg als ältestes
        von neun Kindern des jüdischen Kaufmanns, Bankiers und
        späteren Stadtrats David Markus und seiner Ehefrau Zipo-
        ra, geb. Assur, geboren.

1812   Im Gefolge des preußischen Toleranzedikts nimmt die
        Familie den Namen Lewald an (mit Ausnahme des Vaters,
        der sich erst ab 1831 so nennt).

1817   *1. April:* Beginn des Besuchs einer Privatschule (bis Sep-
        tember 1824).

1824   Fanny Lewald muß die höhere Töchterschule verlassen,
        um sich in Erwartung des künftigen Ehemannes mit
        Handarbeit und Klavierspiel zu beschäftigen. Die folgenden
        acht Jahre verbringt sie im Elternhaus.

1828   Jugendliebe zu dem jungen Theologen Leopold August
        Bock. Ihr Vater verweigert jedoch seine Einwilligung zur
        Heirat.

1830   Auf Wunsch des Vaters tritt Fanny Lewald ohne eigene
        Überzeugung zum Protestantismus über.

1832   Fanny Lewald begleitet ihren Vater auf einer Geschäftsreise
        nach Berlin, Leipzig, Darmstadt, Heidelberg und Baden-
        Baden. Bekanntschaft mit Ludwig Börne.
        Winter zu 1833: Aufenthalt im liberalen Haus ihres Onkels
        Friedrich Jakob Lewald in Breslau. Sie hört erstmals frei-
        mütige Unterhaltungen über Politik, Literatur und soziale
        Fragen und lernt die Schriften des Jungen Deutschland,
        besonders von Heinrich Heine, Ludwig Börne und Karl
        Gutzkow, kennen.
        Unerwiderte Liebe zu ihrem Vetter Heinrich Simon. Die
        Begegnung bestärkt sie darin, sich nicht auf eine der übli-
        chen Konvenienzehen einzulassen.

1833   *März:* Auf Wunsch des Vaters kehrt sie nach Königsberg
        zurück. Beginn der »Leidensjahre« (bis 1840).

1834   Sie widersetzt sich dem Wunsch der Eltern, sie zu verhei-
        raten.

1839   *Winter zu 1840:* Aufenthalt in Berlin, wo sie bei Verwand-
        ten lebt.

1840   Wegen der Erkrankung der Mutter kehrt sie nach Königs-
        berg zurück.
        Beginn der schriftstellerischen Arbeit mit einem Bericht

über die Huldigungsfeiern für König Friedrich IV. in Königsberg. Ihr Onkel August Lewald veröffentlicht als Redakteur der Zeitschrift »Europa« ohne ihr Wissen erste Texte (»Modernes Märchen«, 1841).

1841 Beginn der Arbeit an ihrem ersten Roman »Clementine«.

1842 *6. Dezember:* Tod der Mutter.

1843 Auf Vermittlung von August Lewald erscheint ihr erster Roman »Clementine« bei F. A. Brockhaus in Leipzig. Dem Wunsch ihrer Familie entsprechend, veröffentlicht sie dieses und die folgenden Werke anonym.

»Jenny« (Roman, anonym). Der Roman bringt ihr den Durchbruch auf dem literarischen Markt. Sie gehört neben Ida Gräfin Hahn-Hahn und Luise Mühlbach zu den ersten Autorinnen in Deutschland, die vom Ertrag ihrer schriftstellerischen Tätigkeit gut leben können.

Längerer Aufenthalt in Berlin. Bekanntschaft mit Varnhagen von Ense, Henriette Herz, Heinrich Laube, Fanny und Felix Mendelssohn. Von Berlin aus unternimmt sie eine kürzere Reise nach Breslau.

»Einige Gedanken über Mädchenerziehung« und »Andeutungen über die Lage der weiblichen Dienstboten« (Aufsätze in: Archiv für vaterländische Interessen oder Preußische Provinzblätter).

1844 Besuch des Vaters in Berlin. Anschließend unternimmt sie erneut eine Reise nach Breslau. Wiedersehen mit Heinrich Simon.

Reise nach Teplitz, später gemeinsam mit einer Schwester nach Franzensbad.

Herbst: Rückkehr nach Königsberg.

1845 *Ende Februar:* Endgültige Übersiedlung nach Berlin, wo sie sich eine eigene Wohnung einrichtet. Bekanntschaft mit Bettina von Arnim, Willibald Alexis, Theodor Mundt, Clara Mühlbach (Mundt) und Therese von Bacheracht, mit der sie später eine enge Freundschaft verbindet.

Juni: Beginn der Reise nach Italien. Besuch bei Therese von Bacheracht in Interlaken.

Oktober: Ankunft in Rom (»Römisches Tagebuch 1845/46«, Erstdruck 1927). Begegnungen mit Ottilie von Goethe und Adele Schopenhauer, die ihr den Weg in die römische Gesellschaft öffnen.

27. November: Erste Begegnung mit dem Gymnasialprofessor, Literatur- und Kunsthistoriker Adolf Stahr.

»Eine Lebensfrage« (Roman, anonym). In dem Roman plädiert sie für Ehescheidung und freie Gattenwahl.

»Der dritte Stand« (Erzählung, in: Berliner Kalender für 1846).

1846 *April:* Adolf Stahr verläßt Rom und kehrt zu seiner Frau und den Kindern zurück. Fanny Lewald reist mit Freunden nach Süditalien.

9. Mai: In Süditalien erhält sie die Nachricht vom Tod ihres Vaters.

Anfang Oktober: Rückkehr nach Berlin.

1847 Unter dem Pseudonym »Iduna Gräfin H... H...« veröffentlicht sie die gegen Ida Gräfin Hahn-Hahn und ihren Roman »Sybille« gerichtete Satire »Diogena« (Roman).

»Italienisches Bilderbuch« (Reisebericht).

Aufenthalt von Adolf Stahr in Berlin. Fanny Lewald lernt dessen Frau kennen.

Jahresende: Aufenthalt in Oldenburg bei der Familie Stahr.

1848 *Frühjahr:* Reise nach Paris. Begegnungen mit Heinrich Heine und Georg Herwegh.

April: Rückkehr nach Berlin, wo sie voller Anteilnahme die revolutionären Ereignisse verfolgt.

Oktober: Teilnahme an mehreren Sitzungen der Nationalversammlung in der Paulskirche in Frankfurt am Main. Zunehmende Skepsis über die Erfolgsaussichten der Revolution.

Beginn des Briefwechsels mit dem Großherzog Carl Alexander von Sachsen-Weimar, den sie bis zu ihrem Tod 1889 führt (gedruckt 1894)

1849 »Prinz Louis Ferdinand« (historischer Roman).

Aus Enttäuschung über das Scheitern der 1848er Revolution versiegt der emanzipatorische Elan des frühen Werks. An die Stelle der »Tendenzliteratur« tritt das Bestreben nach »wahre Dichtung«. Dennoch setzt sie sich weiter entschieden für die erzieherische und berufliche Gleichstellung der Frau ein.

1850 Aufenthalt in Bonn gemeinsam mit Adolf Stahr. Bekanntschaft mit Johanna Kinkel.

Mehrmonatige Reise nach England und Schottland. Bekanntschaft mit Arnold Ruge.

September–Oktober: Aufenthalt in Paris gemeinsam mit Adolf Stahr und Moritz Hartmann.

Novemer: Rückkehr nach Berlin. Bekanntschaft mit Gott-

fried Keller und Theodor Fontane.
»Auf roter Erde« (Roman).
»Erinnerungen aus dem Jahr 1848«.

1851 »England und Schottland« (Reisebeschreibung).
Sommer–Winter: Aufenthalt in Weimar, dann in Jena gemeinsam mit Adolf Stahr.

1852 *Frühjahr:* Rückkehr nach Berlin. Adolf Stahr verläßt endgültig seine Familie und zieht zu ihr.

1853 »Wandlungen« (Roman).

1855 *6. Februar:* Heirat mit Adolf Stahr, der sich im Vorjahr von seiner ersten Ehefrau hat scheiden lassen. Beginn der zwanzigjährigen glücklichen Ehe, die zu ihrem Bedauern jedoch kinderlos bleibt.
Gemeinsamer Wohnsitz in Berlin. Ihr literarischer Salon wird zum geistigen Mittelpunkt Berlins.
Von Berlin aus unternehmen Fanny Lewald-Stahr und ihr Mann in den folgenden Jahren zahlreiche Reisen innerhalb Deutschlands, nach Frankreich und Italien.

1856 »Adele« (Roman).
»Die Kammerjungfer« (Roman).

1858 »Die Reisegefährten« (Roman).

1860 »Das Mädchen von Hela« (Roman).

1862 »Meine Lebensgeschichte« (Autobiographie).

1863 »Osterbriefe für die Frauen«.

1864 »Von Geschlecht zu Geschlecht« (Roman, bis 1866).

1866 »Erzählungen« (3 Bände, bis 1868).
Herbst: Reise nach Italien (bis 1868).

1869 »Ein Winter in Rom« (gemeinsam mit Adolf Stahr).

1870 Ihre radikalste emanzipatorische Schrift »Für und wider die Frauen. Die Frauen und das allgemeine Wahlrecht« erscheint.
In den folgenden Jahren wird sie zu einer erklärten Monarchistin und Bismarck-Anhängerin.
Mit Rücksicht auf die Gesundheit ihres Mannes siedelt sie nach Wiesbaden über.

1871 Ihre »Gesammelten Werke« beginnen zu erscheinen (12 Bände, bis 1874).

1876 *3. Oktober:* Adolf Stahr stirbt in Wiesbaden.
Fanny Lewald-Stahr kehrt nach Berlin zurück.

1880 »Reisebriefe aus Deutschland, Italien und Frankreich«.
In den folgenden Jahren leidet sie zunehmend unter asthmatischen Beschwerden.

1887 »Die Familie Darner« (Roman).

1888 »Zwölf Bilder aus dem Leben« (Beschreibungen berühmter Zeitgenossen, darunter Johanna Kinkel, Heinrich Heine und Franz Liszt).

1889 *5. August:* Fanny Lewald-Stahr stirbt im Alter von 78 Jahren in Dresden. Vier Tage später wird sie in Wiesbaden an der Seite Adolf Stahrs beigesetzt.